KNAUR

Über die Autorin:
Hinter dem Namen Helena Steegmann stecken die beiden Autorinnen Anke Bracht und Antonia Schulemann. Anke Bracht war viele Jahre lang als Marketingberaterin tätig, bevor sie sich dem Schreiben zuwandte. Heute arbeitet sie als freie Autorin für Verlage und Werbeagenturen und schreibt Reisereportagen. Wenn sie nicht gerade irgendwo in der Welt unterwegs ist, lebt sie in Hamburg. Nach Aufenthalten in Kapstadt und Addis Abeba arbeitet Antonia Schulemann seit 2013 wieder für verschiedene Medienhäuser in Hamburg, München und Berlin. Zuvor schrieb sie für die *Berliner Zeitung* in einer wöchentlichen Kolumne über Delikatessen.

HELENA STEEGMANN

Tage wie Chili & HoniG

ROMAN

Besuchen Sie uns im Internet:
www.knaur.de

FSC
www.fsc.org
MIX
Papier aus verantwortungsvollen Quellen
FSC® C083411

Originalausgabe Juni 2016
Knaur Taschenbuch

Ein Imprint der Verlagsgruppe Droemer Knaur GmbH & Co. KG, München

Redaktion: Antonia Zauner
Illustrationen: Anke Bracht
Covergestaltung: FAVORITBUERO, München
Coverabbildung: Shutterstock/Maks Narodenko; Alexander Ryabintsev; Alexandr III
Satz: Adobe InDesign im Verlag
Druck und Bindung: CPI books GmbH, Leck
ISBN 978-3-426-51878-6

2 4 5 3 1

Prolog

Die beliebte Gastrokolumne des NARZISS-Magazins erscheint wieder regelmäßig. Nachfolger von Autorin Nana Jacobi ist ein junges Talent aus dem eigenen Hause.

Nein … Was?!? Meine Knie werden weich. Ohne den Blick von meinem Smartphone zu lösen, setze ich einen zittrigen Schritt vor den anderen. Im Gehen fische ich meine Brille aus der Clutch und lese weiter in der Pressemitteilung, die soeben in meinem Mailaccount gelandet ist.

»Ich bin sehr zufrieden mit meiner Neuentdeckung«, sagt Tiffany Meyer, Chefredakteurin des NARZISS-Magazins, über den vielversprechenden jungen Autor, der seine Texte mit dem Kürzel MG signiert. »MG hat wirklich alles«, so Meyer, »Kultur, einen eigenen Stil – aber vor allem einen hervorragenden Geschmackssinn. Wir dürfen noch Großes von ihm erwarten!«

Blinzelnd wende ich meinen Blick der bergigen Landschaft um mich herum zu, atme einmal tief ein und wieder aus. *Man hat mir nicht nur meine Kolumne weggenommen, man hat sie ausgerechnet diesem Idioten gegeben!* Nach diesem verdammt schweren letzten Jahr stand ich sowieso schon auf wackeligen Beinen, aber jetzt gerade fühlt es sich so an, als ob mir jemand hinterrücks den Teppich unter den Füßen weggezogen hat, unter dem eine Falltür auf mich wartet. Im selben Moment spüre ich einen leichten Schlag oberhalb der Kniekehle und plumpse ohne Vorwarnung in eine abgewetzte Sitzschale. Der Boden unter meinen Füßen verschwindet, und ich blicke in schwindelerregende Tiefen hinab.

Bis eben stand ich noch mit einer Tortenschachtel unterm Arm auf dem Bergplateau einer Seilbahnstation. Jetzt setzt sich der Sessellift ruckelnd in Bewegung und bremst sofort wieder ab. Fehlstart.

»Signorina, Sie müssen sich schon im richtigen Moment hinsetzen«, höre ich eine Stimme hinter mir. »Haben Sie sich wehgetan?«

Perplex schüttele ich den Kopf und blicke abwesend zu den hellen Bergspitzen, die sich deutlich vom dunkler werdenden Himmel absetzen. In meinem geistigen Wirrwarr lodert wieder und wieder derselbe Gedanke auf: Meine Kolumne – der ganze, mühsam aufgebaute Erfolg der letzten Monate ist ein für alle Mal dahin.

Mit einem energischen Ruck setzt sich die Seilbahn erneut in Bewegung. Eilig lege ich die Tortenschachtel auf meinen Schoß und scheuche die düsteren Gedanken weg. Tatsächlich taumeln sie wie Schatten in die Tiefe und verlieren sich irgendwo im Nadelwald unter mir. Für diesen Moment drücke ich auf die Pause-Taste – so lange, bis ich wieder festen Boden unter den Füßen habe. Hier oben kann ich eh keinen klaren Gedanken fassen, wo ich doch buchstäblich in der Luft hänge.

Meine Schuhsohlen streifen fast die Spitzen der hohen Tannen. Ich schließe die Augen. Es wird ganz leise um mich herum. Nur ab und zu trägt ein leichter Wind die sanften Töne von Kuhglocken zu mir herauf. Der Sessellift pendelt leicht hin und her, und ich folge mit dem Kopf nickend seinem Takt … Bilde ich mir das ein, oder starrt man mich an?

Vorsichtig, ohne den Kopf zu drehen, schiele ich mit angehaltener Luft nach rechts: Ja. Man starrt mich an, und zwar auf diese unverhohlene Art, als ob ich schlafen würde und nichts davon mitbekäme. Ich drehe mich nach links und tue dabei so, als ob mich die letzten Strahlen Tageslicht blenden. Die verschwinden zwar gerade hinter den Bergen, trotzdem lege ich zwecks Schutz meiner Privatsphäre die Hand über die Augen.

Die kleinen Häuschen unten in der Senke wirken, als wären sie einer ambitionierten Modelleisenbahn-Landschaft entsprungen: Von hier oben betrachtet, wirkt alles so adrett, so niedlich und harmlos, dazu dieser gemalte Sonnenuntergang. *Wäre Tom doch jetzt hier.* Ich kann mir genau vorstellen, wie er neben mir sitzt und mich aufmerksam mit seinen eisblauen Augen anschaut. Und wie durch Zauberhand käme plötzlich all das zurück, was ich seit Monaten so sehr vermisse. Ich kann mir keinen Reim darauf machen, warum gerade Tom diese Wirkung auf mich hat – aber so war es.

Ich lasse das Funkeln der letzten Sonnenstrahlen auf mich wirken und versuche, die Sehnsucht nach ihm zu verdrängen. Entschlossen verbiete ich mir jeden weiteren Gedanken an Tom. Denn für uns beide gibt es keine Zukunft – jedenfalls keine gemeinsame.

Ein lauter Nieser direkt neben mir katapultiert mich ins Hier und Jetzt zurück. Bart- und Rucksackträger, stelle ich aus dem Augenwinkel fest. Ich tippe auf Studienrat. Wenigstens hat er mit dem Starren aufgehört. Im Gegensatz zu mir trägt er Funktionskleidung in Vollmontur. Von den Wanderstiefeln bis zur Allwetterjacke. Dazu ein alberner Tirolerhut, der ihn eindeutig als Tourist entlarvt. Ein Tourist aus Deutschland – das bin ich auch. Zu einer Hälfte. Zur anderen bin ich Südtirolerin mit italienischen Wurzeln. Dabei habe ich Italien bisher eigentlich fast nur kulinarisch bereist – in Mamas alter Küche.

Ein bisschen neidisch bin ich allerdings schon auf seine komfortable Wanderhose. In meinem engen Etuirock muss ich möglichst flach atmen und kerzengerade sitzen. Vorsichtig streiche ich die gespannten Seitennähte entlang. In gemächlichem Tempo trudelt der Lift auf die untere Kehre zu. Unter meinen baumelnden Stilettos ziehen die Berg- und Hügellandschaften der Dolomiten in stoischer Trägheit vorbei. Ich habe das Gefühl, wir werden langsamer und langsamer – was mich extrem nervös macht. Als ob mir die Zeit davonläuft, weil ich mich nicht beeilen kann, dabei ist genau das Gegenteil der Fall: Ich habe Zeit – mehr Zeit, als mir lieb ist.

Unter mir erscheint der Kirchturm von Cardano. Ich atme doch einmal tief ein und wieder aus. In diesem Teil von Bozen ist Mama aufgewachsen. Ich sehe von hier oben auf das Dach der kleinen Pension Sole. »Unser zweites Zuhause«, hat Mama immer dazu gesagt. Und dann stoppt der Sessellift meinen ganz persönlichen Erinnerungsfilm, indem er seinerseits abrupt anhält. Ich drehe mich um. Warte etwas ab, aber nichts passiert mehr. Die Seilbahn hat ihren Geist aufgegeben, und ich stecke doppelt fest: in einem verdammt engen Rock und auf halber Strecke zwischen Berg- und Talstation.

»Echt jetzt?!«, sage ich genervt und lenke den missbilligenden Blick meines Sitznachbarn auf mich. Es irritiert ihn scheinbar, dass er auf seinem Wanderurlaub neben einer sitzen muss, die in ihrem pastellfarbenen Kostümchen samt koketter Hutkreation so aussieht, als hätte man sie direkt von Ascot auf den Berg gebeamt. Er kann ja nicht wissen, dass ich geradewegs von einer Hochzeit komme. Mit angestrengtem Lächeln wende ich ihm mein Gesicht zu – und blicke in todernste Augen. Dass mein Sitznachbar nicht sonderlich viel Humor hat, verraten neben dem Fehlen von Lachfalten äußerst schmale Lippen unter den braunroten Zotteln in seinem Gesicht. Um die Stimmung zu lockern, lache ich übertrieben laut und knuffe ihm kumpelhaft gegen den Oberarm, was prompt zu einem Hustenanfall seinerseits führt.

»Geht's?«, frage ich nun aufrichtig besorgt.

Aber mein Sitznachbar schaut stur geradeaus, als hätte er in der Luft gerade irgendetwas wahnsinnig Interessantes entdeckt. Er und ich haben wirklich nicht viel miteinander gemein, außer eben, dass wir beide auf engstem Raum zwischen Himmel und Erde festhängen.

Die Passagiere in der Sitzschale vor mir sind wild am Gestikulieren, ein paar Leute rufen etwas. Unten am Stationshäuschen laufen ameisengroße Menschen aufgeregt hin und her. Ich betrachte die Szenerie, als ginge mich das alles nichts an – so wie vorhin auf der Hochzeit.

Da habe ich auch versucht, so viel Abstand wie möglich zwischen mich und das Brautpaar zu bringen, allerdings mit wenig Erfolg, denn Claas hat mich direkt neben seiner Braut plaziert. Beim Abschied nahm er mich einmal fest in den Arm und flüsterte mir dankbar zu, wie glücklich ihn die Anwesenheit seiner Tochter gemacht habe.

»Dein Reiseproviant«, sagte er und überreichte mir die puderfarbene Tortenschachtel.

Ich bekam spitze Lippen. »Zur Abwechslung mal eine, wo keine Frau rausspringt, hm?«

Claas lächelte milde. »Sie ist vom besten Patissier in ganz Südtirol. Wer wüsste ihren Geschmack besser zu schätzen als du, Nana?«

Wenn du nur wüsstest, dachte ich.

Er ist nämlich weg, mein Geschmack, und das ist gelinde gesagt eine Katastrophe – besonders, da das Verköstigen von Delikatessen und Testen von Restaurants zu meinem Job gehört. Oder vielmehr: gehörte. Denn Nana Jacobi, Autorin der Gastrokolumne des NARZISS-Magazins, ist Vergangenheit.

Oben, bei der Hochzeit, habe ich fast keinen Bissen herunterbekommen. Jetzt meldet sich mein Magen zurück. Sachte hebe ich den Deckel der Tortenschachtel an und höre ein leises Stöhnen neben mir. Wenn das wieder ein Kommentar sein soll, übergehe ich ihn souverän. Ganz vorsichtig löse ich die Schleife, schiebe den Deckel zurück und schaue auf das feine Stück Hochzeitstorte, eingebettet in knisterndes Seidenpapier. Kurz überlege ich, die Torte einfach den Kühen unter mir hinzuwerfen, und bin dann doch zu beeindruckt: Das ist zweifellos Sahnebiskuit, dekoriert mit Marzipan und gezuckerten Blüten. Sehnsüchtig betrachte ich das kleine Kunstwerk und weiß, dass ich mich nur mit dem schönen Anblick begnügen muss. Auf meiner Zunge wird nämlich gleich nicht viel passieren. Cremige Konsistenz werde ich wahrnehmen und Bissen für Bissen hinunterschlucken, so lange, bis der Hypothalamus im Zwischenhirn die Produktion von Neurotransmittern veranlasst. Dann weiß ich, dass ich nicht mehr hungrig bin. Klingt nicht gerade nach Erfüllung. Dabei war die Sinnenfreude von Delikatessen einmal meine Religion.

»Himmlisch«, erklingt es neben mir.

Verdutzt sehe ich meinen Sitznachbarn an. Haben wir etwa doch etwas gemeinsam? Er lächelt mir knapp zu. Das Tortenstück hat es ihm augenscheinlich angetan. Jedenfalls beäugt er es wie ein seltenes und äußerst faszinierendes Insekt.

»Möchten Sie etwas abhaben?«, frage ich behutsam.

Ich möchte seinen Anflug von Zutraulichkeit ja nicht gleich wieder zunichtemachen. Aber er guckt sofort weg. Erst als ich mich schulterzuckend dem bunt verzierten Wunder aus Sahne und Marzipan widme, klopft er sich auf den Bauch und murmelt: »Bin auf Diät. Leider.«

Dann höre ich ein leises *Zipppp*. Er hat die Seitentasche seines Rucksacks geöffnet und kramt umständlich darin herum. Während ich am Überlegen bin, ob ich die Torte vielleicht doch besser nachher auf meinem Zimmer essen soll, zieht er ein kleines

Päckchen hervor. Er faltet das Papier sorgsam auseinander, und ich kann erkennen, dass es sich um die herausgerissene Seite einer Zeitschrift handelt. Jetzt bin ich diejenige, die unhöflich in seine Richtung starrt. Nicht der Apfel, der in das Papier eingewickelt ist, fesselt meine Aufmerksamkeit, sondern die Überschrift auf der zerknitterten Zeitungsseite. IHR PERFEKTER WEIHNACHTSKARPFEN steht da in roter englischer Schreibschrift. Die Headline katapultiert mich augenblicklich zurück nach Kirchenbrügge, denn dort hat alles angefangen – mit einem dicken, fetten Weihnachtskarpfen in der Auslage von Mamas Lebensmittelgeschäft.

Kapitel 1

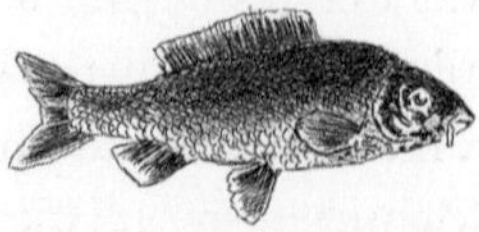

Es war kurz vor Ladenschluss, als eine auffällige Gestalt trippelnden Schrittes an meinem Schaufenster vorbeikam, abrupt stehen blieb und drei Schritte zurück machte, um Mamas Geschäft mit scharfem Blick zu inspizieren. Ihre große, dunkle Sonnenbrille schob sie dabei bis zur Nasenspitze. Das Schauspiel dauerte nur wenige Sekunden, dann nickte sie einmal fest entschlossen und drückte kurz darauf ihre wildlederumschlossene Hand gegen die Eingangstür. Von draußen drang das Läuten der Kirchenglocken zu mir herein, gleichzeitig klingelte hier drinnen die Ladenglocke, was diese groß gewachsene Frau mit spitzen Lippen in etwa so kommentierte:

»Ach, wie passend! *Kling, Glöckchen, klingelingeling, o du fröhliche* und so weiter. Ich will ihn haben!«

Bevor ich reagieren konnte, streifte sie ihren rechten Wildlederhandschuh ab und klatschte damit laut und heftig in die andere Handfläche. »Den und keinen anderen!«

»Meinen Laden?«, antwortete ich eingeschüchtert.

»Großer Gott, meine Liebe. Wovon sprechen Sie? Ich rede vom Karpfen, dem Karpfen da!« Sie wedelte mit dem losen Handschuh in Richtung Auslage. »Genau so einen habe ich gesucht. Sie sind die Rettung – die Erlösung, ein wahres Weihnachtswunder …«

Sie stockte. Ihre Stimme bekam übergangslos etwas Empörtes: »Was gucken die da draußen so?«

Ich folgte ihrem Blick. Bis eben noch hatten sich zahlreiche Menschengruppen an meinem Schaufenster vorbei in Richtung Kirche geschoben. Nicht etwa deshalb, weil die Gemeinde von Kirchenbrügge so wahnsinnig fromm wäre, sondern schlicht, weil Heiligabend war. Doch mittlerweile blieben draußen auf der Straße immer mehr Menschen stehen, die durch das Schaufenster meine Kundin anstarrten. Sie war ja auch ein Hingucker in ihrem blaugrauen Pelzmantel und den feuerroten High Heels, die sie den zugeschneiten Straßen draußen zum Trotz trug. Dazu eine dunkelgrüne Samtkappe in der Form eines Reiterhelms, die ihr straffes Gesicht einrahmte. Altersmäßig war sie schwer einzuschätzen: irgendetwas zwischen Anfang vierzig und Ende fünfzig. Den großen Pelzkragen hatte sie sich über die eine Gesichtshälfte gezogen, die andere wurde von der riesigen Sonnenbrille verdeckt.

In diesem Outfit war sie also über die Hauptstraße von Kirchenbrügge flaniert – und Flanieren wird hier, auch dann, wenn man weniger exotisch gekleidet ist, grundsätzlich mit Argwohn betrachtet. Unter der Hauptstraße von Kirchenbrügge darf man sich allerdings keinen befahrenen Boulevard vorstellen, sondern eher eine Allee in der Breite von anderer Städte Einbahnstraßen. Nicht mal eine Ampel gibt es im Ort. Nur ein paar Geschäfte wie Jans Eisladen im Fachwerkhaus, der im Winter Bubble Tea anbietet, den nur die Frau vom Pastor mag.

»Ich glaube, die gucken wegen dem Schild da draußen«, schwindelte ich die Frau an, die so verrückt nach meinem Karpfen schien.

Sie sah wieder zur Scheibe. Das Papier des Schilds an meinem Schaufenster war dünn genug, um die riesigen Lettern durchscheinen zu lassen. Auch spiegelverkehrt ließen sie sich von unserer Seite aus schnell entziffern: WIR SCHLIESSEN, hatte ich selbst darauf gepinselt. Der Kundin schien diese Antwort nicht auszureichen. Erneut drehte sie sich in meine Richtung und fixierte mich durch die dunklen Brillengläser. »So wie die starren, fühlt man sich wie ein Affe im Zoo«, konstatierte sie mit strenger Stimme.

»Ich gebe den Laden auf, und meine Nachbarn sind ein bisschen neugierig, wie es damit weitergeht«, erklärte ich lächelnd.

»Verstehe«, meinte sie knapp. »Typisches Provinzverhalten. Da schlägt man gern die Buschtrommel, wenn sonst nicht viel passiert. Sie geben den Laden auf? Das ist schade.« Sie nahm ihre Sonnenbrille ab und sah sich demonstrativ um. »Mir scheint er das einzig Liebenswerte in diesem Ort zu sein.«

Ich sagte ihr nicht, dass die Sache mit der Geschäftsaufgabe nicht meine Entscheidung, sondern die des Apothekers von nebenan gewesen war. Ihm gehörte nämlich das ganze Haus, inklusive der Ladenfläche plus der Wohnung, in der Mama und ich so lange zur Miete gewohnt hatten. Mit diesem Jahr lief unser Vertrag aus, und das gesamte Haus sollte grundsaniert werden. Ein mobiler Pflegedienst hatte für einen Teil der unteren Räume Interesse angemeldet. Alles musste raus. Selbst die alten Jugendstilkacheln mit den blau-grünen Fischlein würden nicht verschont werden. Oben, in unserer alten Wohnung, wollte er bis zum März ein Event-Büro einziehen lassen. Keine Ahnung, warum ausgerechnet hier im kleinen Kirchenbrügge, wo doch der Deich ein paar Kilometer weiter jede Welle einer neuen Bewegung gnadenlos abfängt und in die Elbe zurückwirft. Ein Trend allerdings hatte im Ort voll eingeschlagen: In einem flachen Neubau direkt hinter der Kirche hatte der Biomarkt Organic Company mit eigenem Kundenparkplatz eröffnet. Vermutlich war der Apotheker ihm also nur zuvorgekommen, denn dieser Lebensmittelmarkt hätte mir wohl im neuen Jahr ohnehin den Todesstoß verpasst.

»Der Karpfen soll's also sein«, sagte ich, lief nach vorne und angelte den auf Eis gelegten Fisch aus der Vitrine, um mit ihm meine letzte Ware einzupacken. Alle anderen Schätze des Lädchens – eingelegte Antipasti, etliche Konserven mit pasteurisierten Tomaten, verschiedene Hartkäsesorten, ganze Parmaschinken, unzählige Pastasorten, zehn Kästen mit frischem Gemüse, genauso viele Obstkörbe, zig Kilo an aluverschweißten Espresso-Paketen und bestimmt mehr als fünfzig Kanister Olivenöl – hatte am Morgen der Pastor auf meine Bitte hin abholen und zur Hamburger Tafel bringen lassen. Ich war die Lebensmittel einfach nicht mehr losgeworden. Und so, damit tröstete ich mich, brachte die Schließung zumindest etwas Gutes.

»Sie glauben gar nicht, was ich ohne den Karpfen hätte durchmachen müssen. Schuld daran ist nur mein neuer Mann. Er meint, ich wäre, wenn es um die Familie geht, nicht bei der Sache. Dabei bin ich immer bei der Sache, ob nun Familie, Job oder Straßenverkehr«, plapperte die Frau, während sie in der Fensterscheibe ihr Spiegelbild betrachtete, um ihren Hut zu richten.

Die Kirchenglocken läuteten zum großen Finale. Draußen zog die Karawane endlich weiter. Lauthals wünschten mir einige Kirchengänger »Frohe Weihnachten, Nana« durch die Scheibe, andere deuteten hinter versteckter Hand an, dass sich eine Spinnerin in meinen Laden verlaufen hatte. Die Kundin bekam das nicht mit. Sie erzählte ihrem Spiegelbild munter weiter: »Nur heute, nur dieses eine Mal, habe ich tatsächlich etwas vergessen, aber auch nur, weil mein werter Herr Gemahl ja unbedingt Weihnachten auf einer Apfelplantage verbringen muss, statt in unserer Wohnung an der Alster. Wissen Sie, er hat hier ganz in der Nähe so einen alten Bauernhof gekauft und umgebaut, schon Jahre her, und jetzt meint er plötzlich, er und ich sollten über die Feiertage einen auf ländlich machen. Uns erden. Das täte mir gut. Alles musste ich für ihn stehen und liegen lassen – sogar den Weihnachtsbaum, halbfertig geschmückt im Salon … kein Wunder also, dass ich bei dem ganzen Hickhack den Karpfen im Kühlschrank vergessen habe. Herrgott! Das kann doch mal passieren. Aber dass ich nicht bei der Sache bin, das lasse ich mir nicht sagen! Nein, damit kommt er nicht bei mir durch. Da steuere ich schon lieber meinen Wagen in die vereiste Elbe. Wie gut, dass ich davor noch mal den Umweg hierher genommen habe – in der Hoffnung, dass meine Gebete doch noch erhört werden. Und siehe da: ein wunderschöner Weihnachtskarpfen in Ihrem Schaufenster. Dem Himmel sei Dank. Das hat der kleine Heiland wohl persönlich eingetütet.« Sie verdrehte theatralisch die Augen und holte dabei tief Luft.

Ich nutzte den Moment, um ganz vorsichtig zu antworten: »Haben wir wie jedes Jahr um diese Zeit im Angebot.«

»Sicher, ja. Wie viel macht es also?« Ernüchterung glitt über ihre Miene und ließ sie auf einmal Jahre älter aussehen. Und erschöpft. Mit einem einzigen Satz hatte ich ihre euphorisch untermalte Vorstellung von einem Weihnachtswunder entzaubert.

»Also, wenn's der Himmel schickt, habe ich damit ja nichts zu tun. Ist also umsonst«, beeilte ich mich augenzwinkernd zu sagen. »Frohe Weihnachten.«

Ich überreichte ihr den eingepackten Fisch, woraufhin sie überrumpelt schien und im nächsten Augenblick mit einem fahrigen »Ich danke. Danke schön. Überaus freundlich …« abrauschte.

Beim Hinausgehen gab die Ladenglocke noch ein kurzes Ständchen, wie um sich von meiner letzten Kundin gebührend zu verabschieden. Dann war es still.

Mein Blick wanderte über die dunklen, deckenhohen Holzregale links neben dem Eingang. Einen ganzen Kosmos an Köstlichkeiten hatten Mama und ich hier versammelt, darunter Weine aus der Maremma, Sugo aus Bologna und meine heißgeliebten Dolci aus Rom. Nun war alles leer, nur eine aufgerissene

Packung mit Lasagneblättern war noch da und wirkte wie ein Souvenir aus einer anderen Zeit. Ich sah mich weiter um. Die andere Seite des Ladens wurde von einem großen Verkaufstisch bestimmt, um den man herumlaufen konnte. Hier wurde gewogen und geschnitten, abgepackt und kassiert. Direkt dahinter befanden sich die Körbe für Obst und Gemüse, und die kleine Etagere am Fenster war für Küchenkräuter gedacht. Mein absolutes Lieblingsstück war allerdings die große, gläserne Vitrine, wie man sie in Südtirol in jedem guten Lebensmittelgeschäft finden kann. Mama hatte sie aus einem unserer Urlaube mitgebracht, und ich weiß noch, wie sehr die Speditionsleute schimpften, weil das sperrige Ding so schwer war.

Bis eben hatte der Karpfen dort gelegen, auf einem Bett aus glitzerndem Eis. Ich schluckte. Dieser Laden war wundervoll. Ich würde ihn vermissen.

Vor fast einunddreißig Jahren hatte Mama das Lebensmittelgeschäft für größtenteils italienische Spezialitäten unterhalb unserer Wohnung eröffnet. Eineinhalb Jahre zuvor war sie aus ihrem Heimatort Cardano in Oberitalien nach München gegangen. Aus purer Abenteuerlust, wie sie es nannte. In einer Münchner Bar begegnete sie Claas, der hinter dem Tresen arbeitete. Wie Mama oft erzählte, waren ihr zuerst seine schönen Hände aufgefallen, die flink und sicher die Gläser polierten, und dann, ein paar Drinks später, hatte sie ihm einfach einen Moment zu lange in die Augen geschaut. So fing es an. Zuerst verbrachten sie nur die Nächte miteinander, aber dann wollte er meine Mutter auch tagsüber sehen – immer öfter, bis er sie schließlich fragte, ob sie mit ihm nach Hannover ginge, wo man ihm eine Stelle in einem Restaurant angeboten hatte.

Mama ging mit, sie war immer für klare Verhältnisse. Und obwohl sie Hannover unglaublich langweilig fand, bezog sie mit ihm eine kleine Wohnung und nahm eine Stelle als Verkäuferin in einem Supermarkt an. Ihre Beziehung hielt nicht länger als dreizehn Monate. Als ich auf die Welt kam, hatte mein Vater schon einen neuen Job hinter dem Tresen irgendeines Hamburger Nachtclubs angenommen – lange Zeit bevor er seine Weinhandlungen in der ganzen Stadt eröffnete und damit sehr erfolgreich wurde.

Ich war erst wenige Wochen alt, da verließ Mama Hannover, allerdings ohne wirklichen Plan. Sie dachte, wenn das Schicksal sie schon nordwärts führe, dann könne sie auch nach Kopenhagen oder Oslo gehen oder vielleicht sogar von Bergen nach Island übersetzen. Aber sie kam nicht weiter als bis nach Kirchenbrügge, das sie aus irgendeinem Grund an Cardano erinnerte – zumindest in der norddeutschen Version. Also blieb sie und eröffnete ihr eigenes kleines Geschäft, das zu meinem Zuhause wurde.

Nun lag das alles hier in Trümmern. Und mittendrin stand ich. Zum ersten Mal in meinem Leben wusste ich nicht, wie es weitergehen sollte.

Die Menschen hinter dem großen Fenster waren verschwunden. Sie saßen jetzt beisammen in der Kirche oder zu Hause, wo sie Essen zubereiteten, Geschenke auspackten oder es sich in ihren Wohnzimmern gemütlich machten.

»Ich bin mit Abstand die allerallertraurigste Gestalt in ganz Kirchenbrügge«, sagte ich laut, woraufhin sich Mama einschaltete. Leise hörte ich sie schnauben – ein Zeichen ihrer Missbilligung, das fast jedes Mal einen Witz auf meine Kosten ankündigte:

Zum Glück ist es Kirchenbrügge, cara mia. Stell dir vor, es wäre Peking oder Mumbai. Millionen von Einwohnern, und alle glücklicher als du!

»Du findest meine Trauer also komisch«, stellte ich trotzig fest und setzte mir, um ihre Stimme loszuwerden, meine Kopfhörer auf. Musik aus längst vergangenen Zeiten dudelte in meinem Ohr. Gegen Mamas Stimme kam sie nicht an.

Cara mia, hörte ich sie wieder. *Du bist nicht die allertraurigste Gestalt. Du bist traurig, ja, aber keine traurige Gestalt.*

»Die Fakten sprechen dagegen, Mama. Es ist Weihnachten. Ich bin allein, verliere den Laden, bin so gut wie obdachlos und …«

»Pardon?«

Das war nicht Mamas Stimme! Im selben Moment dieser Erkenntnis tippte mir jemand auf die Schulter. Ich zuckte so heftig zusammen, dass mir die Kopfhörer von den Ohren rutschten. Ich hatte die Ladenglocke überhört. Meine allerletzte Kundin war noch mal zurückgekommen, ohne dass ich es bemerkt hatte. Sie stand ganz nah vor mir und schaute mich mit einem bemühten Lächeln durch ihre dunklen Gläser an.

»Störe ich Sie bei einem Telefonat?«

»Nein, nein, ich, äh. Schon gut«, stotterte ich.

»Sie sind doch allein hier, oder?«

Sie schob die Brille bis zum Rand ihres Samthelms hoch und blinzelte ins Licht. Sofort verschmälerten sich ihre Augen zu zwei Schlitzen. Sie reckte ihren langen Hals aus dem dicken Pelzkragen und beugte sich langsam über den Verkaufstisch, an dem ich stand.

»Stimmt etwas mit dem Karpfen nicht?«, fragte ich sie.

Der Hals der Frau verschwand wieder im Mantelkragen. Sie sah kurz aus wie eine Mischung aus Schildkröte und Nerz.

»Im Gegenteil, meine Liebe. Ich fand das wirklich sehr nett von Ihnen. Ich weiß ja nicht, welche Pläne Sie für die Zukunft haben, aber hier ist meine Karte. Ich schulde Ihnen was.«

Mit diesen Worten legte sie mir ihre Visitenkarte auf die Theke, vollführte auf den Spitzen ihrer roten High Heels eine elegante Drehung und spazierte ein zweites Mal aus meinem Laden.

Erst jetzt bemerkte ich den SUV, der mit laufendem Motor vor dem Schaufenster stand. Ohne sich noch einmal umzugucken, stieg sie ein und fuhr davon.

Ich trat zum Schaufenster und sah dem Auto so lange hinterher, bis es in Richtung Landstraße abbog und die Dunkelheit die Farbe der Rückstrahler schluckte. Erst dann nahm ich die Karte vom Tresen, um sie mir genau anzusehen.

NARZISS-Magazin

Chefredaktion Tiffany Meyer

Die Chefredakteurin vom NARZISS? Ich stutzte ungläubig. Seit ich denken konnte, bekam Mama dieses »Bilderbuch für Frauen«, wie sie das aufwendig produzierte Magazin scherzhaft nannte, alle zwei Wochen per Post. Als ich ein Teenager war, zelebrierten wir dann jedes Mal ein kleines Ritual: Ich fischte das Heft aus dem Briefkasten, meine Mutter machte uns einen Tee, und dann tauchten wir, tief in die Sofakissen gekuschelt, in die Welt gehobener Lebensart ein. Und ich lernte ganz nebenbei den Unterschied zwischen Trendy-Sein und Einen-eigenen-Stil-Besitzen.

Ich drehte das Kärtchen hin und her. Auf der Rückseite der kleinen, elfenbeinweißen Pappe standen in zurückhaltend zarten Lettern die Verlagsanschrift, eine Mail-Adresse, Telefon- und Faxnummer. Was es wohl bedeutete, wenn eine Chefredakteurin mir einen Gefallen schuldete? Durfte ich ihr meine Bewerbungsmappe für ein Redaktionspraktikum schicken, was mit meinen einunddreißig Jahren ganz schön lächerlich auf sie wirken musste, oder schuldete sie mir ihrerseits nun einen Karpfen?

Wahrscheinlich war es nur so eine Floskel gewesen, das mit dem Gefallenschulden. Andererseits war sie extra noch einmal umgekehrt.

Ich hätte mich dennoch nie getraut, Tiffany Meyer zu mailen und ihr zu erzählen, dass ich für mein Leben gern schreibe, am liebsten über feine Lebensmittel, und dass ich deshalb einen eigenen Blog betreibe. Niemals hätte ich das gewagt. Und wenn ein paar Tage später nicht alles so gekommen wäre, wie es nun mal gekommen ist, hätte ich Tiffany Meyer wohl nie wiedergesehen.

Ich steckte die Visitenkarte in die Hosentasche, rückte die Kopfhörer zurecht und drückte erneut auf PLAY. *Try to Remember* von Harry Belafonte. Mama legte seine Musik immer an Weihnachten auf.

Draußen setzte langsam die Dunkelheit ein. Kalte Luft machte sich im Laden breit und drängte mich in die letzte warme Ecke direkt an die alte gusseiserne Heizung. Ich legte mir Mamas Strickjacke über. Sie war ihr offizielles Kleidungsstück für den Laden gewesen – aus grober, grauer Wolle mit gelben Streifen an Bündchen und Saum. Seit einem Jahr roch ich jeden Tag daran. Mamas Duft war schon lange rausgewaschen, aber ich stellte mir vor, dass er noch da wäre.

Mama hatte vor ein paar Jahren die Idee mit dem Blog gehabt. Sie glaubte an mein Talent zum Schreiben. Ich wählte im Browser meines Handys die URL des Blogs an, der seit Monaten brachlag. Ereignisse, von mir festgehalten in Bildern, die ich selbst auf chiliundhonig.de hochgeladen hatte. Sie zeigten mir eine Welt, die nicht mehr die meine war: intensive Farben, sonniges Licht, alles so bunt und fröhlich und voller Leichtigkeit. Ein paar Aufnahmen aus meiner Heimat, dem Alten Land, dazu Mamas Küche, unsere Wohnung, der Laden und dann – Italien. Vor ein paar Jahren hatte ich fest vorgehabt, eine Reise zu machen, und zwar erst mal dorthin – in das Land, in dem ich meine Wurzeln habe. Es sollte ein kulinarischer Trip zu Erzeugern und Produzenten werden, denn ich wollte die Delikatessen, die wir in unserem Laden verkauften, dort probieren, wo sie entstehen. Wochenmärkte und Markthallen wollte ich besuchen, Ölmühlen und Weingüter. Und dann – so lautete mein Plan – sollte es weitergehen bis nach Istanbul, wo ich mich ganz auf die Welt der

Gewürze konzentrieren würde. Doch daraus wurde nichts. Genau bis Cardano hatte ich es geschafft, da erreichte mich der Anruf aus dem Krankenhaus. Ich musste zurück nach Kirchenbrügge.

Nana?

Wenn Mama meinen Namen wie eine Frage aussprach, lag immer etwas Sanftes darin. Ich schmiegte meine Wange an die Wolljacke und vertiefte mich in unser Gespräch.

Durchhalten, flüsterte sie mir zu.

Genau das hatte ich in den letzten Monaten versucht, aber die Konkurrenz durch den Biomarkt wurde immer größer, und dann stand irgendwann auch noch fest: Der Apotheker würde den Mietvertrag nicht verlängern und mich auf die Straße setzen.

Nana!

Die Stimme klang jetzt anders, strenger:

Warum lässt du dir deine wertvolle Zeit stehlen und trauerst den Bildern der Vergangenheit nach? Versumpfe nicht in deinem Selbstmitleid!

Das saß! Getroffen blickte ich nach oben.

»Vielleicht darf ich zu meiner Verteidigung anführen, dass mit dir fast alles verschwunden ist, was mir im Leben lieb war.«

Ich dachte an ihre letzten Tage. An ihre resignierten Worte, wenn sie mir sagte, ich solle mich nicht mehr über die Ärzte aufregen. An die Anstrengung, die ihr jeder Atemzug und jede Bewegung bereiteten … Zum zweiten Mal in ihrem Leben war der Krebs zurückgekommen. Diesmal gab es keine Hoffnung.

Irgendwann war dann auch Mamas Duft verschwunden, genau wie ihr sanfter Blick und ihre Berührungen. Die vermisste ich am meisten. Ihre Hände strahlten stets Ofenwärme aus und rochen nach den feingehackten Kräutern und den frischen Tomaten, mit denen sie ihre großartigen Kompositionen schuf. Für mich besaß das Klappern ihrer Messer und anderen Küchengeräts immer etwas Musikalisches, so als bewegten sich Löffel und Schneebesen im Takt einer Melodie, die nur meine Mutter kannte. Überhaupt konnte sich Mama für Musik begeistern, sie liebte die Oper. Die Vorbereitung der Lebensmittel war die Ouvertüre, die Zubereitung der Speisen die einzelnen Akte, und der Moment, wenn wir beide am Tisch saßen – rotwangig, ein wenig verausgabt und voller Vorfreude –, war das Finale. Mama am Herd, das war eine Dirigentin und die Küche ihr Opernhaus, so lange, bis sie das Orchester verlassen musste. Seitdem war es um mich herum sehr still geworden, allein in meinen Gedanken konnte ich ab und zu noch Mamas Stimme hören. Und ich hatte große Angst, dass ich mich irgendwann nicht mehr an ihren sanften Klang erinnern könnte, dass mich ihre Stimme ebenso verlassen würde wie ihr Duft.

Ich löste mich vom Heizkörper und blinzelte gegen die Tränen an.

Erschöpft ging ich nach vorne, um die Ladentür abzuschließen, aber statt den Schlüssel ins Loch zu stecken, öffnete ich die Tür und atmete die kalte, klare Luft ein, die mir entgegenschlug. Es war leise geworden. Leiser noch als leise. Die automatischen Türen von Organic Company bewegten sich nicht mehr, die Kirchenglocken hatten zu läuten aufgehört, und alle Motoren waren verstummt. Den Rest besorgte die dichte Schneedecke, die jedes Geräusch mit Watte umhüllte. Die Menschen feierten Weihnachten. Ihr aufgeregtes Miteinander schien hinter den dicken Mauern der alten Bauernhäuser von Kirchenbrügge schalldicht verpackt.

»Mama?«, fragte ich leise in den Laden.

Aber die Stimme antwortete nicht.

Kapitel 2

Nachdem ich den Laden abgeschlossen hatte, ging ich hoch in meine Wohnung, um mir etwas zu essen zu machen. Auch wenn sie schon fast vollständig ausgeräumt war, Kühlschrank und Tiefkühltruhe standen noch an ihrem Platz und boten sicher so einiges, denn an Delikatessen hatte es bei uns nie gefehlt. Doch das war ein Trugschluss, wie ich schnell bemerkte, als der Lichtschalter im Flur nicht reagierte. Mir fiel das Mahnschreiben ein, das ich neulich erhalten hatte. In dem ganzen Stress mit Ladenauflösung und Möbeleinlagern hatte ich vergessen, die siebzig Euro für den Strom in der Wohnung zu überweisen. Das Ergebnis war ein abgetauter Tiefkühler, aus dem sich eine Wasserlache in den Flur hinein ausgebreitet und meinen Sisalteppich ruiniert hatte. Ich öffnete die Truhe und stellte fest, dass alles verdorben war. Lachs, Loup de Mer, Hummer: alles aufgetaut und matschig. Den Kühlschrank musste ich gar nicht erst aufmachen. Ich wusste auch so, dass die frischen Steinpilz-Tortellini und das hauchfein geschnittene, getrüffelte Carpaccio den Tag ohne Strom nicht überlebt hatten. Ich drehte mich einmal um die eigene Achse. Das also war der erste Heiligabend ohne Mama. Dunkel, kalt und nichts zu essen im Haus.

Bevor mich die Verzweiflung darüber einholen konnte, schnappte ich mir meine Daunenjacke, griff nach Autoschlüssel und Umhängetasche und zog die Tür hinter mir zu. Ein paar Kilometer Richtung Hamburg gab es eine Tankstelle, und auch wenn mir die Vorstellung von Convenience Food nicht behagte – dort würde ich schon irgendetwas Essbares auftreiben. Und einen heißen Kaffee.

»Was darf's sein?«, fragte mich der Typ an der Kasse und schaute mich nicht einmal dabei an. »Hier, das gibt's nur heute.« Er zeigte auf ein Set, das eine Packung Salzstangen, einen Liter Cola und eine Rätselzeitschrift zum Sonderpreis umfasste.

Ich entschied mich lieber für: »Alsterwasser und ein Franzbrötchen.«

Jetzt hatte ich seine volle Aufmerksamkeit. »Franzbrötchen und Alsterwasser? Gute Frau, da wird Ihnen schlecht. Aber so was von.«

Vielleicht wollte ich das ja auch. Ich schaute ihn trotzig an. »Dann eben zwei Franzbrötchen. Und ein Alsterwasser.«

Kopfschüttelnd griff der Mann nach Tüte und Gebäckzange. Als er sich zur Seite beugte, sah ich, dass ihm ein Arschgeweih aus der Jeans wuchs. Es sah so aus wie der Hirschkopf auf der Jägermeisterflasche im Schnapsregal hinter ihm.

In Gedanken versunken verließ ich die Tankstelle und fuhr langsam über die spiegelglatten Straßen zurück nach Hause. Dort angekommen, konnte ich dann aber meinen Haustürschlüssel nicht mehr finden. Weder in der Tasche noch in meiner Jacke oder im Auto – ausgesperrt. Ich betrachtete den Türknauf, er verkörperte, seit ich denken konnte, den Zugang zu meinem Zuhause. Bis zu diesem Moment. Wie war das mit dem persönlichen Tiefpunkt?

Ich rüttelte an der Haustür, dann stakste ich über den gefrorenen Asphalt, setzte mich ins Auto und heulte los.

Ich weiß nicht mehr, wie lange ich so dasaß, doch nach einer Weile knurrte mein Magen so laut, dass ich es nicht mehr ignorieren konnte. Also griff ich nach der Tüte auf dem Beifahrersitz und zog eines der Franzbrötchen heraus, ein Gebäck, das es in und um Hamburg fast an jeder Ecke gibt. Aus Hefeteig, mit Zimt und Rosinen oder Streusel. Ich liebe Franzbrötchen. Und dieses Exemplar von der Tankstelle erwies sich erstaunlicherweise als ziemlich gut. Ich kaute mit vollen Backen. Der Zimt kitzelte am Gaumen, und die schwere Süße hatte etwas Beruhigendes. Das zweite aß ich mit mehr Bedacht und spürte, wie dabei meine Konzentration zurückkehrte.

In der Hand hielt ich noch immer den Autoschlüssel. Er hing an Mamas altem Schlüsselanhänger, einem abgenutzten Lederbändchen. Das Auto war der einzige Wertgegenstand, den sie mir hinterlassen hatte, und ich war fest entschlossen, es zu behalten. Ein VW Golf, Baujahr 1989 und dazu noch ein Cabrio, in hanseatischem Dunkelblau vom Lack über die Polster bis zum Verdeck. »Erdbeerkörbchen« hat man das Kultmodell aus den 80ern getauft. Weil mir nach wie vor kalt war, steckte ich den Schlüssel ins Zündschloss und startete den Motor. Sofort blies mir trockene Heizungsluft ins Gesicht. Gleichzeitig ging das Autoradio an. Ich drückte die programmierten Tasten; Ende der 80er muss dieses Ding in technischer Hinsicht der letzte Schrei gewesen sein.

Auf allen Stationen lief dasselbe: Verkehrsnachrichten, die wiederholt von Glatteis berichteten. Ansonsten wünschte man frohe Weihnachten. Die Sender spielten den Einheitsbrei alter Lieder von *O du fröhliche* über *Santa Claus Is Coming To Town* bis *Last Christmas*. Ich war noch nie ein großer Fan von Weihnachtssongs gewesen, aber in diesem Moment fand ich sie unerträglich. Aus dem Handschuhfach fischte ich irgendeine Kassette. Das Tape war selbstbespielt. *Für Dich. Hamburg '89* stand vorne drauf. Nicht Mamas Schrift. Ich schob die Kassette in das Gerät und hörte als Erstes »Hamburg, Hamburg … Ha-ha-ha-hamburg« und dann so einen Typen auf Deutsch rappen, der scheinbar ein großer Fan der Hansestadt war. Er klang ein bisschen wie Falco, nur ohne Wiener Schmäh. Ich konnte mich nicht daran erinnern, dass Mama so etwas je gemocht hätte. Nicht mal in den 80ern. Sie liebte die Klassik und die alten Songs von Bette Midler, ABBA oder Fleetwood Mac. Verwundert über die Entdeckung öffnete ich die Dose Alsterwasser. Täuschte ich mich, oder klang das Zischen irgendwie unwillig? Der Typ auf der Kassette sang gerade davon, wie sehr er es liebte, in Hamburg zu leben. Ich dagegen hatte die Stadt in den letzten Jahren gemieden. Im Grunde hatte ich nichts gegen Hamburg. Es gab nur ein kleines Problem, um das ich lieber einen großen Bogen machte: Claas, der dort seit vielen Jahren wohnte.

Mein Vater hatte mehrmals versucht, mich in den vergangenen Tagen zu erreichen, hatte mir sogar auf die Mailbox gesprochen, ob ich nicht Lust hätte, mit ihm und seiner neuen Freundin das Weihnachtsfest zu verbringen. Danke, nein. Da schon lieber Heiligabend im Auto sitzen mit Alsterwasser und zwei Franzbrötchen als Festmahl.

Ich glaube eigentlich nicht an Zeichen, die einem den Weg weisen oder so etwas – aber mit dem Zimtgeschmack auf der Zunge, der Dose Alsterwasser in der Hand und dieser merkwürdigen Hymne auf die Hansestadt im Ohr, fing ich doch zu überlegen an. War das zusammengenommen vielleicht doch ein Richtungsweiser? Sachte gab ich Gas. Der Wagen rollte ein paar Meter vorwärts, und damit hatte ich bereits das Ende der kurzen Hauptstraße von Kirchenbrügge erreicht. HAMBURG 53 KILOMETER las ich auf dem gelben Schild in Richtung Landstraße.

Plötzlich war da wieder Mamas Stimme, ein Gespräch aus der Vergangenheit, an das ich unvermittelt denken musste. Es war an einem unserer letzten Abende gewesen, als ich Mama sagte, dass ich mich vor der Zukunft fürchtete. Wer außer ihr kannte schon die Antworten auf die großen Lebensfragen, die sich mir noch stellen würden? Meine Mutter streichelte mir über den Kopf. »Ich werde immer da sein. Nicht im Haus oder im Laden. Da findest du keine Antworten, Nana, sondern hier.« Mama machte eine Faust, legte sie auf ihre linke Brust und lächelte erschöpft.

Ich fasste mir an die Stirn. Wie hatte ich ihre Worte bloß vergessen können? Die ganze Zeit hatte ich gefürchtet, Mamas Stimme nur dann weiterhin zu hören, wenn ich den Laden und die Wohnung behielt. Wenn ich unser altes Leben weiterführte, als wäre sie noch da. Ohne weiter nachzudenken, trat ich aufs Gaspedal. Und schon bog ich auf die Landstraße ab, mit dem einen Ziel vor Augen: Hamburg.

Ich hatte keine Anlaufstelle, keine Adresse – nur mich selbst in einem Gefährt namens Erdbeerkörbchen.

Nach einer Weile hörte es auf zu schneien, und der Himmel klarte auf. Obwohl ich auf dem Land aufgewachsen war, hatte ich die Sterne schon lange nicht mehr so hell dort oben leuchten sehen. Steinkirchen, Mittelkirchen, Neuenkirchen: Ich fuhr an kleinen Ortschaften vorbei, keine davon größer als Kirchenbrügge. Die Zeit war im Alten Land stehengeblieben. Als ich ein Kind war, verbrachten viele gut betuchte Hamburger hier ihre Wochenenden, suchten Ruhe und Entspannung in ihren schick ausgebauten Guts- und Bauernhäusern. Aber wie das so ist, wurde ihnen die Ruhe mit der Zeit zu langweilig, und so verlagerten sie ihre Domizile an die Küsten entlang der Nord- und Ostsee. Manchmal, wenn sie in ihren teuren Autos durch unser Dorf fuhren, sah ich ihnen sehnsüchtig hinterher.

In einem Sommer, ich muss so neun Jahre alt gewesen sein, lernte ich Konstantin kennen, der genau wie ich in der Schlange vor Jans Eisdiele in Kirchenbrügge wartete. Ich hatte ihn schon ein paar Mal gesehen, wenn er von der Rückbank eines silbern glänzenden Jeeps herausgesprungen war, der seinem Vater gehörte. Er war etwas älter als ich, und nachdem wir uns ein wenig beschnuppert hatten, erzählte er ohne große Umschweife, dass er nun auch hier lebe – zumindest an den Wochenenden. Sein Vater habe nämlich das große Bauernhaus auf einer benachbarten Apfelplantage gekauft, um sich dort von seiner Scheidung zu erholen. Und als er hinzufügte, dass die Mutter eine bekannte Modedesignerin sei und er nun beim Vater wohne, tat mir das schrecklich leid. Wie konnte eine Mutter einfach so fortgehen? Konstantin, da war ich mir sicher, musste furchtbar traurig sein – und sein Vater bestimmt auch. Während der Junge mit seinem Eis in der Hand neben mir herlief und immer weiterplapperte, überlegte ich schon, wie ich den einsamen, traurigen Mann mit meiner schönen Mutter verkuppeln könnte. Nebenbei würde dabei für mich noch ein cooler Bruder herausspringen.

Obwohl sich die Idee für mich überaus stimmig anfühlte, weihte ich Mama doch lieber in meinen Plan ein, bevor ich erste Schritte unternahm. Sie schaute mich halb erstaunt, halb besorgt an und sagte nur, ich sei »ein bisschen plemplem« und dass sie für Verkupplungsaktionen derzeit nicht zu haben sei.

Mit dem Ende des Sommers verschwanden auch Konstantin und sein Vater in ihrem Jeep. Kurz darauf wurde das Haus neu vermietet, und ich sah die beiden nie wieder.

Ich blickte zu den weitläufigen Apfelplantagen, die sich bis zum Deich an der Elbe entlangzogen. Der Schnee hatte ihre Äste in Weiß getüncht, und die kahlen Bäume sahen wie Gerippe aus. Ein irgendwie surrealer und doch anmutiger Anblick, wie aus einem dieser Märchenfilme von Tim Burton. Über mir war der dunkle Himmel noch immer mit funkelnden Sternen bespickt, aber in der Ferne färbte er sich bereits in einem gräulichen Violett; die Flutlichter im Freihafen mit der dahinterliegenden

Großstadt ließen der Nacht dort keine Ruhe. Mir gefiel die Vorstellung, dass sich Tag und Nacht ineinander vermischten und so ihre ganz eigenen Geschichten erzählen konnten – ohne vom morgendlichen Klingeln des Weckers unterbrochen zu werden.

In den letzten Monaten hatte sich jeder Tag in Kirchenbrügge so wie der vorherige angefühlt. Die einzige Abwechslung waren die regelmäßigen schlechten Nachrichten gewesen, die mich immer einen Schritt näher an den Abgrund brachten. Je mehr ich versuchte, Mamas Lebenswerk festzuhalten, desto schmerzhafter wurde es für mich. Jetzt wurde mir klar, dass nicht das Loslassen so weh tat, sondern das Festhalten. Meine Hand, die sich bis eben um das Lenkrad gekrallt hatte, öffnete sich, und ich legte die Finger ohne viel Druck auf das polierte Holz.

Kirchenbrügge lag jetzt schon weit hinter mir. Das Land mit seinen winterlich weißen Flächen war einer künstlichen Landschaft gewichen. Hier an der Süderelbe bestimmen Flachbauten, Großcontainer, kleine Brücken und verwinkelte Zufahrtsstraßen das Stadtbild. Ich war mitten im Gewerbegebiet am Rande des Freihafens. Obwohl mir nur dann und wann ein Auto entgegenkam – schließlich war Heiligabend –, wirkte die Gegend nicht sonderlich einsam. In den Häusern brannte Licht, Lkws parkten am Straßenrand, und hinter den zugezogenen Vorhängen der Fahrerkabinen schimmerte das bläuliche Licht von Fernsehern.

Als ich das Fenster ein wenig öffnete, um frische Luft hereinzulassen, trug der eisige Wind das geschäftige Surren der Maschinen im Industriehafen herüber. Die Straße führte durch eine enge Kurve und von da eine beachtliche Steigung hinauf, die für das Flachland rund um Hamburg ungewöhnlich ist. Erst jetzt bemerkte ich, dass ich direkt auf eine riesige Konstruktion zufuhr: die Köhlbrandbrücke, eine der größten Brücken Europas. Mit einem mulmigen Gefühl im Bauch konzentrierte ich mich nun voll und ganz auf die Straße und versuchte, weder zu sehr an die Höhe, in der ich mich befand, noch an die spiegelglatte Fahrbahn oder meine alten Reifen zu denken. Zu allem Überfluss kam mir jetzt auch noch ein Lastwagen entgegen. Ich blinzelte in das grelle Licht seiner Scheinwerfer und folgte halbblind der Steigung. Und dann – mit einem Mal – blitzten vor mir die hellen Lichter der Stadt auf. Ich blickte auf endlos viele Gebäude und Straßen, die im Lichtsmog am halbdunklen Horizont verschwanden. Davor floss die Elbe, auf der Eisschollen trieben. Lange hatte ich nicht mehr so etwas Imposantes gesehen. Vor lauter Faszination bemerkte ich gar nicht, wie ich den höchsten Punkt der Brücke hinter mir ließ. Mit jedem Meter wurde die Angst weniger, und als ich schließlich auf der anderen Seite ankam, war sie verflogen.

»Hallo, Hamburg«, sagte ich leise.

Kapitel 3

Am Weihnachtsmorgen öffnete ich langsam die Augen. Das Erste, was ich sah, war das üppige Blumenmuster eines Vorhangs. In verschwenderischer Fülle ergossen sich pastellfarbene Blüten über den schweren Stoff, der zu beiden Seiten eines großen Gaubenfensters bis auf den Dielenboden hinabfiel. Ich schaute mich mit halbgeöffneten Lidern im Zimmer um, stutzte und schob mich im nächsten Moment hellwach im Bett hoch. Dann stopfte ich mir ein Kissen in den Rücken und blinzelte entzückt. Schon als Kind hatte mir der Morgen des 25. Dezembers noch besser gefallen als Heiligabend. Er kam mir immer wie eine Mischung aus Weihnachten und meinem Geburtstag vor, wenn ich gleich nach dem Aufstehen barfuß in T-Shirt und Pyjamahose ins Wohnzimmer taperte und im hellen Tageslicht den Stapel meiner Geschenke bestaunte. Am Vorabend hatte ich sie zwar schon aus dem Papier gewickelt und damit gespielt, aber am darauffolgenden Morgen ging von ihnen noch immer diese Magie brandneuer Spielsachen aus. Außerdem war schulfrei, und sogar Mama musste an diesem Tag nie arbeiten.

Der gestrige Heiligabend hätte nicht trister sein können. Jetzt kam mir dieses extrem gemütliche Mansardenzimmer mit dem hölzernen Alkoven, in dem ich lag, wie ein Weihnachtsgeschenk vor. Der Raum schien geradezu aus einem Magazin für englischen Landhausstil entsprungen zu sein. Die zarten Rosa- und Gelbtöne des Vorhangs wiederholten sich in der Streifentapete, die wiederum perfekt zu den beiden silbergrau bezogenen Sesseln passte, die neben dem Bett und vor dem Fenster standen. Daneben ein hübsches Ensemble, bestehend aus einem verzierten Einbauschrank und einer Frisierkonsole aus Mahagoni. Das Zimmer war klein, nicht größer als fünfzehn Quadratmeter vielleicht, aber es hatte etwas Feines an sich. Das holte den nächtlichen Anblick der Villa in mein Gedächtnis zurück. Im dämmerigen Schein der Straßenlaterne hatte ich vor der hellblau getünchten Fassade mit dem weißen Stuck gehalten. Die Adresse: vornehmstes Hamburg – nicht weit entfernt von der Alster.

Den einzigen Stilbruch entdeckte ich auf einem gepolsterten, mit pinkfarbenem Samt bezogenen Bänkchen: meine Daunenjacke, Jeans und Pullover, alles hastig ausgezogen und achtlos hingeworfen. Ich war echt erschöpft gewesen. Stunden hatte es gedauert, bis ich die Brahmsallee, eine kleine Villenstraße, die nur durch einen im Rondell angelegten Park durchbrochen wird, gefunden hatte. Das lag vor allem an meiner etwas unpräzisen Wegbeschreibung. Die Frau des Pastors stieg nämlich immer hier ab, wenn sie ihre Schwester in der Stadt besuchte. Jedes Mal, wenn sie danach bei mir im Laden einkaufte, erzählte sie von dem Trip: »Todschicke Gegend! Und die Straße heißt nach diesem großen Komponisten. Gleich nebenan ist dieser lange Wochenmarkt. Die Wohnungen ringsum kann sich fast niemand mehr leisten, die Pension schon. Ein echter Geheimtipp.«

Mit dieser Beschreibung, die einem Rätsel glich, war ich durch das nächtliche Hamburg gekurvt. Ein paar Mal hielt ich bei Tankstellen an und erkundigte mich nach einer Mozart- oder Beethovenstraße. Der Groschen fiel erst, als ich auf meiner nächtlichen Irrfahrt zum dritten Mal im Erdbeerkörbchen den Johannes-Brahms-Platz in der Innenstadt kreuzte. Brahms! Na klar! Der einzige Hamburger, der seit über hundertfünfzig Jahren Konzerthallen füllt.

Um ein Haar wäre ich an der Villa vorbeigefahren, wenn mich nicht dieses Leuchtschild in einem der Erkerfenster irritiert hätte. ZIMMER FREI stand dort in pulsierenden, roten Lettern, umgeben von vielen kleinen blauen Sternchen, die in Endlosschleife um die Buchstaben herumtanzten. Zugegeben, in diesem noblen Viertel wirkte diese Reeperbahn-Ästhetik etwas bizarr, aber die unkonventionelle Lichtreklame hatte ihren Zweck erfüllt.

Ich stieg aus meinem Bett und trat an das halbrunde Fenster. Eine hauchdünne Schneeschicht hatte die Bäume und Sträucher des Vorgartens überzuckert, und ein paar vorwitzige Sonnenstrahlen brachten die Eiskristalle zum Funkeln. Auch das Dach des Cabrios glitzerte. Mamas Erdbeerkörbchen stand direkt unter mir an der hohen Hecke vor der Villa und schien sich mit der neuen Nachbarschaft bestens arrangiert zu haben. Zumindest parkte es dort mit der größten Selbstverständlichkeit zwischen riesigen Geländewagen und eleganten, dunklen Coupés. Ich schenkte dem Wagen einen letzten Blick, setzte mich auf das pinkfarbene Bänkchen und suchte meine Siebensachen zusammen. Im Gegensatz zu Mamas Golf fühlte ich mich irgendwie deplaziert in dieser Umgebung. Es störte mich, dass ich nichts Frisches anzuziehen hatte, von einer Zahnbürste oder einem Kamm ganz zu schweigen.

Ich kramte ein Haargummi aus der Handtasche und stellte mich vor das kleine Waschbecken neben der Tür. Kritisch betrachtete ich mich in dem goldgerahmten Spiegel, der über dem altmodischen Becken hing. Im Ganzen betrachtet, schien dieses Zimmer eine Art Zeitkapsel zu sein, in der man die Lebensart vergangener Epochen konserviert hatte. Nur ich sah darin alt aus. Ich trat einen Schritt zurück und versuchte, mich mit den Augen eines Betrachters zu sehen: Augenringe, die fast bläulich schimmerten, das blässliche Gesicht umrahmt von schwarzbraunem Haar. Seit mehr als einem Jahr war ich nicht mehr beim Friseur gewesen, nur mein gewollt lässiger Pferdeschwanz täuschte darüber hinweg. Ich schaute mir fest in die braunen Augen und zuckte entschuldigend mit den Schultern. Irgendwann in den letzten Monaten hatte ich aufgehört, mich mit Mode zu befassen, dabei hatte ich an den Klassikern der letzten acht Jahrzehnte immer meine Freude gehabt. An manchen Morgen war meiner Mutter und mir nach den Farben der bunten 60er gewesen, an anderen nach schrillen Outfits der 80er, und in einigen Sommern hüllten wir uns in weiße Spitze im Stile der ländlichen 1920er. Doch mit Mamas Tod waren auch die modischen Riten dahin, und ich verlegte mich von da an auf das »Praktische«.

Bevor ich wieder in Grübeleien verfallen konnte, zwickte ich mir als Rouge-Ersatz zweimal in die Wangen und öffnete dann die Zimmertür einen Spaltbreit. Ich erinnerte mich an einen flüchtigen Wink vom schweigsamen Portier, kurz bevor er mich in mein Zimmer ließ, dass sich das Bad gegenüber befand. Noch bevor ich einen Schritt in den schmalen Korridor tat, stieg mir der Duft von frisch gebrühtem Kaffee, getoastetem Brot und Zimtpfannkuchen in die Nase. Ich stellte mich an die Treppe und sah hinunter. Vom Dach bis in das Erdgeschoss war das Geländer mit einer Girlande aus Tannen geschmückt. Unten, in einer behaglichen Lobby, entdeckte ich einen älteren Herrn, der in einem dunkelgrünen Sessel schlief. Ein Buch ruhte auf seinen Knien – er sah wie der rührselige Geschichtenerzähler aus einer Dickens-Verfilmung aus.

Langsam schritt ich die Stufen hinab. An die Geländerstreben im ersten Stock waren lange, rote Bänder gebunden, an denen wiederum ein großer Adventskranz mit vier dicken, brennenden Kerzen hing. Ich ging weiter bis zum letzten Treppenabsatz. Unten loderte knisternd ein Feuer im Kamin, und zum ersten Mal wurde mir etwas weihnachtlich zumute.

»Da ist ja unsere Mansarden-Prinzessin. Guten Morgen!«

Eine junge Frau steuerte geradewegs auf mich zu. Ihre hellen Augen strahlten; zusammen mit den blonden, kurzen Haaren verliehen sie ihrem Aussehen etwas Lausbubenhaftes.

»Haben Sie gut geschlafen? Ich bin Christine Martens. Ich führe die Pension hier.«

Sie streckte mir resolut die Hand entgegen und schüttelte meine kräftig. Einladend deutete sie auf den langen Tisch hinter sich, der fast den gesamten Speisesaal einnahm. Am Ende der Tafel saß eine alte Dame, die aus ihrer Tasse schlürfte. Eine junge Familie mit Baby beendete gerade ihr Frühstück. Sie zogen sich Mäntel und Mützen über und wünschten mir gut gelaunt: »Frohe Weihnachten!«

Ich entdeckte den grimmigen Portier vom Vorabend, dessen Schicht scheinbar bis in den Morgen ging. Grußlos nickte er mir zu, während er zwei Plätze mit buntem Weihnachtsservice neu eindeckte.

»Bin gleich bei Ihnen – ich hatte auch noch kein Frühstück. Tee oder Kaffee?«, fragte Christine Martens.

»Kaffee«, antwortete ich leise. Ich war immer noch nicht ganz wach und lief wie ferngesteuert auf einen der Stühle zu.

»Dann nehme ich besser gleich ein Kännchen für uns beide.«

Zwei Minuten später gesellte Christine Martens sich zu mir. Sie schenkte erst mir, dann sich ein, stellte die Kaffeekanne auf einem Stövchen ab und schob mir Milch und Zucker hin.

»Wissen Sie schon, wie lange Sie bei uns bleiben wollen?«

»Noch nicht«, sagte ich und fügte schnell an: »Ich bin erst gestern in der Stadt gestrandet … gelandet, gelandet meine ich.«

»Ach ja!«, rief sie. »Ich kann Sie gut verstehen! Habe den Mist mit der Wohnungssuche auch gerade hinter mir.«

»Sie sind auch gerade erst nach Hamburg gezogen?«, fragte ich.

»Nein. Scheidung! Da hat man schon so ein großes Haus wie

dieses hier und braucht doch jeden Raum zum Vermieten. Aber ich würde hier auch gar nicht wohnen wollen. Ich habe mir lieber was Kleines, Eigenes gesucht.«

Sie grinste schief, und für einen kurzen Augenblick verloren ihre Augen an Strahlkraft.

»Meine Schwiegermutter. Ex-Schwiegermutter.« Sie deutete auf die ältere Dame am Kopf der Tafel, die mir knapp, aber freundlich zunickte, und danach auf den schlafenden Mann im Sessel. »Und Ex-Schwiegerpapa. Meine Familie, zumindest was davon übrig ist. Mein Mann und ich haben die Pension von den beiden übernommen, aber irgendwie – na ja – es sollte nicht sein …« Sie griff nach einer cremefarbenen Wollstola, die über der Lehne eines leeren Stuhls neben ihr hing, und legte sie sich über. »Ist Ihnen auch kalt?« Sie fröstelte kurz. »Sind ja gestern recht spät angekommen. Gut, dass Herr Kallacks«, sie deutete auf den knurrigen Kellner Schrägstrich Portier, »noch wach war.«

Ich lächelte Herrn Kallacks zu, der darauf allerdings keine Reaktion zeigte. Stumm stellte er zwei Gläser mit frisch gepresstem Orangensaft neben unsere Teller.

»Danke, Herr Kallacks, lieb von Ihnen«, sagte Christine Martens.

Er brummte nur und verschwand dann hinter der Schwingtür zur Küche. Christine Martens kicherte kurz und wandte sich wieder an mich.

»Welche Gegend in Hamburg bevorzugen Sie denn? Also, hier brauchen Sie gar nicht erst anzufangen, glauben Sie mir, ich habe es monatelang versucht und bin gnadenlos gescheitert, aber hinter dem Park, da fängt das Grindelviertel an – von dort ist es nicht weit zur Uni, auch nicht gerade günstig, aber lockerer als hier. Viele junge Leute, Cafés, Bars, sehr nett. Was suchen Sie genau? Zwei, drei Räume? Balkon, Einbauküche, was?«

»Ich, ähm, nein. Es ist so, dass, also, ich bin nach Hamburg gekommen für einen Neuanfang. Ich, ich – ich fange gerade wieder bei null an.«

»Sitzen wir etwa im selben Boot? Trennung?« Ihr Blick wurde noch intensiver.

»Nein, ich meine, ja, aber …«

»Oh, Sie brauchen nichts zu sagen. Ich weiß, was Sie durchmachen. Ehrlich. Ich wünschte mir manchmal auch, noch einmal ganz von vorne zu beginnen, aber ich kann die Pension nicht im Stich lassen, das hat schon mein Mann für mich erledigt. Ex-Mann. Ex-Mann! Also, wenn Sie wollen, können Sie erst einmal bei mir bleiben, bis Sie eine vernünftige Wohnung gefunden haben.« Sie schaute mich an, als müsste sie sich ein Urteil über mich bilden, dann fuhr sie fort: »Ich berechne Ihnen das Zimmer nicht pro Nacht, sondern pro Monat. Lassen Sie mich die Kosten nach dem Frühstück kurz überdenken. Es wird ein fairer Preis. Fairness. Mehr wollen die meisten von uns doch gar nicht, oder? Sie hatten gar kein Gepäck dabei?«

Ich schüttelte den Kopf.

»Hat er Sie etwa rausgeworfen? An Weihnachten?!«

»Nein.« Mein Kopfschütteln wurde vehementer. »Ich habe mich von niemandem getrennt. Meine Mutter ist vor einem Jahr gestorben. Wir hatten einen kleinen Laden zusammen, den ich leider schließen musste. Deshalb bin ich nach Hamburg gekommen, um mir etwas Neues aufzubauen.«

»Gottogott, nee …« Sie tätschelte sanft meine Hand.

Ich konnte sehen, wie ihre Augen zu glänzen begannen. Ihr Blick sprach Bände. Sie hatte scheinbar auch schon einiges weggesteckt, ohne sich davon unterkriegen zu lassen, und ahnte, wie ich mich fühlen musste.

»Für alle Gäste, die keine Weihnachtsgans mögen, machen wir Pasta mit frischen Feigen heute Abend«, wechselte sie abrupt das Thema. »Ist das in Ordnung?«

Ich nickte lächelnd. »Können Sie mir sagen, wo ich heute ein bisschen einkaufen kann – trotz Feiertag? Ich brauche so ein paar Basics.«

»Hauptbahnhof … und – ich bin übrigens Tine.« Ihr Lächeln wirkte leicht unsicher, ob ihr Angebot zum »Du« nicht vielleicht doch zu früh kam.

Tat es nicht.

»Nana Jacobi, also Nana, ich heiße Nana. Danke für dein Angebot. Das tut gut. Wenn ich ehrlich bin, fühle ich mich so ein bisschen verloren …«

»Aaaach«, Tine schwenkte ihr Saftglas. »So ein bisschen lost fühlen wir uns doch alle mal. Nana Jacobi. Ein schöner Name. Klingt so, als ob er mehr will, der Name. Das gefällt mir – mehr vom Leben zu wollen«, wiederholte sie nachdenklich. Dann sah sie mich fröhlich an und stieß ihr Glas gegen meines. »Auf deinen Neuanfang, Nana!«

***

Kalter Dezemberwind wehte mir ins Gesicht. Ich zog meinen neuen Schal bis zum Kinn hoch und blinzelte in die Wintersonne. Dann lauschte ich einfach nur den Stimmen und dem Lachen der vielen Spaziergänger um mich herum. Eine Masse von Menschen schob sich am Alsterufer entlang. Sie waren in kleinen Gruppen unterwegs, mit Kindern, Großeltern oder Freunden. Ein paar Möwen stritten sich um ein Stück Brot, während ihre Artgenossen aufgeplustert in ordentlicher Reihe nebeneinander auf dem Treppengeländer hockten und das Gezeter zu ignorieren versuchten – so wie ich irgendwann. Ich zog mir den weichen Wollschal noch höher bis über die Ohren und nahm die Sonnenbrille, ebenfalls neu, aus der großen Tüte, in der sich der Rest von meinem soeben erstandenen Reisegepäck befand. Simple

Kleidungsstücke, die ich als Weihnachtsgeschenke für mich selbst verbuchte und von denen die Sonnenbrille den größten Luxus darstellte. Beim Einkaufen in der Wandelhalle war plötzlich ein Anflug der Lust von früher wieder da gewesen, diese Lust am Anprobieren, Verkleiden und Shoppen – aber natürlich hatte ich es nicht übertrieben. Vorsichtig setzte ich die Sonnenbrille auf und schaute wieder in den Himmel. Er war so blau, als hätte ihn ein Kind mit seinem Tuschkasten gemalt. Der heftige Wind ließ den Wolken kaum eine Chance, und wenn sich doch mal eine vorwitzig vor die Sonne schob, pustete er sie im nächsten Moment davon. Überhaupt, die Sonne. Als wollte sie zeigen, wie schön die winterliche Hansestadt war, brachte sie die Kupferdächer der Häuser, die sich im artigen Karree rund um die Binnenalster aufgestellt hatten, zum Leuchten und spiegelte sich in den hohen Fensterfronten der eleganten Geschäfte. Übermütig warf sie ihre Strahlen bis auf das Wasser und ließ es glitzern. Ich horchte auf. Von irgendwoher ertönte der tiefe, langgezogene Ton einer Schiffssirene, auf den sofort ein Chor anderer Sirenen antwortete. Wahrscheinlich ein Kreuzfahrtschiff, das beim Auslaufen von Barkassen und anderen Booten begleitet wurde. Ich stellte mir vor, wie die Passagiere auf den Decks standen und etwas Neuem entgegenfuhren … so wie ich. Ich schloss die Augen, vergrub die Hände in den Jackentaschen und genoss die kühle, klare Luft. Es würde bald etwas passieren, das mich auf den richtigen Kurs bringen würde, das spürte ich tief in mir. Ich musste nur aufmerksam sein. Mehr nicht.

Vor mir an einem langen, breiten Steg dümpelten die Restaurantschiffe. Claas hatte mich als Kind mal in eines dieser schippernden Lokale ausgeführt. Ich sah ihn zu dieser Zeit nicht öfter als vier-, fünfmal im Jahr. Wenn's hochkam. Danach wurde es noch seltener.

Der Anblick des beeindruckenden Weihnachtsbaums, der aus

dem großen, viereckigen Becken zu wachsen schien, kam mir ebenfalls bekannt vor. Ich betrachtete die riesige Tanne, die in Wirklichkeit in der Mitte der Binnenalster auf einem Ponton stand – ganz allein und in sicherem Abstand zu den Flanierenden, so als wollte sie mit ihnen und diesem Fest nichts zu tun haben. *Du Arme,* dachte ich, nahm meine Einkaufstüten und machte mich auf den Heimweg in die Brahmsallee.

Ich ließ mir Zeit dabei, blieb immer wieder stehen, schaute in die Auslagen der Geschäfte. So war es bereits dunkel, als ich die kleine Pension am frühen Abend erreichte. Es war noch nicht mal vierundzwanzig Stunden her, dass ich mich ausgesperrt und ins Auto gesetzt hatte, und doch kam mir die Straße heute schon seltsam vertraut vor.

Tine deckte gerade mit ihren Ex-Schwiegereltern den Tisch ein.

»Nana, da bist du ja wieder! Das Essen ist gleich fertig«, rief sie gut gelaunt, während mir die alten Herrschaften munter zunickten.

»Danke für alles«, sagte ich zu Tine, als ich mich nach dem kleinen Festmahl mit vollgeschlagenem Bauch aufraffte, die Treppen zum Dach hinaufzusteigen. Der Geschmack warmer Feigen lag noch auf meiner Zunge.

Wer so kochen kann, trägt das Herz an der richtigen Stelle, musste ich an Mamas Worte denken. Diese Aussage bedeutete die ultimative Höchstnote in der Beurteilung anderer Leute Kochkünste.

Tine schaute mich an und nickte. Sie sah glücklich aus. Dann schob sie auf ihre resolute Art einen Stuhl unter den großen Adventskranz in der Lobby, stieg darauf und löschte die Kerzen mit einem metallenen Lichthut.

»Schön, dass du hier bist, Nana.« Die letzte Adventskerze erlosch, und Tine flüsterte: »Schlaf gut.«

Kapitel 4

Am nächsten Morgen wurde ich vom Klingeln meines Smartphones geweckt. Mit einem zugekniffenen Auge las ich den Namen des Anrufers auf dem Display, stellte das Gerät daraufhin auf lautlos und legte es eine Armlänge weit weg auf die Fensterbank, während ich den Kopf tiefer unter der Bettdecke vergrub. Endlich hatte der Anrufer aufgegeben, da pulsierte das Gerät zweimal kurz, wobei die zweite und letzte Vibration das Handy zum Absturz brachte. Stöhnend suchte ich den Dielenboden ab, grapschte blindlings nach dem Gerät und las in meiner Deckenhöhle: *Ich hatte bisher kein Glück, Dich zu erreichen. Wie verbringst Du Dein Weihnachten? Ich würde mich freuen, Dich wiederzusehen. Gerne komme ich nach Kirchenbrügge, oder vielleicht hast Du Lust, mich in Hamburg zu besuchen? Ich denke an Dich. Dein Santa-Claas ;)*

Sehr lustig. Das ausgerechnet von jemandem, der sich um das Wohl von Kindern nie wirklich geschert hatte, nicht mal um das Wohl seines eigenen. Stattdessen hatte »Santa-Claas« stets durch Abwesenheit geglänzt – selbst an den Weihnachtsfesten und, was ich ihm besonders übelnahm, sogar in den Monaten nach Mamas Tod. Ich richtete mich im Bett auf und verbuddelte das Handy so tief wie möglich in den Daunenbergen. Dass Claas mich an den Feiertagen sehen wollte, war einzig auf sein schlechtes Gewissen zurückzuführen, das sich mit reichlich Verspätung meldete. Ich dagegen verspürte nicht im Entferntesten das Bedürfnis, mit meinem Vater um den Tannenbaum zu tanzen.

Als Teenager in Kirchenbrügge hatte ich mich nach vielen Dingen gesehnt: nach einer Videothek, angesagten Cafés oder wenigstens einem süßen Typen im Ort, der nicht den Drang verspürte, auf Plattdeutsch zu rappen. Claas stand, soweit ich mich erinnern konnte, nicht auf meiner Wunschliste. Und falls doch, hatte ich diesen Wunsch schon vor langer Zeit aufgegeben. So wie den Traum von einem Shetlandpony in unserem Garten. Claas dachte wahrscheinlich, jetzt wo ich Halbwaise war, müsste er sich an Weihnachten doch mal um mich kümmern. Aber dieses Shetlandpony kam eindeutig zwei Jahrzehnte zu spät!

Es klopfte an meiner Zimmertür.

»Nana? Hier ist Tine. Wir räumen unten gerade das Frühstücksbüfett ab. Meine Schwiegereltern und ich fahren zum Spazierengehen an den Strand. Hab dir hier was Kleines hingestellt.«

Ich schaute auf die Uhr. Es war bereits halb elf.

»Danke«, piepste ich. »Habe verschlafen.«

Sie lachte leise, es klang unbekümmert. »Mach's dir gemütlich.«

Ich hörte, wie Tine die Treppen hinunterging, stand auf und öffnete die Zimmertür. Zu meinen Füßen stand ein liebevoll arrangiertes Frühstückstablett mit Croissant, Saft und Milchkaffee, serviert neben einem Buch: ein Roman, der nach der Kurzbeschreibung auf der Rückseite vor etwa hundert Jahren in England spielte. Ich nahm das Tablett vom Boden hoch, schloss leise die Tür und krabbelte zurück ins Bett. Dort blieb ich erst einmal liegen – obwohl ich in Gedanken weit reiste, bis nach England an die Grenze zu Wales, in die dramenreiche Welt von Eastlor Castle. Seite um Seite fieberte ich mit. Zwischen den Buchdeckeln erblühte ein schillernder Kosmos aus unglücklich arrangierten Ehen, gefährlichen Liebschaften und Klassenkämpfen, die zwischen Salon und Schlossküche ausgetragen wurden. Herrlich melodramatisch wie die Soaps im Fernsehen.

Ich überlegte: Was würde ein Roman über mein eigenes Leben erzählen? Das Leben der Nana Jacobi, die mit einunddreißig Jahren ihr Heimatdorf verließ, um in der großen Stadt ihr Glück zu finden. Dummerweise ohne Geld …

Die Erkenntnis durchfuhr mich wie ein Blitz. Willkommen in der Realität! Erschrocken klappte ich das Buch zu und blickte hilfesuchend aus dem Gaubenfenster auf die anderen Villen da draußen, die sich herrschaftlich emporreckten. Was hatte ich mir nur dabei gedacht? So gut wie bankrott aus Kirchenbrügge abzuhauen, um in eine der teuersten Gegenden der Hansestadt zu ziehen – dazu noch in ein Hotel!

Ich grub das Handy aus den Daunenbergen hervor und checkte online meinen Kontostand: 1.473 Euro – Dispo mit eingerechnet. Ich brauchte dringend einen neuen Job!

Ein bislang ungekanntes Gefühl der Panik schien meine Rippen zu sprengen. Ich sprang vom Bett auf und begann aufzuräumen. Mit militärischer Genauigkeit faltete ich alte und neue Klamotten zusammen, legte sie in mustergültigen Stapeln in den kleinen Einbauschrank und wurde direkt danach vom Ehrgeiz erfüllt, meine Kosmetikprodukte in exakt gleichen Abständen zueinander auf der Frisierkonsole aufzustellen. Wenn ich schon keinen Plan hatte, sollte es hier drinnen zumindest nach Ordnung aussehen.

Nana?

»Ja!!«, rief ich hektisch und machte mir im selben Moment bewusst, wie verrückt das war.

Jetzt nicht die Nerven verlieren, cara mia. Du wirst hier einen Job bekommen, und die Kosten für das Zimmer wirst du auch zahlen können. Du bist doch schon auf dem richtigen Weg!

Ich holte tief Luft, ging zum Bett zurück und stapelte stoisch das Geschirr vom Frühstück aufeinander. Überrascht entdeckte ich einen Zettel unter dem Teller: eine handschriftliche Notiz von Tine.

Liebe Nana, das war ein schöner Abend gestern. Du scheinst Dich mit Lebensmitteln ja bestens auszukennen. Hättest Du Lust, uns ein wenig in der Küche zu helfen? Es geht um vier Abende im Monat, an denen ich nicht in der Pension sein kann. An diesen Tagen müssten auch am Morgen Besorgungen auf dem Markt getätigt werden. Das wäre es auch schon. Wenn das für Dich okay wäre und Deine Kochkünste so sind, wie ich vermute, ist damit die Miete beglichen. Es ist nur so eine Idee. Falls ich danebenliege: Das Zimmer kostet 45 Euro die Nacht. Mit Rabatt 900 Euro im Monat. So oder so freue ich mich sehr, Dich bei uns willkommen zu heißen, Deine Tine.

Gerührt blickte ich auf Tines Zeilen. Für Geld zu kochen, war nie meine Ambition gewesen. Kochen ist mein geliebtes Hobby, und dafür möchte ich nicht bezahlt werden. Denn ich glaube irgendwie daran, dass eine Leidenschaft nicht zur Arbeit werden sollte. Daher fand ich Tines Vorschlag, mit meinem Kochen weiterhin Mansarden-Prinzessin bleiben zu dürfen, großartig. Abgesehen davon war ich damit der Lösung meiner finanziellen Probleme schon mal einen weiteren Schritt näher. Dem ersten Impuls folgend, rannte ich auf Socken nach unten, um mich bei ihr zu bedanken, aber dort war niemand. Offenbar waren Tine und ihre Ex-Schwiegereltern immer noch unterwegs. Auf dem langen Tisch entdeckte ich allerdings ein Büfett mit kalten Platten, Obst und verschiedenen Kuchensorten. Neben einem alten, aber intakten Samowar fand ich eine Dose mit Earl Grey. Auch hier hatte Tine es nicht verpasst, ein paar liebevolle Zeilen für die Gäste des Hauses zu verfassen. Sie wünschte frohe Weihnachten und ermutigte dazu, sich nach Herzenslust zu bedienen. Das tat ich auch. Dann tapste ich mit zwei randvollen Tellern und einem Tee unter das Dach zurück und verbrachte den Rest des Tages mit Lesen und Faulenzen. So erlebte ich noch das tragische Familienende auf Eastlor Castle mit und fiel dann in einen seltsam entspannten Schlaf.

***

Um Punkt sieben am nächsten Morgen schlug ich die Augen auf. Ein wenig schlaftrunken schaute ich aus dem Fenster, die Häuserreihe entlang bis zur Hochbahnbrücke am Ende der Brahmsallee. Kleine Lieferwagen hielten darunter an, und Waren wurden ausgeladen – es war Markttag.

Als ich nach unten marschierte, war Tine wieder nirgendwo zu entdecken. Auch nicht die Ex-Schwiegereltern. Nur Kallacks brummelte durch den Frühstücksraum. Ich griff mir einen Buttertoast und füllte Kaffee in einen Becher. Damit stellte ich mich an das Fenster des Kaminzimmers und ließ die Szenerie da draußen auf mich wirken. Kein Zweifel, die weihnachtliche Geruhsamkeit war vorüber. Ein Geländewagen nach dem anderen setzte sich in Bewegung, bald stand mein Erdbeerkörbchen ganz alleine da. Ich wippte auf den Zehenspitzen auf und ab. Irgendwie wusste ich nicht, wohin mit dieser neuen Energie, die ich in mir spürte. Eigentlich hatte ich auf Tine warten wollen, um mich für ihr Angebot zu bedanken, aber nun schwirrte mir eine andere Idee durch den Kopf: Ich würde einfach auf den Markt gehen, für sie einkaufen und ihr danach etwas Gutes kochen.

Beseelt von diesem Vorhaben, lief ich hinauf in die Mansarde und machte mich ausgehfertig. Als ich nach dem Handy griff, sah ich sofort, dass ich eine neue Nachricht bekommen hatte. Natürlich, Claas. Ich drückte sie weg, ohne sie zu lesen. *Was weißt du schon von mir?*, dachte ich mit einem Anflug von Zorn. *Was willst du überhaupt – jetzt auf einmal?* Ich schüttelte den Kopf, um meinen Ärger wie ein lästiges Insekt loszuwerden, und betrachtete mich danach aufmerksam im Spiegel über dem

Waschbecken. Hamburgtauglich, urteilte ich zufrieden, legte mir noch locker einen Schal um und marschierte los.

Der Isemarkt. Man kann getrost sagen, dass diese Lebensmittelmeile seit Jahrzehnten zu den absoluten Hotspots der Hansestadt zählt. Ringsherum die höchsten Quadratmeterpreise der Stadt, auf dem Markt die höchsten Kilopreise fürs Gemüse. Die Frau vom Pastor hat sich gerne über die aufgetakelten Hausfrauen lustig gemacht, die hier ihre teuren Ledershopper als Einkaufstüte missbrauchen. Fisch, Fleisch, Käse – alles wird dort reingestopft, als ob man die Tasche zu Hause gleich mit der Verpackung entsorgen könnte. Dieser Markt ist etwas für die wohlhabenden Hamburger. Das sah ich sofort bestätigt, als ich die Leute beobachtete, die zwischen den Jahren ihr Schaulaufen veranstalteten und dabei den Einkauf feiner Delikatessen für ihre noblen Silvester-Dinner zelebrierten. Ich mischte mich, so gut es ging, unters Volk.

»Probier ma' den, meen Deern«, rief mir ein Verkäufer an einem Fischstand zu und hielt mir lächelnd seine Spezialität entgegen. Ich lächelte zurück und sah mir den delikaten Happen von allen Seiten an. Das war kein einfacher Hering, sondern eine Art Sushi Maki am Stiel, mit Seetang und Sesam und einem Kern aus fettem Lachs. Genüsslich ließ ich die kleine Kugel über meine Zunge rollen, wobei sie sich langsam auflöste. Der Fischhändler sah mich erwartungsvoll an.

»Wow! Das ist so schön cremig«, lobte ich. »Dazu ein Kontrapunkt aus Algen und Wasabi. Und ist da nicht noch etwas ganz anderes?« Ich überlegte. »Mango?«

Er lächelte verschmitzt und zuckte mit den Schultern.

»Verstehe. Ein Geheimnis«, sagte ich. »Dieser Fischhappen ist wirklich ausgezeichnet, und diese Süße am Schluss könnte auch …«

»Nana?«

Tine tippte mir auf die Schulter. Ich nahm den Stiel aus dem

Mund und wollte etwas sagen, doch da hatte sie mich schon untergehakt und schleifte mich mit sich. Über dem einen Arm trug sie eine volle Einkaufstasche. Sie wirkte angespannt.

»Danke für dein Angebot, Tine. So cool«, sagte ich und blieb stehen. »Und danke für dein Vertrauen.«

Tine sah mich an. Zerbrechlichkeit lag in ihrem Blick, etwas, das ich nicht richtig deuten konnte. Sie lächelte, aber sie sah erschöpft aus.

»Also haben wir einen Deal?«

Ich nickte entschlossen. »Deal!« Einem Impuls folgend, nahm ich sie in den Arm.

Tine drückte mich fest an sich, löste sich dann und sah mich eindringlich an. »Schön.« Jetzt strahlte sie. »Ich muss los. Bis später.«

Ich sah ihr nach, wie sie im Getümmel der Marktbesucher verschwand. Mir fiel der Mann vom Fischstand wieder ein. Ich lief die paar Schritte zurück, kaufte drei seiner Sushi-Stiele und ging weiter.

Das also war die berühmte Straße am Isekanal. *Isestraße, miese Straße, fiese Straße …* Der Abzählreim machte sich in meinem Kopf breit wie die Zwillingskinderwagen der späten Mütter in der schmalen Gasse zwischen den Delikatessenständen. Ich schlenderte weiter, inspizierte einen Stand nach dem anderen. An einem Käsewagen blieb ich stehen. Der Verkäufer hielt mir sogleich seine Kostprobe hin, die ich nur allzu gerne entgegennahm. Ein leichtes Lavendelaroma durchzog die Schärfe des Bries. Ich seufzte auf.

»So ein kleines Stück – und doch löst es ein Feuerwerk an Eindrücken aus«, rief ich begeistert.

»Ist das wirklich so?«, fragte mich der Verkäufer ein wenig skeptisch. Derart euphorische Reaktionen schien er von seinen anderen Kunden nicht gewohnt zu sein.

»Ja, ehrlich. Kennen Sie diese Momente, wenn Sie etwas so sehr genießen, dass ganze Landschaften an Ihnen vorüberziehen? Der Geschmack weckt Erinnerungen, die Aromen explodieren geradezu auf der Zunge, und man fühlt sich herrlich lebendig!«

»Ach was. Sie sind es ja wirklich!«, wurde meine Lobeshymne unterbrochen. Die Stimme klang ebenso erstaunt wie schrill. Ich drehte mich um und sah die Frau, der ich in einer fernen Vergangenheit, die gerade mal drei Tage zurücklag, meinen Weihnachtskarpfen geschenkt hatte.

»Schätzchen, ich laufe schon eine geschlagene Viertelstunde hinter Ihnen her und höre mir an, was Sie da vor sich hin plappern. Das ist großartig, wirklich, ganz entzückend.«

Ich versuchte mich zu sammeln. Während Tiffany Meyer ihren Wortschwall über mich ergoss, betrachtete ich sie aus dem Augenwinkel. Das war sie, zweifellos. Allerdings ohne Mützenhelm, dafür mit Betonfrisur im Doris-Day-Style. Sah bestimmt ganz gut aus, nur nicht so sehr an ihr. Vielleicht war ihr das insgeheim auch bewusst, denn sie zupfte, während sie redete, an ihren Haaren herum. Ihre Hände steckten wieder in eleganten Handschuhen, dieses Mal aus violettem Wildleder. Passend dazu der Lippenstift. Mit ihrem extrem hell gepuderten Gesicht wirkte Tiffany Meyer blass und unterkühlt.

»… der Karpfen war ganz wunderbar.« Sie verdrehte die Augen und berührte mich mit schelmischem Zwinkern an der Schulter. »Genug des Smalltalks. Was machen Sie eigentlich hier? Sie haben gar nicht erwähnt, dass Sie nach Hamburg wollten. Sagten Sie nicht, dass Sie Ihr Geschäft schließen müssen? Was haben Sie denn jetzt vor, meine Liebe?«

Mit beherztem Griff zog sie mich vom Käsestand weg, und schon wenige Schritte später saßen wir in einer noblen Brasserie mit mondänem Art-déco-Mobiliar, die, wie ich von Tiffany Meyer erfuhr, zu der Isestraße gehört wie der Markt und der

Mangel an Parkplätzen. Ohne mich zu fragen, bestellte sie zwei Crémant, während sie sich zeitgleich aus ihrem schwarzen, fast bodenlangen Kaschmirmantel schälte. Ihre violetten Lippen zuckten, ebenso wie ihre Augenlider. Weil ich mir nicht sicher war, ob das ein Grinsen sein sollte, lächelte ich zaghaft zurück.

»Nun«, flötete mein Gegenüber, »was führt Sie nach Eppendorf?«

»Ein Neuanfang«, sagte ich nur und wartete auf ihre Reaktion.

Für einen sehr langen Augenblick geschah nichts, dann beugte sie sich zu mir und flüsterte: »Das ist gut, meine Liebe, sehr gut sogar.«

Sie leerte ihren Crémant mit schwindelerregender Geschwindigkeit. Das Zucken in ihrem Gesicht verschwand, und ihr Grinsen wurde eindeutiger. Es wirkte auf mich merkwürdig verstrahlt. Tiffany Meyer bestellte die nächste Runde. Kaum hatten wir angestoßen, beugte sie sich wieder vor, diesmal noch weiter. Ich konnte ihr Parfüm riechen, ein schwerer Duft für so eine hagere Person. Die Finger in den Wildlederhandschuhen trommelten auf der Tischplatte herum, dann hörte sie plötzlich damit auf und sagte in fast feierlichem Ton: »Meine Liebe, ich habe gesehen – und gehört, dass Sie ein wahrer Genussmensch sind. Und Sie können Ihre Empfindungen in Worte fassen, die jeder versteht.« Sie schaute jetzt drein wie eine Sphinx, und ich sah sie ratlos an. Tiffany Meyer genehmigte sich einen weiteren, tiefen Schluck. »Nun, was ich sagen will: Mein Magazin braucht jemanden, der genau dieses Gefühl besitzt und sich auch so ausdrücken kann. Lange Rede, kurzer Sinn: Schätzchen, ich hätte Sie gerne mal auf Probe für mein NARZISS.«

Ich traute meinen Ohren nicht. »Wie … wie genau meinen Sie das?«

»Nun, wenn Sie das einigermaßen auf Papier bringen können, was da soeben aus Ihrem Mund gekommen ist, dann traue ich

Ihnen durchaus zu, eine Gastrokritik zu schreiben, aber ich will Ihnen nicht zu viel versprechen.«

Ich sah sie an, ohne wirklich etwas wahrzunehmen. Vor meinem inneren Auge tanzten stattdessen irgendwelche Bilder hin und her. Da war mein ausgeräumter Laden, der Mann mit dem Arschgeweih, mein neues Mansardenzimmer, Tines Lächeln und nun diese Frau mit Betonfrisur und Botox-Grinsen und einem Angebot, das mich für den Moment echt umhaute. Konnte das wirklich wahr sein? Ich spielte mit dem Glas in meiner Hand und blickte angestrengt auf das blütenweiße Tischtuch.

»Es ist nur so«, brachte ich schließlich hervor, »ich habe noch nie für eine Zeitung geschrieben und …« Ich biss mir auf die Zunge. *Bleib gelassen, Nana.*

»Na ja, wissen Sie«, kam mir Tiffany Meyer zu Hilfe, »es gibt da draußen genügend Blogger, die das Wort Journalismus nicht mal buchstabieren können. Wenn die erfolgreich sein können, können Sie das erst recht – zumindest wenn ich da mitmische.«

»Also, ähm, ich meine, so einen Blog habe ich auch.« Ich klang noch immer viel zu unsicher.

»Ja?« Sie schien überrascht. »Wie heißt denn Ihr Blog?«

»Chili und Honig … de, aber ich habe lange nichts mehr veröffentlicht.«

»Chili und Honig?« Sie sah mich unentschlossen an. »Den werde ich mir mal ansehen. Wenn ich ihn für nicht sehr gelungen halte, gehen Sie damit besser offline, und wir machen etwas Größeres. Wie heißen Sie eigentlich?«

»Nana Jacobi.«

»Nana Jacobi! Grandios, ganz toll! Nana – Jacobi!! Das wird funktionieren. Wen interessiert noch das Gerede dieser verknöcherten Kritiker mit ihrem eitlen Blabla über diesen oder jenen Sternekoch, nicht wahr. Das geht am Leser vorbei, sage ich Ihnen. Mit einer so unprätentiösen Stimme wie der Ihren erreichen wir viel mehr. Außerdem schulde ich Ihnen etwas, Fräulein«, sie spitzte zwinkernd ihre Lippen, »Jacobi.«

Ich sah sie an. »Danke.«

»Gern geschehen. Sie erreichen mich morgen ab zehn Uhr in der Redaktion.« Damit gab sie das Zeichen zum Bezahlen, indem sie eine imaginäre Kreditkarte durch die Luft zog und sich kurz darauf vom Kellner in ihren Mantel helfen ließ. Einen Augenblick später winkte sie mir von draußen durch die Scheibe. Nicht auf die Art, wie es Kinder oder liebenswerte Großmütter tun – Tiffany Meyer winkte wie eine Königin, eine Eiskönigin mit lila Lippen.

Kapitel 5

Tine, es gibt was zu feiern!«

Ich legte mein Fischpäckchen auf dem breiten Arbeitstisch in der Küche ab und ließ mich auf den nächstbesten Stuhl fallen. Sie war sofort bei mir. »Ja? Schieß los!«

Das tat ich dann auch. In aller Ausführlichkeit, wie ich das früher nur bei Mama getan hatte. Erst beim Erzählen wurde mir so richtig bewusst, was für eine Chance sich mir da auf einmal bot.

»Das NARZISS-Magazin ist so eine Art Geschmacksbibel, Tine. Und ausgerechnet dieses Blatt ist an mir interessiert. Ich kann's noch gar nicht fassen!«

»Nana Jacobi.« Tine nickte dreimal, als wollte sie sagen: *Ich hab's gewusst!* Dann öffnete sie eine Flasche Traubensaft und schenkte uns beiden daraus ein. »Ich glaube«, sie nahm einen Schluck und behielt ihn einen Moment genüsslich auf der Zunge, bevor sie schluckte, »die Stadt hat sich in dich verknallt.«

»Glaubst du wirklich?«, fragte ich kichernd. »Ich mag die Stadt auch sehr. Daraus könnte sich wirklich mehr entwickeln.«

»Gut, aber lass Hamburg noch so ein bisschen im Ungewissen, damit es sich weiterhin so schön um dich bemüht. Willst du, dass ich dir ein paar Dinge verrate, oder lieber eigene Erfahrungen machen?«

»Oh, nein, verrat mir alles, was du über Hamburg weißt!«

Tine senkte verschwörerisch die Stimme: »Im Winter ist Hamburg nicht immer gut drauf. Ich rate daher, zwischendurch auf

Abstand zu gehen. Das ist besser für eure Beziehung. Außerdem achtet Hamburg sehr aufs Aussehen.«

Ich rollte übertrieben mit den Augen. »Gott, wie oberflächlich!«

»Ja, da kannst du Hamburg leider nicht ändern. Was noch? Hamburgs Humor ist eher trocken, und Kreativität ist nicht die größte Stärke – im Gegensatz zu Aufrichtigkeit. Hamburg ist echt ehrlich. Da brauchst du dir keine Sorgen machen. Noch was: Hamburg vertritt manchmal erschreckend konservative Ansichten.«

»Du meinst spießige?«

»Eher von der liberalen Sorte. Bisschen snobby halt. Den Rest musst du selbst rausfinden.«

Damit blinzelte Tine niedlich und tänzelte aus der Küche.

»Ich koche heute für uns«, rief ich ihr nach. »Zum Dank für deine Verkupplungsaktion.«

»Und was gibt's? Hamburger?«, bemerkte sie amüsiert.

Ich lachte. »Warum eigentlich nicht?« Vor lauter Aufregung über die Begegnung mit Tiffany Meyer hatte ich sowieso vergessen, auf dem Isemarkt meine Einkäufe zu erledigen, und würde noch mal losmüssen.

In der folgenden halben Stunde trippelte ich Tine durch das ganze Haus hinterher. Sie inspizierte jedes Zimmer und machte sich dabei Notizen in ihr Haushaltsbuch, während sie mir im gleichen Atemzug die köstlichsten Adressen der Stadt verriet. Ihren Beschreibungen nach hatte jeder Stadtteil der Hansestadt so seine eigenen Spezialitäten auf Lager. Italienisch essen konnte man laut Tine am besten auf St. Pauli oder im schnöseligen Pöseldorf. Das kam ganz darauf an, wie man es lieber mochte: laut und lustig oder laut und schickilacki. Fantastischen Hummer gab es in einem einmaligen Laden in der Innenstadt, in dem angeblich schon Bismarck diniert hatte. Den besten Fisch bekam man selbstredend auf dem Fischmarkt – oder in einem wirklich hübschen, alten Laden auf dem Eppendorfer Baum, nicht weit entfernt von der Brahmsallee. Tine erzählte mir vom Portugiesenviertel mit den vielen einfachen, aber zum Teil guten Lokalen in der Nähe der neuen HafenCity. Mit glänzenden Augen sprach sie davon, dass in der Schanze immer mehr wundervolle Patisserien eröffneten, dabei wähnte sie diese Zuckerbäcker-Gattung schon so gut wie ausgestorben. Für den kleinen Imbiss zwischendurch empfahl mir Tine in Winterhude ein Croque-Bistro – denn die Hamburger würden total auf die französische Variante des Sandwiches abfahren, und von ihrem Lieblingsimbiss Kamil, nicht weit von der Pension im Grindelviertel, schwärmte sie besonders.

»Wirklich, Nana, wenn du auf Falafel stehst, gibt es nur einen: Kamil.«

Wie wild tippte ich alles in mein Handy ein und fasste ihr Insiderwissen unter der Überschrift *Tines Top Ten* zusammen. Vielleicht konnte mir das beim morgigen Telefongespräch mit Tiffany Meyer eine Stütze sein. Ich wollte schließlich kein zweites Mal so unbedarft auf sie wirken. Auch wenn Tiffany Meyer wusste, dass ich vom Dorf kam, sollte sie wissen, dass mir die große Stadt nicht gänzlich unvertraut war.

Nachdem die Liste abgespeichert war und wir die Hausinspektion hinter uns gebracht hatten, machte ich mich fürs Einkaufen fertig. Dabei verkündete ich Tine, zum Abendessen »Slow Food«-Hamburger zuzubereiten. Und zum Dessert – was auch sonst – Hanseaten. Das sind diese Gebäckstücke aus zwei Mürbeteigscheiben mit pink-weißer Zuckerglasur, dazwischen eine feine Schicht Erdbeerkonfitüre. Fürchterlich süßes und klebriges Zeug, aber seit hundertfünfzig Jahren ein Dauerbrenner.

»Die Idee hat was«, schmunzelte Tine. »Ich bin mir nur nicht so sicher, ob unsere älteren Herrschaften dafür den nötigen Humor besitzen. So was kriegen sie sonst nicht serviert …«

»Och, lass mich mal nur machen. Meine Hamburger haben bisher noch niemanden kaltgelassen!«, versicherte ich ihr.

»Na dann! Bin gespannt«, erwiderte Tine und grinste mir zum Abschied zu.

Kurz darauf saß ich in meinem Erdbeerkörbchen und machte mich auf den Weg ins Karolinenviertel. Ein überschaubarer Stadtteil mit alten Mietshausfassaden zwischen Innenstadt und St. Pauli, in dem sich die kreative Szene Hamburgs niedergelassen hat und rund um die Feldstraße herum hippes Berlin nachspielt. Dort, in der Nähe des ehemaligen Schlachthofs, gab es nach Tines Auskunft noch immer das beste Fleisch der Stadt. So folgte ich ihrem Rat, kaufte in einer Metzgerei mit Hipster-Kundschaft mageres Rindfleisch und besorgte in einem Getränkemarkt gleich nebenan Bier für die Hackfleischmischung.

Während der Rückfahrt ging ich konzentriert das Rezept für die Hamburger durch. Die Brötchen wollte ich selbst backen. Ich überlegte, wie ich die Remoulade anrühren sollte, ob zum Aufpeppen Worcestersauce die richtige Wahl war oder lieber nur etwas Chili, und es dauerte nicht lange, da überfiel mich ein Riesenhunger. Ich fuhr gerade durch das Grindelviertel, da erinnerte ich mich an Tines Falafel-Tipp und suchte auf meinem Handy genau nach diesen Keywords. Nicht mal zweihundert Meter musste ich weiterfahren, um den türkischen Imbiss vor mir zu sehen. Über dem Verkaufsfenster stand in breiten Lettern KAMIL. Ich trat auf die Bremse, drückte den Warnblinker und steuerte das Erdbeerkörbchen für einen kurzen Imbiss-Stopp in das eingeschränkte Parkverbot: mein erster kulinarischer Test.

Neugierig spazierte ich in Kamils Imbiss hinein. Ein Mann stand hinter dem verchromten Tresen und füllte frische Creme-

und Gemüseaufstriche in die Behälter seiner Auslage nach. Er arbeitete schnell und konzentriert, und ich nutzte die Gelegenheit, um ihn ungeniert zu mustern: nicht besonders groß, drahtig und auch nicht mehr ganz so jung. Er trug ein Bandana, um eine Flut schwarzer Haare im Zaum zu halten. Sein Holzfällerhemd war offen und lenkte den Blick auf ein schwarzes T-Shirt, auf dem das Totenkopf-Logo des Fußballvereins St. Pauli prangte. Die Ärmel hatte er bis zu den Ellbogen hochgerollt, und weil er mich weiterhin gekonnt ignorierte, trat ich direkt an den Tresen. Wieder keine Reaktion. Am liebsten wäre ich gegangen, aber ich dachte an Tines Empfehlung. Dieser Laden *musste* gut sein. Ich sah mich um. In erster Linie war er allerdings völlig unspektakulär, ein Imbiss eben. Jetzt beförderte der Mann die leeren Metallschüsseln mit lautem Geschepper unter die Theke, hob den Kopf und sah mich prüfend an, als müsste er sich genau überlegen, ob er mir wirklich etwas verkaufen wollte. Ich hielt seinem Blick stand. Da grinste er und zeigte eine Reihe blendend weißer Zähne in seinem ziemlich hübschen Gesicht.

»Moin!«, begrüßte er mich.

»Ja, moin«, erwiderte ich lächelnd, »ein Falafel, bitte.«

Er beugte sich vor und zeigte stolz auf die frisch aufgefüllte Auslage. »Wie wäre es mit Kamils Falafelteller – mit Salat, Hummus, bisschen Gemüse und so?«

»Ja, gern.«

Er nickte und schaufelte mir eine ordentliche Portion Hummus auf den Pappteller. Kurz darauf stand ich an einem Bistrotisch mit schwarzem Eisenfuß und angeschlagener Marmorplatte, strich mit einem Stück Pitabrot über den intensiv duftenden Hummus und nahm einen Bissen. Das Kichererbsenpüree zerging mir wie Sahne auf der Zunge, sanftes Knoblaucharoma streichelte meinen Gaumen.

»Ist das gut, oder ist das gut?«

Der Imbissmann war jetzt hinter seinem Tresen hervorgekommen und marschierte geradewegs auf mich zu. Dabei machte er ein paar Tanzschritte und schnippte mit den Fingern. Ich musste lachen. Dieser Typ hatte Entertainer-Qualitäten.

»Ja, sehr gut«, antwortete ich mit vollem Mund.

»Ich muss dir ein Geheimnis verraten«, sagte mein Gastgeber und machte dabei ein ernstes Gesicht. »Das ist Kamils Hummusrezept. Absolut geheim.«

Ich nickte kauend. »Sag Kamil: Schmeckt super!«

Er lachte leise. »Und Kamil sagt: Danke!«

»Du bist Kamil?«

»Jo. Schön, dass es dir schmeckt.« Er grinste selbstbewusst. »Aber ich sag dir gleich, da bist du nicht die Einzige!«

»Das glaube ich gern! Wenn ich das nächste Mal in der Nähe bin, werde ich sicher wie magnetisch von deinem Falafelteller angezogen.«

Dann tat ich etwas, bei dem der Grat zwischen relativ cool und super-spackig ziemlich schmal war: Spontan führte ich den Moonwalk auf, den mir Konstantin vor Jahren im Alten Land beigebracht hatte. Einen ganzen Sommer lang hatte ich wie verrückt geübt, im Rückwärtsgang meine Füße über den Boden gleiten zu lassen.

»Wow!« Kamil fing wieder zu lachen an. »Nicht schlecht!«

»Endlich sagt das mal einer!«, rief ich im Spaß. »Der Move hat sich bei mir schon zu 'ner Zwangsstörung entwickelt.«

»Hey Kamil, kriege ich heute noch was, oder soll ich morgen wiederkommen?«

Erschrocken drehte ich mich um, ich hatte niemanden hereinkommen hören. Mein Zuschauer winkte ab, ohne sich umzusehen.

»Ja, ja. Läuft. Hast du den Moonwalk grad gesehen?«

Kamil zwinkerte mir verschwörerisch zu, dann verschwand er

wieder hinter seiner Theke, und ich widmete mich genüsslich seinem kulinarischen Superhit.

Ich dippte gerade den letzten Rest Brot in den Hummus, als mein Handy klingelte. Kamil machte mit dem neuen Gast seine Scherze. Gut gelaunt fischte ich in meiner Tasche nach dem Telefon – und erstarrte. *Claas* stand auf dem Display – und ich kam mir langsam echt blöd vor: Wie lange sollte das noch so weitergehen? Schließlich konnte ich meinen Vater ja nicht ewig hinhalten. Und aufgeben würde er so schnell wohl auch nicht.

»Ich muss los«, sagte ich eilig zu Kamil. Meine Stimme war etwas zittrig.

»Alles okay?«, fragte er besorgt.

»Ja«, ich nickte nur. »Bis bald!«

»Bis bald, Jacko.« Er hob lächelnd den Daumen.

Erst als ich wieder draußen auf dem Gehweg vor Kamils Fenster stand, drückte ich den grünen Hörer auf dem Display.

»Jacobi, hallo?«, fragte ich, als ob ich nicht wüsste, wer am anderen Ende war.

»Ja, äh, hallo, Nana, hier, hier ist dein … hier ist Claas. Mensch, das ist ja nicht einfach, dich zu erreichen.«

»Jetzt hast du es ja geschafft«, erwiderte ich ausdruckslos.

»Ja, ähm, genau. Frohe Weihnachten … nachträglich.«

»Dir auch.«

»Danke. Wo bist du denn an Heiligabend gewesen?«

»Ich bin umgezogen.«

»Umgezogen?«, fragte Claas erstaunt. »Wohin umgezogen?«

»Hamburg.«

»Du wohnst in Hamburg? Und das wolltest du mir nicht erzählen?«

»Habe ich doch gerade.«

»Nun … ja, das ist wahr.«

Ich hatte vergessen, wie warm und angenehm die Stimme meines Vaters klang, aber ich unterdrückte jeden Impuls von Sympathie dafür.

»Jetzt bist du also in Hamburg, Nana. Ja, ja. Wo einen das Leben manchmal hinverschlägt, nicht wahr?«

Mein Vater konnte sehr souverän auf andere Menschen wirken. Gerade kam es mir so vor, als ob ihm diese Stärke abhandengekommen war: Er stammelte, wie ich es sonst nicht von ihm kannte, meinte, dass ja so viel Zeit vergangen sei, traurige, aber auch schöne Dinge im Leben passierten, und überhaupt könne ja niemand vorhersehen, was das Leben so mit sich bringe. Ich unterbrach ihn irgendwann: »Und was kann ich für dich tun?«

Claas geriet noch mehr aus dem Konzept.

»Nana, ich, äh, hätte es dir am liebsten nicht am Telefon gesagt. Wann hast du denn mal Zeit für ein Treffen …?«

»Sag es einfach, Claas. Mich haut eh nichts mehr um.«

Eine Lüge, wie ich sofort schmerzhaft feststellen musste, denn Claas sagte: »Ich werde heiraten.«

An beiden Seiten der Leitung folgte betretenes Schweigen. Ich presste die Lippen krampfhaft aufeinander und versuchte, den Anflug von Wut und Verletztheit in den Griff zu kriegen. Claas hatte in seinem Leben schon unzählige Affären gehabt, alle nichts Ernstes, aber er war stets gut mit der jeweils Angebeteten beschäftigt. Wie es Mama oder mir all die Jahre erging, hatte ihn dabei nie groß interessiert. Und genau ein Jahr nach Mamas Tod war ihm ausgerechnet danach, zu heiraten? Nach einer gefühlten Ewigkeit presste ich mit schriller Stimme hervor: »Gratuliere. Is' ja super.«

»Da-danke, Nana. Danke dir.«

»Und deshalb rufst du mich an?«

»Nein, ja, also, auch. Ich finde, also wir, also Mia und ich würden gerne etwas Zeit mit dir verbringen und deshalb – hättest du Lust, mit uns essen zu gehen? Ich meine, du lebst ja jetzt hier.«

»Essen gehen?«

»Ja. Ich möchte meine beiden Damen gerne in ein tolles Restaurant ausführen, so lernst du auch Mia kennen.«

»Deine beiden Damen?«, wiederholte ich seine Worte und räusperte mich dann.

Wenn ich auch spürte, dass sich Claas nur deshalb um Kopf und Kragen redete, weil ich es ihm echt schwermachte, wurde mir bei dem Gedanken, mit ihm und seiner Verlobten in irgendeinem überkandidelten Restaurant zu sitzen, leicht übel.

»Nana, bitte.« Die Stimme am anderen Ende der Leitung wurde leiser. Betont sanft sagte Claas: »Mir ist bewusst, dass manches schiefgegangen ist in der Vergangenheit und ich es hätte besser machen müssen, aber es wäre doch schön, wenn wir beide ein bisschen mehr Kontakt zueinander hätten. Meinst du nicht?«

Ich weiß nicht, warum, aber aus irgendeinem Grund drehte ich mich um und sah zurück in den Imbiss. Kamil stand noch immer hinter seinem Tresen, schaute hoch und lächelte mir liebenswürdig zu.

Ich seufzte. »Ja, gut, okay. Wann soll ich wo sein?«

Claas atmete erleichtert aus. »Fantastisch! Das wird toll … wann? Wo? Hmm, erst neulich meinte Mia, wir sollten unbedingt mal wieder ins Saltarello. Ist gleich beim Dammtorbahnhof. Ein wirklich tolles Restaurant – das tollste. Wie wäre es mit … warum nicht gleich morgen Abend, um acht?«

Ja, ja. Wirklich ganz toll! Noch ein Superlativ mehr aus seinem Mund, und ich hätte es mir wieder anders überlegt. »Morgen, acht Uhr, Saltarello, alles klar. Bis dann.« Ohne ein weiteres Wort legte ich auf.

Kamil hinter der Fensterscheibe hob fragend seinen Daumen, legte ihn in die Waagerechte und ließ ihn dann ganz nach unten sinken. Ich antwortete, indem ich meinen Daumen zwischen unten und oben hin- und herpendeln ließ. Er nickte wissend und zeigte dann aufgebracht hinter mich. Da zog die Politesse schon an meinem Erdbeerkörbchen vorbei. Ihr Strafzettel steckte hinter dem Scheibenwischer: fünfunddreißig Euro. War Hamburgs Charmeoffensive schon vorbei?

Ich schüttelte missmutig den Kopf, stieg in den Wagen und stellte bei einem Blick aufs Armaturenbrett erschrocken fest, wie spät es war. Wenn die Burgerbrötchen pünktlich fertig werden sollten, dann musste ich mich beeilen. Doch mit einem Mal kam mir die Idee mit den Hamburgern unfassbar bescheuert vor. Tine hatte sie im Scherz ins Gespräch gebracht und ganz sicher nicht erwartet, dass ich so drauf ansprang. Sie hatte sich von meiner Unterstützung in der Küche bestimmt mehr versprochen als ein Rezept, das vielleicht gerade mal dazu taugte, auf einem Kindergeburtstag zu punkten. Ich sah Tines Ex-Schwiegereltern vor mir, die so hanseatisch auf mich wirkten, wie sie mit langen Gesichtern die Burger inspizierten. Am Ende bekam Tine noch Schwierigkeiten, weil die Frau in der Küche für ein paar lumpige Hamburger in ihre Villa eingezogen war!

Auf dem Rückweg schaukelte sich meine Verzweiflung immer höher, und dann, als ich in die Brahmsallee einbog, fing es auch noch unter der Motorhaube schrecklich zu röcheln an. Nur knapp gelang es mir, den Wagen von der Fahrbahn weg und in eine Einfahrt zu manövrieren, wo er im selben Moment seinen Geist aufgab und liegen blieb. Einfach so. Genervt sammelte ich meine Tüten zusammen und überlegte, ob Kallacks mir wohl dabei helfen würde, das Auto aus der Einfahrt zu schieben – oder ob ich mir mit der Bitte nur eine Abfuhr einhandeln würde.

Eine der Bierflaschen war aus der Tüte gefallen. Ich beugte mich hinunter und griff nach ihr, als ich unter der Fußmatte etwas hervorblitzen sah. Es war ein goldenes Kettchen, an dessen Ende ein Kreuz baumelte. Die Kette meiner Mutter.

Fast ihr ganzes Leben lang hatte Mama diese Kette um den Hals getragen. Nur während ihrer letzten Tage im Krankenhaus hatte sie mich mehrmals darauf angesprochen, dass sie ihren liebsten Schmuck verloren habe und sehr traurig darüber sei. Ich suchte bei uns zu Hause, fand aber nichts. Warum war ich nur nicht auf den Gedanken gekommen, im Wagen nachzusehen?

Erst als jemand laut hupte, schreckte ich aus meinen Selbstvorwürfen auf. Ich sah einen Mann im schwarzen Porsche, der augenscheinlich in die Garage seiner Villa wollte, deren Einfahrt von meinem Erdbeerkörbchen blockiert wurde. Ratlos zeigte ich auf die Motorhaube, woraufhin er an die Seite fuhr, schwungvoll die Wagentür öffnete und ausstieg. Ich betrachtete ihn skeptisch. Der Typ schien nicht viel älter zu sein als ich. Er kam näher und lehnte sich an das Fahrerfenster. Umständlich kurbelte ich die Scheibe herunter.

»Kann ich irgendwie helfen?«, fragte er.

»Es tut mir wahnsinnig leid«, faselte ich aufgeregt. »Ich bin liegengeblieben, ich rufe am besten gleich den ADAC.«

Ich griff zu meinem Handy, während er mich weiter eindringlich musterte. Verzweifelt suchte ich die Notfallnummer und hackte dabei auf meinem Display herum, da bemerkte ich aus dem Augenwinkel, dass sein Blick etwas Fragendes bekam. Er klang irritiert und irgendwie spröde, als er sagte: »Wir kennen uns doch.« Ich legte das Handy auf den Beifahrersitz und inspizierte nun auch ihn genauer. Er stützte sich mit dem linken Arm in den Rahmen meines offenen Fensters. Eine stählerne Uhr blitzte unter seiner weißen Manschette hervor. Er war zweifelsohne ein attraktiver Mann mit vollem, dunkelblondem Haar und einem schmalen Gesicht, das von kühn geschwungenen Brauen beherrscht wurde. Er grinste – und da sah ich es auch: Irgendetwas Vertrautes lag in seinem Blick. Nur kannte ich beim besten Willen keinen Porsche-Typen wie ihn, der scheinbar mit Mitte dreißig schon seine eigene Stadtvilla besaß.

»Ich glaube, Sie verwechseln mich.«

»Doch, doch, warte … Johanneum? Alsterpiraten? Oder kennen wir uns vielleicht vom Hockey?«

Ich schüttelte den Kopf, auch wenn ich nur die Hälfte von dem verstand, was er mich da fragte.

»Jetzt weiß ich's. Lund, habe ich recht?«

»Ich, ähm, Lund?«

»Das Internat! Louisenlund? Ich hatte da nur einen Gastauftritt – oder warte, doch nicht etwa London? Du warst auch auf der EBS?!«

»Ich, nein, ich war weder auf einem Internat noch auf der EBS.«

Er zog seinen Arm zurück. »Ach so. Dann muss ich dich wohl wirklich verwechseln.«

»Hör zu«, sagte ich. Schließlich hatte er mit dem Duzen angefangen. »Das mit dem Wagen tut mir leid. Wäre es okay, wenn du deinen auf der Straße parkst, bis der Abschleppdienst da ist?«

»Ja, ja, kein Problem. Ist das Haus von Daddio. Er ist kaum noch dort, seit er zu seiner neuen Frau gezogen ist. Sehe hier nur ab und zu nach dem Rechten. Außerdem«, er grinste vielsagend, »ein offener Kamin kann im Winter wahre Wunder bewirken – bei den Ladys …«

»Daddio?«, wiederholte ich wie in Trance. Ich kannte nur zwei Menschen, die das Wort Daddio benutzten. Der eine war Michael J. Fox aka Marty McFly in *Back to the Future* und der andere …

»Ja, mein Dad. Wo musst du hin? Wo wohnst du?«

Ich zeigte leicht abwesend auf die Pension.

Sein Ellbogen schob sich wieder in mein Fenster. »Ach, daher kennen wir uns! Wir sind also Nachbarn. Du, sei so lieb, und dreh noch mal am Zündschlüssel.«

Wortlos und wie auf Autopilot tat ich, worum er mich gebeten hatte. Und tatsächlich: Der Motor sprang an.

»Wusste ich es doch!« Er grinste breit. »Das sind die Macken von alten Autos. Ist der Preis für ihre Schönheit. Deine Yuppie-Karre habe ich allerdings noch nie in unserer Straße gesehen, wäre mir sonst sofort aufgefallen. Ziemlich cool, finde ich – für einen Zweitwagen. Nur im Winter macht der keinen Sinn, oder?«

»Ich muss los«, entgegnete ich, gefolgt von einem schnellen »Danke«.

Ohne mich noch einmal umzusehen, parkte ich das Cabrio um, steckte Mamas Kette ein und marschierte samt Einkaufstüten im Stechschritt in die Pension. Erleichtert hörte ich, wie die schwere Tür hinter mir ins Schloss fiel.

Mein Herz klopfte immer noch wie wild. Ich weiß bis heute nicht, warum ich es ihm nicht gleich gesagt habe. Warum ich mich nicht getraut habe, Konstantin zu offenbaren, dass ich Nana, das Mädchen aus dem Alten Land bin.

Kapitel 6

Als ich mit meinen Einkaufstüten in die Küche gerauscht kam, fand ich Tine dort am Herd vor. Sie bereitete gerade für ihre Ex-Schwiegereltern und die vegetarischen Gäste eine Melanzane vor, einen Auflauf aus Auberginen, Tomaten, Mozzarella und Parmigiano. Ich schnupperte und sog den köstlichen Duft von frischem Basilikum ein. Sofort bekam ich Appetit.

»Das nächste Mal stehen keine polarisierenden Gerichte auf der Speisekarte«, versprach ich Tine und fischte eine Olive aus dem Gläschen, das neben dem Kräutertopf stand.

»Darüber mach ich mir überhaupt keine Sorgen«, erwiderte sie gut gelaunt und beäugte die Zutaten, die ich nacheinander auf dem Küchentresen abstellte. »Du willst die Burgerbrötchen selbst backen?«

»Ja«, sagte ich, als ich dicht an meinem Ohr eine Stimme hörte.

»Szo, szoo. Es gibt heute Abend also Hamburger. Szo, szo.«

In Hamburg spricht man viele Dialekte. Sie alle leiten sich vom Plattdütschen ab, leiern dabei oder gehen in die Breite, scheinen eher kurz und trocken oder verquasselt schnell zu sein. Die vornehmste Art aber ist eine näselnde Variante, bei der das »s« spitz, das »g« manchmal wie ein englisches ausgesprochen und das »i« zu einer Mischung aus »e« und »i« wird. Norddeutsches Leiern ist dabei strengstens untersagt. Der- oder diejenige, die diese Form beherrscht, scheint allein schon dadurch auf Zack zu sein. Niemand versteht sich auf diesen Reeder-Akzent besser als Tines Ex-Schwiegermutter, die in diesem Moment die Ware aus meiner Einkaufstüte inspizierte.

»Wissen Szie wass?«, fragte sie. Ihr »s« wurde noch spitzer, als wollte sie mich damit piksen. »Ja, wissen Szie, wass ich gar nicht leiden mag?«

Ich schüttelte ängstlich den Kopf.

»Dass der Chicken Burger bei McDonald's ohne Käsze ist. Bei Burger King kann ich ihn mit oder ohne Käsze bestellen. Im Allgemeinen szend die dort eh viel besser. Finden Szie necht auch?«

Damit schlurfte sie aus der Küche in Richtung Esszimmer und wirkte trotz ihres Schneckentempos recht resolut dabei.

Tine sah mich verwundert an. »Hat sie das gerade wirklich gesagt?!«

Ich nickte ebenso erstaunt. »Allerdings.«

»Die von Burger King sind also eindeutig besser? So ein Schwachsinn!«, sagte Tine.

Irritiert sah ich Tine an, die laut zu lachen anfing – ein bisschen erinnerte mich ihr Lachen an das von Mama früher. Auch für Tine war die Küche eine Art Unterhaltungsbühne. War meine Mutter mehr die große Dirigentin gewesen, schien mir Tine wie die Talkmasterin der gehobenen Late Night Show.

Wenig später öffnete Tine eine Flasche Wein, und es wurde noch vergnüglicher. Nur einmal war es kurz still in der Küche – dieser kleine, feine Augenblick zwischen uns, als wir so etwas wie Dankbarkeit füreinander empfanden. Dahinter stand die leise Ahnung, dass hier gerade wirklich eine Freundschaft entstand.

Ich glaube nicht, dass es an den Hamburgern lag, aber in der folgenden Nacht wälzte ich mich in meinem Alkovenbett unruhig von einer Seite auf die andere. Der Gedanke daran, meinen Vater mit seiner Verlobten zu treffen, machte mich nervös. Konstantin in meiner Straße mit seinem Porsche machte mich nervös. Das bevorstehende Gespräch mit Tiffany Meyer machte mich nervös. Tiffany Meyer machte mich nervös! Ganz zu schweigen von dem Gedanken an meinen ersten Artikel. Und ich vermisste Mama – so sehr, dass sich mein Herz schmerzhaft zusammenzog.

Das Verhältnis zwischen ihr und mir war sehr eng gewesen, enger vielleicht, als andere für normal oder sogar gesund halten. Wir fanden es gut so, wie es war. In Kirchenbrügge hatten wir uns eine eigene kleine Welt geschaffen, in der es uns eigentlich an nichts fehlte, und zusammen hatten wir beide immer ein wenig das Gefühl, über den Dingen zu stehen. Wenn mal etwas nicht so lief, wie es sollte, setzte Mama ihre Wunderwaffe ein: ihren großzügigen Humor, mit dem sie jeden Missmut schnell in etwas Lustiges umstimmte. Meine Mutter konnte sehr ironisch sein, albern und manchmal richtig infantil. Wir lachten viel zusammen. Damals lebte ich in der Sicherheit, dass Mama und ich einfach zwei glückliche Menschen in ihrem eigenen kleinen Kosmos waren, der unzerstörbar war.

In diesem Moment fiel mir die Kette wieder ein. Mit einem Satz sprang ich aus dem Bett und wühlte in meinen Klamotten herum. Im Zimmer war es dunkel, und ich konnte fast nichts sehen, deswegen tastete ich mich von einem Teil zum nächsten, ohne zu finden, wonach ich suchte. Gerade als sich Verzweiflung in mir breitmachen wollte, fühlte ich etwas in der Tasche meiner Jeans. Gott sei Dank! Erleichtert zog ich Mamas goldene Kette hervor. Ich ballte die Faust um den zarten Schmuck, drückte ihn fest an meine Brust und schwor mir, ihn nie wieder zu verlieren.

»Entschuldigung, Mama, entschuldige, dass ich nicht im Auto nachgesehen habe«, brach es weinend aus mir heraus.

Sssssch, cara mia, nicht weinen. Ich habe die Kette doch nur gesucht, um sie dir zu schenken. Jetzt ist sie da, wo sie hingehört.

Die Frau vom Pastor hatte mir am Tag von Mamas Beerdigung gesagt, ich solle mir für die Trauerbewältigung Zeit nehmen. Das hatte ich auch getan, glaubte ich zumindest. Einen genauen Ablaufplan für die korrekte Trauerbewältigung gibt es leider nicht. Mehr als ein Jahr war seitdem vergangen, doch es fühlte sich an manchen Tagen eher so an, als würde ich mich nur noch tiefer in meiner Trauer verlieren.

»Ich schaffe das einfach nicht. Ich schaff das nicht ohne dich, Mama.«

Nana, hörte ich Mamas Stimme im dunklen Zimmer. *Da ist so viel Bewegung in deinem Leben. Übersieh niemals das Gute darin. Und jetzt versuch zu schlafen, Liebes. Morgen bekommst du vielleicht deinen ersten Auftrag als Journalistin.*

***

»Guten Tag, mein Name ist Nana Jacobi. Ich bin telefonisch mit Tiffany Meyer verabredet.«

Es war genau zwei Minuten nach zehn. Diese zwei Minuten Verspätung hatte ich mir eingeräumt, um bei Tiffany Meyer einen möglichst autarken Eindruck zu erwecken. Leider lässt auch eine penibel geplante Unpünktlichkeit niemanden selbstsicherer wirken.

»Excusez-moi? Ich verstehe kein Wort. Entweder sind Sie im Besitz eines sehr alten Mobiltelefons, oder Sie rufen mich aus Addis Abeba an. Dieser Region in Ostafrika werden noch immer zu wenige Basisstellen zur Verfügung gestellt, die Ärmsten dort haben wirklich einen grottigen Handyempfang. Wen möchten Sie also sprechen?«, begrüßte mich eine arrogante Männerstimme.

Erst jetzt bemerkte ich, dass ich das Handy so fest an meine Wange gepresst hielt, dass ich das Mikrofon verdeckte. Schnell lockerte ich meinen Griff.

»Tiffany Meyer. Sie erwartet meinen Anruf.«

»Und wer ist dort, bitte?«

»Nana Jacobi.«

»Nana Jacobi also. Nana Jacobi? Nana Jacobi …« Der Mann am anderen Ende der Leitung summte weiter meinen Namen. »Momentchen, bitte. Dazu habe ich mir etwas notiert. Please hold the line, ne quittez pas, s'il vous plaît … ah, ja! Hier haben wir es doch. Stichwort Testlauf N. Jacobi. Richtig?«

»Ich …«

»Genau, ja! Tiffanys neueste Mission! Mission Top oder Floooop.« Er lachte verkniffen, und selbst das klang prätentiös. »Well, was ich dem werten Fräulein Jacobi ausrichten soll, steht hier geschrieben: Restaurant La Masseria positiv bewerten. Danke, das war's auch schon. Nun retten Sie bitte die Welt, Mademoiselle Jacobi.«

»Positiv bewerten?«, hakte ich vorsichtig nach. »Aber das kann ich doch jetzt noch gar nicht sagen.«

»Aber später doch sicherlich schon, meine Dame.«

»Also, ich«, das verwirrte mich wirklich, »komme nicht ganz mit. Habe ich es denn falsch verstanden, dass ich für das NARZISS-Magazin eine Gastrokritik schreiben soll?«

Für eine Schrecksekunde herrschte absolute Stille am anderen Ende, dann hörte ich wieherndes Gelächter. Ich spürte, wie sich meine Stirn in Falten legte. Ein bescheuerter Typ war das. Er schien sich in seiner Rolle aber zu gefallen, denn er plapperte einfach weiter.

»Ach, Gottchen, herrje. Sie denkt, ein neuer Siebeck zu sein – denkt sie das etwa?«

Also wirklich! Ich musste mich beherrschen, langsam wurde es mir eindeutig zu blöd mit dem.

»Frau Meyer sagte, ich könne sie ab zehn in der Redaktion erreichen. Jetzt ist es«, ich warf einen schnellen Blick auf das Display, »fünf nach zehn. Kann ich bitte mit Frau Meyer direkt sprechen?«

»Frau Meyer ist derzeit wirklich nicht zu sprechen. Für niemanden. Das können Sie mir glauben.« Wieder eine Kunstpause, gefolgt von exaltiertem Räuspern. »Viertausend Anschläge, bitte schön. Und seien Sie auf dem Punkt. Abgabe ist der kommende Montag, und nicht kurz vor Mitternacht. Bonne chance, Mademoiselle Jacobi. Bonne chance!«

Und bevor ich noch wütender werden konnte, hatte er mich weggedrückt.

»Vollidiot!«, rief ich laut und pfefferte das Handy auf mein Bett.

Fünf Minuten später war ich noch immer auf hundertachtzig. Ich lief gerade an Tine vorbei, die unten an der Haustür die Post entgegennahm.

»Ich glaub's einfach nicht«, schimpfte ich im Vorbeigehen. »Dieser eingebildete Trottel!«

»Wer ist ein Trottel?«, wollte sie wissen.

Ich blieb stehen. »Ein ganz schlimm aufgeplusterter Typ aus der Redaktion vom NARZISS-Magazin. Unglaublich, was sich manche rausnehmen! Der hat mich einfach abgewürgt! Einfach aufgelegt. Bonne chance, Mademoiselle, bonne choooooaance«, äffte ich ihn nach und versuchte dabei, die überraschten Blicke von Tine und dem Postboten auszublenden. »Muss mal kurz Luft schnappen!«

Als ich zurückkam, hatte sich mein Zorn halbwegs gelegt. Und einen neuen Haarschnitt hatte ich auch, einen klassischen Pagenkopf. Tine deckte gerade das Frühstücksbüfett ab und hob anerkennend den Daumen, als ich zur Tür hereinkam. Ich machte eine kleine Verbeugung und trat zu ihr.

»Heute ist trotzdem irgendwie nicht mein Tag«, sagte ich nur und half ihr beim Abräumen. Eigentlich hatte ich es nicht vorgehabt, aber dann blubberte es doch aus mir heraus: »Ich muss heute zum Dinner mit meinem Vater und seiner neuen Verlobten. Darauf habe ich so was von keine Lust!«

»Sieh es doch als Recherche für das Magazin«, meinte Tine sachlich, ohne genauer nachzufragen.

»Wie es ausschaut, ist das Magazin nicht sonderlich an Recherche interessiert«, entgegnete ich genervt. Dann fragte ich mit etwas mehr Ruhe in der Stimme: »Kennst du das Restaurant vielleicht? – Wie heißt es gleich? Irgendwas mit Satan oder so …«

»Satan?« Tine schüttelte nachdenklich den Kopf. »Davon habe ich noch nie gehört. Wer würde sein Restaurant auch so nennen wollen? Bist du dir sicher?«

»Nee, dann ist das falsch, aber so ähnlich. Mann, ich habe es mir nicht aufgeschrieben. Satan … Satanello …«, grübelte ich noch.

»Saltarello!«, rief Tine. »Oh! Dein Vater will dir wohl imponieren!«

»Warum?«

»Na ja, ist so 'n Promi-Laden, bisschen drüber halt, aber das Essen ist wirklich gut.«

»Das passt zu ihm«, entgegnete ich mürrisch.

Für ein erstes lockeres Treffen wäre mir ein ungezwungenes Café am Nachmittag eindeutig lieber gewesen. So hatte ich den Eindruck, als sei Claas das Setting wichtiger als unser Wiedersehen. Außerdem hatte ich für ein schickes Restaurant nichts Passendes zum Anziehen. Das meiste lag noch eingelagert in den Boxen in Kirchenbrügge.

»Wieso? Ist dein Vater prominent?«, wollte Tine wissen.

»Nein, aber …«

»Er wäre es gern?«

»Keine Ahnung. Er ist selbst Teil dieser Hamburger Gastro-

Szene … und, ach, ich weiß auch nicht. Ist halt nicht meine Welt, das Ganze. Jetzt wirkt es auf mich irgendwie so, als ob Claas Schenzer heute Abend seine Tochter in der Hamburger Gesellschaft debütieren lassen will – ohne sie vorher gefragt zu haben, ob sie selbst das überhaupt möchte!«

»Claas Schenzer? – Hat aber nichts zu tun mit den Weinhandlungen?«

»Doch. Schenzer Wein ist seine Kette.«

»Echt?« Tine schob überrascht ihre Unterlippe vor.

»Wir haben uns kaum gesehen in den letzten Jahren – mal abgesehen von Mamas Beerdigung.«

»Gib ihm eine Chance, Nana. Und wer weiß? Vielleicht wird der Abend ja auch ganz okay.«

Ich hob die Schultern. »Mein Gefühl sagt mir das Gegenteil.«

Tine strich mir über den Rücken. »Dann sieh es doch so: Egal, wie der Abend verläuft, er wird dir etwas mehr Klarheit bringen. Wenn du nicht hingehst, kommt auch nichts in Bewegung. Dann bleibt es zwischen euch, wie es ist.«

»Festgefahren«, sagte ich und atmete durch die Nase aus.

»Geh hin, Nana. Erst dann kannst du dir sicher sein, ob du wirklich keinen Kontakt zu deinem Vater haben möchtest.«

Am Empfangstresen im Foyer klingelte das Telefon. Tine lief zum Apparat, und ich brachte die letzten Frühstücksteller in die Küche, holte ein übrig gebliebenes Brötchen aus dem Brotkasten und wickelte es in eine Serviette.

Ich nahm den alten Dienstbotenaufgang zu meinem Zimmer, wurde aber im ersten Stock von Tines Ex-Schwiegermutter abgefangen, die dort mit ihrem Mann ein Zweieinhalbzimmer-Appartement bewohnte. Sie winkte mich zu sich hinein. »Wissen Szie«, sie zeigte in ein hübsches, großes Zimmer mit einer hellen Loggia, »das war früher einmal der Schlafraum meiner Eltern. Szehr lange her ist das schon. Meine Schwestern und ich haben unsere Zimmer einen Sstock höher gehabt. Nun, hätte nicht gedacht, dass ich im hohen Alter wieder im Elternhaus lebe. Ihre Mutter ist versstorben, hörte ich. Haben Szie denn auch geerbt?«

»Keine Villa«, antwortete ich und setzte ein entschuldigendes Lächeln auf.

»Gut szo! Das Haus war lange hoch verschuldet. Erst seit unsere Tine hier das Kommando hat, kommt endlich Ruhe rein.«

Ich nickte brav und schaute mich ein wenig in dem großen Zimmer um. Es war ähnlich ausgestattet wie meines unter dem Dach, mit Frisierkonsole, Wandschrank und diesen bezaubernden Blumenstoffen an den Fenstern. Aber statt einem Alkoven gab es in diesem Raum ein großes, französisches Bett mit einem hohen gepolsterten Kopfteil aus hellgrünem Samt.

»Nennen Szie mich ruhig Astrid, Nana«, sagte die alte Dame zu mir, bevor sie mich durch ihre privaten Gemächer in Richtung Wandschrank zog. Sie öffnete die Tür und lächelte fein, was die sonstige Strenge aus ihrer Miene nahm und durch etwas Mädchenhaftes ersetzte.

Hinter der niedrigen Tür verbarg sich ein sehr kleiner, begehbarer Raum. Astrid schlüpfte vor mir in die Ankleide und gab mir ein Zeichen, ihr zu folgen. Beim Eintreten musste ich mich bücken. Es war recht dunkel hier drinnen. Die alte Dame tastete die Wand nach dem Lichtschalter ab, und mit einem Knips erstrahlte die kleine Kammer in hellem Licht. Staunend sah ich mich um. Ich konnte es kaum glauben: Das hier war eine wahre Vintage-Schatzkammer. Kleider, Taschen, Schuhe – alles fein säuberlich geordnet, augenscheinlich nach Jahrzehnten – füllten den Raum um uns herum bis zu einem kleinen Schachtfenster am Ende der Kammer.

»Da sstaunen Szie, was? Das Kleid hat noch meiner Großmutter gehört. Szogar den Hut dazu gibt es noch.«

Sie stupste mit dem Handrücken gegen eine große Schachtel, die zu einem Outfit gehörte, das wie der Requisite aus *Downton Abbey* entnommen schien. Direkt daneben blitzte das Kleid eines Flapper Girls hervor, sogar mit originaler Federboa. Weiter drüben hing ein enges Kostüm aus den 40ern, wie sie Joan Crawford getragen hatte, gegenüber seidene Petticoats aus den 50er Jahren gefolgt von frechen Minikleidern der 1960er, die von weiten, wallenden Maxistoffen in psychedelischen Mustern abgelöst wurden. Ich staunte wie ein kleines Kind, und mein Herz begann vor Freude zu hüpfen.

»Wir haben nur das Schönste aufbewahrt«, erklärte Astrid. »Meine Mutter, die Schwestern und ich. Andere szammeln Uhren, wir szammelten die Couture. Vieles sstammt aus Paris. Schick, necht wahr?«

»Sehr!«, stimmte ich zu, immer noch baff.

Astrid inspizierte meinen Körper. »Szie haben Brust, eine smale Taille …«

»Meine Hüften sind das Problem.«

»Ach! Hören Szie schon auf. Ihre Hüften szend ganz entzückend, Nana.« Sie klapste mir mütterlich auf den Hintern und griff nach einem roten Kleid, das ich wegen seiner Länge bis knapp übers Knie auf Anfang der 30er Jahre datierte.

»Probieren Szie das mal an. Tine ist für diesen Sspaß leider nicht zu haben. Mögen Szie denn diese Moden?«

»Ob ich sie mag? Ich liebe diesen Raum!«

Überwältigt nahm ich Astrid das Kleid ab und bedauerte im selben Moment zutiefst, dass solche Zeitzeugen der Modegeschichte für mich wohl immer unerschwinglich sein würden. Aber dieses wunderbare Teil durfte ich jetzt mal anziehen!

Astrid ging aus dem Zimmer und ließ mich allein. Ich zog meine Jeans aus, streifte das T-Shirt ab und schlüpfte in das elegante rote Kleid. Es hatte einen tiefen Ausschnitt, den ich durch einen weichen Gürtel an der Seite etwas höher schließen konnte. Wenn ich mich bewegte, wippte das Kleid hinterher, und wenn ich stehen blieb, schmiegte es sich an meinen Körper. Nur unter den kurzen Ärmeln war der Stoff an den Achseln etwas eng, aber das würde außer mir sonst niemandem auffallen. Ich steckte den Kopf aus der Ankleide.

»Und?«, fragte Astrid neugierig. Sie saß auf dem Bett und lugte gespannt zu mir rüber.

Ich trat aus der niedrigen Tür und drehte mich einmal nach links und wieder nach rechts. Das Kleid schwang fröhlich mit.

Astrid klatschte begeistert in die Hände. »Todschick! Na, wer szagt's denn? Das Kleid ist älter als ich und kein bisschen aus der Mode. Szie sehen toll aus, Nana!«

»Was ist denn hier los?«

Tine schaute zu uns herein und lehnte sich an den Türrahmen. Sie hatte sich einen Stift hinters Ohr geklemmt und hielt das Haushaltsbuch in den Händen. Ihr Gesicht erstrahlte, als sie mich in dem roten Kleid sah. »Oh, Nana, das sieht echt super aus! Das wird dir heute Abend Glück bringen.«

Ich sah unsicher zu Astrid, die mir das Kleid nur zum Anprobieren gegeben hatte und nicht unbedingt zum Ausleihen. Die alte Dame erwiderte meinen Blick und fragte mit kokettem Unterton: »Haben Szie heute etwa ein Rendezvous, Nana?«

»Ich treffe nur meinen Vater.«

»Sie geht ins Saltarello, Astrid«, sagte Tine.

»In diese sreckliche Tanzbar, diese Sspelunke dort, in der alten Esplanade etwa? Furchtbar, was aus dem Hotel geworden ist.«

»Das war vor über vierzig Jahren, Astrid. Heute ist das ein ziemlich angesagtes Restaurant.«

»Szo, szo.« In Astrids Miene zog die altbekannte Strenge wieder ein. »Nun, Nana. Wenn dieses Saltarello so furchtbar angeszagt ist, würde ich an Ihrer Sstelle das Kleid gleich anlassen.«

Mit einem Satz war ich bei Astrid und drückte ihr spontan einen Kuss auf die Wange.

»Oh, Mann, bei euch im Haus fühle ich mich wie Cinderella!«

Tine lachte auf. »Dann sollten wir nach Aschenputtel-Manier am besten gleich mal deine Küchenschichten durchgehen.«

Kapitel 7

Die Esplanade gehörte laut Astrid einst zu den besten Adressen der Hansestadt. Heute ist das Grandhotel längst Geschichte, aber das noble Gebäude steht noch immer an einer vielbefahrenen Kreuzung im Zentrum Hamburgs, als wollte es dort den Posten des alten, ehrwürdigen Hauses auf ewig verteidigen – komme, was wolle. Im ehemaligen Ballsaal befindet sich heute ein Casino und im Seitenflügel das Restaurant Saltarello.

Langsam schritt ich die Stufen zum Eingang hoch und ignorierte, so gut es ging, dass ich fror. Da meine Daunenjacke zu diesem Traum in Rot der denkbar ungeeignetste Begleiter gewesen wäre, hatte ich sie im Auto gelassen, das zum Glück nur wenige Meter vom Restaurant geparkt stand. Mit der Hand bügelte ich die imaginären Falten des Kleids glatt, berührte andächtig Mamas kleines, goldenes Kreuz, das ich am Hals trug, und sammelte mich so lange, bis ich mit konzentrierter Miene schwungvoll die Tür zum Restaurant öffnen konnte. Sofort war ich von lautem Stimmengewirr umhüllt. In der offenen Küche jonglierten die Köche mit Pfannen voller Gambas, in dem Aquarium direkt neben der Tür warteten kapitale Hummer auf ihr letztes Bad. Lautes Brutzeln drang an mein Ohr, Aromen von Rosmarin, Salbei und Knoblauch streichelten meine Nase.

Ein wenig verloren blickte ich mich um. In einer Ecke des Lokals, direkt unter der riesigen Fotografie eines Pin-up-Girls, das auf die verruchte Vergangenheit des Saltarello verwies, entdeckte ich den winkenden Arm meines Vaters. Mit einem gezwungenen Lächeln machte ich einen Schritt auf ihn zu – und wollte auf der Stelle wieder umkehren: Neben Claas saß ein blondes Kind, das sich gerade auf geschmeidige Art ein Rotweinglas an die feuerrot geschminkten Lippen führte. *Nein! Lieber Gott, lass das nicht wahr sein. Bitte lass dieses Mädchen nicht meine Stiefmutter in spe sein. Bittebittebittebittebitte* … Noch während ich das stumme Stoßgebet von mir gab, sprach mich ein Kellner an.

»Werden Sie erwartet?«

»Ja … Nein. Nein!«

Der Mann blickte mich irritiert an. Ich guckte weg. Warum nicht einfach flüchten? Was hatte ich groß zu verlieren? Einen Vater?! Nur war Claas schon von seinem Platz aufgesprungen und im Eiltempo auf direktem Wege zu mir. Er breitete die Arme aus. Aber umarmt werden wollte ich auf keinen Fall von ihm, deshalb streckte ich ihm blitzschnell meine Hand entgegen, als hielte ich darin einen Säbel. Claas näherte sich mir gerade auf dem letzten Meter und hielt abrupt an. Er lächelte getroffen den Boden an und griff peinlich berührt nach meiner steifen Hand. Mit betretener Miene fragte er, ob er mir aus dem Mantel helfen dürfe. Woraufhin ich spitz erwiderte, dass ich keinen Mantel anhätte.

»Natürlich, natürlich, was rede ich da bloß?«, faselte Claas.

Er legte seinen Arm um meine Schulter, ohne sie wirklich zu berühren, und führte mich zu seinem Tisch. Dort streckte mir das Kind seine kleinen, modeschmuckberingten Finger entgegen: »Hi, ich bin Mia. Was für ein tolles Kleid!«

»Nana, hallo.« Ich ließ mich auf den Stuhl sinken.

»Ja, Nana, ich weiß. Voll der süße Name. Heißt das im Südländischen nicht auch Kindermädchen oder Oma oder so etwas?«

Sie zog ihr kleines Näschen kraus und kicherte mit künstlich hochgeschraubter Stimme, wobei sie aussah wie das Hello-Kitty-Kätzchen. Bei Männern schien die Masche zu funktionieren, schließlich hatte sie sich meinen Vater geangelt.

Meine Augen wanderten zu Claas. Strafend sah ich ihn an. Er schenkte mir einen tiefen Blick aus seinen großen, braunen Augen. Braun? Ich strich den Stoff des Kleids über meinen Knien glatt und runzelte die Stirn. Bislang war ich der Überzeugung gewesen, dass ich meine Augenfarbe von Mama geerbt hatte.

Das graue Haar trug er streng nach hinten gekämmt, wo es in gerader Linie auf Kragenhöhe abgeschnitten war. Ich kann mich dunkel daran erinnern, dass er früher mal Locken hatte, die waren inzwischen fast alle verschwunden. Dazu trug er Chinohosen und ein höchstwahrscheinlich maßgeschneidertes Jackett. Claas schien meine Inspektion ziemlich nervös zu machen.

»Was führt dich nach Hamburg, Nana?«, fragte er mich förmlich und zog an der Manschette seines Hemds.

»Arbeit«, sagte ich nur und starrte auf die Manschette. Die Cufflings waren von Tiffany.

»Und hast du schon einen Job gefunden?« Er räusperte sich und winkte nach dem Kellner.

»Ich bin Restaurantkritikerin, Claas«, sagte ich so harsch, dass ich mir dabei selbst unsympathisch wurde. Prüfend sah ich mich im Restaurant um. »Euch gefällt das Saltarello also?«

»Total! Oder, Claas?«

Fragend blickte Mia meinen Vater an und griff nach seiner Hand. *Ganz schön dicker Wecker, den Herr Schenzer da am Handgelenk trägt,* registrierte ich abschätzig.

»Doch, doch, das ist ein guter Ort mit einem der besten Weinkeller der Stadt«, sagte Claas.

»Szo, szo«, kommentierte ich seine Ausführung mit dem gleichen scharfen »s«, wie ich es von Astrid kannte. »Nun, ich kann es ein anderes Mal unter die Lupe nehmen … Habt ihr schon bestellt?« Ich holte meine Lesebrille aus der Handtasche, setzte sie mir mit ernster Miene auf und griff nach der Speisekarte.

»Wir haben natürlich auf dich gewartet …« Claas' Stimme bekam etwas Brüchiges. Ich warf ihm einen Blick zu. Er wirkte unglücklich.

»Für wen schreibst du denn?«, mischte sich Mia ein und schaute mich erwartungsvoll an.

»NARZISS«, gab ich möglichst leidenschaftslos von mir.

»Echt?« Mia verließ ihre phlegmatische Sitzposition und schnellte nach vorn. »Wie cool ist das denn?« Sie lächelte mich butterweich an, die Kitty-Augen leuchteten. Mir ging das total auf die Nerven.

»Und was willst du mal machen?«, fragte ich und dachte: *nach deinem Schulabschluss?*

»Ich möchte auch als Journalistin arbeiten, allerdings im Moderessort. Das Thema meiner Masterarbeit war …«

»Germany's Next Topmodel?« Ich grinste knapp.

Claas rutschte unruhig auf seinem Stuhl hin und her.

»Nicht ganz«, antwortete Mia mit sanftem Lächeln, als hätte sie meinen Sarkasmus nicht verstanden. Plötzlich war ich mir nicht mehr sicher, ob sie wirklich so naiv war.

»Mein Thema, ach, es ist auch langweilig, egal.«

»Es ist überhaupt nicht langweilig«, meinte Claas und winkte noch einmal nach dem Kellner.

»Na ja, es geht um …«

»Ja?«, sagte ich fordernd.

»Es geht um Coco Chanel …«

»Ah, interessant.« Ich schlug die erste Seite der Karte auf und widmete mich dem Menü.

»… und ihren verdeckten Einsatz im Dienste der Nationalsozialisten während der Besatzungszeit in Paris.«

Ich schaute hoch. »Und das studiert man an der Modeschule?«

»Nein, an der Sorbonne.«

Sie lächelte wieder ganz unschuldig und zog das Näschen kraus. Dann warf sie ihre Kaskade an Goldhaar in den Nacken und sah dabei wie die Protagonistin in einem Werbespot für Haarspray aus.

»Und warum willst du dann für ein Modemagazin arbeiten?«, fragte ich mit zusammengebissenen Zähnen.

»Na ja, ich meine, du schreibst doch auch über das Kochen und bist keine Hausfrau, oder?«

Im Nachhinein glaube ich, dass Mia es nicht so gemeint hat, aber das war genau der Moment, in dem ich mich dazu entschied, sie unter gar keinen Umständen zu mögen. Und zwar niemals!

»Wisst ihr beide schon, was ihr essen möchtet? Die Trüffelpizza, ich kann die Trüffelpizza empfehlen!«, sagte Claas aufgeregt.

»Wie ist Tiffany Meyer denn so?«, wollte Mia wissen und wandte sich dabei Claas zu. »Sie ist die letzte Grande Dame des deutschen Modejournalismus, Schatz. Wenn sie das Metier verlässt, stirbt mit ihr ein ganzer Zeitgeist aus. Ist sie wirklich so eiskalt, wie man ihr nachsagt, Nana?« Jetzt war wieder ich gefragt.

»Ich nenne das professionell«, entgegnete ich mit so kühler Stimme, dass sich die Härchen auf meinen Unterarmen aufstellten.

»Ja, so stelle ich sie mir auch vor. Immer wieder wird Haltung mit innerer Kälte verwechselt. Gerade bei erfolgreichen Frauen, nicht wahr?«, sagte Mia. Sie war mit einem Mal ganz aufgeregt und beugte sich wieder in meine Richtung: »Trüffelpizza, ja, warum nicht? Wollen wir uns eine teilen, Nana?«

»Ich vertrage keinen Trüffel.«

»Das ist ja schade!«, sagte ein Mann hinter mir.

Er begrüßte Claas mit einer kurzen, freundschaftlichen Umarmung – es war der Chef de Cuisine. Kurz tauschte er sich mit meinem Vater über eine letzte besonders grandiose Weinfuhre aus, dann fragte er ihn: »Und wer sind die beiden Damen an deiner Seite?«

Claas deutete erst auf das studierte Kind und dann auf mich. »Darf ich vorstellen, Mia, meine Verlobte, und meine Tochter Nana.«

Eine kurze Regung der Überforderung im Gesicht des Kochs wich vielsagender Anerkennung für meinen Vater. Er lächelte Mia und mich im Wechsel an, bevor er Claas kumpelhaft den Rücken klopfte. »Na, sieh mal einer an!«

Mehr sagte er nicht. Doch für mich war es auch so schon zu viel.

»Wisst ihr, mir ist irgendwie nicht gut«, verkündete ich und schob meinen Stuhl nach hinten.

Mia sah erst mich und dann Claas erschrocken an. »Was hast du denn?«

»Ist seit gestern so, ich wollte nur nicht absagen«, antwortete ich, während ich aufstand und mit einer hektischen Bewegung meine Brille abnahm. Nun fühlte ich mich wirklich elend.

»Sollen wir dich heimfahren, Nana?«, fragte Mia und sah mich mit großen, mitfühlenden Kätzchenaugen an.

»Nein, nei-nein«, ich wehrte ihr Angebot mit den Händen ab. »Ähm, bis bald!«

Auf den wenigen Metern zum Parkplatz fluchte ich laut über meinen Vater – wie verhielt es sich noch gleich mit Befürchtungen? Mit der Realität haben sie nicht sehr viel gemein? Nein! Diese Realität war noch viel schlimmer, als ich es mir hätte ausmalen können! Mein Vater war nicht nur ein egozentrischer, selbstverliebter Dandy! Er war auch noch pervers! Und ein Sadist war er auch! Aus welchem Grund sonst hatte er mir das heute

Abend angetan? Eine winzige Vorwarnung, dass seine neue Frau noch dem Welpenschutz unterliegt, wäre doch echt nett gewesen! Aber nein, ihm erschien es angemessener, unser erstes Treffen nach Mamas Tod in diesem beknackten Restaurant zu zelebrieren – so lässt es sich in der Society natürlich besser damit angeben, dass seine Verlobte so viel taufrischer als seine welkende Tochter ist!! Wütend trat ich gegen einen hohen Kantstein, was echt weh tat. Ich humpelte die letzten Schritte bis zum Erdbeerkörbchen und warf mich wie erschlagen auf den Fahrersitz. In meinem Kopf tobten die Gedanken weiter. Zur Ablenkung schaltete ich das Radio ein, doch es sprang nur dieses fürchterliche Tape an.

»Ja! Ja! Ich weiß, du liebst Hamburg!« Genervt drückte ich auf diverse Knöpfe. Der penetrante Sound ließ sich nicht abwürgen. Weder konnte ich auf Radio umstellen, noch bekam ich die Kassette raus. Ich schlug gegen das Gerät, bis es endlich Ruhe gab.

Was für ein vollkommen missglückter Abend, dachte ich und startete den Motor, um so schnell wie möglich zurück in die Pension zu kommen. Die wenigen Kilometer erschienen mir endlos. Schon an der zweiten Ampel begann der Motor wieder so komisch zu röcheln. Ich trat auf das Gaspedal, aber der Wagen setzte sich nur müde in Gang und flehte geradezu darum, anzuhalten. Also lenkte ich ihn in die nächste Parklücke, wo das Erdbeerkörbchen auch schon mit lautem Schnaufen zusammenbrach. Unter der Motorhaube qualmte es. Ich zog meine Jacke über, stieg aus und öffnete die Haube. Als ob ich irgendetwas davon verstünde, beugte ich mich ratlos über die rauchende Maschine.

Nachdem ich in den letzten Tagen so viel Glück gehabt hatte, war mir jetzt so, als ob das Pech an nur einem Abend auf Ausgleich beharrte. Und mein Gefühl trog mich nicht. Denn als ich mich noch tiefer zwischen die heißen Rohre und Leitungen beugte, hatte sich Mamas Kettchen irgendwie mit dem Reißverschluss meiner Daunenjacke verhakt. Ich reagierte nicht umsichtig genug, zerrte ungeduldig abwechselnd an der Jacke und der Kette. Da riss das dünne goldene Bändchen an meinem Hals und verschwand zwischen dem rostigen, dampfenden Geäst aus Kabeln und Metall. Paralysiert blieb ich in der krummen Haltung stehen. Es dauerte ein ganzes Weilchen, bis ich mich wieder aufrichten konnte, um mich völlig orientierungslos auf der Straße umzusehen. Bis zur Pension wären es zu Fuß etwa fünfzehn Minuten, und auf dem Weg dorthin lag nichts, was ich kannte, außer Kamil.

Nicht der kaputte Wagen oder der Hunger, sondern allein die Hoffnung, das Kettchen da irgendwie wieder rauszubekommen, trieb mich im Lauftempo zu seinem Imbiss. Der Laden war schon dunkel, doch Kamil zum Glück noch da. Er lud gerade einen Korb mit übrig gebliebenen Lebensmitteln in seinen Transporter. Total aufgelöst und nach Luft schnappend blieb ich vor ihm stehen.

»Kennst du dich mit Autos aus?«, japste ich und stützte mich dabei mit den Händen auf meinen Knien ab.

»Ein Unfall?« Er schien sofort beunruhigt.

»Nein. Liegengeblieben. Hier gleich um die Ecke.«

Kamil sah mich erleichtert an. »Kann ich mir gern mal anschauen.«

Auf dem Weg zum Erdbeerkörbchen erzählte ich Kamil, dass der Wagen ein Youngtimer sei und dass meine Mutter ihn mir vermacht habe. Als wir vor dem Auto standen, zeigte ich in den offenen Motor:

»Meine Kette ist mir da reingefallen.«

»Dein Ernst?« Kamil hatte mir die ganze Zeit aufmerksam zugehört. Jetzt sah er mich skeptisch an. »Es geht hier um Schmuck?«

»Nicht irgendeinen Schmuck. Es ist die Kette meiner Mutter. Ich habe mir geschworen, sie nie zu verlieren.«

Seine Miene wurde verständnisvoller. Er bückte sich unter den Wagen, in der Hoffnung, dass die Kette durchgefallen war – nicht mal darauf wäre ich gekommen. Aber leider lag nichts Goldenes auf dem Asphalt. Seufzend versuchte Kamil, sich von oben mit den Fingern einen Weg durch den Motorraum zu bahnen, verbrannte sich aber nur fürchterlich den Daumen.

»Oh, nein! Auch das noch«, wimmerte ich.

»Hör mal, Jacko«, sagte Kamil ganz ruhig und betastete vorsichtig die Brandblase, »wenn die Kette deiner Mutter jetzt im Motor von diesem Auto ist, dann vielleicht nur …«

»Ja?« Ich sah ihn mit feuchten Augen an.

»… na, weil sie da auch hingehört. Ich meine, warum sonst hängen sich manche so Marienkreuze an die Rückspiegel. Die bauen sich ja ganze Altäre in ihren Cockpits auf – das sind Schutzengel. Die braucht jeder von uns im Straßenverkehr.«

Kamil zog eine Imbissserviette aus seiner Tasche und reichte sie mir. »Pass auf, ich schlepp dich mit meinem Transporter erst mal in deine Straße ab. Dann kannst du morgen in Ruhe die Werkstatt anrufen. Die finden deine Kette schon. Und wenn nicht, ist sie halt mit dem Motor verschmolzen. Ist dann auch gut so.«

Ich nickte nur stumm und putzte mir die Nase.

»Wo wohnst du eigentlich?«, wollte er wissen und befestigte das Abschleppseil an beiden Autos.

»Brahmsallee Ecke Isestraße«, sagte ich und sah, wie er eine Augenbraue hochzog. Hielt er mich jetzt für eine verwöhnte Göre, die seine Hilfsbereitschaft ausnutzen wollte?

»Alles klar, ist nicht weit von hier«, lautete Kamils urteilsfreier Kommentar.

Nicht viel später hatten Kamil und ich in gemeinsamer Anstrengung das Erdbeerkörbchen in die letzte freie Parklücke in der

Brahmsallee bugsiert. Ich war noch viel zu sehr außer Atem und wusste auch gar nicht, wie ich mich bedanken sollte, als Kamil in den Korb mit den übrig gebliebenen Lebensmitteln auf dem Beifahrersitz seines Transporters griff und mir etwas in die Hand drückte.

»Hier, Jacko.«

Ich starrte gerührt auf das Päckchen. »Danke schön. Für alles. Wie kann ich mich jemals dafür revanchieren?«

»Ach, da kommt schon 'ne Gelegenheit. Wenn ich zum Beispiel mal eine Tanzeinlage für 'ne Party brauche, darfst du mich nicht hängenlassen.«

»Niemals!«, rief ich ernst.

»Also dann.«

Er setzte sich lachend hinter das Steuer und machte das Peace-Zeichen, bevor er Gas gab.

Drinnen im Foyer der Pension wickelte ich das Päckchen aus und fand darin ein Plastikschälchen, bis zum Rand gefüllt mit Hummus, dazu etwas Pitabrot. Gierig stippte ich ein Stück Brot in das Kichererbsenmus und stopfte mir den Happen in den Mund. Doch statt des erwarteten vollen Geschmacks nahm ich weder Brot noch Hummus wahr – obwohl mir diese Delikatesse längst bewiesen hatte, wie gut sie war.

Verwundert, aber zu erschöpft, um genauer darüber nachzudenken, ging ich mit leerem Mund und leerem Magen in meine Mansarde hinauf, in der ich irgendwann mit leeren Gedanken einschlief.

Kapitel 8

Als ich aufwachte, sah ich rot. Mein Blick fiel als Erstes auf Astrids Vintage-Kleid, das ich ordentlich vor den Kleiderschrank gehängt hatte. Im Nu war der gestrige Abend wieder gegenwärtig – und ich hellwach. An Claas und Mia wollte ich partout nicht denken und schob die beiden einfach zur Seite. Schließlich gab es eine Menge zu tun: Ich musste das Auto in die Werkstatt schleppen lassen, die Recherche für meinen Artikel beginnen, und so ganz nebenbei galt es, einen Laptop oder Ähnliches zu besorgen, wenn ich meine Kritik nicht auf meinem Handy schreiben wollte. Montag, 2. Januar, war Abgabe. Heute hatten wir den 29. Dezember, viel Zeit blieb also nicht.

Noch vom Bett aus rief ich im Restaurant an und fragte den Mann am anderen Ende nach einem Tisch.

»Ach, Signora Jacobi, ich wusste nicht, dass Sie schon zurück sind?«, rief er durch den Hörer, als ich ihm meinen Nachnamen nannte. »Wie war es in der Schweiz?«

»Ci conosciamo?«, fragte ich ihn.

Meine Italienischkenntnisse reichen in etwa aus, um sich flüssig mit einer Vierjährigen zu unterhalten. Mama hat es leider verpasst – beziehungsweise mit meiner Einschulung damit aufgehört –, mich zweisprachig aufzuziehen.

»Sie sind eine andere Frau Jacobi«, bemerkte der Mann am Telefon enttäuscht und nannte mir dann einen Termin, der erst in der dritten Woche des nächsten Jahres lag.

»Ich brauche aber unbedingt noch einen Tisch im alten Jahr.«

»Nein, Signora, das tut mir leid, das geht nicht. Wirklich nicht. Keine Chance, jeder Tisch belegt«, sagte er vehement.

Ich legte auf.

Vor meinem Gaubenfenster regnete es vom grauen, kalten Himmel. Das war also meine Traumstadt. Andererseits, wer war ich denn, zu glauben, dass es hier einfach für mich werden würde? Ich dachte an Mama und ihren Mut, als sie ohne Geld in ein fremdes Land gegangen war. Sie hatte bestimmt nicht beim ersten Stolpern daran gedacht, alles hinzuwerfen.

Wild entschlossen schlug ich die Bettdecke zurück und lief auf den Flur hinaus ins Bad. »Du lässt dich nicht unterkriegen, Nana«, feuerte ich mich selbst wie mein eigener Boxtrainer an und drehte den Duschhahn auf. »Die Stadt will dich herausfordern? Alles klar! Ich bin dabei, Hamburg. Wirst schon sehen! Nach meinem Artikel über das La Masseria wird das Restaurant Nana Jacobi ganz bestimmt nicht mehr auf die zweite Bank schieben. Nana Jacobi«, interviewte ich mich selbst, »Sie haben in dieser Stadt ganz unten angefangen – als Küchenhilfe. Wie haben Sie es ohne einen eigenen Computer bis ganz nach oben geschafft?«

»Mit Biss«, antwortete ich mir. »Mit sehr viel Biss!«

Als ich aus dem Bad kam, feudelte Kallacks gerade den oberen Korridor. Mit hochrotem Gesicht sah ich ihn entschuldigend an. Sicher hatte er meine peinliche Selbstmotivation unter der Dusche mitgehört. Aber Kallacks wünschte mir nur gewohnt mürrisch einen guten Morgen und ließ sich ausnahmsweise dazu herab, mir auf meinen fragenden Blick hin eine Antwort zu geben: »Frau Martens ist mit ihren Schwiegereltern aufs Land gefahren. Sie besuchen einen Bauernmarkt.«

Damit drehte er sich weg und werkelte stoisch weiter vor sich hin. Ich lief im Handtuch in mein Zimmer zurück.

Als ich angezogen war und meine Zimmertür wieder öffnete, um nach unten zu gehen, stand Kallacks direkt davor, die Faust zum Anklopfen erhoben. Unter seinem Arm klemmte ein alter Laptop.

»Hab gehört, dass Sie sich eben geärgert haben, weil Sie keinen Computer haben. Nehm' Sie meinen, brauch den nicht sehr oft.«

Bevor ich ein zweites Mal rot werden konnte, hatte er mir die alte Gerätschaft schon in die Hand gedrückt und mir den Rücken zugekehrt. »Vielen Dank, Herr Kallacks«, rief ich ihm hinterher.

Er brummte griesgrämig, als ob ich ihm zu nahe getreten wäre. Ich hatte das Gefühl, ihn zum ersten Mal richtig zu verstehen. Während Kallacks weiter vor sich hin brummte, übersetzte ich stumm: *Gern geschehen.*

Fünf Minuten später saß ich im Esszimmer. Ich setzte meine Lesebrille auf und rieb die Hände aneinander. Okay, wie schreibt man eigentlich einen Artikel? Ich begann damit, mir auf meinem Handy im Internet verschiedene Richtlinien für journalistisches Arbeiten durchzulesen. Einiges davon war hilfreich, anderes weniger. Ich studierte Restaurantkritiken aus Zeitungen und verglich sie mit denen aus diversen Food-Blogs. Dabei kam es mir so vor, als ob die Tiefe der professionellen Texte die Leser tatsächlich überfordern könnte, während die freundliche Oberflächlichkeit in denen der Blogs mir persönlich zu viele Fragen offenließ. Am meisten gefielen mir Blogs, die originell aufgesetzt waren. Jeder Satz war mit einer gewissen Leidenschaft verfasst und die Bilder liebevoll eingebunden. Ich dachte an meinen eigenen Blog, mit dem auch ich einst große Pläne verfolgt hatte. Aber Chili und Honig war heute nur noch ein verkümmertes Grabmal auf dem Friedhof der toten Internetseiten. Immerhin wusste ich, dass ich Freude am Schreiben hatte, also würde ich den richtigen Ton für das NARZISS-Magazin schon irgendwie treffen. Blieb nur noch mein größtes Problem: dass ich keinen Tisch in dem Restaurant bekommen hatte. Da würde mir zur Not wohl nichts anderes übrigbleiben, als im La Masseria vorbeizugehen, möglichst viele Eindrücke vor Ort aufzuschnappen und mir etwas zum Mitnehmen zu bestellen. Auch wenn das vielleicht merkwürdig ankommen würde – aber dann musste ich es halt entsprechend überzeugend anstellen. Ich selbst hatte mir das zwar auch anders vorgestellt – und Tiffany Meyer dürfte das niemals erfahren –, aber was sollte ich sonst machen?

Kallacks' Laptop ratterte und summte wahnsinnig laut, als ich ihn hochfuhr. Ich nahm mir ein übrig gebliebenes Croissant aus dem Brotkorb, holte mir einen Kaffee und ein Glas Orangensaft und setzte mich wieder an die lange Tafel. Ich biss in das Croissant und stockte. Ein Stückchen Blätterteig berührte meinen Gaumen. Ich wusste, es war nicht irgendein Croissant, denn bei Tines Brotbestellungen handelte es sich um die Erzeugnisse eines französischen Bäckermeisters. Er ließ es sich nicht nehmen, die zarten Hörnchen noch backwarm mit einer Glasur aus Aprikosenkonfitüre zu versehen, was ihnen ein einzigartiges Aroma verlieh. Und jetzt … spürte ich das leise Krachen der goldgelben Kruste zwischen meinen Zähnen und sonst – nichts. Überhaupt nichts. Irritiert nahm ich einen Schluck Kaffee – nein, nichts. Vielleicht besser Orangensaft? Fehlanzeige. Ich schmeckte genauso wenig wie in der letzten Nacht. Da dachte ich noch, es läge vielleicht doch am Hummus oder daran, dass ich so wahnsinnig müde gewesen war. Aber wenn es sich jetzt wiederholte, bedeutete das doch … Nein! Das konnte nicht wahr sein – das DURFTE nicht wahr sein: Ich hatte die einmalige Chance, als Restaurantkritikerin bei NARZISS zu landen, und mein Geschmackssinn gab den Geist auf. Einfach so. Mein Herzschlag beschleunigte sich. Halb verunsichert, halb wütend biss ich noch einmal ab, trank abwechselnd Kaffee und Orangensaft. Es blieb dabei – ich konnte nichts schmecken. Wie Mamas Kette war mir mein Geschmack irgendwann am gestrigen Abend abhandengekommen. Das war doch einfach nur absurd!

Und jetzt? Ich musste doch das La Masseria testen, schließlich hing davon meine Zukunft als Autorin ab. Bislang war ich lediglich *Projekt N. Jacobi*. Völlig konsterniert schob ich den Kaffeebecher zur Seite und blickte über den langen Esstisch hinaus auf die Straße. *Was soll ich denn jetzt machen, Mama?*, lauschte ich in mich hinein. Ich hoffte so sehr, ihre Stimme zu hören, aber ich blieb allein, bis Astrid zur Haustür hereinkam. Sie hielt einen Zellophanbeutel mit kleinen, blau-violetten Blüten in den Händen und sah verärgert aus.

»Alszo dieser Verkäufer … szagen Szie mal, Nana, ist DASSS Lavendel?«

Sie hielt mir die offene Tüte unter die Nase. »Was denken Szie? Echt oder künstlich? Ich wollte szo gerne ein Potpourri für meinen Kleiderschrank … ach. Egal. Man szollte solchen Mist erst gar nicht kaufen, mein Mann hat recht.«

Sie ließ die Hand sinken und drehte sich um, bevor ich etwas sagen konnte. So sah Astrid nicht, dass ich wie festgefroren auf der Stelle sitzen blieb. Mein Herz raste. Ich roch nichts, nicht das kleinste bisschen.

Plötzlich hatte ich das Bedürfnis zu schreien. Panisch murmelte ich wieder und wieder vor mich hin: »Das darf nicht wahr sein … Das darf nicht passieren …« Ich ohne Geschmacks- und Geruchssinn? Das war wie ein Fisch, der nicht schwimmen konnte. Geschmack war das Allerwichtigste für mich, mein Lebenselixier.

Wie von der Tarantel gestochen, sprang ich vom Frühstückstisch auf und rannte in mein Zimmer. Ich wollte allein sein, wollte ungestört auf meinem Handy nach den möglichen Ursachen googeln. Wie sich beim Recherchieren schnell herausstellte, war ich anscheinend nicht die Einzige mit dem Problem. Allein in Deutschland litten über 50.000 Menschen jährlich an einem plötzlichen Verlust ihres Geruchs- und Geschmackssinns. Das beruhigte mich fast … fast, bis ich die Ursachen dafür las. Allergien. *Hm, nicht, dass ich wüsste …* Schädelhirntrauma? Parkinson?! Hirntumor?! … *Stopp, stopp, stopp.* Diese Ergebnisse brachten mich nur noch mehr aus der Fassung. Ich ließ das Handy sinken. *Ruhe bewahren, Nana. Todkrank bist du bestimmt nicht.* Ich holte Luft und wählte eine andere Seite an. Das las sich schon besser. Hier erklärte ein Arzt, dass eine Nasennebenhöhlenentzündung Geschmacks- wie Geruchssinn lahmlegen kann. Es war auch die Rede von Folgen einer Virusinfektion wie zum Beispiel der Grippe. Dann stand da noch was von Alzheimer, gut, das konnte ich mit allerhöchster Wahrscheinlichkeit schon mal ausschließen, trotzdem fühlte ich mich weiterhin unwohl. Wie sollte ich bloß für Tine kochen, wenn ich nichts abschmecken konnte? Wie sollte ich eine Gastrokritik schreiben, ohne funktionierenden Gaumen und Zunge? Wie sollte ich noch irgendwas genießen können?

Ich fand einen weiteren Artikel. Die Website schien seriös. Dort war die Rede von Spontanheilungen in den überwiegenden Fällen, die meisten dieser Störungen würden wieder wie von selbst verschwinden. Ich atmete aus und ließ von der Recherche ab. Bei der Selbstdiagnose mit Hilfe des Internets konnte man doch generell fünfzig Prozent der Horrormeldungen ignorieren. Es war also alles nicht so schlimm, redete ich mir ein. Und obwohl ich nicht mal einen Schnupfen hatte, verglich ich mein Problem mit einer harmlosen Erkältung.

Morgen kannst du wieder schmecken, machte ich mir selbst Mut und versuchte, für die nächsten achtundvierzig Stunden genau daran festzuhalten.

Kapitel 9

An Silvester war mein Geschmackssinn noch immer nicht zurückgekehrt. Ich war gerade auf dem Rückweg vom La Masseria, ich wollte den Köchen dort ein paar Speisen to go abverlangen, aber das Restaurant hielt seine Türen wegen der großen Party am Abend verschlossen. Und was hätte mir das Essen ohne Geschmackssinn auch groß gebracht? In Gedanken ging ich schon den Text für eine Absage-Mail an Tiffany Meyer durch.

Vor der Pension angekommen, fiel mein Blick auf das dunkelblaue Cabriolet. Ein Hinterrad stand halb auf der Straße, die beiden Vorderräder waren extrem nach rechts eingeschlagen. Irgendwie sah das Erdbeerkörbchen ziemlich fertig aus. Aus Angst vor zu hohen Reparaturkosten hatte ich bislang noch keine Werkstatt verständigt. Aber wenn mir schon sonst alles zu entgleiten drohte, wollte ich wenigstens Mamas goldenes Kettchen aus dem Motorblock befreien. Zumindest musste ich es noch mal versuchen. Ich ging zum Wagen, schloss ihn auf und wollte gerade nach dem Zug für die Motorhaube greifen, da hörte ich neben mir Reifen quietschen, untermalt vom satten Blubbern eines Sportwagenmotors. Ich drehte den Kopf in Richtung des Geräuschs und sah, wie sich die Beifahrertür öffnete. Ein Paar schlanke, lange Beine in La-Martina-Stiefeln berührten den Boden, dann knallte die Tür zu. *Tock-tock-tock …* die Stiefel bewegten sich vom Porsche weg. Es war ein schwarzer 911er, so wie der von Konstantin. Konstantin? Ich setzte mich auf, da wurde schon eine weitere Tür zugeschmissen. Die Schritte waren härter. Der Motor lief immer noch.

Sie: »Du kannst mich mal!«

Er: »Gerne doch!«

Ich schielte durch die halboffene Tür nach links. Es *war* Konstantin. Wieder so posh gekleidet, aber leicht derangiert dieses Mal. Auch wenn er krampfhaft versuchte, die Fassung zu wahren, konnte ich ihm ansehen, wie wütend er war. Er ging zu Miss La Martina, tippte auf ihre Schulter, worauf sie sich umdrehte und er irgendwas in ihr Ohr flüsterte. Diese Mitteilung quittierte das recht gut aussehende Mädel erstens mit einer Ohrfeige und zweitens mit ihrem Mittelfinger, woraufhin er sagte: »Und du glaubst noch, ich lass dir das Appartement? Such dir am besten heute noch was Neues – in der Miesestraße, dafür reicht's vielleicht!«

Ich wollte wegsehen – und -hören –, aber ich war zu neugierig. Die beiden waren ohnehin so in Rage, dass sie ihren heimlichen Publikumsgast nicht bemerkten.

»Du bist so ein Arschloch, Konstantin.«

»Und du ja so gar keine Schickse!«

»Ach, leck mich.«

»Komm zurück. Sofort.«

»Nein, Konstantin. Diesmal ist es wirklich aus.«

Ihre Stiefel klapperten über den Asphalt.

»Hey! Stehen bleiben!«

Doch sie blieb nicht stehen.

»Und was ist mit unserem Silvester-Dinner?«, rief Konstantin verzweifelt. »Weißt du, was mich der Tisch im La Masseria gekostet hat?« Er fügte noch einige unschöne Dinge hinzu und hörte auch dann nicht auf zu fluchen, als seine frischgebackene Ex längst in einem Taxi verschwunden war.

Adrenalin schoss durch meine Adern. Ich betätigte den Zug

für die Motorhaube und stieg aus. Mir war klar, dass das, was ich zu tun beabsichtigte, nicht ganz in Ordnung war und auch Mama ihre Einwände gehabt hätte, aber diesmal schaltete ich ihre Stimme auf stumm.

»Isestraße, fiese Straße, miese Straße!«, zog ich Konstantins Aufmerksamkeit auf mich.

Er sah mich gestresst an und fuhr sich mit der Hand durchs Haar.

»Das hast du mir beigebracht. Ist schon ein Weilchen her. Wir waren damals nicht älter als neun, zehn oder so. Du hast mit deinem Vater einen ganzen Sommer im Alten Land verbracht.«

Der Widerwillen in seiner Miene machte plötzlich Interesse Platz. Mit schief gelegtem Kopf fragte er mich unsicher: »Nana? Bist du's?«

Ich nickte lächelnd.

Konstantin fuhr sich ein zweites Mal durch die blonden Haare, diesmal sah er dabei ganz schön verlegen aus. Dann lächelte er zurück.

Etwa vier Stunden später hielt mir Konstantin die Tür zum La Masseria auf. Gut gelaunt betrat ich das Restaurant. Auch wenn mein Geschmackssinn mich immer noch im Stich ließ, hatte ich ja in Konstantin jemanden, der *für mich* schmecken konnte. Ich würde ihn einfach unauffällig befragen. Nicht nur würde ich wider Erwarten die Restaurantkritik abliefern können, ich hegte sogar die kleine Hoffnung auf einen romantischen Abend. Nach fast fünfjährigem Singledasein, nur unterbrochen von kleinen, eher nichtssagenden Intermezzi mit Typen aus dem Alten Land, war ich durchaus neugierig auf Konstantin. Sein lauter Auftritt auf der Straße hatte mein Bild von ihm nicht wirklich trüben können. Schließlich war er mal ein echt toller Junge gewesen. Zugegeben, die Vorstellung, ihn direkt aus den Armen einer anderen in meine zu schließen, fühlte sich merkwürdig an, aber im Grunde hatte unsere Geschichte schon vor vielen Jahren begonnen, damals in Kirchenbrügge. Das konnte uns niemand mehr nehmen – ganz egal, wie der Abend laufen würde.

Auch Konstantin schwirrte ich wohl im Kopf herum, allerdings nicht auf die Art, wie ich es mir erhofft hatte.

»Siehst sexy aus«, säuselte er, nachdem wir unsere Plätze eingenommen hatten, und betrachtete mich dabei mit unverhohlener Neugierde.

Unwillkürlich zog ich die Stola enger um die nackten Arme und bemühte mich um einen entspannten Gesichtsausdruck. Astrid war so lieb gewesen, noch einmal ihre kleine Schatzkammer für mich zu öffnen. Für den Silvesterabend im La Masseria hatte ich mir ein Kleid von Paco Rabanne aus den 70ern ausgesucht. Es war gerade geschnitten, ärmellos mit einem kleinen runden Ausschnitt und dicht an dicht mit großen, silbernen Metallplättchen benäht. Zwischen den schwarzen Cocktailkleid-Uniformen der anderen Frauen wirkte dieser Barbarella-Style leicht provokant – was mich eigentlich nicht groß störte. Nur dass Konstantin mich so begierig anstarrte, dass mich die leise Ahnung beschlich, dass seine Erwartungen an den Abend größer waren als meine.

»Das ist wirklich schön hier«, sagte ich anerkennend und ließ meinen Blick durch das Restaurant schweifen. Es war klein, auf eine gewisse, leicht abgeschrabbelte Art nobel und behaglich zugleich. Das Publikum bestand aus solventen Bürgern aller Altersklassen, die geradezu freundschaftlich nach den Kellnern riefen. Überhaupt lag eine gewisse Vertrautheit in der Luft. La Masseria glich mehr einem privaten Speisezimmer, und die Blicke, die ich hin und wieder auffing, hatten etwas Fragendes. Schließlich gehörte ich nicht zu dieser »Familie«.

Ich betrachtete Konstantin, der schon vor dem Aperitif gesättigt auf mich wirkte. Ja. Der erwachsene Konstantin sah ein bisschen so aus, als hätte er von allem schon genug bekommen. Den Gruß aus der Küche verschlang er dennoch gierig.

Ich tat es ihm gleich und steckte das Häppchen aus kurz angebratenem Thunfisch in einem Stück in den Mund. So ohne Geschmack fühlte sich der halbrohe Fisch fast unangenehm auf der Zunge an. Ich musste heftig kauen, bis ich die Portion hinunterschlucken konnte.

»Und? Wie findest du es?«, wollte ich von Konstantin wissen und schenkte ihm meine ganze Aufmerksamkeit.

Mein Begleiter schien sich über das plötzliche Interesse an seiner Person zu freuen, denn er beugte sich zu mir, so weit es die Gläser auf unserem kleinen Tischchen zuließen. Dann guckte er kurz an die Decke, so als müsste er über ein hochkomplexes Problem nachdenken, und sagte: »Gut.«

Ich nickte, irgendwie fassungslos. Wenn das so weiterging, würde das die kürzeste Gastrokritik, die das NARZISS-Magazin je gedruckt hatte.

»Ja, schon, aber was war denn der Kick dabei?«, bohrte ich nach.

»Kick dabei?«, echote Konstantin.

Er sah mich prüfend an und schien zu merken, dass es mir ernst war mit der Frage. Konstantin kniff die Augen zusammen. Nach kurzem Überlegen sagte er: »Die Konsistenz vom Tuna war nice. Auf den Punkt, zart. Und die zitronige Glasur hat den Geschmack verstärkt, also unterstützt. Zufrieden?«

Allerdings. Das war ja fast druckreif! Ich nahm einen Schluck Wein, ein wunderbarer Riesling, wie uns der Sommelier vorgebetet hatte, auf Schieferboden gewachsen und so weiter und so fort. Riesling sei in Hamburg der neue Sancerre, hatte mich Konstantin im Anschluss daran weiter aufgeklärt, und ich hatte eifrig genickt. Schade nur, dass ich von alldem nichts genießen konnte.

Wenigstens zeigte der Alkohol seine Wirkung, irgendwann war ich leicht beschwipst. Was die Recherche für meinen Artikel anging, lief es ganz gut. Konstantin gab mehr oder weniger freiwillig immer wieder knappe Bewertungen ab, die für mein Ohr recht präzise klangen. Wir hatten inzwischen das Süppchen und die Pasta hinter uns gebracht und steuerten auf die beiden Hauptgänge zu. Konstantin baggerte weiterhin an mir herum, besaß aber genug Takt, nicht geschmacklos zu werden. Allerdings ging uns allmählich der Gesprächsstoff aus, dabei war es noch nicht einmal zehn Uhr. Nachdem wir noch einmal in jenen Sommer unserer Kindheit eingetaucht waren und die Bruchstücke der Erinnerungen mit Anekdoten zusammengeklebt hatten, war es auch schon vorbei mit den Gemeinsamkeiten. Die Pausen zwischen den Gesprächsfetzen wurden länger, und ich wurde das Gefühl nicht los, dass Konstantin gerade eine Kosten-Nutzen-Analyse im Hinblick auf meine Person aufstellte. So wie ich irgendwann auch: Direkt nach dem Dessert konnte er mich gerne nach Hause komplimentieren – bis dahin brauchte ich ihn noch. Das Ergebnis seiner Analyse schien hingegen nicht für mich zu sprechen, denn Konstantin machte mit einem Mal ein finsteres Gesicht.

»Habe ich mich eigentlich schon bei dir für die Einladung bedankt?«, fragte ich ihn mit mädchenhaftem Augenaufschlag.

Der Bambi-Blick zeigte Wirkung, sofort wurde Konstantins Miene wieder freundlicher, ja, direkt ein bisschen verknallt. Er betrachtete mich von oben bis unten, dann strahlte er mich an, als wäre ich die Frau seines Lebens. Allerdings erreichte das Lachen seine Augen nicht. Die blieben kalt, als er leise sagte: »Oh, keine Ursache. Du kannst dich ja gerne mal revanchieren. Sag mal, wie geht es deiner Mutter eigentlich? Ich erinnere mich noch gut an sie.«

»Sie ist leider gestorben, Konstantin. Vor einem Jahr.«

Er sah mich unentschlossen an. »Oh, scusa.«

»Scusa?«

»Die war doch Italienerin, oder nicht? Sah ziemlich sexy aus.«

Ab da kippte die Stimmung zwischen Konstantin und mir so richtig. Zum Glück kam der Kellner mit der Edelfischplatte und ersparte mir eine Reaktion. Während des Fischgangs blieb ich recht schweigsam, nippte am Wein, schaute mich im Lokal um und versuchte, das Gespräch erneut auf das Essen vor uns zu lenken. Konstantin rollte bereits mit den Augen, machte das Spiel jedoch weiter mit. Wahrscheinlich hatte ich so etwas wie Jagdtrieb bei ihm ausgelöst. Auf jeden Fall rutschte er unruhig hin und her, aß schnell und ohne Genuss. Er schien immer verkrampfter zu werden.

»Lass uns abhauen«, sagte er plötzlich und warf die Serviette neben den Teller.

Ich sah ihn überrascht an.

»Wir fahren in einen Club. Und dann, Nana …« Er zwinkerte mir eindeutig zu.

»Du willst auf das Dessert verzichten?«

Jetzt war Konstantins Geduld erschöpft, das war ihm anzumerken.

»Du … was ist nur los mit dir? Hast du noch nie ein Dinner hingeschmissen, wenn's fad wurde?«, raunte er mir zu.

Ich sah ihn nachdenklich an und überlegte, wo der liebenswerte Junge von damals bloß seine Empathie gelassen hatte.

»Und außerdem ist heute Silvester. Was Liste und so angeht, mach dir da mal keinen Kopf, ich krieg dich überall rein.«

Ich glaube, Konstantin gab sich auf seine Art wirklich Mühe, freundlich zu bleiben, aber mir machte es mit einem Mal nichts mehr aus, dass er mich vielleicht für langweilig oder provinziell halten könnte. Mein Urteil über ihn fiel auch nicht mehr gerade toll aus. Es war eines dieser Dates, die ganz nett anfingen, bei deren Verlauf aber beide ziemlich schnell feststellten, dass sich daraus niemals mehr entwickeln würde.

»Nein danke. Ich bin müde. Aber zieh ruhig ohne mich los.«

Konstantin starrte mich mit leerer Miene an und schob den Stuhl zurück. »Okay!« Er winkte nach dem Kellner. »Du hast ja meine Nummer. Ruf mich an, wenn du es dir anders überlegst.«

Kurz darauf rauschte er ohne ein weiteres Wort hinaus. Im La Masseria war es unterdessen laut geworden. Die Gäste feierten ihre eigene kleine Neujahrsparty, man drehte die Musik auf und schmiss Konfetti, da fiel es gar nicht mal so sehr auf, dass ich nunmehr alleine war. Es war bereits halb zwölf, als ich die Espressotasse zurückschob – insgeheim hoffte ich da noch, dass mein Geschmack doch noch einfach zurückkommen würde – und mich vom La Masseria und seinem Patron verabschiedete.

Als ich vor die Tür trat, waren die Autos und Dächer mit einer frischen Himmelsfuhre Schnee bedeckt. Nur die alten Straßenlaternen stachen aus dem Weiß hervor. Überall auf den Straßen wurden bereits Böller und kleine Raketen abgeschossen, und die ersten Anwohner machten sich auf den Weg zur Außenalster, die über ein schmales, steiles Gässchen zu erreichen war. Für einen kurzen Moment überlegte ich, ob ich mich unter die Feiernden mischen sollte, aber dann entschied ich mich dafür, nach Hause zu gehen. Genau das war die kleine Pension jetzt für mich. Der Gedanke, den ersten Jahreswechsel in dieser Stadt ganz für mich in meiner Mansarde zu verbringen, fühlte sich gut an.

Ich ließ mir Zeit auf dem Rückweg und hing meinen Gedanken nach. Auf einmal hörte ich Discobeats und wummernde Bässe. Irgendein Remix von Michael Jackson, der aus einem näher kommenden Auto dröhnte. Die jungen Typen darin hupten und wünschten mir im Vorbeifahren grölend ein frohes neues Jahr. Es war Mitternacht. Ich sah dem Wagen nach, wie er hinter der nächsten Ecke verschwand, und musste an Konstantin und mich vor vielen Jahren denken: »Kann man den Moonwalk eigentlich verlernen?«, hatte ich ihn an einem herrlich warmen Sommertag gefragt. Wir rannten fröhlich den grünen Deich entlang. Auf der anderen Seite der Elbe sah man die Hochhäuser, Kirchtürme und den Fernsehturm von Hamburg am blauen Himmel kratzen.

»Niemals«, hatte Konstantin erwidert. »Wer den einmal beherrscht, kann's für immer. Ist so wie Radfahren.«

»Cool! Dann werde ich immer an dich denken, Konstantin.«

Er hatte zufrieden genickt und sich vergewissert: »Auch wenn du selbst voll alt bist und Michael Jackson vielleicht schon tot ist, oder so?«

»Auch dann, ganz sicher«, versprach ich ihm.

»Das ist echt voll cool, Nana!«

Lachend waren wir der Sonne entgegengelaufen.

Auf der Reise durchs Leben sind Erinnerungen die schönsten Souvenirs, hatte Mama mal gesagt. Alles andere ist nur Kitsch.

Kann sein, dachte ich, den heutigen Abend würde ich jedoch möglichst schnell vergessen wollen.

Kapitel 10

Zwei Tage nach Neujahr stand ich am Waschbecken in meiner Mansarde und fragte in die Stille hinein: »Mama, bist du da?«

Bis zu jenem Morgen wusste ich nicht, wie laut absolute Stille sein kann. Sie dröhnte in meinen Ohren. Ich kam nicht mehr zu Mama durch – so als hätte ich sie mit der Schummelei im La Masseria persönlich beleidigt. Seit Tagen wartete ich darauf, dass sie mir ihre Meinung sagte, mir irgendeinen Rat erteilte – aber die Stimme meiner Mutter blieb stumm.

Ich schloss die Zahncremetube und schob mir die Bürste in den Mundwinkel. Ich schmeckte immer noch nichts, nicht das kleinste bisschen. Seit mehr als einer Woche ging das nun so, und während ich akribisch die Zahnreihen bearbeitete, wurde mir flau im Magen.

Obwohl ich weder einen starken Schnupfen hatte noch sonst irgendetwas, wodurch sich diese Geschmacklosigkeit erklären ließ, kam ich, so wie es aussah, um einen Arzttermin nicht herum. Was war, wenn der Geschmack ganz wegbliebe – und zwar für immer? Ich stützte mich mit der freien Hand auf dem Rand des Waschtisches ab, so als könnte mir das kleine Porzellanbecken bei diesem Problem wirklich eine Stütze sein. Grimmig und mit Schaum vor dem Mund grinste mich mein Spiegelbild an. Eine Restaurantkritikerin ohne Geschmack? Das war lächerlich. Wenn meine Nerven – oder was auch immer die Ursache war –

nicht bald wieder ihren Dienst aufnahmen, war es mit der Karriere beim NARZISS-Magazin vorbei, bevor sie richtig begonnen hatte, und ich würde mir einen anderen Job suchen müssen. Wenig angetan von der Vorstellung, meine Brötchen künftig als ungelernte Aushilfe verdienen zu müssen, spuckte ich aus und griff nach der Zahnseide. Wobei … was hieß schon Karriere. Tiffany Meyer hatte sich bisher noch nicht gemeldet, dabei hatte ich den Beitrag über das La Masseria fristgerecht und in gewünschter Länge abgeliefert.

Genervt legte ich das Päckchen mit der Zahnseide zurück auf die kleine Ablage und blickte nach draußen. Das Panorama vor dem Mansardenfenster bot einen typischen Januartag mit grauem Himmel und leichtem Schneeregen. Dieses trostlose Wetter passte ganz hervorragend zu meiner Laune. Ich wollte gerade ins Bad, da hörte ich von unten lautes Kreischen. Tine! Erschrocken sprang ich in den Flur zur Treppe, doch meine Pensionswirtin stürmte bereits zu mir hoch. Noch immer kreischend – allem Anschein nach vor Freude. Völlig außer Atem und mit einer Zeitschrift wedelnd, rief Tine aufgeregt: »Wow, Nana. Das ist echt stark.« Sie tippte immer wieder auf eine bestimmte Seite, drückte mir das Magazin dann selbst in die Hand und stemmte die Hände in die Seiten. Ihre Augen strahlten. Ich blätterte, stutzte … und kapierte: Das hier war die neue Ausgabe vom NARZISS – mit einem doppelseitigen Beitrag über das La Masseria.

»So wie du schreibst, bekommt man richtig Hunger beim Lesen«, sagte Tine, die inzwischen neben mich getreten war und immer wieder auf bestimmte Passagen in dem Artikel deutete. »Das ist alles so bildhaft. Richtig toll.« In ihren Augen lag echte Bewunderung. Ich warf einen Blick auf die Überschrift. *Im Esszimmer der Hanse-Hedonisten,* stand da. Laut las ich die erste Zeile des Einstiegstextes vor: »*Unsere Autorin Nana Jacobi feierte dort ins neue Jahr, wo sonst nur Hamburgs neuer Bürgeradel auf den Tischen tanzen darf* … Hm.« Nachdenklich sah ich Tine an. »Ich weiß nicht. Das habe ich mir jetzt irgendwie anders vorgestellt.«

»Ich auch! Zwei ganze Seiten. Das ist doch der Hammer, Nana!«

»Ja, schon, aber ich meine, dieses ganze Society-Gedöns habe ich doch gar nicht geschrieben. In meinem Text ging es nur um das Restaurant …«

»Seien Sie nicht so streng, Frau Kritikerin.« Sie knuffte mich in die Seite und nahm mir das Magazin wieder aus der Hand. »Zieh dich erst mal an, den ganzen Artikel gibt's dann zum Frühstück. Gratuliere!«

Tine flitzte schon wieder die Treppe hinunter, und ich sah ihren blonden Schopf hinter dem Geländer verschwinden. Im nächsten Moment hörte ich das Handy drüben in meinem Zimmer klingeln. Jetzt war ich es, die rannte. *Tiffany Meyer* blinkte auf dem Display, und mit einer Mischung aus Stolz und schlechtem Gewissen wegen der Mogelei, die ich da betrieb, drückte ich die grüne Taste.

»Kindchen, was ist denn los?«, schnarrte es sofort grußlos aus dem Lautsprecher. »Ich versuche seit Stun-den« – Kunstpause – »Sie zu erreichen.«

Stunden? Das war ja wohl eine ziemliche Übertreibung. Aber ich kam nicht dazu, ihr zu antworten. Die Meyersche Redemaschinerie war schon in vollem Gange. Diese Frau schien nicht einmal atmen zu müssen, während ich alle Mühe hatte, in den Wortkaskaden, die auf mich niederprasselten, nicht unterzugehen. Ich stellte mir vor, wie sie am Schreibtisch saß, mit bonbonfarbenen Wildlederhandschuhen und Betonfrisur, das Gesicht vollkommen ausdruckslos, ganz im Gegensatz zu ihrer Stimme, denn die verstand sie wie ein Instrument einzusetzen. Mit zartem Gurren lobte sie mich für meine Arbeit, aber nicht ohne im nächsten Satz eine Oktave tiefer darauf hinzuweisen, dass es natürlich noch Raum nach oben gab. Anscheinend war sie in Plauderlaune, denn schließlich erzählte sie mir auch noch von ihrem persönlichen »Fehlstart« ins neue Jahr: Ihr Stiefsohn war am Neujahrsmorgen total betrunken nach Hause gekommen – in Begleitung einer Stripperin aus dem Dollhaus.

»Liebchen, stellen Sie sich vor: Die Dollarscheine guckten ihr aus dem … ach, nennen wir es Berufskleidung. Ein BH im klassischen Sinne war DAS jedenfalls nicht.«

Das laute Schnaufen, mit dem sie den Satz beendete, ließ keinen Zweifel daran aufkommen, dass sie weder für ihren Stiefsohn noch für die Tänzerin auch nur den Ansatz von Verständnis aufbrachte. Sie räusperte sich. Erwartete sie jetzt meine Meinung dazu?

»Ich …« Weiter kam ich nicht. Tiffany Meyer war schon wieder voll da.

»Und mein Mann? Stellen Sie sich vor, Nana, mein Mann sagt auch noch, das sei endlich mal eine Perle ohne Perlenohrringe!«

Wieder ein Schnaufen. Ich konnte bildlich vor mir sehen, wie es unter ihrer glatten Stirn zuckte. Die Kollegen bewunderten sie wahrscheinlich für ihre Contenance, auch wenn die zum Teil aus Botox bestand.

»Ich …«, versuchte ich noch einmal, aktiv am Gespräch teilzunehmen, doch sie fiel mir erneut ins Wort. »Jetzt müssen Sie es mir verraten: Wie haben Sie es angestellt, einen Tisch im La Masseria zu bekommen? Sie? Ohne meine Hilfe! An Silvester! Ich bin ehrlich, Nana, das war die erste Hürde, die ich Ihnen gestellt hatte. Sie haben sie mit Bravour gemeistert. Und Ihr Text, wie gesagt, war ganz passabel. Nun, gelobt habe ich Sie ja bereits, lassen wir das jetzt. Das nächste Restaurant wartet schon. NARZISS erscheint vierzehntägig, also hopp, hopp. Artikellänge wie gehabt, Abgabe ist am Freitag.«

»Das ist in drei Tagen«, sagte ich im Reflex, in meinem Kopf überschlugen sich noch immer die Gedanken. Es war ihr tatsächlich nicht aufgefallen, dass mein Artikel eine Mogelpackung war. Sollte ich vielleicht weiterschummeln, bis mein Geschmackssinn wieder zurückkam? Schließlich brannte ich wirklich darauf, gute Artikel zu schreiben, die »Hunger machen beim Lesen«, wie Tine gesagt hatte.

Am anderen Ende der Leitung hüstelte es. »Ist das alles, Kindchen?« Die Stimme klang nun frostig. »Wir reden hier gerade über einen Folgeauftrag für Projekt N. Jacobi. Ich meine, momentan fragen sich die meisten meiner Leser: ›Wer zum Teufel ist das?‹ Das Risiko habe ich schließlich allein auf mich genommen.«

Ausgerechnet in diesem Moment packte mich der Ehrgeiz, und ich traute mich etwas zu erwidern, was man besser nur mit funktionierenden Geschmacksnerven sagen sollte: »Ja, Frau Meyer, da haben Sie recht. Ich freue mich über den neuen Auftrag, dieses Mal möchte ich aber eine echte Kritik schreiben.«

Jetzt war es Tiffany Meyer, die meine Worte erst einmal verdauen musste.

»Eine echte Kritik, verstehe«, hörte ich nach einem Moment, gefolgt von erneutem Hüsteln. »Aber natürlich können Sie eine echte Kritik schreiben, Nana, das erwarte ich sogar von Ihnen.« Schwang da ein zynischer Unterton mit? »Ich habe auch das passende Restaurant für Sie und Ihre … echte Kritik: Das Le Match in der HafenCity. Ganz neu eröffnet. Seien Sie streng, seien Sie hart – und vor allem: Enttäuschen Sie mich nicht.«

»Ich werde mir Mühe geben, Frau Meyer«, sagte ich, aber am anderen Ende der Leitung hatte es schon klick gemacht.

So übermütig ich eben noch gewesen war, so nachdenklich war ich jetzt. Während ich blindlings irgendwelche Sachen aus dem Schrank zog und überstreifte, dachte ich an die organisatorische Herausforderung, vor der ich nun stand. Ich musste innerhalb von drei Tagen einen Tisch im Le Match bekommen, und was wohl noch schwieriger war: Ich musste jemanden finden, der mich begleitete und der nicht nur einen gesunden Appetit, sondern auch einen umfangreichen Wortschatz besaß. Für eine Millisekunde dachte ich daran, Tine zu fragen. Aber irgendwie wollte ich sie nicht in dieses Lügenkonstrukt, an dem ich da gerade bastelte, hineinziehen. Außerdem würde sie den Artikel lesen und ihre Formulierungen darin finden. Spätestens dann konnte ich mich auf unangenehme Fragen gefasst machen. Also ließ ich den Gedanken schnell fallen und machte mich auf den Weg ins Speisezimmer.

»Hat dich der Erfolg verwirrt?«, wollte Tine wissen, als sie mir Kaffee einschenkte. Auf meinen fragenden Blick hin tippte sie grinsend auf meinen Bauch, über dem ich die Bluse völlig falsch geknöpft hatte.

Tine ließ sich schwungvoll auf den Stuhl neben mir fallen und goss sich ebenfalls eine Tasse Kaffee ein. Als sie mit Genuss in ihr Croissant biss, musste ich schlucken. Mir war nach Heulen zumute. Wo, verdammt noch mal, war mein Geschmack hin?

»Sag mal, hat sich das Magazin eigentlich schon mal wieder bei dir gemeldet?« Tine kaute mit vollen Backen.

Ich nickte. »Vor ein paar Minuten. Hab schon den nächsten Job bekommen: das Le Match in der HafenCity.«

»Nein!« Tine bekam große Augen und ließ das Hörnchen auf den Teller sinken. »Das ist toll, weißt du das?« Sie klopfte mir fahrig und gleichzeitig merkwürdig anerkennend die Schulter, schien noch etwas sagen zu wollen, sah dann aber auf die Uhr und sprang hektisch auf. Mit einer gemurmelten Entschuldigung nahm sie die Autoschlüssel vom Haken. Kurz darauf fiel die schwere Eingangstür der Villa ins Schloss. Irritiert schaute ich zu Tines Schwiegervater, der es sich mit der Zeitung im Sessel am

Fenster gemütlich gemacht hatte. Der alte Herr lächelte und sagte nur leise: »Gottchen, unsere Tine.« Dann widmete er sich wieder dem Sportteil.

Ich blieb allein und wie erschlagen am Tisch sitzen. Nach einer Weile griff ich nach den Resten von Tines Croissant und spülte sie mit dem Kaffee runter. Gleichzeitig beschloss ich, meine Suche nach einem geeigneten Arzt keine weitere Stunde mehr aufzuschieben.

Am Computer des Empfangstresens in der Pension surfte ich konzentriert durch das Hamburger Ärzteverzeichnis. Zum Glück konnte ich recht wählerisch sein. *Das Leben ist zu kurz für offenen Rotwein,* hatte Mama immer gesagt, wenn sie die Wichtigkeit einer Sache betonen wollte. Dazu zählte ihrer Meinung nach auch die private Krankenversicherung, die sie für mich abgeschlossen hatte. Nun kann ja jeder über das Versicherungssystem in diesem Land denken, was er mag – Fakt ist: Ein Privatpatient kann sich aussuchen, welcher Arzt die Fehldiagnose stellt, und Wartezeiten – welche Wartezeiten? Zum Glück hatte ich in meinem bisherigen Leben noch nicht viel mit Ärzten zu tun gehabt, ich glaube, ich bin von Natur aus ziemlich robust. Doch jetzt war ich meiner Mutter für die private Krankenversicherung sehr dankbar. Ich stieß auf den Eintrag von Priv. Doz. Dr. med. Ronald Sinus – und bekam sofort einen Termin.

Zwei Stunden später saß ich in einer Praxis am Leinpfad, einer ziemlich elitären Straße zwischen Winterhude und Eppendorf.

»Organisch ist da absolut nichts«, sagte Dr. Sinus gerade, rollte in seinem Designersessel ein Stück zurück und stand auf. Er vergrub die Hände tief in den Taschen seines tadellos gestärkten Kittels und legte die Stirn in Falten, was seinem recht attraktiven Gesicht einen vertrauenswürdigen Ausdruck verlieh. Ich sah ihn an, wartete. Doch Sinus schien ein Freund großer Auftritte zu sein. Nicht nur, dass ihn seine Arzthelferin eben angekündigt hatte wie einen Filmstar, jetzt schritt er langsam und scheinbar nachdenklich vor dem großen Fenster auf und ab, von dem aus man freie Sicht auf den Alsterlauf hatte. Ich seufzte, um mich irgendwie bemerkbar zu machen, und rutschte unruhig auf dem Patientenstuhl hin und her. Die Signale schienen anzukommen, denn Sinus hielt in der Bewegung inne und lehnte sich gegen die breite Fensterbank. Erwartungsvoll beugte ich mich vor.

»Es scheint eine psychosomatische Störung zu sein«, sagte der Arzt. »Gibt es in Ihrem Leben etwas, das Sie gerade sehr belastet?«

Ich hielt seinem forschenden Blick stand und überlegte kurz, ob ich ehrlich sein sollte. Aber was hatte ich schon zu verlieren? Also atmete ich tief durch und sagte: »Schon, ja.«

Sinus nickte mit ernster Miene und bat mich mit einer Geste zu einer kleinen Sitzgruppe.

»Erzählen Sie«, ermunterte er mich und setzte sich zu mir. »Wir haben alle Zeit der Welt.«

Und ich erzählte. Ohne Pause, ohne Punkt und Komma. Alles, was mich umtrieb in den letzten Monaten: Mamas Krankheit, unser Laden, meine Verlorenheit nach ihrem Tod und die verfahrene Beziehung zu Claas. Die Sätze sprudelten nur so aus mir heraus. Als ich erschöpft geendet hatte, kommentierte Sinus das wieder nur mit einem Nicken. Doch der Blick, den er mir dabei schenkte, war nicht der eines Arztes. Er betrachtete mich, so wie Männer einen angucken, die in Flirtstimmung sind. Irritiert schaute ich weg. Und sofort wieder hin. Jetzt lächelte er und beugte sich vor.

»Sie haben ganz schön was durchgemacht, Frau Jacobi. Sie sollten versuchen, das Leben wieder zu genießen.«

Das ist alles?, dachte ich und verzweifelte noch mehr. *Schreibt er mir das etwa auch als Rezept auf: Leben genießen, und ab dafür?*

»Wissen Sie, Dr. Sinus, es ist so, dass …«, setzte ich an. »Ich lebe für den Geschmack. Wenn ich nicht schmecken, nicht mal etwas riechen kann, dann weiß ich nicht mehr so recht, wie das mit dem Genuss in meinem Leben überhaupt noch funktionieren soll. Abgesehen davon, dass ich gerade die Chance habe, als Gastrokritikerin mein Geld zu verdienen. Ich habe wirklich keine Ahnung, wie ich das alles schaffen soll, verstehen Sie? Das ist schon etwas beängstigend …«

Er sah mich großherzig an. »Natürlich verstehe ich das. Ich schlage vor, dass Sie mit einem sehr geschätzten Kollegen von mir sprechen. Er ist ein exzellenter Facharzt. Genau der Richtige für Ihr Problem.«

»Er kennt sich mit Geschmacksverlust aus?«

»Nein, aber mit psychosomatischen Störungen. Dr. Lohagen hat seine psychotherapeutische Praxis hier ganz in der Nähe. Sagen Sie ihm, Sie kommen von mir. Er wird Ihnen sicher bald einen Termin geben. Aber bis dahin, glauben Sie mir, ist Ablenkung – ja, ein bisschen Spaß haben – die beste Lösung. Hamburg ist eine wunderschöne Stadt. Ich zeige Ihnen bei Gelegenheit gerne ein paar schöne Fleckchen. Was halten Sie davon, Nana? Ich darf doch Nana sagen?« Sein Lächeln wurde breiter.

Für einen Moment war ich perplex. Der Typ flirtete mich wirklich und ohne große Umschweife an! Ganz schön gewagt für einen Arzt. Scheinbar las er mir meine Bedenken von den Augen ab.

»Machen Sie sich keine Gedanken, Nana. Auch was die Gastrokritik angeht, die Ihnen da bevorsteht. Wenn Sie mögen, kann ich Ihnen helfen. Glauben Sie mir, ich genieße in Hamburg den Ruf, ein echter Gourmet zu sein. Wir vereinbaren über Ihr kleines Problem natürlich Stillschweigen. Als Arzt bin ich sogar daran gebunden.«

Meine Güte. In was für eine Situation war ich denn da geraten? Andererseits konnte ich schwer leugnen, auf einen kompetenten Begleiter für das Le Match angewiesen zu sein. Und Sinus würde sicherlich nichts tun, was am Ende seinem Ansehen schadete. Abgesehen davon, wen sollte ich sonst fragen? Also legte ich den Kopf etwas schief und versuchte so zu gucken wie Mia neulich. Nur das mit dem Nasekrausziehen verkniff ich mir.

»Warum nicht?«, hauchte ich.

Sinus grinste wie ein Honigkuchenpferd.

Tatsächlich gelang es Sinus, noch für den gleichen Abend einen Tisch für uns im Le Match zu reservieren. Und zum Glück bestand Astrid darauf, mich auch für dieses »Rendezvous« wieder auszustatten. Dieses Mal war es ein gerade geschnittenes Kleid mit Pucci-Muster auf türkisfarbenem Grund samt passendem Haarband. Ich fand es umwerfend – und Sinus teilte diese Ansicht, das war ihm an der Nasenspitze anzusehen, als ich das Le Match betrat.

Nachdem ich mich gesetzt hatte, aktivierte ich unter dem Tisch möglichst unauffällig die Sprachmemo-App. Leider bekam Sinus es dennoch mit. Mit gnädigem Unterton sagte er zu mir: »Fragen Sie mich ruhig, was Sie wollen, Nana. Sehen Sie es als eine Art Interview. Ich bin das gewohnt.«

Ich nickte und schaute mich im Restaurant um. Es war ein großer, sehr puristisch eingerichteter Speiseraum, der vor allem mit seinem spektakulären Ausblick punktete: Die durchgehende Glasfront gab den Blick auf die Gebäude am Holzhafen frei. Alles, was in der Architektenszene Rang und Namen besitzt, hatte sich in dieser Kulisse verewigt. Ich ließ den Blick weiterschweifen und registrierte, dass das Lokal zwar ein trendbewusstes Publikum hatte, aber nicht sonderlich gut besucht war. Ob das an der Molekularküche lag, die hier zelebriert wurde? Auf den Tellern an den Nachbartischen waren die Speisen zu farbintensiven

Kunstwerken geformt worden. Bei manchen Gerichten hätte ich nicht sagen können, um was es sich handelte, zu abstrakt waren die Kreationen. Trotz einer gewissen Coolness, die über allem lag, fühlte ich mich hier einigermaßen unwohl. Ich hätte meinen Begleiter gerne nach seiner Meinung gefragt, aber Sinus beschäftigte sich intensiv mit der Weinkarte.

»Ein 2003er! Meine Güte, der schlechteste Jahrgang überhaupt bei diesem Riesling.« Mit genervtem Seufzer ließ er die Karte sinken. »Verzeihen Sie, Nana, aber der Sommelier muss ein Stümper sein.«

Ich nickte und erwiderte nichts. Diese heftige Reaktion ließ für den Abend nichts Gutes erwarten. Und mein Gefühl sollte mich nicht trügen. So charmant Roland Sinus zu mir war – gegenüber dem Service und in seinem Urteil über die Speisen zeigte er sich hart und unerbittlich. Nichts konnte man ihm recht machen, alles wusste er besser. Als wir endlich beim Espresso angelangt waren, wurden seine Züge milder.

»Die Cantuccini sind richtig gut«, lobte er und biss genussvoll ein Stück ab. »Die sind ja auch nicht molekular. Zum Glück.«

Von dieser permanenten Nörgelei genervt, schloss ich heimlich die Sprachmemo-App und überlegte. Wenn ich die Ausführungen meines Begleiters übernahm, war das Ergebnis keine Kritik, sondern der totale Verriss. Wollte ich das wirklich?

Nach dem Essen setzte Sinus mich mit dem Taxi vor der Tür der Pension ab. Er verabschiedete sich bei mir wie ein Kavalier der alten Schule: Er hielt mir die Wagentür auf und nahm mit reserviertem Grinsen auf den Lippen meine Hand, bevor ich ausstieg. Dann fragte er, ob und wann er mit einer Fortsetzung »von uns beiden« rechnen dürfte? Ich war müde und wusste keine Antwort. Mein Interesse an ihm war durch unser Date nicht gerade gestiegen, und doch war ich nicht gänzlich dazu bereit, ihm eine

Absage zu erteilen. Seit mein Geschmack weg war, fühlte ich mich, als könnte ich auch meinen anderen Sinnen nicht mehr ganz trauen. Vielleicht würde ich ja doch noch stärkere Sympathien für Sinus entwickeln, vielleicht musste ich nur warten, genau wie ich darauf warten musste, dass mein Geschmack zurückkehrte. Ich nickte also nur.

»Heißt das bald, Nana?«, fragte Sinus. Ich lächelte. Es war kein echtes Lächeln, aber ihm schien es zu genügen. Er verabschiedete sich und stieg wieder ein.

Nachdenklich stieg ich die drei Stufen zum Eingang hoch und schloss die Tür zur Pension auf. Im Foyer brannte noch die Leselampe neben dem Sessel, in dem es sich Astrids Mann immer gemütlich machte. An diesem späten Abend saß Tine dort ganz allein mit einem Glas Rotwein und sah mich traurig an.

»Und wie war's?«, fragte sie.

Ich zog die Schultern hoch. »Ich weiß nicht«, sagte ich. »Weder richtig schlecht noch wirklich gut, irgendwie. Alles okay?«

Auch sie zuckte mit den Schultern. »Weder schlecht noch gut, Nana.«

»Was meinst du?« Ich schob den Fußhocker des Sessels näher an sie heran und setzte mich zu ihr.

Nachdenklich schaute Tine in ihr Glas. Einen Moment lang saßen wir beide stillschweigend nebeneinander. Dann holte sie Luft, kämmte sich mit den Fingerspitzen durch die Haare und sagte dennoch nichts.

»Ist was passiert, während ich weg war?«

»Nein, nein.« Sie seufzte. »Weißt du, ich wollte nie eine Pension betreiben. Eigentlich sollte das alles hier«, sie wischte mit der Hand durch die Luft und deutete dabei mit dem Kopf auf den Speisesaal nebenan, »ein kleines, gemütliches Lokal werden. So ein bisschen Richtung Literaturcafé. Mein Mann hatte kein wirkliches Interesse an der Idee, aber er ließ mich machen, und die Villa seiner Eltern konnten wir beide so ohne weiteres eh nicht mehr halten. Deshalb machte ich mich auf die Suche nach einem Investor – und fand schließlich sie.«

»Sie?«

»Ja, sie.«

Meine Augenbrauen zogen sich zusammen. Noch verstand ich die Zusammenhänge nicht, aber ich spürte, dass sie der Grund für Tines Traurigkeit waren.

Tine schwenkte den Rotwein im Glas, ohne den Blick davon abzuwenden.

»Sie wollte sofort investieren. Sie sagte, sie finde meine Idee ganz toll. Dummerweise auch meinen Mann – das allerdings verschwieg sie mir so lange, bis … bis ich es selbst herausfand.«

Jetzt schaute Tine hoch, mir direkt in die Augen.

»Weißt du, was das Verletzendste daran war?«

Ich schüttelte den Kopf und musste schlucken.

»Egal, was ich auch anstellte, um ihn zu halten, er entfernte sich einfach immer weiter von mir. Er nahm mich nicht mehr wahr, konnte nichts von dem erwidern, was ich für ihn tat. Ich musste es einsehen: Sie machte ihn einfach glücklicher als ich. Ohne sich groß Mühe zu geben. Ich konnte nicht mal richtig wütend auf ihn sein, denn er benahm sich auch zum Schluss so unglaublich korrekt mir gegenüber. Ich bekam das Haus als eine Art Abfindung, um meinen kleinen Traum vom Villen-Café zu verwirklichen – wie er sagte. Eine faire Trennung, ja, nur fühlte sie sich alles andere als fair an.« Sie nahm einen großen Schluck. »Kurz vor der Scheidung hörte ich davon, dass die beiden gemeinsam ein Restaurant eröffnen würden.«

»Das Le Match«, sagte ich betroffen.

Tine schaute wieder in ihr Rotweinglas. Dann schob sie sich mit einem weiteren Seufzer aus dem Sessel und sah auf ihre Armbanduhr. »Ach Gott, schon so spät«, sagte sie erschöpft. »Ich muss früh raus, Nana. Ich glaube, ich schlafe heute hier. Morgen ist die Pension wieder ganz gut ausgelastet. Zum Glück, nicht wahr?«

Als sie schon halb die Treppe hoch war, fragte ich vorsichtig: »Tine?«

Sie hielt inne und wandte sich zu mir um. Unsere Blicke trafen sich.

»Ich finde, dass die Pension ein wirklich guter Ort ist. Ich glaube, es gibt nicht so viele Häuser wie das hier. Vielleicht ist es auf seine Art sogar einzigartig. Das denke ich wirklich. Jedes Mal, wenn ich hier reinkomme, fühle ich mich wie in eine warme, duftende Decke eingehüllt. Das ganze Haus hat so viel Seele, dass mir der Gedanke richtig Angst macht, irgendwann wieder wegzumüssen.«

»Dann bleib doch einfach so lange, bis die Reise weitergeht.«

Sie strich mit der flachen Hand über das Treppengeländer und zog sich daran die letzte Stufe in das erste Stockwerk hoch. Oben waren schon alle Lampen aus, und Tines blonder Schopf verschwand im Dunkeln. Ich hörte eine Tür ins Schloss fallen, dann war es still.

In Gedanken vertieft, blieb ich alleine im Foyer sitzen und ließ den Abend Revue passieren, während Tines Worte über das Le Match in mir nachhallten. Mein Magen zog sich auf Knotengröße zusammen, und ich spürte, wie dieser Knoten zu Wut wurde, die sich wie Säure in meine Gedanken hineinfraß. Im Grunde hatte mich dieses Restaurant doch wirklich nicht vom Hocker gehauen. Selbst wenn ich etwas geschmeckt hätte, die Atmosphäre dort kam mir im Nachhinein ziemlich kalt vor. Ein Restaurant, das bei mir reine Emotionslosigkeit auslöste, konnte einfach nicht gut sein – und wenn es noch so trendy und angesagt war. Es gehörte jetzt eben zu meinem Job, zu beurteilen, ob etwas gut, mittelmäßig oder regelrecht schlecht war. Vielleicht war Sinus' Strenge doch vollkommen angebracht gewesen – schließlich war auch seine Reaktion die eines enttäuschten Gastes gewesen. Mein Fazit würde also lauten: Einen Abend im Le Match kann man sich getrost sparen!

»Du machst alles richtig«, sagte ich mir selbst. »Das ist dein Job, Nana. Dein Job als Kritikerin.«

Kapitel 11

Ich schrieb den Artikel gleich am Morgen nach dem Restaurantbesuch, haderte aber damit, ihn abzuschicken. Bis zum letztmöglichen Moment der Abgabe hielt ich ihn zurück. Beim Absenden kniff ich die Augen fest zusammen – ich konnte kaum hinsehen. Wusste ich doch, dass ein Mensch ohne Geschmackssinn besser keine Restaurantkritik verfassen sollte. Nur fühlte es sich mindestens genauso falsch an, es nicht zu tun und damit alle Aussichten auf einen erfolgreichen Neuanfang zunichtezumachen.

Diesmal kam das Feedback der Redaktion nicht erst in Form von gedruckten Seiten. Tiffany Meyer meldete sich umgehend.

»Meine Liebe?« Das klang lauernd. »Meine liebe, liebe Nana.«

So viel Liebe machte mir Angst.

»Also wirklich.« Kunstpause und dann zu meiner großen Überraschung herzliches Gelächter. »Manchmal«, trällerte sie, »habe ich das Gefühl, Sie veralbern mich. Von wegen, Sie hätten noch niemals einen Artikel verfasst. Wenn das stimmt, sind Sie wohl die erste Dilettantin, die in der Lage ist, derart scharfzüngige Kritiken zu schreiben. Auf eine Art und Weise, dass Sie selbst mir damit imponieren.«

Zweifelsohne wollte mir Tiffany Meyer damit ein Kompliment machen, aber so richtig konnte ich mich nicht darüber freuen, denn vom moralischen Standpunkt aus betrachtet, war meine Kritik alles andere als eine Glanzleistung.

»Meinen Sie nicht, ich sollte den Text vielleicht doch abschwächen?«, versuchte ich zurückzurudern, aber sie riss mir das Paddel aus der Hand: »Auf gar keinen Fall, Nana! Und wissen Sie, was am allerbesten daran ist?«

»Nein«, sagte ich kleinlaut und bekam feuchte Hände.

»Wir sind mit Ihrem Text auch online. Ich musste mir neulich inhouse sagen lassen, ich würde unseren Auftritt im Netz vernachlässigen. Gut, dann bekommt narziss.de jetzt eben einen von diesen Contentmanagern Schrägstrich SEO-Trotteln ins Haus gesetzt. Ich kann damit leben, am Ende bestimme die Inhalte immer noch ich. Vorhin hat mir einer von diesen Nerds erklärt, dass wir Themen besetzen sollen, über die es noch möglichst wenig im Netz zu lesen gibt. So wie das Le Match. Mit Ihrem Text sind Sie bei Google ganz oben. Jeder, der jetzt virtuell das Le Match aufsucht, wird auf die vernichtende Kritik von Nana Jacobi stoßen. Ist das nicht großartig?«

»Gott«, stieß ich entsetzt aus.

»Nicht ganz, Nana, das haben Sie schon mir zu verdanken, und der Tatsache, dass wir im 21. Jahrhundert leben. Noch vor kurzem hieß es doch: Die Zeitungen von heute werden morgen die von gestern sein. Das Internet dagegen vergisst nie, zum Glück.«

Glück! Da fing auch ich zu lachen an. Neurotisches Gegacker entwich unseren Kehlen, bis Tiffany Meyer sich endlich räusperte und in ungewohnt beruhigendem Tonfall neu ansetzte: »Ich würde mich nächste Woche gerne mit Ihnen treffen. Ich habe da nämlich eine weitere Neuigkeit für Sie.«

»Noch eine?«, fragte ich erschöpft.

»Es ist nur so eine fixe, aber geniale Idee von mir. Wir sollten sie persönlich miteinander besprechen. Mein Assistent wird Ihnen einen Termin zukommen lassen. Ach, und was mir noch einfällt: Ich habe mir Ihren Blog angesehen. Darf ich ehrlich zu Ihnen sein, Nana?«

Sie ließ mir keine Zeit zum Antworten.

»Schrecklich! Damit tun Sie sich wirklich keinen Gefallen. Nein, wirklich, das können Sie doch viel besser. Und bitte, bitte benutzen Sie niemals wieder das Wort ›lecker‹. Da vergeht mir sofort der Appetit.«

Ich seufzte tief und schaltete auf Autopilot. »Danke für Ihre ehrliche Meinung und die guten Ratschläge, Frau Meyer.«

»Gerne, Nana, gerne«, flötete sie jovial.

Wir legten gleichzeitig auf.

Das ungute Gefühl, das sich nach diesem Telefonat in meinem Magen ausbreitete, schwand auch in den nächsten Tagen nicht. Ich hatte nicht nur geschwindelt, sondern war gerade dabei, meine neue Existenz auf einer großen Lüge aufzubauen. Ich überlegte, ob das zum Karrieremachen dazugehörte. Schließlich war der Markt hart umkämpft, und so eine Chance hätte sich mir vielleicht nie wieder geboten. Aber wie ich es auch drehte, um die Sache vor mir zu rechtfertigen – das schlechte Gefühl blieb. Und es verstärkte sich noch, als ich Tiffany Meyers Ratschlag befolgte und mit meinem Blog offline ging. Hatte mir die Chefredakteurin das eingeflüstert, oder war ich wirklich auch selbst der Meinung, dass mir der alte, vernachlässigte Blog tatsächlich nicht mehr sonderlich gut zu Gesicht stand? Es war wirklich paradox: Einerseits ließ mich mein fehlender Geschmack immer unsicherer werden, andererseits tat ich nun Dinge, die ich mir vorher niemals zugetraut hatte. Wie die üble Kritik über das Le Match. Ich wusste nicht, ob ich gerade über mich hinauswuchs oder ob ich mir selbst untreu wurde.

***

Das Café Leevke, in dem ich mich mit Tiffany Meyer einige Tage später traf, befand sich in einem alten Kontorhaus aus roten Klinkern nahe dem NARZISS-Verlag inmitten der historischen Speicherstadt. Eingerichtet ist es im Stil eines Wiener Kaffeehauses mit dunkelbraunen, runden Tischen und hölzernen Thonet-Stühlen. Die Theke – eigentlich eine lange Glasvitrine – lockt mit etlichen Torten, Kuchen, Schnittchen und Feingebäck wie pastellfarbenen Macarons, Baumkuchen, Petit Fours und aus Belgien importierten Pralinés. Obwohl ich früher als verabredet das Café erreichte, hatte ich Tiffany Meyer bereits warten lassen. Sie kommentierte das mit einem pointiert vorwurfsvollen Blick, um mir im nächsten Moment frivol zwinkernd die neue, druckfrische Ausgabe des NARZISS-Magazins in die Hand zu drücken. Noch bevor ich die Zeitschrift aufschlagen konnte, fragte sie mich mit dem typischen Gurren in der Stimme: »Was halten Sie eigentlich von einer eigenen Kolumne, Nana?«

Ich sah sie verständnislos an.

Tiffany Meyer nahm mir das Magazin wieder aus der Hand und blätterte vor, bis zu meinem Verriss.

»DA!« Sie pikste mit ihrem behandschuhten Finger auf mein Foto. Ein Selfie, das ich kurz nach meinem Friseurbesuch von mir gemacht hatte. Ich betrachtete das Bild und nahm es mit einer völlig neuen Distanz wahr.

»Wir lassen ganz neue Bilder von Ihnen machen. Für die Print- und natürlich auch für die Online-Ausgabe. Glauben Sie mir, bald wird jeder in der Szene Ihr Gesicht kennen.«

Ich hörte, wie sich ein Mann hinter mir heftig verschluckte und zwischen Husten und Räuspern immer wieder trocken auflachte.

»Wir wollen die Sache ganz groß aufziehen«, erzählte indes Tiffany Meyer munter weiter. »Mit Nana Jacobi werden wir der Kritikerszene eine ganz neue Persönlichkeit präsentieren: jung, modern, weiblich.« Sie zog die Augenbrauen so weit hoch, wie es ihr möglich war, und lächelte. »Es gibt immer noch viel zu wenige Frauen unter den Restaurantkritikern. Sie könnten diesen Thron also leicht besteigen.«

So viel war jetzt klar: Tiffany Meyer war fest entschlossen, meine Mentorin zu sein, und gefiel sich in der Rolle merklich gut. Ich versuchte, ihrem Redeschwall zu folgen, da hörte ich wieder das heisere Lachen des Manns hinter mir. Diesmal klang es richtig spöttisch. Tiffany Meyer ließ sich davon nicht irritieren.

»Ihr Artikel sorgt im Netz für große Furore«, fuhr sie fort. »Selbst die Kollegen von den Tagesblättern haben mich kontaktiert und wollten wissen, wer denn diese Nana Jacobi sei und woher sie sich das Recht nehme, so zu urteilen. Keine Sorge, Nana: Die sind nur neidisch. Wissen Sie, was ich denen gesagt habe?«

Ich schüttelte den Kopf.

»Weil sie es kann! Sie kann es einfach! Glauben Sie mir, auch in dieser Sache hatte ich das letzte Wort.«

Erneut dieses unverschämt hämische Lachen in meinem Rücken.

Genervt drehte ich mich um. Aber anstatt wie erwartet in eine feindselige Visage zu blicken, schaute ich in hellblaue Augen, die zu einem fein geschnittenen Gesicht gehörten. Das einzig Unstimmige daran war der Mund, der einfach nicht aufhörte, spöttisch zu lächeln. Allem Anschein nach über mich. Ich versuchte, cool zu bleiben, aber sein Gesichtsausdruck ließ mich alles andere als kalt. Sein Blick war herausfordernd. Jetzt legte er seine Gabel entschlossen auf einen Teller mit dem Rest eines Maracujatörtchens und strich sich dann einmal durch seine braunen, verwuschelten Haare. Die Kellnerin kam, und wie durch eine Wattewolke hindurch hörte ich, dass sie Tiffany Meyer und mich nach unserer Bestellung fragte.

»Huhu! Nana?!«

Ich gab mir einen Ruck und wandte mich wieder meiner Chefin zu. Sie empfahl mir das Himbeertörtchen nebst Jasmintee und bestellte sogleich jeweils zwei davon. Plötzlich wurde mir klar, dass ich mir jetzt keinen Fehler erlauben und mir auf keinen Fall anmerken lassen durfte, dass ich nichts schmeckte. Ich versuchte, ruhig zu bleiben, und konzentrierte mich völlig auf meine Erinnerung an den Geschmack von Sahne, Himbeeren, lockerem Biskuit und knackigem Mürbeteig. Falls das hier ein Test war, und davon konnte ich ausgehen, musste ich Tiffany Meyer vollends überzeugen.

Kurz darauf brachte uns die Kellnerin zwei Kännchen Jasmintee und die georderten Himbeertörtchen. Jetzt hatte ich meinen Auftritt. Die Show begann: Zunächst schenkte ich Tiffany Meyer ein zuversichtliches Lächeln, dann tauchte ich meine Gabel mit elegantem Schwung in das cremige Gebäck, als hätte ich meine Rolle zuvor nach Drehbuch auswendig gelernt.

»Mmmh«, entfuhr es mir eine Millisekunde zu früh, die Himbeersahne hatte noch gar nicht meine Zunge berührt.

Die Chefredakteurin schien das nicht zu stören.

»Köstlich, nicht wahr?«

Erst jetzt landete das Sahnehäppchen in meinem Mund. Ich erstarrte, um ein Haar hätte ich mich verschluckt. Mein Herz raste wie wild. »Großer Gott!«, entfuhr es mir.

Tiffany Meyer sah verwundert von ihrer Gabel auf, und auch die Gespräche der anderen Gäste an den Nebentischen verstummten.

»Ihre Euphorie in allen Ehren, Nana, aber Ihr ›Mhmm‹ reichte mir schon aus. Den Rest bitte auf Papier.«

»Nein, ich meine, ich …« Meine Zunge wollte mir nicht folgen, denn sie war mit einer viel wichtigeren Sache als Sprechen beschäftigt: Schmecken! Ich konnte wieder schmecken! Wie zum

Beweis führte das fruchtig-süße Aroma der Himbeersahne einen wahren Freudentanz in meinem Mund auf. Ich fühlte mich wie berauscht – über den Geschmack, über meinen Erfolg, *eine eigene Kolumne!* Bis zu diesem Moment hatte ich es mir noch gar nicht gestattet, auf mein Schreibtalent stolz zu sein, war zu sehr mit meinen Gewissensbissen beschäftigt. Doch nun meinte ich plötzlich, dass ich viel zu streng zu mir gewesen war. Schließlich ist es im Journalismus nichts Verbotenes, sich O-Töne einzuholen oder Befragungen durchzuführen. Im Gegenteil. Ich hatte eben doch alles richtig gemacht. Und genau deshalb, davon war ich fest überzeugt, war mein Geschmack zurückgekommen. Langsam begriff ich, wer ich war, was ich konnte und wo ich hinwollte! *Eine eigene Gastrokolumne. Das neue Gesicht der Kritikerszene. Ein Hoch auf die Himbeere!* Entzückt zupfte ich mir eine einzelne Beere aus dem Kuchen und führte sie zur Nase.

»Nana? … Nana?«, hörte ich erst leise und dann immer lauter. »Befinden wir uns beide noch im selben Kosmos?«

Tiffany Meyer sah mich missbilligend an.

»Entschuldigung. Ich war kurz … in Gedanken.«

»Schon gut. Genießen Sie weiter Ihr Leben als wirrer Freigeist. Ich muss zurück in die Redaktion. Hiermit verpflichte ich Sie für die nächsten vier Ausgaben. Mein Assistent wird sich bei Ihnen melden, um einen Fototermin zu vereinbaren, aber bitte«, sie beugte sich vor und flüsterte mir ins Ohr, »nehmen Sie endlich die Himbeere von der Nase. Dann spricht er Sie vielleicht auch an.«

Sie deutete unauffällig hinter mich.

»Der?«, flüsterte ich entgeistert und zeigte mit versteckter Hand nach hinten.

Sie lächelte vielsagend: »Viel zu viel Unsicherheit auf beiden Seiten. Nur das läuft heute zwischen Mann und Frau: bescheuerte Unsicherheiten. Die haben der Romantik den Platz geklaut.«

Jetzt spitzte sie die Lippen und drückte ihre Wange kurz an meine. »Bis bald, meine Liebe.«

Auf ihre unterkühlte Weise strahlte sie in diesem Moment fast so etwas wie Mütterlichkeit auf mich aus. Dankbar sah ich Tiffany Meyer hinterher, wie sie aus dem Café hinausstolzierte. Die letzte Grande Dame der Hochglanzmagazine … sie hatte wirklich viel für mich getan in den letzten Wochen.

Überglücklich bestellte ich mir auch ein Maracujatörtchen, wie es der spöttisch grinsende Typ neben mir auf dem Teller hatte. Dazu noch eine Mandarinenschnitte, ein Stück Apfelstreusel und einen New York Cheesecake, als könnte ich damit den schlimmen Geschmacksverlust der letzten Tage wettmachen. Während die Kellnerin leicht verwundert meine Wunschliste mit dem halben Kuchenbüfett auf ihren Block kritzelte, schaltete sich der Mann neben mir ein und fragte direkt: »Wollen Sie jetzt auch noch den Patissier vernichten?« Nüchtern nahm er den letzten Schluck aus seinem Kaffeebecher. »Na, der hätte es zur Abwechslung wenigstens mal verdient.«

Seine eisblauen Augen blitzten zornig auf. Hatte ich mich als Kritikerin schon so unbeliebt in Hamburg gemacht, dass ich ab heute öffentlichen Anfeindungen ausgesetzt war? Perplex sah ich mich im Café um, doch die anderen Gäste zeigten keinerlei Anteilnahme. Auch die Kellnerin steckte nur wieder ihren Stift ein und ging zur Theke zurück. Vorsichtig blickte ich meinen Tischnachbarn an, der mit gleichbleibend verärgerter Miene seinen Kuchenteller von sich schob. Das Maracujatörtchen darauf war kaum angerührt.

»Habe ich Ihnen etwa den Appetit verdorben?«, traute ich mich herausfordernd zu fragen.

»Sie haben nicht den leisesten Schimmer, wer ich bin, oder?« In seinem Blick lag plötzlich etwas Verletzliches.

»Ehrlich gesagt: nein«, antwortete ich wahrheitsgemäß und

überlegte, ob dieser Mann ein Restaurantkritiker war, der sich durch das Urteil einer Newcomerin auf den Schlips getreten fühlte. Ähnlich wie die Journalisten, die meinetwegen so aufgebracht Tiffany Meyer angeschrieben hatten.

Er wies mit dem Kinn zum Fenster. Auf der anderen Seite des schmalen Kanals ragten die alten Lagerhäuser in neugotischer Backsteinarchitektur aus dem Wasser empor. »Direkt hinter diesem Gebäude ist mein Arbeitsplatz.«

Ich sah durch ihn hindurch … und musste schlucken. Direkt hinter der Speicherstadt lag die HafenCity.

Das Blut schoss mir in den Kopf, erschrocken blickte ich in seine hellblauen Augen. Merkwürdigerweise huschte ihm da ein Lächeln über die Lippen. Ich aber kriegte kein Wort mehr heraus. Und bevor ich Gefahr lief, in Stammeln zu verfallen, presste ich fest die Lippen aufeinander. Wie in Zeitlupe bewegte sich seine Hand in meine Richtung. Er holte aus und klatschte mit der Hand auf das NARZISS-Magazin, das noch vor mir lag.

»Wissen Sie«, sagte er leise, während seine Finger wütend auf dem Magazin herumtrommelten. »Meine Karriere als Koch ist ähnlich gut gestartet wie Ihre als – Kritikerin, bis sie durch einen gewissen Artikel in diesem Magazin hier so gut wie zerstört wurde.«

Tom Boysen. Ich hatte mir seinen Namen an dem Abend im Le Match von der Restaurantleiterin für meinen Artikel geben lassen. Ein Artikel, in dem ich die Speisen eines Kochs in der Luft zerriss, ohne sie jemals geschmeckt zu haben.

Mir wurde heiß, wahrscheinlich war mein Gesicht mittlerweile knallrot. Ich wusste nicht, wo ich hinschauen sollte. Peinlich berührt zog ich meinen Schal fester und setzte mich wie ein artiges Schulmädchen ganz gerade hin. Mein Gegenüber schien zu spüren, wie unwohl ich mich fühlte. Er zog seine Hand zurück und schaute nun selbst betroffen auf sein Maracujatörtchen. Ich ertappte mich dabei, wie ich zu ihm rüberschielte – ich wollte nicht, aber ich konnte nicht anders. Wie ein Koch sah er jedenfalls nicht aus – zumindest nicht so, wie ich mir einen vorstellte. Meine Assoziation lautete Freiberufler. Schlecht einzuordnen, welche Branche, aber sein Kleidungsstil war irgendwie unkonventionell und lässig: Stoffhose, cognacfarbene Schnürschuhe und ein locker sitzender, dunkelblauer Pullover. Ich tippte auf Kaschmir. Keine Accessoires, nicht mal eine Uhr am Handgelenk.

Ich stierte noch in seine Richtung, da erlöste uns ein Klingeln aus der verfahrenen Situation. Abrupt wandte er den Kopf und begegnete meinem Blick, als ob er sich entschuldigen wollte, verkniff sich das jedoch und rannte mit dem Handy am Ohr aus dem Café. Wie aufs Stichwort trat jetzt die Kellnerin an mein Tischchen und stellte die vielen Kuchenstücke vor mir ab. Ich betrachtete die kleinen Kunstwerke nachdenklich und hätte sie am liebsten allesamt wieder zurückgehen lassen. Die überschwengliche Lust von vorhin war mir eindeutig vergangen. Unglücklich schob ich mir die Gabel in den Mund und bemerkte erst beim zweiten oder dritten Happen, dass sich mein Geschmack erneut auf und davon gemacht hatte. Wie eine Verrückte stocherte ich in alle Kuchen hinein, probierte sie hastig nacheinander. Nichts, nichts und wieder nichts! Ich hatte das Bedürfnis, laut loszuschreien.

Da kam der Koch zurück und betrachtete mit hochgezogenen Augenbrauen mein Kuchenmassaker.

»Ihr Geschmacksurteil?«

Jetzt musste ich etwas sagen. Ich wollte die Situation entspannen, ihm zeigen, dass ich nicht für den Erfolg über Leichen gehe.

Es gelang mir nicht.

»Die Maracujasahne war beb-besonders gut, sie war gu-gut«, stotterte ich irgendwelche Wortfragmente heraus. Hastig zupfte ich ein paar Geldscheine aus meinem Portemonnaie, legte sie auf den Tisch und stolperte aus dem Café hinaus, ohne mich noch einmal umzudrehen. Die Blicke des Kochs brannten in meinem Rücken. Was hatte ich da nur angerichtet?

Erst als ich die Bushaltestelle am Sandtorpark erreichte, beruhigte ich mich etwas. Die Hitze war aus meinen Wangen verflogen, aber ich wusste, dass ich zu weit gegangen war, und mein schlechtes Gewissen blieb.

Ich schloss die Augen und reckte das Gesicht dem eisigen Wind entgegen, der über die Elbe durch die breiten Häuserschluchten zu mir herüberwehte. Meine Lungen schmerzten beim Einatmen, so kalt war die Luft. Da stieß plötzlich etwas mit ziemlicher Wucht gegen mich.

»Hoppla!«

Fast wäre ich hingefallen, hätte ich nicht wie im Reflex nach der Hand gegriffen, die sich mir entgegenstreckte. Sie gehörte dem Koch.

»Entschuldigung«, sagte er, und es klang besorgt. »Ich wollte Sie nicht anrempeln. Alles okay?«

Ich schüttelte den Kopf und fühlte, wie ich schon wieder verlegen wurde. »Nein, nichts passiert. Kein Problem.«

»Hm.« Er stand immer noch dicht vor mir und machte keine Anstalten, beiseitezutreten oder meine Hand loszulassen. Stattdessen legte er den Kopf etwas schief und sah mich offen an. Ich schluckte. Ich hatte wirklich noch nie so schöne, eisblaue Augen gesehen. Sie waren von einem Kranz kräftiger Wimpern umgeben, die genauso dunkel waren wie seine Augenbrauen. Die zog er jetzt zusammen und schaute mich erwartungsvoll an. Er schien genau zu wissen, welche Wirkung er auf Frauen hatte, denn er hielt dem intensiven Blickkontakt stand und brachte mich damit noch mehr in Verlegenheit. Im Grunde war jetzt der ideale Zeitpunkt, um einen netten Smalltalk in Richtung Versöhnung anzufangen, aber mein Kopf war leer, und mir fiel nichts ein, was ich hätte sagen können.

»Ich habe einen Vorschlag«, brach er endlich das Schweigen. »Sie besuchen mich noch einmal im Le Match. Und ich koche für Sie mein Spezialmenü.« Bei diesen Worten lächelte er mich äußerst charmant an. »So schlagen wir zwei Fliegen mit einer Klappe: Ich kann mich für die Rempelei hier entschuldigen, und Sie werden feststellen, dass Sie das harsche Urteil über meine Kochkunst vielleicht noch einmal überdenken sollten. Was meinen Sie?«

Er grinste verschmitzt, als könnte er mir meine Gedanken an der Nasenspitze ansehen. Ich wollte entspannt wirken, stattdessen schlotterte ich leicht.

»Und?!« Sein Gesicht kam näher.

»Ja, klar«, beeilte ich mich zu sagen und nickte heftig.

Auch er nickte und trat einen Schritt zurück, als wollte er sich ein genaues Bild von mir machen. »Schön.«

Sein prüfender Blick machte mich noch nervöser – wenn das überhaupt möglich war. Erleichtert registrierte ich, dass hinter ihm der Bus um die Ecke bog und auf die Haltestelle zusteuerte.

»Ah, da kommt mein Bus«, rief ich und begann, umständlich in meiner Tasche nach Fahrgeld zu suchen. Irrte ich mich, oder sah er mir dabei belustigt zu? Jedenfalls fühlte ich mich unter Beobachtung. Endlich, der Bus hielt, und ich wandte mich dem Einstieg zu.

»Frau … äh … Jacobi. Wie wäre es mit heute Abend?« Er sah mich treuherzig an. »Sie und Ihre Begleitung, so gegen acht?«

Ich nickte und stieg in den Bus, er folgte mir.

»Ich lasse den Chef's Table für Sie reservieren, dann kann ich Ihnen von der Küche aus zuwinken«, sagte er mit sanfter Stimme, die mir eine Gänsehaut bescherte. … *Und höre jedes Wort, das am Tisch gesprochen wird,* ergänzte ich den Satz im Stillen.

Ratlos, wie ich es bewerkstelligen sollte, quasi bei Totalüberwachung zu schummeln, und dazu ohne jede Idee, wo ich einen geschmackssicheren Komplizen auftreiben sollte, nahm ich das Ticket vom Fahrer entgegen und ging weiter. Ein zweites Mal Sinus wollte ich mir bestimmt nicht antun – und dem Restaurant schon gar nicht. Ich sah mich um. Alle Plätze waren besetzt, auch das noch. Ich wäre nur zu gern einer weiteren Konversation aus dem Weg gegangen, aber daraus sollte nichts werden. Meine Hand hatte noch nicht die Haltestange berührt, da fuhr der Bus grob an und brachte mich aus dem Gleichgewicht. Ich landete direkt an Tom Boysens Brust. Er hielt mich fest, aber nun war er es, der ins Stolpern geriet.

»Hey, hey«, sagte er lachend.

Ihm schien das alles viel weniger peinlich zu sein als mir. Sowieso wirkte er deutlich selbstsicherer. *Liebeskummer ist bei diesen Typen doch eh vorprogrammiert,* dachte ich und löste mich von ihm.

»Verzeihung«, sagte ich kurz angebunden und drehte ihm dann demonstrativ den Rücken zu.

Ich überlegte, ob ich die Einladung nicht gleich absagen sollte. Was erwartete dieser Koch eigentlich von mir? Ich konnte ja keinen zweiten Text schreiben, in dem ich mich selbst revidierte. Seinen Ruf hatte ich also schon gründlich ramponiert.

Ich schloss die Augen und versuchte, mich in warme Ideen zu flüchten. Ich wollte woanders sein, am liebsten weit weg, fern von der Stadt, raus aus der Kälte, irgendwohin, wo es keine Elbe, keinen Hafen, keine Busse gab, wo die Sonne schien und die Natur erblühte.

»Jetzt wird es hier drinnen aber ungemütlich«, höre ich. »Sie müssen die Tortenschachtel gut festhalten.«

»Tortenschachtel?«, wiederhole ich leise.

Mir wird schwindelig. Mit einem Mal spüre ich unter meinen Sohlen keinen Boden mehr. Erschrocken öffne ich die Augen: Statt dem dreckigen Linoleumboden des Busses sehe ich meine Beine über tiefen Berghängen baumeln.

Ich drehe den Kopf zur Seite und blicke in die kleinen Augen meines bärtigen Sitznachbarn, der mich unter seinem Tirolerhut hervor verwundert ansieht.

Kapitel 12

Eine weitere Windböe lässt die Seilbahn erzittern. Verwirrt blicke ich auf die Tortenschachtel und sehe ihr dabei zu, wie sie allmählich von meinem Schoß zu rutschen droht. Der Blick meines Sitznachbarn verändert sich: Gerade noch verwundert, sieht er nun besorgt aus. Beherzt greift er nach der Schachtel und bewahrt sie vor dem Absturz ins Tal, wo jetzt allmählich die Lichter angehen. Die Sonne hat sich gerade mit einer finalen Lichtshow aus Orange, Violett und Rot verabschiedet. Der Wind ist stärker geworden und lässt die Sitze mal mehr, mal weniger hin- und herschaukeln. Mein Nachbar wiegt unentschlossen die Schachtel in seiner Hand, statt den nächsten windstillen Moment zu nutzen und sie mir zurückzugeben. Ich reibe mir über die Augen, um wieder ganz in der Gegenwart anzukommen, sage »danke!« und füge hinzu: »Bin etwas höhenempfindlich.«

Er nickt nachsichtig und hält mir sachte, aber unmissverständlich die Tortenschachtel hin.

Am Himmel entdecke ich den blassen Mond. Er hat doch die beste Perspektive auf das alles hier und kann sich von da oben stets ein gutes Urteil erlauben. Erwartungsvoll blicke ich in sein rundes Gesicht, als könnte er mir verraten, was geschehen wäre, wenn ich diesen Verriss niemals geschrieben hätte. Tiffany Meyer hätte mich wohl nicht in das Café bestellt. Und Tom wäre ich nie begegnet. Vielleicht aber doch! Vielleicht wären wir uns später und zu einem viel besseren Zeitpunkt begegnet – und in dieser

Parallelwelt hätte ich niemals eine schlechte Kritik über ihn geschrieben, kein böses Wort hätte ich über ihn verloren! Es hätte eindeutig einen besseren Start für ihn und mich gegeben – oder?

Der Mond enthält mir seine Antwort vor. Ich schaue wieder zu den Bergen auf der Erde hinab und sehe dann fragend den Tirolerhut neben mir an, der komischerweise ebenso grübelnd seine Augenbrauen zusammenzieht. Mit strammer Brust hält er mir seine linke Hand hin: »Ich bin übrigens der Holger.«

Stille. Als ob da noch etwas kommen müsste, horche ich in die kühle Abendluft hinein. Um uns herum ist nichts, selbst der Wind ist weitergezogen.

Mein Mund gerät in Schieflage: Die eine Seite lächelt, die andere weiß nicht so recht. Nach wie vor ist das doch eine ganz schön skurrile Situation, mit ihm hier festzuhängen. Aber dass Holger sich nach unserer gemeinsamen Zeit hier oben genötigt fühlt, sich mir vorzustellen, rührt mich doch ein wenig.

»Hallo«, sage ich und greife nach seiner Hand. »Ich bin Nana.«

»Nana, aha.«

Holger überlegt, scheint aber zu keinem Urteil zu kommen. Er nimmt einen letzten Bissen von seinem Apfel und lässt die Überreste ohne ein weiteres Wort in die freie Natur fallen. Ich dagegen richte meinen Blick wieder nach oben in den Abendhimmel. *Ach, wäre Tom doch jetzt hier!* Auch wenn wir einen schlechten Start hatten und ich mich teilweise ihm gegenüber richtig merkwürdig verhalten habe, blieb er doch immer cool … richtig süß war er zum Schluss zu mir. Aber ich muss es abhaken. Nicht einmal eine freundliche SMS kann ich ihm schreiben, denn sie wäre ohne Zweifel mit Hintergedanken verbunden. Und darauf, dass er mir schreibt, kann ich lange warten, denn er hat meine Nummer nicht.

Das abendliche Bergpanorama direkt vor uns bringt mich auf eine Idee – so eine digitale Postkarte ist doch eigentlich mehr als harmlos. Nur ein Bild, dahinter *Grüße von Nana,* nein, *liebe Grüße von Nana,* nein! *Viele Grüße von Nana.* Auch nicht so toll, aber absolut unverfänglich. Ich hole mein Smartphone aus der Clutch, um damit ein paar Fotos zu machen. Während ich ein paar Bilder schieße, schielt Holger nervös zu mir herüber. Plötzlich blinkt es in meiner Hand. Ich wende das Smartphone und traue meinen Augen nicht. Bin ich gerade versehentlich mit dem Finger auf seinen Namen in der Kontaktliste gekommen? Nein, kann doch nicht sein, oder? Das hätte ich doch gemerkt!

»Dein Handy klingelt«, meint Holger ungeduldig.

»Ich, ich weiß«, sage ich, ohne mich sonst zu regen.

Nur drei Buchstaben stehen auf dem Display. Ich muss sie mehrmals lesen, bis ich es wirklich fassen kann. *Tom. T-o-m!* Ich fasse es nicht. Meine Hand wird leicht zittrig. *Tief durchatmen. Okay! Ich werde diesen Anruf annehmen und Tom alles sagen, was ich auf dem Herzen habe, und dann – oder, nein, erst mal lasse ich ihn reden, aber dann …* Gerade als ich auf den grünen Hörer drücken will, setzt sich die Seilbahn mit dem obligatorisch heftigen Ruck wieder in Bewegung. Das Smartphone gleitet mir aus der schwitzigen Hand und stürzt in die Tiefe der Bergschluchten. Fassungslos sehe ich Holger an. Der schaut auf meine versteinerte Hand und bemerkt trocken:

»Gratuliere, jetzt hast du es ja geschafft!«

»Bitte nicht«, sage ich vollkommen fertig. »Bitte, bitte nicht.«

Verzweifelt sehe ich der näher kommenden Talstation entgegen. Irgendwo hinter mir liegt mein digitales Ich – am Boden zerstört.

Kapitel 13

Hat sie mich jetzt weggedrückt? Irritiert setze ich eine Himbeere auf das Schichtdessert im Gläschen und drücke dabei so fest zu, dass die empfindliche Frucht eine hässliche Delle bekommt.

Weggedrückt also – aber warum sollte Nana das tun? Schon gar nicht, nachdem sie hier die Nacht verbracht hat ... Ich drücke auf Wahlwiederholung. *The person you have called is temporarily not available ...* Wow, jetzt hat sie das Ding auch noch ausgeschaltet! Frustriert lasse ich das Handy aus meiner Hand gleiten und versetze ihm einen Stoß, wodurch es quer über den Tisch rutscht und mit voller Breitseite gegen meinen Kaffeebecher knallt. Sie will mich scheinbar echt nicht sprechen. *Aber warum nicht?*

Ich hätte sie vielleicht früher anrufen können, aber schließlich hat sie mir nicht mal ihre Nummer hinterlassen. Ich musste dafür erst im Verlag anklingeln und mich von so einer unfreundlichen Schnepfe dumm anquatschen lassen. Nana Jacobi würde nicht mehr bei ihnen arbeiten, ob mir das entgangen sei. Am Ende war sie aber dann doch so gnädig, die Nummer rauszurücken.

Alles umsonst, Nana *will* gar nicht angerufen werden und macht auf stur. Dabei hatte ich wirklich gehofft, dass wir diese Spielchen hinter uns hätten. Wobei – ganz unschuldig sind wir beide nicht. Schließlich war ich es, der Nana dazu überredet hat, ein zweites Mal ins Le Match zu kommen. Mit nicht sehr netten Hintergedanken ...

Angefangen hat alles mit diesem furchtbaren Mittag, als meine Chefin mir den Artikel einer gewissen Nana Jacobi auf die Arbeitsplatte im Le Match knallte. Der Text ging mir ziemlich an die Nieren, also verließ ich die Küche und setzte mich in das Café schräg gegenüber, um wieder runterzukommen. Und ausgerechnet dort landete Nana Jacobi direkt am Tisch neben meinem! Ich hielt es zuerst für einen fiesen Scherz, so wie in einer dieser üblen Verarschungsshows. Das war's also, dachte ich – bis die Sache mit dem Maracujatörtchen passierte. Ich hatte davon gekostet und war mir sicher, dass die Sahne verdorben war – von Nana Jacobi bekam das Törtchen allerdings die Bestnote. Da wurde ich stutzig! Wer eine total ungenießbare Torte für gelungen hält, ist entweder verrückt, frei von jedem Geschmacksempfinden oder verfolgt sonst irgendwelche dubiosen Ziele. Vielleicht wollte sie um jeden Preis Karriere machen, und wie etwas wirklich schmeckte, war ihr egal? Keine Ahnung, wie sie an den Job gekommen war, aber Nana Jacobi war nicht der neue Stern am Gastrokritiker-Himmel. Nana Jacobi war eine Hochstaplerin. Nur war ich scheinbar der Einzige, der das kapierte.

Wie sollte ich die anderen davon überzeugen – insbesondere meine Chefin? Irgendwie musste ich diesen Pagenkopf überführen und ihre Inkompetenz vor allen anderen entlarven. Und ich hatte auch schon eine Idee. Die Molekularküche zeichnet sich ja dadurch aus, dass Form und Farbe einer Speise rein gar nichts über Zutaten und Geschmack verraten – zum Beispiel servieren wir Röstzwiebeln im Le Match als zarten rosa Schaum, leicht wie eine Wolke. Und genau dieses Spiel wollte ich auf die Spitze treiben – mit einem Überraschungsmenü. Deswegen stand ich auf und lief ihr hinterher, um sie ins Le Match einzuladen. Diesmal sollte allein ihre Karriere auf dem Spiel stehen!

Zugegeben, mir fiel das von Anfang an nicht leicht, denn sie schaute mich freundlich bis neugierig an, ganz ohne jeden Argwohn. Obwohl ich ja allen Grund dazu hatte, diese Frau zu hassen, stellte ich mit einer gewissen Verwirrung fest, dass sie ziemlich hübsch war mit ihren apfelroten Wangen. Die Figur klein und eher zart, das feine Gesicht eingerahmt von schwarzbraunen Haaren.

Sie schien ganz natürlich, fast schüchtern und irgendwie peinlich berührt. Trotzdem – es ging um meinen Ruf, und den wollte ich mir nicht so einfach ruinieren lassen.

Der Tag wurde nicht besser, am Nachmittag quälte mich meine Ex mit Telefonterror, und zwar auf das heftigste. Sie schrieb mir eine SMS nach der anderen, und mit jeder Nichtbeantwortung meinerseits wurden die Texte aggressiver, bis sie sich gegen Abend in wüste Beleidigungen auf meiner Mailbox verwandelten. Ich war total gestresst, und meine Chefin beäugte mich strenger als meine alte Mathelehrerin. Dann tauchte Nana endlich auf.

Ich weiß es noch genau, ich schaute über die Schwingtür hinweg in den Gastraum und sah sie dort sitzen. Sie sah noch besser als bei unserer ersten Begegnung im Café aus. Sie trug ein schwarzes, enges Kleid mit rundem Ausschnitt. Das Gesicht hatte sie sich geschminkt. Dunkle Augen und knallrote Lippen. Sie war in Begleitung eines etwas älteren, zugegeben noch immer attraktiven Manns mit maßgeschneidertem Anzug und teurer Uhr. Etwas selbstgefällig kam er mir vor.

Ich wehrte mich erfolglos dagegen, dass mir Nana Jacobi zumindest optisch ziemlich gut gefiel. Wie zuvor im Bus nagte sie leicht unsicher an ihrer Lippe herum. Das war ziemlich sexy. Und doch regte sich Zorn in mir, wenn ich daran dachte, wie dieses Fräulein sich ausführlich im süffisanten Plauderton über meine Kochkünste ausgelassen hatte.

Immer wenn einer der Kellner durch die Schwingtür in die Küche kam oder von dort aus zurück in den Gastraum ging, lugte ich eilig hindurch, nur um einen Blick auf sie zu erhaschen. Offenbar wusste ihr graumelierter Tischherr nicht sonderlich viel Interessantes zu erzählen. Obwohl er sich eindeutig bemühte, ihr zu gefallen, sah Nana ihn meist einfach nur schweigend an.

Als er sich kurz entschuldigte und zur Toilette ging, sank sie mit einem Mal richtig in sich zusammen und nestelte nervös an ihrem Ausschnitt. Sobald er zurückkam, setzte sie sich wie auf Kommando kerzengerade hin und zwang ihre Lippen zu einem Lächeln. Scheinbar stand sie mächtig unter Druck.

Normalerweise plaudere ich ein wenig mit den Gästen, wenn es sich irgendwie einrichten lässt, aber an diesem Abend war in der Küche die Hölle los. Der Patissier hatte sich krankgemeldet, mein Souschef war zu spät dran, und wir mussten mit halber Besatzung alle Stationen gleichzeitig bedienen. Die Stimmung am Herd war alles andere als entspannt, denn nach Nanas Verriss waren noch mehr Tische als gewöhnlich in dem sowieso nicht besonders gut besetzten Restaurant leer. Heute hatte sich allerdings eine Neuverpflichtung vom HSV samt Entourage angekündigt. Meine letzte Chance, hatte die Chefin gesagt. Ich war also ordentlich am Rotieren – und hatte doch nur Augen für diese Frau.

Mein teuflischer Plan geriet ernsthaft in Gefahr. Wenn ich mich nicht endlich konzentrierte, würde dieser Abend so enden wie der erste: mit einem feinen Dinner für Mademoiselle und gehörigem Stress für mich.

Der unpünktliche Souschef rief mich an die Station: Sollte er den Zander pochieren und auf dem Gelee aus roten Linsen anrichten? Ich winkte ab, das hatte Zeit, ich war mit der Vorspeise für Nana beschäftigt: ein Praliné aus Kartoffel-Trüffelessenz. In meiner Schürze vibrierte es. Wieder meine Ex. *Jetzt reichte es aber mal!* Fünf Wochen war es aus zwischen uns, und seither wurde es von Tag zu Tag schlimmer.

»Hey! Was ist eigentlich los mit dir?!«, brüllte ich in den Hörer. »Ich bin bei der Arbeit und habe keine Zeit für diesen Mist!«

Ich war total in Rage und hatte das Gefühl, gleich zu explodieren. Während ich mich also wie der totale Anfänger benahm und meinem Ärger Luft machte, indem ich meine Ex einfach nicht zu Wort kommen ließ, bemerkte ich gar nicht, wie ich mehr und mehr Salz in die schon stark reduzierte Praliné-Masse streute. Immer noch schimpfend, gab ich einen Klacks davon in ein Förmchen aus dunkler Schokolade und schob es in den Schockfroster. Irgendwann legte ich einfach auf und lief ein paar Schritte, um tief durchzuatmen. Als einer der Kellner die Küche verließ, nutzte ich fast schon aus Gewohnheit die Gelegenheit, erneut einen schnellen Blick auf die so schöne wie garstige Restaurantkritikerin zu werfen.

Den Kopf voll mit Gedanken, ging ich zurück zum Froster, öffnete ihn und stellte fest, dass die kleine Form verschwunden war. Mein Blick fiel auf das Salz neben dem Herd, und erst jetzt wurde mir klar, was ich eben getan hatte. Mich überkam ein schrecklicher Verdacht. Ich rannte zur Schwingtür, stieß sie auf und sah, dass der Kellner mein Praliné an Nanas Tisch servierte. *Nein!*

Ich konnte gerade noch beobachten, wie sie mit dem Löffel ein Stück des Pralinés aufnahm und es langsam und irgendwie würdevoll zum Mund führte. Dann schwang die Küchentür wieder zu. Ich blieb wie angewurzelt stehen, bis der Kellner zurückkam und mir Nanas Lob ausrichtete: »Ganz wunderbar! Vorzüglich.«

War die komplett irre? Oder ließ sie mich so etwa ihren reinen Hohn spüren? Ich stieß die Tür von der Küche auf und trat beherzt an ihren Tisch. Mein Blick wanderte fragend zwischen ihr und ihrem Begleiter hin und her, wobei ich versuchte, ihren Teller an mich zu bringen.

Nana tupfte sich den Mund ab und schenkte mir ein Lächeln, ganz arglos. Sie hielt die Hand über das Praliné und sagte freundlich: »Ich bin noch nicht ganz fertig.«

So allmählich verstand ich gar nichts mehr. Ich fühlte mich wie in einem Martial-Arts-Film, wo die Figuren schwerelos in einer Pose verharren und der Moment zur Ewigkeit gefriert.

»Papi!!«, rief Nana Jacobi plötzlich. Es klang merkwürdig affektiert. Auch der Angesprochene zuckte überrascht zusammen und stieß beinahe sein Wasserglas um. Sie lächelte ihn zuckersüß an und sagte fast zärtlich: »Bitte probiere doch mal. Exzellent.«

Probieren? Auf gar keinen Fall! Doch wieder war ich zu langsam, Nana hatte bereits einen weiteren Happen des Pralinés auf ihren Löffel genommen und steckte ihn ihrem Vater direkt in den Mund.

Nanas Vater lächelte bemüht, kaute – und spuckte im nächsten Augenblick mit einem total schockierten Gesichtsausdruck in seine Serviette. Auf einmal war es totenstill im Restaurant, und ich war starr vor Schreck. Der Vater trank sein Wasser auf ex, nahm sich dann Nanas Glas und griff schließlich nach der ganzen Flasche. Seine Schläfen pochten.

»Ist irgendetwas nicht in Ordnung, Herr Schenzer?«, hörte ich die professionell freundliche Stimme meiner Chefin hinter mir.

Schenzer? Mir wurde schlecht. Claas Schenzer war Nanas Vater? Noch bevor ich mich umdrehte, wusste ich, was nun kommen würde. Wie ein begossener Pudel schlich ich in die Küche, wo mich die Restaurantleiterin fünf Minuten später vor versammelter Mannschaft rauswarf.

Als ich ging, warf ich noch einen letzten Blick zu Nanas Tisch. Gerade erhob sich ihr Vater und verließ mit hängenden Schultern das Le Match. Einen Moment dachte ich, sie springt auf und läuft ihm nach – aber das tat sie nicht. Sie fiel in sich zusammen wie ein missglücktes Soufflé.

Kapitel 14

Wie schafft man das? Wie bringt man es fertig, so weit zu kommen und dann wieder alles zu verlieren – inklusive Handy?

Japsend laufe ich im Morgenlicht den Berg hinauf. Hoch über mir baumeln die Gondeln der Seilbahn, die im Gegenlicht wie dunkle Kästchen am Himmel aussehen. Hier muss irgendwo die Stelle sein, an der mein Handy abgestürzt ist. Ich bilde mir nicht ein, dass es noch heil sein könnte, aber vielleicht hat ja die SIM-Karte überlebt und meine Daten sind nicht verloren.

Aber da sind überall nur Moos und Geröll und Bäume, sehr viele Bäume. Nach einer Stunde erfolgloser Suche muss ich mir eingestehen: Das Handy ist futsch.

Völlig erschöpft setze ich mich auf einen der großen, bemoosten Steine und schaue ins Tal hinunter. Aber ich sehe die Landschaft dort unten gar nicht, denn vor meinem inneren Auge läuft ein Film ab: der Director's Cut von Nana Jacobis *Du hast es versaut.*

Was habe ich aus meiner Chance gemacht, in Hamburg neu durchzustarten? Nichts. Dabei hat mir das Schicksal ein Ass nach dem anderen zugespielt. Es ist nicht mal drei Monate her, da war ich, Nana Jacobi, noch in aller Munde – zumindest, was die gastronomische Welt anbetraf. Mit jeder weiteren veröffentlichten Kritik fühlte ich mich so sehr auf dem aufsteigenden Ast, dass ich darüber fast vergaß, mich der Lösung meines Problems zu widmen. Besser gesagt: meiner Probleme. Abgesehen davon, dass mein Geschmack abhandenblieb, hatte ich nach wie vor ein ziemlich schlechtes Gewissen wegen der Kritik an den Kochkünsten von Tom Boysen, den ich nicht mehr aus meinem Kopf bekam. Etwas anderes bekam ich dafür nicht mehr hinein: Mamas Stimme. Sie war verstummt, und wenn ich zunächst noch intensiv versucht hatte, den Kontakt wiederherzustellen, so arrangierte ich mich zunehmend mit der Tatsache, dass sie weg war. Doch der Schmerz in mir verschwand nicht mit der Zeit, so wie damals der Duft aus ihrer Strickjacke, sondern wandelte sich zu einem dumpfen Gefühl, das auf meiner Seele lastete.

Aber irgendwie konnte ich auch das verdrängen, denn was meine Kritiken betraf, lief es glänzend. Tiffany Meyer gurrte inzwischen nach jeder Abgabe wie ein verliebtes Täubchen Nettigkeiten in den Hörer. Als mich die Chefredakteurin schließlich zu einem Gespräch in die Redaktion einlud, weil sie »bahnbrechende Neuigkeiten« für mich habe, nahm ich das als natürliche Folge meines Talents zur Kenntnis, wobei ich mit Talent nicht das Schreiben meine, sondern das Schummeln.

»Nana?«, hielt Tine mich an jenem Tag auf dem Weg zur Haustür auf. »Denkst du noch an die Besorgungen vom Markt?« Sie sah mich eindringlich an.

Mir war bewusst, dass es Tine nicht nur um das Einkaufen ging. Zu unserem Deal gehörte ja auch, dass ich einmal pro Woche kochte. Doch selbst wenn ich ganz geschickt darin war, Gerichte, die ich aus dem Effeff beherrschte, ohne abzuschmecken zuzubereiten, so fühlte ich mich inzwischen auch am Herd der Pension wie eine Betrügerin. Ich versuchte, ihrem fordernden Blick auszuweichen.

»Ja, ja, später. Ich bin gerade in Eile, Tine. Ich muss in die Redaktion.«

»Okay, aber ich brauche die Lebensmittel für das Essen heute Abend.«

»Kein Problem!«

Wir lächelten uns zu. Draußen wurde ich jedoch das Gefühl nicht los, dass Tine auf irgendeine Geste von mir gewartet hatte – auf etwas Vertrautes.

Ich schaute an mir herunter, das war wirklich eine neue Nana. Hatte ich mich vor zwei Monaten an Weihnachten noch darüber gefreut, mir in der Wandelhalle am Hauptbahnhof ein paar neue Socken kaufen zu können, ging mittlerweile jeder zweite Honorarscheck komplett für Klamotten und Schuhe drauf. Und mit meiner Karriere schnellte auch die Absatzhöhe nach oben. Es wäre ein Leichtes gewesen, ins Lager der Spedition zu fahren und meine Anziehsachen abzuholen, aber ich zahlte lieber jeden Monat dafür, dass ich mit meiner Vergangenheit nicht mehr konfrontiert wurde, und ließ die Kartons dort, wo sie waren. Ich wollte mich neu erfinden und endlich so aussehen, wie ich mir die erfolgreiche Autorin Nana Jacobi vorstellte.

Als ich wenig später in der Redaktion eintraf, wartete Tiffany Meyer bereits auf mich.

»Gute Güte, Nana, haben wir schon Hochsommer?«, rief sie statt einer Begrüßung und zeigte auf mein Knie. »Kleiner Tipp, Kindchen. Wenn Sie schon diese Verrücktheit mitmachen, um diese Jahreszeit Nylons durch Farbe zu ersetzen, gönnen Sie sich ein Extrapeeling. Dann wird es nicht so scheckig.«

Sie zwinkerte mir ohne ein Lächeln zu und bedeutete mir, ihr zu folgen. Unangenehm berührt zog ich den schwingenden Missoni-Rock ein wenig hoch: Tiffany Meyer hatte recht, das Knie war deutlich dunkler als der Rest des Beins. Ich ließ den Rocksaum schnell wieder fallen und folgte ihr schweigend durch die langen Gänge. Die meisten Türen waren geschlossen, irgendwo dudelte ein Radio. Tiffany Meyer bewegte sich wie ein Major, der im Stechschritt die Kaserne inspiziert. Ich bemühte mich, ihr Tempo mitzuhalten, und so fehlten nur Millimeter und ich wäre in sie hineingelaufen, als sie abrupt stehen blieb und eine Tür aufriss.

»Max!«

Sie spitzte die Lippen und machte ein schmatzendes Geräusch, als ob sie ein Hündchen hervorlocken wollte. Es war aber ein junger Mann, der eine Nanosekunde später im Türrahmen stand. Auf den ersten Blick handelte es sich um einen recht attraktiven Typ, auf den zweiten zeigte er im Profil ein kleines Bäuchlein, was neben mangelnder Körperspannung und zu wenig Sport wohl auch einer gewissen Neigung zur Dicklichkeit zuzuschreiben war. *Ob er wohl auch ein bisschen Cellulite hat?,* fuhr es mir durch den Sinn, doch ein behandschuhter Zeigefinger störte meine Gedankengänge, denn er wanderte hektisch zwischen ihm und mir hin und her.

»Nana – Max. Max – Nana. So, dann hätten wir das auch. Nana, Sie kommen mit, Max, du bist so gut und bringst uns Tee. Wir sind im großen Konfi. Und keine Anrufe bis um vier. Danke.«

Ich nickte Max zu, da hatte Tiffany Meyer schon eine weitere Tür geöffnet, und ich folgte ihr in den Besprechungsraum.

Wir setzten uns, und kurz darauf kam auch schon Max mit dem Tee.

»Jade Oolong aus Taiwan«, verkündete er und stellte in vollendeter Kellnermanier zerbrechlich dünne, grüne Porzellanschälchen vor uns ab. Geradezu anmutig füllte er sie mit Tee aus einer gusseisernen Kanne. Dabei fuhr er fort: »Südliches Hochgebirgsland, Formosa, Berg An-Li-Shan. Typischer Pfirsichduft und …« Er sprach in einem leicht affektierten, näselnden Singsang, der mir irgendwie bekannt vorkam.

»Danke, Max, wir haben keine Zeit für Referate«, bügelte ihn die Chefredakteurin ungeduldig ab und wies mit dem Kinn zur

Tür. Sie wartete, bis sie sich hinter ihm geschlossen hatte, dann machte sie eine entschuldigende Geste.

»Immer etwas überambitioniert, unser Max. Praktikant seit einem halben Jahr. Hat von Essen und Trinken schon jetzt mehr Ahnung, als andere Leute je haben werden. Aus dem wird mal was.«

Sie nahm einen Schluck Tee und schloss für einen Moment die Augen.

Dann schlug sie die Lider auf wie eine Puppe und fixierte mich über den Tisch hinweg. Als ich ihrem Blick standhielt, lächelte sie ein wenig und tätschelte meine Hand. Es war ihr anzumerken, dass ihr dieser Termin Spaß machte. Sie sammelte sich.

»Kommen wir zur Sache. Wissen Sie, was mir am meisten an Ihren Artikeln gefällt, Nana?«

Ich schüttelte den Kopf, ich hatte wirklich keine Ahnung. Gespannt blickte ich sie an. Wieder schaute sie wie eine Sphinx, dann sprang sie aus dem Sessel hoch und lehnte sich direkt neben meinem Stuhl an die Tischkante.

»Sie überraschen mich, meine Liebe. Jedes Mal.«

So, wie sie da gerade auf mich herabsah, fielen mir ihre leichten Hängebacken zum ersten Mal auf. Ich riss mich zusammen. Was sollte das nun wieder? Irgendwie sprach Tiffany Meyer heute in Rätseln.

»Weil jeder Artikel anders ist, andere Schwerpunkte hat. Immer wieder aufs Neue polarisiert. Denkt der Leser, Sie haben sich auf das Garen sous vide eingeschossen, kaprizieren Sie sich bei der nächsten Kritik auf die Berechtigung von Salat als Hauptspeise.«

Als sie sah, dass ich ihr nicht folgen konnte, seufzte sie etwas ungehalten und ließ sich wie ein Mehlsack zurück in ihren Besprechungssessel plumpsen.

»Nana, Sie machen es mir schwer. Nun tun Sie doch nicht so!

Das ist doch pure Absicht, dass Sie so schreiben, als steckte in Ihnen jedes Mal ein anderer Testesser!«

Fast hätte ich mich am Tee verschluckt, doch ich zwang mich zu einem bestätigenden Lächeln. Tiffany Meyer hatte den Nagel auf den Kopf getroffen, was meine Arbeitsweise anging – doch zum Glück wusste sie nicht, wie richtig ihr Eindruck war. Nach dem Le-Match-Fiasko hatte ich eine professionellere Strategie entwickelt, mit der ich unauffällig »fremdschmecken« ließ. Dabei war die Idee im Grunde simpel. Ich provozierte Männer dazu, mich anzusprechen. Wenn sie mich dann um ein Date baten, schob ich Zeitmangel vor und lud sie stattdessen in mein »Büro« ein – die besten Restaurants der Stadt. Dort könnten sie gerne mal »vorbeischauen«, allerdings – und dann hob ich immer schelmisch den Zeigefinger – müssten sie mich bei meiner Arbeit unterstützen. Im Klartext: mit gesundem Appetit mitessen und bei ihrer Kritik kein Blatt vor den Mund nehmen. Das kam bei den meisten Männern gut an. Einer Frau, die bei Tisch herzhaft zulangt, werden auch anderweitig einige Qualitäten angedichtet … Über mangelnde Zusagen konnte ich mich also nicht beschweren.

»Hören Sie mir eigentlich zu?«

Jetzt hatte Tiffany Meyers Stimme einen schrillen Unterton. Ich fuhr zusammen und versuchte, mich zu konzentrieren. Sie räusperte sich und verlegte sich wieder aufs Flöten.

»Abwechslung. Verschiedene Perspektiven. Und immer wieder das Allerwichtigste: Lesernutzen!«

Die Stimme der Chefredakteurin wurde lauter. Ich fragte mich, worauf sie eigentlich hinauswollte, und legte den Kopf etwas schräg, den Blick halb erwartungsvoll.

»Und deshalb haben wir beschlossen – also der Verleger und ich, auf dem kleinen Dienstweg sozusagen –, dass wir einen Gourmet-Guide herausbringen wollen. Nicht als Beilage, sondern als Buch. Print.«

Ich schoss im Sessel hoch wie elektrisiert.

»... mit den Beiträgen aus NARZISS und noch einigem mehr. Kindchen! Ich wusste es gleich ... ich ... ich bin ja so stolz auf Sie!«

Ich hatte den Eindruck, sie würde vor Rührung über sich selbst gleich losweinen. Doch sie beließ es bei einem höchst distinguierten Gesichtsausdruck, der selbst der englischen Königin nicht besser hätte gelingen können.

Mein eigener Gourmet-Guide!, dachte ich, als ich beschwingt die Treppenstufen des Verlagshauses hinuntersprang. Und nicht nur das: Neben der grandiosen Neuigkeit hatte mir Tiffany Meyer noch einen Extraauftrag mitgegeben. Das Thema hieß »Food Market« – eine kleine Serie, mit dem das Heft die Leser, trotz der anhaltenden Kälte, in Frühlingsstimmung versetzen wollte. Ich konnte es kaum erwarten, damit loszulegen! Mir fiel ein, dass Tine mich darum gebeten hatte, die Einkäufe zu erledigen, und beschloss, gleich auf den Markt zu gehen und zwei Fliegen mit einer Klappe zu schlagen. Doch mit jedem meiner Schritte schrumpfte meine Euphorie. Ich brannte darauf, auf dem Isemarkt für meine nächsten Artikel zu recherchieren – doch ich wollte nicht schon wieder x-beliebige Männer dafür befragen. Ich wollte endlich selbst schmecken, meine Artikel endlich selbst mit Leben füllen! Ich konnte doch nicht ewig so weitermachen! Am Ende würde mir mein ganzes Lügenkonstrukt noch auf die Füße fallen.

Mir kam Dr. Lohagen, den mir Sinus empfohlen hatte, wieder in den Sinn. Ich hatte ihn bislang nicht kontaktiert. Warum eigentlich nicht? Schließlich hatte ich allen Grund dazu. Wohl gerade deshalb, weil es sich einerseits so anfühlte, als würden mir die Probleme über den Kopf wachsen, und ich andererseits nicht meinen neuen Erfolg in Frage stellen wollte. Nun, ein Besuch in

Lohagens Praxis wäre in keinem Fall verkehrt, entschied ich und wählte kurz entschlossen seine Nummer.

Ich hatte Glück. Einer seiner Patienten hatte soeben abgesagt, und wenn ich wollte, konnte ich in einer halben Stunde vorbeikommen.

Ich überlegte. Eigentlich hatte ich noch die Erledigungen für die Pension machen wollen, andererseits bot sich mir nun die Chance, endlich den Ursachen für meinen Geschmacksverlust auf den Grund zu gehen, bevor ich es mir wieder anders überlegen konnte. Kurzerhand sagte ich dem Therapeuten zu. Mit dem schlechten Gewissen einer beflissenen Schülerin, die zum ersten Mal wagte zu schwänzen, machte ich mich auf den Weg zu Lohagen.

Kapitel 15

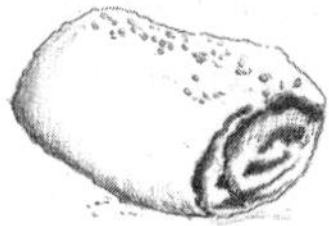

Die überschaubare Praxis von Philipp Lohagen war nicht nach Optik eingerichtet, einzig nach Funktion. Vom gekachelten Treppenhaus gelangte ich in einen schmalen Vorraum mit nüchterner Pantry, daneben drei Türen. Eine führte ins WC, eine andere in das Behandlungszimmer, aus dem in diesem Moment der Arzt heraustrat, um mich sogleich durch die dritte Tür in einen schlicht bestuhlten Raum zu führen. Diese Schleusentechnik sollte wohl verhindern, dass sich Patienten ungewollt über den Weg liefen. In Eppendorf bleibt man, was die Psychotherapie angeht, lieber anonym. Lohagen gab mir lächelnd die Hand, verschwand noch mal kurz und rief mich, als der Patient vor mir endgültig die Praxis verlassen hatte, aus dem Wartezimmer in seinen Behandlungsraum. Er deutete auf den grauen Sessel, der seinem direkt gegenüberstand, und griff sogleich nach Stift und Notizblock. Ich sah mich um. Vor mir stand ein Beistelltisch, auf dem ein Wecker und eine Kleenexbox angeordnet waren. Ansonsten hing da noch ein Bild mit Monets Wasserlilien, darunter ein niedriges Regal mit etwas Fachlektüre.

»Hi«, sagte ich ein wenig nervös.

Lohagen lächelte nur. Er schien so um die vierzig zu sein, aber sein Auftreten hatte etwas von einem ordentlichen Studenten. Irgendwie alterslos. Genau wie sein Kleidungsstil: beige Hose, Karohemd, V-Ausschnitt-Pullover. Er trug eine Hornbrille und – das war das einzig Irritierende – eine feste Zahnklammer.

Er sah auf den kleinen Wecker und schaute mich an.

»Weswegen sind Sie zu mir gekommen, Nana?«

Kaltstart. Na toll. Ich stieg auf die Bremse.

»In erster Linie, weil Dr. Sinus Sie mir empfohlen hat.«

Wieder dieses nette Lächeln. »Gut, aber was ist der Grund für Ihr Kommen?«

»Ich habe meinen Geschmack verloren. Komplett«, stieß ich hervor.

Lohagen sah mich überrascht an.

»Und riechen kann ich auch nichts mehr. Das ist vor ein paar Monaten passiert«, fügte ich schnell hinzu, um seine nächste Frage vorwegzunehmen, »an einem Abend, kurz nach Weihnachten.«

Ich sah auf meine Finger, die sich merkwürdig ineinander verknoteten.

»Ich verstehe also richtig, dass Sie weder schmecken noch riechen können? Rein gar nichts?«, fragte Lohagen nach.

»Genau so ist es.«

»Leiden Sie derzeit unter Stress, beruflich oder privat?«

»Nun ja …«

»Was machen Sie? In welcher Branche arbeiten Sie?«

»Da sind wir schon bei meinem zweiten Problem angelangt: Ich bin Restaurantkritikerin.«

Lohagen zog die Augenbrauen weit nach oben. Ihm schien etwas auf der Zunge zu liegen, doch er sprach es nicht aus. Seiner Miene nach musste es irgendetwas zwischen »bedenklich« und »bemerkenswert« gewesen sein.

»Und Sie sind weiterhin erfolgreich in Ihrem Job, obwohl Sie rein gar nichts schmecken können?«

»Ja, das ist ja das Absurde. Erfolgreicher denn je.«

Meine Hände waren jetzt so ineinander verkeilt, dass ich Schwierigkeiten hatte, sie zu lösen. Mit einer neurotischen Bewegung trennte ich ruckartig die linke Hand von der rechten.

»Nun, wie machen Sie das dann? Ich meine, Sie müssen für diesen Job ja zwangsläufig schmecken, nicht wahr?«

»Ja, ich meine, nein, nicht wirklich. Ich lasse schmecken. Sozusagen fremdschmecken.«

»Verstehe. Und wen lassen Sie fremdschmecken?« Er betonte das ganz sachlich, aber ich konnte seine Neugierde deutlich spüren.

»Es sind verschiedene Menschen …«

»Freunde, Familie, Eingeweihte also?«

»Nein, die meisten kenne ich nicht, also, nicht wirklich.«

»Sie sprechen diese Menschen im Restaurant an und fragen, wie es ihnen geschmeckt hat?«

»Nei-nein, schon vorher. Also, vorher frage ich diese Männer …«

»Männer? Fremde Männer?«

»Also, das hört sich wahrscheinlich für Sie merkwürdig … nun, ähm, aber meistens schon, ja«, stammelte ich.

»Mhm.«

Mehr sagte er erst einmal nicht dazu. Schweigend notierte er sich etwas auf seinem Zettel. Dabei gingen die Augenbrauen wieder so komisch nach oben. Diesmal konnte sich Lohagen das Wort nicht verkneifen, das ihm eh schon ins Gesicht geschrieben stand. Es lautete: »Interessant.«

Lächelnd schaute er irgendwann wieder zu mir hoch.

Ich wich seinem Blick aus.

»Erzählen Sie mir etwas von sich, Nana. Wie sind Sie aufgewachsen?«

Ich stöhnte leise. Diesmal wollte ich auf keinen Fall irgendein Klischee bedienen. Ich offenbarte also nur, dass ich eine ziemlich behütete Kindheit auf dem Land verlebt hatte und meine Mutter in jeder Hinsicht fantastisch gewesen war. Dass sie mir nie irgendetwas angetan, nie Vorwürfe gemacht, mich auch nicht dauerhaft belastet oder mir irgendwelche Schuldgefühle eingepflanzt hatte. Und dass ich unter ihrem Tod immer noch ein wenig litt.

Lohagen nickte. »Und das Verhältnis zu Ihrem Vater?«

Meine eine Hand griff hektisch nach der anderen. »Mein Vater?«, wiederholte ich, als ob seine Frage total abwegig wäre. In der entstehenden Stille konnte ich den Sekundenzeiger des Weckers ticken hören.

»Wir haben derzeit nur sporadisch Kontakt«, sagte ich so unaufgeregt, wie ich nur konnte, »aber das gibt sich wieder.«

»War das Verhältnis davor also besser?«

»Mhm«, log ich. »Da sind derzeit nur ein paar kleine Spannungen zwischen uns. Seine neue Frau ist jünger als ich, das fühlt sich, sorry, nicht so geil an.«

»Und Sie? Sind Sie derzeit in einer festen Beziehung, Nana?«

»Wenn, dann würde ich ja wohl kaum fremde Männer anquatschen, damit die für mich essen – oder?!« Mein Ton wurde gereizter als beabsichtigt. Darüber selbst verstört, zog ich devot meinen Kopf zurück und piepste kleinlaut »'tschuldigung«.

»Das macht nichts«, sagte Lohagen, aber sein Lächeln wirkte eingedellt. »Kommen wir noch mal zurück zu Ihren … ähm, Testern. Wie genau läuft das denn ab? Wie kann ich mir das vorstellen?«

Ich ließ die letzten Restaurantbesuche in Gedanken Revue passieren.

»Soll ich konkret werden?«, fragte ich unsicher.

»Nur zu.«

»Ähm, na gut, dann fang ich mal mit Fabian an. Er kam eines Morgens in den Frühstücksraum der Pension, in der ich wohne, geschlendert.«

»Fanden Sie ihn attraktiv?«, erkundigte sich Lohagen.

»Na ja, schon, er war durchtrainiert, die kurzen schwarzen Haare noch nass vom Duschen.« Ich räusperte mich nervös.

»Egal, er stand da halt am Büfett und stellte sich konzentriert seinen Frühstücksteller zusammen. Er war ziemlich wählerisch, das konnte ich der Ausbeute auf seinem Teller ansehen. Und da dachte ich, der könnte genau der Richtige für meine Mitmach-Show sein.«

»Mitmach-Show, mhm. Und dann haben Sie ihn direkt gefragt?«

»Nein, ich schaute ihn nur an. Und dann ganz schnell wieder weg. Er ging zum Tisch, setzte sich hin, und ich schaute ihn wieder an, genau drei Sekunden lang. Und senkte den Blick erneut. Das ist ein alter Trick, den kennen Sie doch bestimmt als Psychologe. Funktioniert eigentlich immer: Der Typ spricht dich an. Und genau so war es.«

»Mhm, mhm«, murmelte Lohagen und notierte.

»Fabian begleitete mich dann in so einen traditionsreichen Gourmet-Tempel. Aber bereits beim Aperitif bereute ich es, Fabian mitgenommen zu haben: Der Typ war das Gegenteil von einem Genussmenschen. Er sei Leistungssportler, Ex-Profi, erklärte er mir, und bestimmte Lebensmittel seien für ihn nun mal tabu. Wie zum Beispiel Dressing im Salat. Kein Fleisch, kein Fisch, keine Sahne. Jeder Bissen wurde auf seinen Nährwert hin beurteilt und abgestraft. Alkohol? Um Gottes willen! Zucker? Nur über seine Leiche. Nach dem dritten Gang, den Fabian so gut wie unberührt zurückgehen ließ, kam der Restaurantleiter an den Tisch und fragte mich, was meine Begleitung zu essen wünsche, der Herr brauche sich nicht an die Karte zu halten.«

»Wieso hat er Sie und nicht Fabian direkt gefragt?«

»Na ja, längere Geschichte, aber ein Verriss aus meiner Feder hat vor nicht allzu langer Zeit seine Runden in der Stadt gemacht; zumindest schien der Maître ziemlich nervös zu sein. Also bekam Fabian etwas vorgesetzt, was ich mit größtem Wohlwollen noch als ›Schonkost‹ durchgehen lassen würde, und tatsächlich: Zufrieden mümmelte der vor sich hin. Mich brachte das allerdings keinen Deut weiter. Ich musste ja eine einigermaßen plausible Kritik schreiben. Auf jeden Fall war ich heilfroh, als die Mail mit dem Beitrag versendet war.«

»Und der Text wurde auch veröffentlicht?«, hakte Lohagen ungläubig nach.

»Ja! Und wie ich eben gerade erfahren habe, ist der Chefredakteurin durchaus aufgefallen, dass ich mich ausführlich dem Thema Grünzeug gewidmet habe. Sie fand das super!«

Lohagen zückte erneut seinen Stift. Aber diesmal strich er irgendetwas auf seinem Block durch.

»Noch so ein Fall, der mir eine gewisse, wie soll ich sagen, Kreativität abverlangte«, erzählte ich weiter. »Tobias. Er ist Straßenkünstler, und ich fand ihn total sympathisch. Diese zerstreute, etwas hilflose Art … Tobias wirkte auf mich wie aus der Zeit gefallen, ein harmloser Freak eben. Ich gebe zu, ich habe ihn mehr oder weniger von der Straße direkt mit ins Restaurant geschleift.«

»Sie meinen das doch nicht wörtlich?«

»Natürlich nicht, Dr. Lohagen. Aber ich war ziemlich in Eile an jenem Tag. Das Hingucken-Weggucken-Spielchen habe ich weggelassen, bei ihm genügte die Einladung, und er war sofort dabei, packte seinen Jonglage-Krimskrams zusammen und stieg zu mir in den Wagen. Er war total begeistert von der Idee und versicherte mir, auch ein bisschen Hunger zu haben. Total untertrieben, sage ich nur. Der hätte auch ein Zwanziggängemenü locker weggeputzt. Genießen? Fehlanzeige. Stopfen und Schlucken, jedes Glas Châteauneuf-du-Pape auf ex. Ich wusste echt nicht, wo ich hinschauen sollte. Mann, war das peinlich, Sie hätten die Blicke der Kellner sehen sollen.«

»Haben die sich über Ihren Gast beschwert?«

»Nicht direkt, aber ihre zunächst überaus freundlichen Mienen versteinerten zusehends. Unterhalten konnte ich mich mit Tobias auch nicht. Schließlich hatte er immer den Mund voll.« Ich lehnte mich in meinem Therapiesessel vor. »Kennen Sie den Mann aus dem Monty-Python-Film? Der platzt, als er nach einer Tonne anderer Dinge ein Pfefferminzblättchen zu sich nimmt. Tobias platzte nicht.«

»Aber bedankt hat er sich doch sicherlich schon bei Ihnen?«

»Ja. Als ich ihn schließlich an derselben Straßenecke wieder absetzte, hat er mich ganz treuherzig angeguckt und von einer Gegeneinladung gesprochen. Er könne ganz hervorragend TK-Pizza aufpimpen, sagte er. Ich solle doch einfach mal wieder an der Kreuzung vorbeikommen.«

»Und? Sind Sie vorbeigekommen?«

»Nein.«

»Und die anderen Tester? Haben Sie einen dieser Männer noch ein zweites Mal gesehen?«

Ich schüttelte den Kopf.

»Wollten die das nicht, oder wollten Sie nicht, Frau Jacobi?«

»Ich … äh«, ich sah mich hilflos im Behandlungszimmer um. »Es sind ja keine Dates im klassischen Sinne.«

»Und wie werden Sie die Tester dann jedes Mal wieder los?«

»Es ist ja nicht so«, sagte ich, »dass ich damit irgendwelche Verpflichtungen eingehe.«

»Keiner dieser Männer will Sie ein zweites Mal sehen?«

»Ich muss ja nicht ans Handy gehen!« – *Verdammt, wieder der falsche Ton.*

Lohagen notierte. »Nun, das sollten wir uns das nächste Mal genauer anschauen.« Er stand auf und kam kurz darauf mit einem Formular auf einem Klemmbrett wieder. »Das müssten Sie einmal ausfüllen. Diese Unterlagen sind rein pro forma. Nächste Woche, selbe Zeit?«

»Meinen Sie, dass es sein muss?«

»Was denken Sie, Nana?«, fragte Lohagen zurück.

»Hm. Ja, gut«, sagte ich etwas zögerlich. »Bis nächste Woche dann.«

Die Sitzung bei Lohagen hatte vor allem eines erreicht: Die Vorstellung, auf dem Markt irgendwelche Typen anzulabern, um aus ihnen herauszukitzeln, wie ihnen dieses oder jenes schmeckt, war mir mehr zuwider als je zuvor. Wie ich es auch drehte und wendete: Einzig die Begegnung mit dem Koch hatte mich berührt – richtig belebt merkwürdigerweise. Aber dass Tom Boysen sich bei mir meldete … nein, das konnte ich mir gleich abschminken. Da war es noch wahrscheinlicher, dass mein Geschmack zurückkehrte.

Nach dem katastrophalen Abend mit meinem Vater war ich noch ein drittes Mal im Le Match gewesen. Als mich die Kellner sahen, schienen sie augenblicklich unter nervösen Zuckungen zu leiden. Ich erkundigte mich dennoch nach dem Koch und erfuhr nur, dass er nicht mehr im Le Match arbeitete. Angeblich wusste niemand, was er jetzt machte.

Den Versuch, ihn irgendwie anders aufzuspüren, hatte ich nicht unternommen. An seiner Stelle hätte ich auch kein Wort mehr mit mir wechseln wollen. Komisch war nur, dass ich ab dem Moment, in dem ich den Koch vergessen wollte, meinen Geschmacksverlust mit Erfolgserlebnissen im Job kompensierte. Jedenfalls versuchte ich es. Das wurde mir jetzt, nach meinem Besuch bei Lohagen, zum ersten Mal bewusst. Genauso wie die Tatsache, dass mein mit viel Mühe erworbenes Selbstbewusstsein deutliche Schwachstellen hatte und sofort in sich zusammensackte, sobald jemand hineinpikte wie Lohagen heute.

Ich beschloss also, den dringenden Marktbesuch noch weiter aufzuschieben. Unglücklich schleppte ich mich stattdessen zurück zur Pension und lief am Eingang direkt Tine in die Arme.

»Was ist los, Nana?«, begrüßte sie mich. »War's so schlimm in der Redaktion? Du siehst aus, als wäre dir grad alles ein bisschen zu viel.« Sie sah mich fürsorglich an.

Zur Antwort drückte ich nur meine Stirn an ihre Schulter.

Sie streichelte mir über den Kopf, sah dann etwas ratlos auf ihre Uhr und schlug vor: »Wollen wir beide mal ausnahmsweise zusammen über den Markt bummeln? Da wolltest du heute doch noch hin, oder? Ich könnte eine Kleinigkeit zu essen gut vertragen, das ist heute irgendwie zu kurz gekommen. Und nur, dass du es weißt: Ich liebe es, neue Delikatessen zu probieren, und stehe dir gern als Gourmet-Unterstützung zur Verfügung.«

Sie drückte mir einen Kuss auf die Wange, drehte mich um und führte mich die Stufen vom Portal hinab. Ich ließ es geschehen. Einerseits war ich froh, endlich einmal Tine als Testbegleiter an meiner Seite zu haben, andererseits fühlte ich mich dadurch kaum besser. Tine war in allem immer so großzügig, dagegen kam ich mir richtig klein vor. Doch ich verbuchte dieses Gefühl als Nachwehen meines Gesprächs mit Lohagen und zwang mich, ein wenig gute Laune zu zeigen.

»Schön, dass du mitkommst«, sagte ich.

Sie hakte sich bei mir ein. Im Gleichschritt zogen wir los.

Es war schon später Mittag, als Tine und ich durch den engen Marktkorridor unter der U-Bahn-Brücke an den bunten, offenen Auslagen vorbeischlenderten. Die ersten Händler packten bereits ihre Ware in Kisten ein, um sie in den Ladern und Lkws zu verstauen, doch an den meisten Ständen war immer noch Hochbetrieb. Wie immer war ich vom Warenangebot auf dem Isemarkt beeindruckt. Hier gab es nichts, was es nicht gab. Neben den regionalen Erzeugern, die seit Generationen Fisch und Wild, Gemüse und Gewürze verkauften, hatten sich in den letzten Jahren viele Stände mit internationalen Spezialitäten dazugesellt – Syrer, Portugiesen, Dänen. An jeder Ecke wurde probiert und gelacht. Tine stoppte an einem Käsestand und hielt mir wenig später ein kleines, sorgfältig umwickeltes Päckchen unter die Nase. Sie grinste.

»Ich weiß, Nana, diese Gorgonzola-Variation ist im ersten Moment eine Zumutung, aber schnuppere mal. Riechst du die vielen Kräuter? Das ist doch herrlich!«

Ich nickte beflissen und stupste meine Nase auf das Wachspapier. Nichts, gar nichts. *Nimm dich zusammen, Nana.* »Uih, ziemlich heftig«, beeilte ich mich zu sagen und wedelte mit der Hand.

»Aber gut«, stellte Tine fest.

»Klar«, sagte ich möglichst cool. »Dazu ein wenig Sahne … das gibt eine tolle Pastasauce für heute Abend.«

Tine schenkte mir einen anerkennenden Blick. Mein Täuschungsmanöver funktionierte auch bei ihr.

»Hatte denselben Gedanken«, sagte sie, bezahlte und steckte den Käse in ihre Einkaufstasche. Ein Lächeln zog über ihr Gesicht. »Ich beneide dich dafür, dass du dich in Hamburgs Schlemmerparadiesen austoben kannst und dafür auch noch bezahlt wirst. Wie wär's? Wollen wir nicht mal tauschen?«, scherzte sie.

»Ja!«, rief ich eine Spur zu laut, »lass uns tauschen. Ich kümmere mich nur um die Pension und du dich um die Geschmackstests. Ich brauche danach einfach nur deine Notizen, Tine. Den Text kann ich schreiben.«

Sie sah mich belustigt an. »Wirklich, Nana? Hast du das Ganze schon so satt? Mir würde das bestimmt nicht so gehen. Lass mich dir mal etwas zeigen – etwas, das sooo gut ist, dass es selbst deine verwöhnten Geschmacksknospen in Wallung bringt. Glaub mir.«

Tine zog mich ein paar Meter weiter. Wir landeten direkt vor einem Gourmet-Imbiss, dessen Angebot augenscheinlich aus türkisch-mediterranen Leckereien bestand.

»Wir hätten gerne zwei Böreks«, orderte Tine bei der Händlerin.

Die Frau stand an einem brusthohen Tresen, schien nicht viel älter als ich zu sein und sah mit ihren dunklen Locken auffallend hübsch aus. Hinter ihr, mit dem Rücken zu uns, stand ein zweiter Verkäufer in grüner, alter Steppjacke an einer heißen Platte. Sie gab die Bestellung an ihn weiter und reichte dabei das Wechselgeld an den Kunden, der vor uns in der Schlange stand. Tine zuliebe spielte ich das Theater mit und bereitete mich innerlich schon auf das Feuerwerk der Begeisterung vor, das ich gleich vor ihr abbrennen musste. Eine Lüge löste die andere ab.

»Hier, bitte.« Tine reichte mir einen kross gebackenen Börek und schaute mich mit neugierigen Augen an. Sie wartete damit, in ihren zu beißen. Zuerst wollte sie scheinbar meine Reaktion sehen. Widerwillig, weil mich meine Rolle inzwischen selbst annervte, biss ich in das Teil – und schwebte mit einem Mal im Himmel! Die Füllung war ein Traum aus mildem Schafskäse mit frischem Spinat und Wiesenkräutern, perfekt in der Würze und seiner natürlichen Süße. Ich wusste nicht, wie mir geschah. So lange war meine Zunge nicht mehr umgarnt und stimuliert worden. Der Geschmack aktivierte ein Glücksgefühl, das ich kaum zu bändigen wusste. Als ob ich gerade wirklich abheben würde, hielt ich mich an Tine fest und stammelte: »Oh, mein Gott, ist das gut!«

»Ja, ich weiß – oder nimmst du mich jetzt auf den Arm?«, fragte sie irritiert.

»Das Beste, was ich je gegessen habe«, antwortete ich noch immer über den Wolken.

»Na, dann nehmen wir gleich noch zwei für zu Hause«, schlug Tine vor und wandte sich wieder dem Stand zu. In diesem Moment drehte sich der Mann um, der bis eben an der heißen Platte zugange gewesen war, und ich blickte geradewegs in Tom Boysens eisblaue Augen.

»Haben Sie ein Glück«, raunte Tine ihm zu. »Meine Freundin ist hier, um für das NARZISS-Magazin über Ihre Böreks zu berichten. Und sie ist hellauf begeistert!«

Der Koch sah mich entgeistert an. Dann veränderte sich seine Miene: Der Schreck, mich wiederzusehen, wich einem abschätzigen Ausdruck um seinen Mund.

»Na, herzlichen Dank«, sagte er, »aber diesmal verzichte ich auf einen Kommentar von Nana Jacobi, oder verletze ich damit die Pressefreiheit in diesem Land?«

»Huch.« Tine zog überrascht ihren Kopf zurück.

Ich stellte mich aufrecht hin. Mein Herz begann zu rasen. Vor Wut! Da machte mir Tom Boysen bei unserer vorletzten Begegnung schöne Augen – bekniete mich geradezu, mir seine Kochkünste erneut vorführen zu dürfen, und nun tat er so, als ob hinter meinem Marktgang einzig die Absicht stünde, ihm zu schaden. War ich wirklich so böswillig in seinen Augen? Ich nahm mich zusammen und versuchte, vernünftig zu klingen: »Ich hatte nicht vor, Ihnen erneut in die Quere zu kommen, Herr Boysen. Aber wenn ich Sie daran erinnern darf: Das letzte Mal bin ich allein Ihrer Einladung gefolgt.«

Er verschränkte seine Arme vor der Brust, lehnte sich an den erhöhten Tresen und sah auf mich herab. »Mag sein. Nur kann ich mich beim besten Willen nicht daran erinnern, Sie eingeladen zu haben, damit Sie nun diesen Börek auseinandernehmen. Verkaufen Sie mich also nicht für blöd, Frau Jacobi.«

»Wie bitte?« Ich fühlte mich getroffen.

Auch Tine und die schöne Marktverkäuferin sahen einander perplex an.

»Ihr Lob für meinen ersten Gang, das versalzene Praliné«, fuhr

Tom Boysen fort. »Ich bitte Sie, das war lächerlich! Sie haben sich ja geradezu über mich lustig gemacht. Wenn Sie jetzt das hier auch noch«, er machte tatsächlich diese bescheuerten Gänsefüßchen, ›unfassbar gut‹ oder ›abgrundtief schlecht‹ heißen wollen, bitte sehr. Ihr Geschmacksurteil besitzt für mich keinerlei Wert. Was Sie da schreiben, ist reine Willkür!«

Nun baute sich auch Tine auf, um mich zu verteidigen. Ich hielt sie am Arm fest.

»Sie haben mir im Le Match aber auch wirklich keine Chance gelassen, damit ich mich …«

»Ich hätte mich natürlich noch gebührend von Ihnen verabschiedet, Frau Jacobi!«, unterbrach er mich. »Nur hat man mich leider an diesem Abend noch vor die Tür gesetzt.«

Jetzt schaltete sich auch die hübsche Marktverkäuferin ein. »Tom«, sagte sie sanft und schaute ihn mit großen, flehenden Augen an.

»Ist schon okay«, sagte ich und zog eilig an Tines Arm, um so schnell wie möglich mit ihr zu verschwinden.

Als wir aus der Sichtweite des Kochs waren, gab ich meinem inneren Impuls nach und ließ den Kopf hängen.

Tine legte den Arm auf meine Schulter. »Was war das gerade eben?«

»Ich habe seinen Job auf dem Gewissen«, sagte ich so leise, dass Tine ihr Ohr dicht an meinen Mund halten musste. »Er war Koch im Le Match – bis vor kurzem jedenfalls.«

Daraufhin ließ Tine ihren Kopf ebenfalls hängen. Nach einer Weile wollte sie wissen: »Nana, der Artikel über das Le Match …«

»Mhm?«

»Bist du bei deinem Geschmacksurteil objektiv geblieben?«

Mein Kopf blieb in seiner Hängepose und wandte sich dabei nur wenig Tines Gesicht zu. Ganz leicht schüttelte ich ihn.

»Dann ist das auch meine Schuld«, sagte sie gedämpft. »Ich hätte dir die ganze Geschichte mit meinem Ex-Mann erst nach Artikelabgabe erzählen dürfen. Du Arme hattest wahrscheinlich die ganze Zeit meine Geschichte im Kopf, kein Wunder, dass du das Restaurant verrissen hast. Wir beide haben diesen Koch auf dem Gewissen.«

Ein Händler am Stand für Meeresfrüchte hielt uns zum Probieren Scampi mit Bärlauchpesto unter die Nase. Ich griff mechanisch danach und beförderte den Happen in meinen Mund. Nichts. Das hatte ich bereits befürchtet, und doch wollte ich es nicht wahrhaben.

»Einmal die gratinierte Auster, bitte«, bestellte ich nüchtern.

Ich probierte. Danke. Und wieder nichts.

Wie konnte es *verdammt noch mal* sein, dass mir etwas regelrecht willkürlich meinen Geschmack entzog?! Am liebsten hätte ich die Austernschale gegen einen Brückenpfeiler geknallt!

Wobei … Ich schaute nachdenklich auf die große Muschelschale in meiner Hand und überlegte: Was hatten die beiden Momente, als ich wieder etwas schmecken konnte, neulich im Café und gerade eben, gemeinsam? Plötzlich wusste ich es: Tom Boysen! Doch der Gedanke war zu irrational, um ihn wirklich annehmen zu können. Völlig durchgeknallt! Aber wenn da wirklich etwas dran sein sollte, musste ich es auf der Stelle austesten und bestätigt wissen! Ich drehte mich auf dem Absatz um und lief zurück.

Hinter mir hörte ich Tine rufen: »Nana, was ist denn los?«

Selbst wenn ich stehen geblieben wäre, eine vernünftige Antwort hätte ich darauf nicht gewusst. Ohne Rücksicht auf Verluste rempelte ich die Menschen vor mir aus dem Weg und kämpfte mich durch die Massen, bis ich wieder am Stand des Kochs angekommen war.

»Wo ist er?«, unterbrach ich die hübsche Händlerin bei einem laufenden Kundengespräch mit flehendem Unterton, der ihr vermitteln sollte, dass nur der Koch mein Leben retten konnte. Aber mein pathetischer Auftritt ließ sie gänzlich kalt.

»Sie meinen Tom?« Ihr Blick war jetzt genauso spröde wie der jener Frau, vor die ich mich gerade drängelte. »Er ist schon los. Kommt heute nicht mehr zurück.« Sie lächelte noch einmal professionell und entzog mir dann ihre Aufmerksamkeit.

Ich ging ein paar Schritte und sah mich orientierungslos um. Ich war in den letzten Wochen so oft hier auf dem Markt gewesen, um die Besorgungen für die Pension zu erledigen, und trotzdem fühlte ich mich gerade vollkommen verloren. Eine U-Bahn nach der anderen donnerte über meinen Kopf hinweg. Ich stand regungslos mitten im Gedränge, bis Tine kam und mich wortlos und mit besorgter Miene nach Hause brachte. Ich hatte mich auf dem Markt wie eine Irre benommen. Und genau so fühlte ich mich auch.

Kapitel 16

Angenervt schwang ich mich auf den Sitz des Laders, knallte die Tür zu und steckte den Zündschlüssel in das Schloss. Der in die Jahre gekommene Wagen protestierte beim Starten, dann lief der Motor doch rund. *Guter Junge!* Ich tätschelte das Lenkrad und gab vorsichtig Gas.

Mit der einen Hälfte meines Hirns lenkte ich den Lader durch die vollen Straßen, mit der anderen war ich noch am Marktstand und sah Nanas große braune Augen vor mir. Und den Schrecken darin. Eigentlich machte mir diese Frau ja nichts als Ärger, und doch ging sie mir nicht mehr aus dem Kopf.

Ich war so in Gedanken, dass ich an einer Ampel scharf abbremsen musste. Dadurch öffnete sich die altersschwache Klappe des Handschuhfachs, und der Inhalt – ein Stapel mit frisch gedruckten Visitenkarten – ergoss sich bis tief unter den Beifahrersitz. Ich nutzte die Rotphase und tastete hektisch den Fußraum ab. Meine Partnerin Julia hasste es nämlich, wenn in unserem Lader Unordnung herrschte – wobei wir Ordnung sehr unterschiedlich definierten.

Ich angelte nach den Karten, da spürte ich etwas anderes, eine Art Stift – und zog im nächsten Moment ein Lipgloss unter dem Sitz hervor. *Vanity Blossom* stand auf dem Röhrchen. Der Inhalt war klebrig und künstlich. Ich starrte auf das Teil – es gehörte meiner Ex-Freundin. Während mein innerer Autopilot den Wagen wieder in Bewegung setzte, ging bei mir das Kopfkino an.

Sie war nicht die Richtige für mich gewesen, das hätte ich eigentlich früher erkennen müssen. Sie, die Diplomatentochter, kannte sich eigentlich nur mit einer Sache wirklich gut aus: Smalltalk auf Champagnerempfängen. Glücklich oder ausgelassen war die Stimmung zwischen uns eigentlich zu keinem Zeitpunkt gewesen. Ihrem Vater hatte ich den Job im Le Match zu verdanken. Ein Preis, der im Nachhinein zu hoch gewesen war. Denn Mademoiselle ließ mich antanzen, wann immer sie wollte, sonst machte sie Stress. Nur, mit der Masche erreicht man bei mir gar nichts. Meine Freunde erklärten mich für verrückt, als ich Schluss machte, einzig Kamil gratulierte mir zu meinem Entschluss. Der Mann hat schließlich Geschmack.

Vanity Blossom!

Ich ignorierte das Hupen des ungeduldigen Fahrers hinter mir und erhöhte nur langsam das Tempo – genau so, wie es unser alter Lader mag. Der Verkehr zog sich sowieso in einem einzigen Stop-and-go durch die Straßen. Vorsichtig schob ich beim Fahren die Visitenkarten zurück ins Handschuhfach. Die würden wir noch brauchen, und zwar in makellosem Zustand. Unser Catering-Service lief nämlich gerade richtig gut an, und ich war zuversichtlich, dass wir unseren Kundenstamm noch deutlich vergrößern würden.

Das Lipgloss ließ ich Lipgloss sein. Während das Gloss beim Gasgeben wieder unter dem Sitz verschwand, dachte ich an den Mund von Nana Jacobi, der so natürlich und perfekt auf mich wirkte, im Gegensatz zu den Worten, die aus ihm rauskamen. Im Le Match waren ihre Lippen rot gewesen. Ich erinnerte mich genau, wie sie den Löffel an ihren Mund führte. Was ich einfach nicht verstand: Wieso hatte sie keine Miene verzogen, als sie dieses elende Praliné probierte? Dubios, echt: Mit dieser Frau *musste* etwas nicht stimmen. Nur was genau hatte ich an jenem Abend eigentlich versucht aufzudecken? Dass sie eine höchst raffinierte

Betrügerin war? Wobei Raffinesse doch zu einem guten Teil aus Kalkül besteht, und als berechnend hatte ich sie irgendwie nie empfunden. Im Gegenteil – sie erschien mir völlig unverstellt … Vielleicht hätte ich vorhin netter zu ihr und ihrer Freundin sein sollen. Aber als ich Nana so plötzlich wiedersah, wusste ich nicht, wohin mit mir – trotzdem, ich hätte souveräner reagieren müssen.

Als am Ende der Ladenzeile ein Lastwagen die zweite Spur freigab, kam der Feierabendverkehr endlich richtig ins Fließen. Der Lkw hatte vor einer der Filialen von Schenzer Wein gehalten. Wahrscheinlich hatte Nana Jacobi so ihren Job bekommen – genauso wie ich meinen im Le Match. So läuft es doch. Der Herausgeber vom NARZISS-Magazin schuldete Herrn Schenzer einen persönlichen Gefallen … Ich seufzte. Was auch immer. Im Nachhinein betrachtet, hatte mir dieser unrühmliche Abgang aus dem Le Match den nötigen Arschtritt versetzt, um endlich in die Gänge zu kommen, hinter meiner Ex und mir einen Punkt zu setzen und mich mit Julia selbständig zu machen. Denn der Haus- und Hofkoch der Hamburger Schickeria zu sein, war nie mein Ding gewesen. Den Job vermisste ich zu keinem Zeitpunkt, aber von der Idee, mein eigener Chef zu sein, hatte ich schon seit Jahren gesprochen. Nur der passende Augenblick war irgendwie nie gekommen. Bei dem, was ich mir im Le Match geleistet hatte, war mir klar, dass meine Aussichten auf einen ähnlich guten Job als Koch so gut wie nicht existent waren.

Als Kamil mir dann von Julia erzählte, hoffte ich, dass mir mit ihr der Schritt in die Selbständigkeit vielleicht gelingen würde. Sie bereitete für Kamils Imbiss die türkischen Cremes und Aufstriche vor und arbeitete parallel dazu im Café Leevke als Bedienung. Bedienen, das tat sie auch heute noch, einfach, um etwas mehr Geld in der Tasche zu haben. Doch die Cremes und Aufstriche machte sie jetzt für unser Unternehmen. Für mich war Julia ein Glücksfall. Ich kannte niemanden, der direkter, couragierter und durchsetzungsstärker war als sie. Und zäher auch nicht! Gemeinsam feilten wir am Businessplan, erstellten Werbebroschüren und bemühten uns, Kunden zu gewinnen. Schritt für Schritt ging es vorwärts. Seitdem bestanden unsere Tage aus Zwanzigstundenschichten – tagsüber fuhr ich die Waren im Lader aus und Julia bediente im Leevke, nachts und am frühen Morgen bereiteten wir die Speisen in der kleinen Küche in meiner Remise zu. Wir investierten fast unsere ganze Kraft, wir wussten ja, wofür wir es taten.

Ich fuhr in meine Hofeinfahrt und stellte den Motor ab. Mein Blick fiel auf das neue, blank polierte Messingschild, das über der niedrigen Tür der Remise hing und das Logo unseres Catering-Unternehmens trug. Eigentlich konnte ich Nana Jacobi fast dankbar sein.

Kapitel 17

Hibbelig wippte ich mit den Zehen auf und ab und kaute dabei auf dem Bleistift herum, mit dem ich mir Notizen für den nächsten Termin bei Lohagen machen wollte. Mir blieb noch eine halbe Stunde, dann musste ich los, und das Blatt auf dem Spiralblock, der auf meinen Knien lag, war immer noch leer. Ich rückte mir den Sessel zurecht und schaute aus dem Gaubenfenster in einen blassgrauen Himmel, der von kleinen Schäfchenwolken bevölkert wurde. Ab und zu wagte sich die Sonne hervor und spiegelte sich im Dachfenster der Villa gegenüber, so als wollte sie mal ausprobieren, ob sie schon bereit war für den Frühling. Und ich? War ich bereit für die nächste Sitzung bei Lohagen? Irgendetwas in mir sträubte sich, und in meinem Innersten wusste ich auch genau, was es war: Die Gespräche mit ihm gingen tief und kratzten beharrlich an meinem seelischen Bodensatz. Ich ahnte, was mir gleich blühen würde, denn natürlich musste ich ihm von der Begegnung am Marktstand erzählen und von meiner Vermutung, dass ich nur in Anwesenheit eines ganz bestimmten Kochs schmecken kann. Das würde selbst einen Lohagen überfordern. Wie Sinus mich einst an ihn verwiesen hatte, würde mir mein Therapeut wahrscheinlich dringend den Facharzt einer Klinik ans Herz legen wollen – einer geschlossenen.

Unsicher nahm ich mein Handy in die Hand und wählte.

»Hier ist die Praxis von Doktor Philipp Lohagen. Bitte hinterlassen Sie eine Nachricht nach dem Pieps.«

»Äh, hi, hier, hier ist Nana Jacobi. Doktor Lohagen, ich glaube, ich bin noch nicht bereit für eine Therapie. Ich melde mich wieder, wenn ich so weit bin. Tschüs.«

Schnell legte ich auf und spürte, wie sich meine Anspannung ein wenig löste. Natürlich war mir klar, dass ich mit dieser Absage nichts erledigt, sondern nur aufgeschoben hatte. Dennoch löschte ich deutlich besser gelaunt den Termin aus meinem Kalender und sah dann grübelnd auf die Lücke, die dadurch entstanden war. Was sollte ich mit meiner freien Zeit anfangen? Tine und ihre Ex-Schwiegereltern waren nicht da, weil erst morgen wieder Gäste in der Pension übernachten würden. Ich horchte, es war unangenehm still im Haus. Ratlos sah ich mich in meiner Mansarde um. Ich hatte sie in den vergangenen Monaten liebgewonnen. Sie war zu meinem neuen Zuhause geworden und tat mehr für mein seelisches Wohlbefinden, als Lohagen es wohl je könnte.

Da niemand zu Hause war, mit dem ich reden konnte, trieb mich die innere Unruhe vor die Tür. Zumal ich sonst nur an den Koch hätte denken müssen und an seine eisblauen Augen, die mich so wütend anblickten. Ich wurde auf der Stelle noch unruhiger. Wild entschlossen schlüpfte ich in die neuen Mokassins aus hellgrünem Veloursleder – ich war gerade auf dem Tiffany-Meyer-Styling-Trip –, schnappte mir die Jeansjacke vom Haken und stürmte los. Während ich die Treppen hinunterpolterte, war ich in Gedanken schon bei potenziellen Anlaufpunkten für meinen kleinen Ausflug. Fürs Kino war es noch zu früh, zum Shoppen hatte ich keine Lust. Spazieren gehen? Als ich die schwere Holztür der Villa hinter mir zuzog, stand mein Ziel fest: Ich würde bei Kamil vorbeischauen.

»Hey, Jacko, das ist ja eine Überraschung. Alles gut bei dir?«, begrüßte mich Kamil. Er war gerade dabei, die Stühle vor seinem

Imbiss wegzuräumen, und schenkte mir ein Lächeln, aber ich spürte, dass seine Reaktion ein bisschen verhalten war. Kein Wunder, seit unserer letzten Begegnung waren Wochen vergangen. Ich wollte keine Pause entstehen lassen und fragte ihn betont locker, ob es sich jetzt schon lohne, Stühle rauszustellen, bei den winterlichen Temperaturen. Da grinste er breit und stellte den Stapel mit einem Ruck ab.

»In Istanbul sitzt man immer draußen. Alles eine Sache der Gewohnheit.« Er schaute mich prüfend an, sein Blick bekam etwas Weiches. »Lange nicht gesehen, hm? Ist schade, echt.«

Ich erwiderte seinen Blick und nickte. »Ja, es tut mir leid, Kamil. Wirklich. Ich hatte so viel um die Ohren …«

»Alles gut. Ich dachte schon, dir schmecken meine Falafel nicht mehr«, sagte er und zwinkerte mir zu. »Wie geht's deinem Auto?«

Jetzt war ich es, die grinste. »Danke, gut. Ist mittlerweile repariert und fit.«

Kamil wies mit dem Kopf zur Tür. »Komm doch rein, freu mich, dich zu sehen.«

Ohne zu zögern, folgte ich seiner Einladung. Noch auf dem Weg zum Tresen wollte er wissen: »Was möchtest du essen? Geht aufs Haus.«

»Oh, nur ein Wasser bitte.«

Kamil schaute mich an, als wäre ich der Elefantenmensch.

»Schmeckt dir mein Falafel also doch nicht? Ist das Rezept nicht okay? Sag schon.«

Zwei neue Gäste kamen in den Imbiss und setzten sich. Ich schüttelte den Kopf und sah Kamil in die Augen. Da war wieder dieses Behutsame in seinem Blick. Das flößte mir Vertrauen ein.

»Nein. Wirklich. Dein Falafel ist bestimmt das allerbeste in Hamburg. Aber …«, ich sah, dass seine Augen regelrecht an meinen Lippen klebten, »Wasser ist das Einzige, was ich schmecken kann.«

Kamil warf sein Handtuch auf den Tresen. »So ein Bullshit, Mann. Wasser schmeckt nach nichts.«

Ich lächelte traurig, meine Stimme wurde ganz dünn. »Eben. Ich schmecke nämlich – nichts.«

Kamil fixierte mich, sein Blick wurde nachdenklich. Dann kam er hinter seinem Tresen hervor, um die Bestellungen der beiden Neuzugänge aufzunehmen.

»Kann nicht sein, Jacko«, sagte er leise im Vorbeigehen. Und als er wenig später zurückkam: »Glaube ich nicht.«

»Ist aber wirklich so!«

Ich sah Kamil dabei zu, wie er Salat und Hummus auf die Teller häufte. Die Art, wie er das machte, gefiel mir sehr. Es war irgendwie liebevoll, ich spürte seinen Anspruch, dem Gast wirklich etwas Gutes zu bieten. Für einen Moment musste ich an Mama denken. Bei ihr war es genauso gewesen. Sie konnte aus dem Einfachsten das Beste machen … Als hätte Kamil bemerkt, dass ich ihn beobachtete, schaute er abrupt auf. Das war die Gelegenheit.

»Los, ich beweise es dir«, sagte ich und baute mich dabei herausfordernd vor seiner Auslage auf. »Was ist das Schärfste, das dein Laden zu bieten hat?«

Kamil deutete hinter sich. »Frische Chili«, antwortete er, ohne mich weiter zu beachten.

Mit einem Sprung war ich hinter dem Tresen und griff in den Korb mit Chilischoten.

»Hey, mach das nicht, Jacko! Lass das«, protestierte Kamil, als er begriff, was ich vorhatte. Er ließ die Salatzange fallen und wollte mich stoppen, doch es war zu spät. Ich stand schon mitten im Gastraum und stopfte die glänzenden Chilischoten in mich hinein. Kamils Augen wuchsen auf die Größe von Wagenrädern an.

»Das kann nicht sein«, flüsterte er.

»Doch«, ich nickte ihm zu und beförderte eine weitere Schote in meinen Mund. »Du siehst ja, es passiert nichts. Überhaupt nichts.«

Ich grinste ihn mit vollen Backen an, schluckte.

Und dann brach die Hölle los.

Mein Mund, mein Gesicht … Feuer überall. Ich hatte das Gefühl, zu explodieren. Tränen schossen mir in die Augen, mir blieb die Luft weg. Da tippte mir jemand auf die Schulter. Ich drehte mich unkontrolliert um – und sah Tom Boysen so nah vor mir, dass sich unsere Nasenspitzen fast berührten. Im selben Moment wurde es noch schlimmer. Wie ein Derwisch drehte ich mich im Kreis, sah die entgeisterten Gesichter der anderen Gäste vorbeifliegen. Der Koch stand da wie festgefroren, auch Kamil regte sich nicht. Hustend und würgend hüpfte ich wie Rumpelstilzchen von einem Bein auf das andere.

»Hier, trinken Sie das.«

Tom Boysen stellte ein Glas mit Ayran auf den Tresen und schob es langsam zu mir rüber. Seinem Gesichtsausdruck nach zu urteilen, hielt er mich wohl für eine arme Irre, vor der man sich in Acht nehmen musste. Kamil stand neben ihm, völlig fassungslos. Ich blickte mich um, der Schweiß lief in Bächen über mein Gesicht. Einige der Gäste hatten mein Tänzchen gefilmt, wie ich jetzt registrierte, und waren voller Konzentration dabei, das Ganze im Internet zu posten. Ich nahm das Glas, versuchte ein Lächeln – ich schämte mich so sehr, dass ich fast losgeheult hätte – und kippte den Ayran auf ex.

Wirklich, das half! Ich spürte, wie weiterhin alle Blicke auf mich gerichtet waren, und strich mir die schweißnassen Haare hinter die Ohren. Langsam beruhigte sich mein Puls, aber das Brennen in Mund und Kehle blieb. Schniefend griff ich nach einer Serviette und versuchte, die schlimmsten Spuren meines Chilitanzes zu beseitigen. Wenigstens bekam ich wieder Luft und konnte einigermaßen klar denken. Seit der Szene auf dem Markt hatte ich diesen abstrusen Verdacht, dass es ausgerechnet der Koch war, der meinen Geschmack zurückholen konnte. Und daran bestand jetzt, so krass das auch war, kein Zweifel mehr: Ich konnte nur etwas schmecken, wenn der Koch in meiner Nähe war. Gefährliches Halbwissen aus der Neuropsychologie schwirrte mir durch den Kopf. Wie konnte es da nur einen Zusammenhang geben? Bei uns beiden konnte man ja nicht gerade von einem entspannten Verhältnis sprechen.

Tom Boysen sah mich an, als ob er fragen wollte: *Besser?* Aber er sagte nichts. Für einen Moment wandte ich den Blick ab, um mich zu sammeln, und als ich wieder hinguckte, hatte er sich weggedreht und sprach leise und vertraulich mit Kamil. Ich konnte nichts verstehen, aber es sah irgendwie konspirativ aus, was die beiden da veranstalteten. Verunsicherung kroch in mir hoch und lähmte mich. Stocksteif stand ich am Tresen und wusste nicht mehr weiter. Aus dem Augenwinkel beobachtete ich, wie Kamil in einer Art Abstellraum verschwand, so dass Tom ganz alleine hinter der Auslage zurückblieb. Ich behielt ihn unauffällig im Blick. Er angelte sich ein paar Tomatenschnitze aus einer der hell beleuchteten, chromblitzenden Schüsseln, machte aber keine Anstalten, mich anzusprechen. Gut. Dann würde ich eben etwas sagen. Schließlich konnte ich ja nicht ewig hier herumstehen. Nach dieser Szene musste ich mir wenigstens einen würdevollen Abgang überlegen, etwas Lockeres, Unverfängliches, etwas …

»Hier.« Kamil stellte eine Kiste mit Gemüse neben mir ab.

Ich schaute ihn irritiert an, doch bevor ich etwas sagen konnte, stand auch Tom neben mir.

»Danke, genau das habe ich noch gebraucht.«

Ohne mich auch nur ein ganz klein wenig zu beachten, bückte er sich nach der Kiste. Plötzlich klingelte sein Handy, und er schaute auf das Display, lächelte, wie ich fand, übertrieben verzückt und nahm den Anruf an. Um irgendetwas zu tun, zupfte ich an meiner Serviette herum. Ich fühlte mich unsagbar deplaziert, aber ich konnte einfach nicht weggucken. Diese affige Art, wenn Männer eine Frau toll finden, die ausholenden Gesten, die schmeichelnde Stimme … Aber das Schlimmste war, dass Tom Boysen auf einmal die allerbeste Laune hatte. Er legte strahlend auf, klopfte Kamil brüderlich auf die Schulter, nickte mir kurz zu und schnappte sich die Gemüsekiste. Drei Schritte, und er stand vor der Tür. Irgendetwas in mir zuckte zusammen, es tat richtig weh. Ich biss mir auf die Lippen, spürte noch immer den scharfen Geschmack der Chilis. Da stellte er plötzlich die Kiste wieder ab und drehte sich um, ganz langsam, so als wüsste er genau, dass er meine volle Aufmerksamkeit hatte. Er lächelte mich an, dieses Mal weder garstig noch abschätzend.

»Keinen Appetit mehr auf Maracujatörtchen, oder? Habe Sie zumindest schon lange nicht mehr im Leevke gesehen …«

Weg war er. Und ich stand da wie paralysiert. Was hatte das nun wieder zu bedeuten?

Kapitel 18

Was war das denn gerade eben?!

Das war Jacko, immer bisschen durch den Wind, aber echt in Ordnung. Die Aktion eben? Keine Ahnung … Hammer Slapstick-Nummer auf jeden Fall … hahaha

Warum um Gottes willen hat sie sich Chi

Meine SMS an Kamil blieb unvollendet. Mit dem Daumen löschte ich die Zeichen und beobachtete Nana Jacobi, die gerade aus dem Imbiss kam und die Straße in Richtung Eppendorf hinunterging. Ich hatte den Motor des Laders noch nicht gestartet und überlegte angestrengt: Woher kannte Kamil diese Frau? Und wieso redete er so nett über ihre völlig durchgeknallte Aktion da eben – als ob sie alte Freunde oder so wären. Er hatte ihren Artikel doch vor ein paar Wochen noch verteufelt, mir beteuert, dass der Verfasser dieser Kritik überhaupt keine Ahnung habe! Und jetzt auf einmal bezeichnete er sie als »echt in Ordnung«, nannte sie auch noch »Jacko«? Kurzform für Jacobi, oder was? Ich schlug gegen das Lenkrad. Das alles ergab überhaupt keinen Sinn. Dass Kamil ihr sein Gütesiegel ausgestellt hatte, störte mich am allermeisten. Mein Kumpel besaß normalerweise außerordentlich gute Menschenkenntnis. Eine bessere als ich. Wenn es Nana Jacobi gelungen war, sogar Kamil hinters Licht zu führen, war sie besser als befürchtet.

Mein Handy vibrierte wieder. Auch Kamil machte sich scheinbar Gedanken. Allerdings kreisten seine um etwas völlig anderes:

Bist du auf dem Weg zu deiner »Partnerin«? Wird es heute Nacht wieder später?

Ich wollte ihn beruhigen und tippte:

Habe Julia versprochen, bis um zehn mit allem durch zu sein.

Ich warf mein Handy auf den Beifahrersitz und startete den Motor, um mich auf den Weg ins Café Leevke zu machen. Julia war mit ihrer Schicht fertig, und ich wollte sie abholen.

Ich war keine fünf Minuten unterwegs, da griff ich noch einmal zum Handy. SMS waren einfach zu kurz – ich musste mit Kamil *reden.* Die Sache mit Nana ließ mir keine Ruhe.

»Yo?«, meldete sich mein Kumpel.

»Dir ist schon klar, dass Jacko und Nana Jacobi ein und dieselbe Person sind?«, fing ich ohne Umschweife zu sprechen an.

Stille am anderen Ende der Leitung.

»Kamil?«, erkundigte ich mich, weil ich nichts mehr hörte.

»Ja«, er klang baff. »Bin noch dran.«

»Mal ganz ehrlich, woher kennst du die überhaupt? Und wieso nennst du sie Jacko? Außerdem – die Frau ist alles außer ›echt in Ordnung‹. Und was sollte denn der Nonsens mit den Chilis?«

Ich steuerte das Café an, parkte unmittelbar davor und winkte Julia nervös durch die Scheibe zu. Sie stand am Tresen und zog gerade ihre Schürze aus.

»Keinen Geschmack«, hörte ich Kamil sagen.

»Ja, ja, klar. Das ist mir schon lange bewusst. No taste, die Dame.«

»Nee. Sie sagte, sie würde nichts schmecken können, rein gar nichts – deshalb hat sie sich die Chilis in den Mund gestopft. Um's zu beweisen.«

Jetzt war es an meinem Leitungsende totenstill. Ich stand mit meinem Lader direkt vor dem großen Fenster des Cafés und hatte freie Sicht auf die Küchenvitrine mit den Maracujatörtchen. In dem Moment fiel mir das versalzene Praliné wieder ein. Es gibt einen Witz, in dem es um einen Piloten mit Flugangst und um einen Zoowärter mit Tierhaarallergie geht. Ich konnte mich nicht mehr an die Pointe erinnern, aber meine lautete in jedem Fall: eine Restaurantkritikerin ohne Geschmackssinn.

Kapitel 19

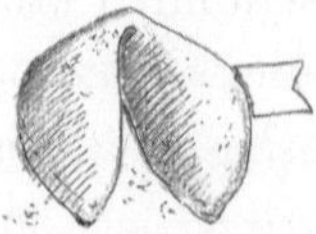

Das Hamburger Schietwetter hatte die Stadt fest im Griff, worüber sich die Pensionsgäste bitter beschwerten. Immerhin war es Ende März, Frühlingsanfang! Für mich dagegen hatte das gleichmäßige Tröpfeln des Dauerregens etwas Beruhigendes, denn seit meinem Auftritt bei Kamil war mein Leben komplett aus den Fugen geraten.

Ich war unkonzentriert und gereizt, und die Qualität meiner Artikel ließ zu wünschen übrig. Das wiederum rief Tiffany Meyer auf den Plan. Ihr konnte ich nichts vormachen, sie entlarvte meine überzogen langen Beschreibungen als überflüssiges Palaver und erkannte mangelndes Fachwissen aufgrund ungenügender Recherche. Inzwischen nervte sie beinahe täglich mit negativer Kritik und machte keinen Hehl daraus, dass ich nicht gerade zu ihren aktuellen Lieblingen zählte. Allerdings wurde ich vom NARZISS weiterhin gut mit Aufträgen versorgt, und meine finanzielle Situation hatte sich spürbar verbessert.

Ich konnte Tine nun endlich normal Miete zahlen, stellte ich fest, als ich eines Abends in meinem Mansardenzimmer meinen Kontostand online überprüfte. Ich beschloss, in die Küche zu gehen, um mir noch einen kleinen, spätabendlichen Snack zu holen. Wenn ich dabei Tine traf, dann konnte ich ihr ja gleich von der guten Nachricht erzählen.

»Tine!« Beinahe hätte ich sie in der dunklen Küche umgerannt.

Sie stand dort, ganz allein, den Kopf gegen die Brust gedrückt.

»Tine?« Ich berührte leicht ihren Arm.

Sie zuckte mit den Schultern, sagte aber nichts.

»Wass ist denn hier los? Keine Muszik, kein Lachen, alless dunkel …«

Ich drehte mich um und sah Astrid, die auf einmal im Türrahmen stand. Kurz blickte ich zu Tine hinüber, sie schaute nun stur geradeaus.

»Oh, hallo, Nana, dich szehen wir ja immer szeltener im Hauss«, sagte Astrid und lächelte mich warmherzig an.

»Vielleicht«, nuschelte ich und registrierte einen winzigen Moment der Verstimmung in ihrer Miene.

»Kinder …«, Astrid knipste die Deckenlampe an und marschierte auf uns zu. Fröhlich kramte sie in ihrer Manteltasche herum, etwas zu fröhlich, wie ich fand.

»Du riechst, als hättest du in einem Wok gebadet«, knurrte Tine.

»Ach ja?« Astrid schnupperte übertrieben an ihrem Ärmel und stupste mich verschwörerisch an. Ich roch natürlich nichts.

»Das ist ja nicht szo schlimm, Nana, wass? Geht ja vorbei.«

Ich nickte und lächelte gequält.

»'N Abend!« Ihr Mann winkte kurz aus dem Flur und verschwand im Treppenhaus. Die beiden waren ganz begeistert von ihrem neuen Lieblingslokal, einem Chinesen in Winterhude. Einmal die Woche aßen sie dort – wenn nicht noch öfter – und brachten uns von jedem der Besuche ihre Glückskekse mit.

»Bitte.« Astrid drückte ihrer Ex-Schwiegertochter und mir einen dieser teigummantelten Sinnsprüche in die Hand und wartete sichtlich gespannt auf eine Reaktion.

»Danke«, sagte ich ohne große Begeisterung, Tine nickte bloß.

»Aufmachen«, forderte Astrid betont heiter, »und zwar szofort.«

Ziemlich unmotiviert folgten wir ihrem Wunsch und pulten die Zellophanverpackungen auf. Tine war als Erste fertig und las laut vor: »Wer die Realität nicht anerkennt, wird früher oder später unglücklich.«

Sie blickte auf den Boden, aber ich stand nah genug bei ihr, um zu sehen, dass Tränen über ihre Wangen liefen. Astrid hob die Hand, wie um Tine über das Haar zu streichen, aber dann schien sie es sich anders zu überlegen. Sie räusperte sich, ließ den Arm fallen und machte auf dem Absatz kehrt. Im Türrahmen drehte sie sich noch einmal um und sagte leise: »Tut mir leid, wenn ich gesstört habe. Gute Nacht.«

Ich lauschte ihren Schritten und wartete, bis das Knarren der Treppenstufen verstummt war und sie die Tür hinter sich ins Schloss gezogen hatte.

»Warum weinst du?«, wollte ich wissen. »Was ist denn los, Tine?«

»Es stimmt, Nana. Wer die Wirklichkeit ignoriert, wird unglücklich. Und ich … bin auf dem besten Weg dorthin.«

Sie legte den zerbrochenen Glückskeks und das Zettelchen neben sich auf den Herd und steckte die Hände in die Hosentaschen. Sie schüttelte den Kopf.

»Es geht so nicht weiter, Nana. Wir haben doch eine Abmachung. Ganz abgesehen davon sind wir Freundinnen. Jedenfalls dachte ich das.« Sie schaute mich traurig an.

»Oh … Tine, es gibt gute Nachrichten«, antwortete ich mit aufgeräumter Miene. Sie würde sich bestimmt über die Neuigkeit freuen.

»Ach ja?« Sie ging zum Kühlschrank, goss sich ein Glas Rhabarbersaftschorle ein und blieb dort stehen. »Ich sehe doch, dass es mit deiner Karriere immer weiter aufwärtsgeht und du viel zu tun hast, aber ich schaffe das alleine nicht. Die Gästezimmer. Das Frühstücksbüfett. Die Einkäufe. Außerdem …«

»Genau das will ich dir doch erzählen«, sagte ich. »Ich kann dir ab sofort ganz ordentlich meine Miete zahlen. Kein Deal mehr. Ist das nicht super?«

Sie trank einen Schluck, ohne mich aus den Augen zu lassen.

»Super? Was soll ich denn jetzt machen ohne deine Hilfe?«

In ihrem Blick lagen Bitterkeit und Enttäuschung. Die Wimperntusche rund um ihre großen blauen Augen war völlig verschmiert; zwei schwarze Linien zogen sich über die Wangen bis zu den Mundwinkeln.

»Ich könnte dir helfen, jemanden zu finden, wenn du magst«, schlug ich vor, aber Tine stellte ihr Glas ab und verschränkte die Arme vor der Brust. Etwas in ihrem Blick war auf einmal ganz anders, fremd irgendwie.

»Tine, du hast doch eben selbst gesagt, dass ich viel zu tun habe. Und ich weiß ja, dass ich die Arbeit in der Pension ziemlich vernachlässigt habe. Aber guck mal, so ist es doch fair – ich zahle für mein schönes Mansardenzimmer und …«

»Und als Nächstes wirst du dann wahrscheinlich ganz ausziehen«, unterbrach sie mich.

Dazu fiel mir nichts mehr ein. Warum war sie denn nur so verdreht? Tine war doch sonst immer so umgänglich.

»Wenn du willst, schon morgen früh«, drehte ich den Spieß um und spürte im selben Moment, wie mir das Herz bis zum Hals schlug. Aber da war es schon zu spät. Tine kniff die Augen zusammen und massierte mit den Fingerspitzen ihre Schläfen. Es war ihr anzusehen, wie sehr es in ihr brodelte.

»Es tut mir leid, Tine, das war nicht so gemeint«, sagte ich hilflos und ging einen Schritt auf sie zu, aber sie machte eine Abwehrgeste und hielt mich auf Distanz.

»Du hättest ja erst mal mit mir reden können, statt von jetzt auf gleich unsere Vereinbarung zu knicken«, sagte sie und öffnete ein weiteres Mal den Kühlschrank. Diesmal nahm sie eine Weißweinflasche aus der Seitenhalterung, schüttete den Rest der Rhabarberschorle in den Ausguss und füllte ihr Glas bis zum Rand. Sie betrachtete mich nachdenklich und nahm einen tiefen Schluck. »Wenn wir mal wieder miteinander geredet hätten, wäre ich bei der Gelegenheit nämlich sehr gerne auf die Situation dieser Pension eingegangen.«

Jetzt läuteten bei mir sämtliche Alarmglocken.

»Sind wir pleite?«, platzte es aus mir heraus. Tine quälten Existenzängste, und ich war so mit mir selbst beschäftigt, dass ich davon nichts mitbekommen hatte.

»Nein, und darum geht es nicht. Ich bin mir einfach nicht sicher, ob ich das mit der Pension wirklich noch länger machen will. Ich wollte sie nicht auch noch verlieren, als die Sache mit meinem Mann in die Grütze ging, aber ich habe dir ja schon mal erzählt, dass ich lieber ein Literaturcafé betreiben würde.« Wieder nahm sie einen Schluck und atmete tief aus.

»Ich weiß«, sagte ich und versuchte ein Lächeln. »Warum machst du es nicht einfach?«

»Weil das Geld alle ist, darum. Meine Schwiegereltern haben ihre gesamten Ersparnisse hier reingesteckt. Das kann ich ihnen nicht antun.«

Ich nahm den Zettel des Glückskekses vom Herd und las die Zeilen still für mich. Dieser pseudophilosophische Satz hatte Tines Gefühle wohl ziemlich gut auf den Punkt gebracht.

»Ach, Tine …« Noch einmal machte ich einen Schritt in ihre Richtung, da vibrierte es in meiner Jeanstasche. Wahrscheinlich Tiffany Meyer.

»Dein Handy?«, fragte Tine und lehnte den Kopf an meine Schulter.

»Ist nicht wichtig«, sagte ich mit belegter Stimme und wusste im selben Moment, dass das nur ein frommer Wunsch war.

Kapitel 20

Am nächsten Morgen stieg ich aus dem Aufzug und las dabei zum x-ten Mal Tiffany Meyers Nachricht. MORGEN UM 9 BEI MIR. Keine Anrede, keine Höflichkeitsfloskeln, reine Information. Aber die ausschließliche Verwendung von Großbuchstaben vermochte es, aus der sachlichen Aussage eine Drohung zu machen. Ich war nervös. Der lange Flur, an dessen Ende das Büro der Chefredakteurin lag, erschien mir auf einmal endlos. Auch wenn alle Türen geschlossen waren, so fühlte ich mich total beobachtet, als ich auf meinen neuen, teuren Ankle-Boots über die in die Jahre gekommene Auslegeware stolperte. Plötzlich ging eine Tür auf, und der teekundige Praktikant steckte seinen Kopf heraus, so als müsste er die Lage checken, bevor er sich in den Flur traute. Im nächsten Augenblick war er an meiner Seite und hielt mit meinem forschen Schritt erstaunlich gut mit. Sein kleines Bäuchlein wackelte ein wenig, auf seiner Stirn standen Schweißperlen.

»Sie haben auch einen Termin?«, fragte er betont lässig, aber sein Blick sprach eine andere Sprache. Die Nasenflügel bebten, ein Augenlid zuckte. Bevor ich etwas erwidern konnte, waren wir schon an Tiffany Meyers Bürotür angelangt. Sie stand offen.

»Ah, da sind ja meine beiden Nachwuchstalente. Tür zu und setzen.«

Mit einer fast lasziven Bewegung schob sich Tiffany Meyer aus ihrem Sessel hoch, umrundete mit eleganten Schritten den gläsernen Schreibtisch und fixierte uns mit einem selbst für ihre Verhältnisse ungewöhnlich starren Blick, den sie wohl einer jüngst erfolgten Botox-Spritze verdankte. Ohne die Augen abzuwenden, griff sie in einen Papierstapel und zog den Ausdruck einer Mail hervor, in dem ein Absatz gelb markiert war. Umständlich setzte sie sich ihre Brille auf und begann laut vorzulesen.

»… erstaunlich delikat, von strohgelber Farbe und samtig im Geschmack. Der Auxerrois ist eine alte Rebe, die in Baden-Württemberg nur einmal anzutreffen ist. Wie der Winzer mir später beim Telefoninterview noch verriet, fährt er gerne Mountainbike.«

Sie faltete das Blatt auf die Größe einer Streichholzschachtel zusammen und schnippte es mit einem verächtlichen Grunzen von ihrem Handteller. Tiffany Meyer sah mich drohend an, ihre Augen glitzerten so kalt, dass ich eine Gänsehaut bekam. Und dann brach der Vulkan aus.

»Nana!«, schrie sie und bohrte ihren Stiletto-Absatz unter Schnauben in das gefaltete Blatt, »was schreiben Sie da für eine gequirlte Scheiße?« Sie löste sich vom Schreibtisch und marschierte mit schnellen Schritten vor uns auf und ab.

»›Strohgelb und samtig‹ – das steht in jedem Schmierblatt und übrigens auch auf dem Rückenetikett. Wer will das wissen? Aber wie wäre es damit: Der Auxerrois ist eine uralte Burgunderrebe, und dieses Goldstück von Kellermeister hat damit in den letzten Wochen drei Preise abgeräumt, für den besten Biowein Baden-Württembergs, für den besten Biowein Deutschlands und den Titel als bester Jungwinzer des Jahres. Und Sie«, die Chefredakteurin machte eine theaterreife Pause und malte mit ihrem spitzen, tiefrot lackierten Fingernagel Kringel in die Luft, »und Sie sprechen mit ihm über das Mountainbiken. Bravo, Frau Autorin, da ist Ihnen ein ganz großer Wurf gelungen.«

Ich schluckte und traute mich kaum zu atmen. So hatte ich Tiffany Meyer noch nie erlebt. Jetzt kam sie auf mich zu, und ich hoffte inbrünstig, die vorauseilende Giftwolke ihres Parfüms würde mich töten, bevor sie mir ihren spitzen Fingernagel ins Auge rammen konnte.

Ihre Stimme war gefährlich sanft, als sie sagte: »Sie können froh sein, mehr als froh, dass der Verleger diesen Schwachsinn nicht gesehen hat. Ab heute liefern Sie, Fräulein Jacobi, und wie Sie liefern. Ihre Credits sind aufgebraucht.«

Sie drehte sich auf ihren schwindelerregend hohen Absätzen um und schwebte mit beneidenswerter Grazie zu der gläsernen Schreibtischplatte zurück. Für einen Moment herrschte Ruhe, dann sagte sie fast tonlos und in diesem Fall an Max gewandt: »Das gilt auch für Sie, Sie undankbares Geschöpf. Keine Credits. Als Praktikant haben Sie das zu tun, was ich Ihnen sage, und das Letzte, worauf ich Wert lege, ist Ihre persönliche Meinung. Ist das klar?«

Der Praktikant nickte beflissen und schaute auf den Boden. Ein Tropfen fiel auf den dunklen Teppich, dann noch einer. Heulte er etwa? Nein, es waren Schweißperlen. Die Chefredakteurin stieß sich vom Schreibtisch ab und rümpfte kurz die Nase. Für einen Moment dachte ich, dass sie anscheinend doch noch die Gewalt über ein paar Gesichtsmuskeln besaß, da klatschte sie wie eine Grundschullehrerin in die Hände.

»Ich denke, wir haben heute noch viel zu tun, also los. Hopp, hopp!«

Tiffany Meyer ließ sich zurück in ihren Sessel fallen und nahm keinerlei Notiz mehr von uns. Der Sturm war vorüber. Langsam stand ich auf, mir klingelten immer noch die Ohren. Verwirrt wandte ich mich zur Tür und sah aus dem Augenwinkel, dass Max mir folgte. Ich drückte gerade die Klinke hinunter, da hörte ich noch einmal Tiffany Meyers Stimme.

»Ach, Maximilian, eins noch. Machen Sie endlich Sport. Ein junger Mann wie Sie … das da … ist unästhetisch. Wirklich.«

Im nächsten Moment stürmte der Praktikant mit hochrotem Kopf an mir vorbei.

Mal abgesehen von dieser moralischen Entgleisung hatte Tiffany Meyer leider recht: Mein Artikel war schlampig verfasst, und mit dem aufstrebenden Jungwinzer hatte ich mich keine zehn Minuten lang unterhalten. Ich wusste, ich hatte diese Packung verdient, aber Max? Er schien mehr der persönliche Punchingball der Chefredakteurin zu sein. Einem inneren Impuls folgend, stoppte ich bei seiner Bürotür und wollte kurz reingehen, um ihn etwas aufzumuntern. Aber es war abgeschlossen.

Als ich das Verlagsgebäude verließ, stand ich völlig neben mir. Wie ferngesteuert trugen mich meine Schritte ins nah gelegene Café Leevke. Trotz der frühen Uhrzeit war es gut gefüllt: Eine bunte Mischung aus Studenten, Müttern mit Kleinkindern und Kreuzfahrttouristen bevölkerte den Gastraum.

»Ein Glas stilles Wasser, bitte«, sagte ich zu der Bedienung, die auf mich zukam, nachdem ich mich niedergelassen hatte. Ironischerweise saß ich am selben Tisch wie das letzte Mal, doch die Vorzeichen hatten sich um hundertachtzig Grad gedreht: Ich war angezählt, meine Karriere hing am seidenen Faden.

Die Erinnerung an meinen letzten Besuch brachte auch etwas anderes wieder in mein Bewusstsein. Ich sah erneut die Szene vor mir, wie Tom die Kiste hochhob und wissen wollte, ob ich nicht mal wieder … Mein Herz schlug schnell, hektisch blickte ich mich um. Da hörte ich ein kurzes Brummen, es kam aus meiner Jackentasche. Eine SMS. Bestimmt wieder die Chefredakteurin. Ach, auch schon egal. Ich blickte auf das Display und legte dann das Handy sofort mit dem Bildschirm nach unten auf den Tisch, nur um es im nächsten Augenblick wieder umzudrehen. Das Foto darauf zeigte eine Südseekulisse, davor ein Pärchen. Er in offenem Smokinghemd und hochgekrempelter Hose, sie mit

Bikinioberteil und Baströckchen. Beide trugen hawaiianische Blumengirlanden um den Hals. Darunter stand in Großbuchstaben: JUST MARRIED – MIA UND CLAAS.

Meine Hand zitterte, mein Mund war staubtrocken.

»Ihr Wasser.«

»Danke.«

Ich trank auf ex und versuchte, dieses peinliche Hula-Bildchen sofort wieder zu vergessen.

Draußen klopfte jemand an die Scheibe. Und noch einmal. Ich blickte hoch, mehr im Reflex als aus Neugierde. Es war Max, er winkte mir zu. Er sah mitgenommen aus, das war sogar aus dieser Entfernung zu erkennen. Ich deutete auf den leeren Stuhl neben mir und nickte nachdrücklich.

Max zögerte nicht, meiner Einladung zu folgen.

»Läuft«, sagte er ironischerweise, als er zu mir an den Tisch kam. Er schälte sich aus seiner grünen Barbour-Jacke und setzte sich. Das eine Augenlid zuckte immer noch nervös, ansonsten schien er seine Fassung einigermaßen wiedergewonnen zu haben. Ich betrachtete ihn ungeniert. Eigentlich war er ein ganz ansehnlicher junger Mann. Die dichten braunen Haare trug er in einer Art Popper-Retro-Schnitt mit extrem tiefem Seitenscheitel, was dazu führte, dass er ständig den Kopf zurückwerfen musste, um einigermaßen sehen zu können. Sein gut geschnittenes, etwas weiches Gesicht war noch völlig bartlos und ließ ihn jünger wirken, als er wahrscheinlich war.

»Ist alles in Ordnung bei Ihnen?«

»Ich, ähm, sorry, was haben Sie gesagt?«

»Ob alles okay ist?« Er setzte ein smartes Lächeln auf und schnippte mit den Fingern nach der Bedienung. »Nett, dass ich mich zu Ihnen setzen darf, Frau Jacobi, ich … oh …«

Mein strenger Blick ließ ihn verstummen. Dann sah ich ihn betont offen an: »Ich finde, wir sollten uns duzen. Wir sind Kollegen und haben gerade einen ziemlichen Einlauf hinter uns. Außerdem …« Ich schaute noch einmal auf das Display und ließ das Handy dann wieder in der Jackentasche verschwinden. »Ach, ist ja auch egal. Ich glaube, schlimmer kann es heute nicht mehr kommen, oder?« Ich reichte ihm die Hand. »Nana.«

Langsam schob er mir seine entgegen, so als traute er dem Braten nicht. »Max«, sagte er ernst und wurde ein wenig rot.

»Was darf ich Ihnen bringen?«, fragte ihn die Kellnerin, die in diesem Moment an unseren Tisch trat.

Der Praktikant warf den Kopf in den Nacken und betrachtete sie, als müsste er sich reiflich überlegen, ob er diese Frage beantworten wollte.

»Zwei Gläser Gin, s'il vous plaît.«

»Gin?«, echote die Serviererin.

»Unbedingt. Und zwar den besten, den Sie haben«, sagte er mit Nachdruck. Dann wandte er sich mir zu. »Man muss die Feste feiern, wie sie fallen«, bemerkte er lakonisch und lehnte sich grinsend zurück.

In diesem Moment war er mir irgendwie etwas unheimlich. War das wirklich der devote Max, der mir eben noch so schüchtern gewunken hatte? Er schien meine Irritation zu spüren, denn er grinste noch breiter und beugte sich über den Tisch zu mir herüber.

»Ah, mon Dieu! Was denkst du denn, wie man als Praktikant in diesem Irrenhaus überlebt, Nana?« Wieder warf er den Kopf zurück und fuhr sich durchs Haar.

Ich begriff, dass ich diesen jungen Typen nicht unterschätzen durfte.

Ohne mich zu fragen, bestellte Max uns beiden noch zwei Club-Sandwiches und unterhielt mich mit einigen Anekdoten aus seinem Redaktionsalltag, bis die Kellnerin irgendwann mit einem vollen Tablett zurückkam.

Als geübte Lügnerin war es ein Leichtes für mich, in seine Lobeshymnen über die Milde des Gins und die Harmonie von Cheddar und kaltem Braten einzustimmen, doch die Art, wie er aß und trank und redete und welche Worte er dabei wählte, ließ mich aufhorchen. Max war ein echter Genießer mit Verstand und Kennerblick. Er schien sich in der Welt der Lebensmittel besser auszukennen als jeder Mensch, den ich bis dahin kennengelernt hatte, und das imponierte mir zutiefst. Als wir uns gegen Mittag voneinander verabschiedeten, war ich mir zwar immer noch nicht sicher, ob ich ihn mögen sollte oder besser nicht, aber eines wusste ich ganz genau: Ich wollte, dass Max mich bei meinem nächsten Restaurantbesuch begleitete.

Während ich an der Busstation vor dem Leevke wartete, konnte ich es mir nicht verkneifen, abermals diese Absurdität von Hochzeitsfoto anzugucken, auch wenn es mich total betroffen machte. *Lustig sein geht anders,* ging es mir durch den Sinn, *und stilvoll sein auch.*

»Ach nein. Der Derwisch. Treten Sie neuerdings auch im Leevke auf?«

Ich fühlte, wie mir das Blut in den Kopf schoss, und verfiel in Schockstarre. Stur blickte ich auf Mias Baströckchen. Meine Augen brauchten sich nicht zu vergewissern. Das war die Stimme von Tom Boysen!

»Hier, ich habe etwas für Sie«, sagte er freundlich, und als ich nicht reagierte, setzte er nach: »Ich weiß ja, dass Sie Chilis bevorzugen, aber diese Himbeeren hier sind auch nicht schlecht.«

Himbeeren! Ich liebe Himbeeren! Vorsichtig schaute ich hoch. Wirklich, er hielt mir ein kleines Pappschälchen mit makellosen, samtig-feinen Früchten entgegen und lächelte sogar ein wenig. Schnell steckte ich das Handy weg und nahm vorsichtig eine Beere aus der Schale. Tom Boysen tat es mir nach, warf sich die

Himbeere wie einen Drops ein und kaute. Seine hellen Huskyaugen blitzten vor Vergnügen.

»Erstklassig, was? Und das zu dieser Jahreszeit!«

Ganz vorsichtig und ohne seinen Blick loszulassen, beförderte ich meine Himbeere ebenfalls in den Mund – und spürte sogleich, wie es mir den Boden unter den Füßen wegriss. Wie erwartet war mein Geschmackssinn mit einem Schlag zurückgekommen, aber es war mehr als das. Während sich das fruchtig-frische Aroma an meinem Gaumen ausbreitete, begann mein Herz wie verrückt in meinem Brustkorb zu hämmern.

Er hatte mit dem Kauen aufgehört, wiegte den Kopf erst nach links, dann rechts und richtete den Blick dann auf meinen Mund. »Und?« Er kniff ein Auge zu, wie man es kurz vor dem Abwurf eines Dartpfeils tut. »Hm?« Sein Kopf geriet erneut in Schieflage. Noch immer taxierte er mich mit einem offenen Auge. »Schmeckt die Himbeere?«

Seine Stimme hatte einen merkwürdigen Unterton. Nicht direkt feindselig, misstrauisch jedoch in jedem Fall. Dazu dieses Kopfgewackel und das zugekniffene Auge. Ich schluckte die Himbeere hinunter, sammelte mich kurz und sagte, so gelassen ich es in diesem Moment eben konnte: »Wenn man eine Himbeere zu sehr zerkaut, wird ihr Geschmack sauer.«

Er nahm sich eine zweite Frucht und legte sie sich auf die Zunge, ohne dass sie zwischen seine Zähne geriet. »Und wenn nicht?«

»Dann bleibt sie süß.«

Seine Brauen zuckten erst überrascht, bevor sich Lachfalten an die blauen Augen gesellten. »Normalerweise bin ich ja kein Fan Ihrer Sätze, aber der hier gefällt mir. Wir beide hatten ja leider keinen besonders guten Start …«

»Nein«, bemerkte ich trocken und lächelte dann.

»Ja, mehrere Fehlstarts, das kann man wohl sagen. Aber vielleicht gelingt es uns ja jetzt, neu anzufangen: Ich bin Tom.«

»Nana, hallo«, sagte ich. Mein Lächeln wurde breiter.

»Weißt du, ich habe gerade so eine Art späte Mittagspause. Siehst du den Fischstand dahinten?« Er zeigte in Richtung Landungsbrücken zum Eingang des alten Elbtunnels. »Ich würd mir da schnell was auf die Hand holen. Lust, mich zu begleiten?«

»Woher weiß ich, dass du mir nicht eins auswischen willst?«

»Das Risiko musst du leider eingehen, Nana«, lachte Tom und ließ mir den Vortritt auf einem der beweglichen Brückenstege, die runter zur Hafenpromenade führen.

»Wo wohnst du eigentlich in Hamburg?«, wollte er hinter mir wissen.

»In Harvestehude.«

»War klar.«

Ich drehte mich zu ihm um. »Wie meinst du das?«

»Nichts, nichts, passt halt alles gut ins Bild. Ich hatte ja bereits das Vergnügen mit deinem Vater.«

»Ach so, du hältst mich für eines dieser Hamburger Töchterchen. Und wo wohnst du hier? Auf St. Pauli mit den anderen Touristen?«

»Hey, meine Familie lebt schon in Barmbek seit …« Er dachte nach. »Auf jeden Fall waren die schon vor dem großen Brand achtzehnhundertschießmichtot hier.«

»Ein Hamburger Lokalpatriot. Wie erfrischend!«, zog ich ihn auf. »Also wohnst du in Barmbek?«

»Nicht mehr. Bin ins Grindelviertel umgezogen.« Nun musste er über sich selbst lachen. »Zu den reichen Töchtern.«

Wir erreichten den Fischstand. Das Tageslicht verlor schon wieder an Kraft, es war die Blaue Stunde – diese kurze Zeitspanne vor Beginn der Dämmerung. Die Elbe lag wie ein dunkles, ruhiges Band vor uns; auf ihr wuselte es von Lotsenschiffen und Fähren, kleinen Motorbooten und Barkassen. Ein leichter Windstoß kam auf und wehte mir für einen Moment Toms Schal vor die Nase.

Er roch wunderbar.

»Moin, moin.« In der Bude stand ein hagerer Herr mittleren Alters, der uns freundlich entgegenlächelte. Dann schaute er in den graublauen Himmel und fragte uns: »Wat dat hüüt noch pieselt?«

»Er hat gefragt, ob es heute noch regnet«, übersetzte Tom und fragte mich dann, ob ich lieber Hering oder Lachs auf meinem Brötchen wollte.

Ich überlegte. Meine Gedanken hatten sich beim Essen schon viel zu lange einzig der Konsistenz gewidmet. Auf glitschigen Lachs oder schuppigen Hering hätte ich also gut verzichten können, wenn nicht Tom Boysen direkt neben mir gestanden hätte. Der Mann, der meinen Geschmack zurückholte, solange ich bei ihm blieb.

»Wodennig geiht dat nu los?«, fragte der Fischmann ungeduldig.

»Fischfrikadelle, bitte«, entschied ich mich. Einfach, weil ich so was schon seit Jahren nicht mehr gegessen hatte.

»Schööön«, befand der Fischmann. »Mit'm Klacks Knoblauchsauce?«

»Nein danke.«

Er tauchte die Kelle trotzdem tief in den Pott mit der weißen, dicken Sauce und gab davon eine ordentliche Portion auf mein Fischbrötchen, das er mir mit verschmitzter Miene überreichte. »Doch, doch, is legger so.«

Unzufrieden sah ich auf die triefende Fischvariante eines Hamburger Sandwiches. »Worüm deist du dat liekers bobento?« – Warum hast du die Sauce da draufgemacht? –, fragte ich ihn.

Tom warf mir einen erstaunten Blick zu. »Du sprichst Platt?«

»Da wo ich herkomme, gehört das zum Programm. Ich bin erst seit Weihnachten in der Stadt. Aufgewachsen bin ich südlich der Elbe.« Ich schaute auf die andere Uferseite flussaufwärts. Tom folgte meinem Blick. »Im Alten Land?«

»Ja, zusammen mit meiner Mutter.«

Überrascht sah Tom mich an, seine Gedanken schienen sich neu zu sortieren.

»Elk een noh sien Möög«, grummelte der Fischmann und belegte ein neues Brötchen mit Frikadelle.

»Genau, jeder nach seiner Fasson«, sagte ich.

»Zu seiner Verteidigung«, meinte Tom, »was deinen Geschmack angeht, Fräulein Jacobi, der ist nicht gerade einfach zu durchschauen. Heute magst du Fischfrikadelle, neulich waren es noch Chili und morgen steht dir wahrscheinlich der Sinn nach Zuckerwatte mit Waldmeistergeschmack.« Er griff in die Tasche seiner Steppjacke, zog einen Schein heraus und legte ihn auf den Tresen. »Stimmt so.«

»Ich bin eingeladen?« Ich legte ein charmantes Lächeln auf und sagte: »Veelen Dank.« Auch dem Fischmann schenkte ich ein versöhnliches »Dank ook« und deutete auf eine Bank, die nicht weit vom Imbiss direkt zwischen zwei gusseisernen Schiffspollern stand. Tom überlegte kurz, dann zuckte er mit den Schultern und setzte sich mit mir an die Hafenkante.

»Schmeckt's dir denn?«, erkundigte er sich. Wieder hatte er diesen prüfenden Unterton, dann verhallte die Skepsis in seiner Stimme, und er sah mich freundlich an. »Durch deinen Job kommst du bestimmt eher selten in den Genuss von so simplen Dingen.«

»Simple und gute Dinge. Ja, es schmeckt.«

Und wie es mir schmeckte, aber das konnte Tom ja nicht ansatzweise erahnen. Fischfrikadelle ist nicht gerade mein Lieblingssnack, aber nach der kleinen, himmlischen Himbeer-Vorspeise war das jetzt so eine Art herzhafter Hauptgang, den ich endlich wieder schmecken konnte. Kurzzeitig, denn sobald wir uns trennten, würde alles wieder vorbei sein. Wenn Tom Boysen wüsste, was er in mir auslöste … Wie funktionierte das nur? Zu gerne wollte ich ihn das fragen, ihm davon erzählen, aber das ging natürlich nicht. Es klang einfach zu irre. Dass Tom der persönliche Geschmacksauslöser in meinem Leben war, sollte besser mein Geheimnis bleiben. Also genoss ich den Moment neben ihm, solange er andauerte.

Tom stellte vorsichtig das Pappschälchen von vorhin auf meinen Schoß. Nur noch eine perfekte Frucht kullerte darin.

»Die ist für dich«, sagte er.

Ich schluckte meinen letzten Happen Fischbrötchen runter und strahlte Tom an. »Danke.«

Sachte griff ich nach der Himbeere und führte sie ganz langsam zu meinem Mund. Ich wünschte mir, ich könnte diesen Augenblick einfach anhalten. Auch Tom, so kam es mir vor, hatte es nicht gerade eilig, wegzukommen, als wir beide schweigend nebeneinandersaßen und einen Matrosen dabei beobachteten, wie er die Taue eines imposanten Radschaufeldampfers löste. Etwas verlegen sah ich Tom an, der genau im selben Moment seinen Kopf zu mir drehte. Unsere Blicke trafen sich, was ganz schön merkwürdig war, denn keiner von uns beiden schaute weg. Ich sah zu seinem Mund und diesem schiefen Zahn, der beim Lachen immer so hervorblitzte und Toms ansonsten perfekte Zähne irgendwie noch perfekter machte. Auch Toms Augen tasteten ernst mein Gesicht ab – und mit einem Mal ging seine Miene in ein leuchtendes Strahlen über. Ich spürte, wie meine Wangen heiß wurden, und fühlte mich plötzlich total euphorisiert. Ein Grinsen machte sich auf meinem Gesicht breit, während Toms schöne Lippen vor mir nicht damit aufhörten, mich fröhlich anzulächeln. Jetzt hob er die Hand und winkte mir zu. Eine seltsame Geste, aber ich war in diesem Moment so glücklich, dass ich mir keine weiteren Gedanken machte – bis er rief: »Julia! Hier drüben bin ich.«

Keine Sekunde später, und auch ich hätte meinen Arm gehoben, um meinem Gegenüber aus nicht mal einem halben Meter Entfernung wie beknackt mit der Hand zuzuwedeln. *Idiotin!* Ich drehte mich um. Direkt hinter mir kam auf der breiten Treppe, die nach unten zur Straße führte, eine Frau auf uns zu. Es war diese hübsche Braunhaarige, die Tine und mir neulich auf dem Markt die Böreks verkauft hatte. Bevor sie uns erreichte, wich ich beschämt zurück, zeigte hinter Tom und rief viel zu laut: »Der Bus! Da kommt mein Bus! Mein Bus. Ich muss weg.«

Er folgte meinem Blick und drehte sich zur Straße um. Ja, da war ein Bus, aber er stand so weit entfernt an einer Ampel, dass man nicht mal die Nummer auf seiner Anzeige lesen konnte.

Tom schien im ersten Moment nicht zu wissen, wie er darauf reagieren sollte, denn er sah zu Boden, bevor er seinen Kopf wieder hob und mir noch einmal in die Augen sah.

»Na dann.« Er nickte, stand auf und machte mir den Weg zur Busstation frei.

Aus dem Augenwinkel sah ich schon die hübsche Frau näher kommen. Ein ätzendes Gefühl überkam mich – wie damals bei diesem verpatzten Staffellauf bei den Bundesjugendspielen. Ich hatte den Stab bei der Übergabe fallen lassen, Fehlstart, wir wurden Letzter … Gerade als ich mich mit einem ersten schnellen Schritt von Tom entfernte, um für SIE Platz zu machen, spürte ich seine Hand an meinem Rücken. Zuerst klopfte sie nur auf meine Schulter, recht kumpelhaft fühlte sich das an – aber dann glitten seine Finger kurz meine Wirbelsäule entlang. Der Geschmack der Himbeere flatterte ein letztes Mal über meine Zunge. Unter meiner linken Brust pochte es wie verrückt. Dann war mit einem Mal alles vorbei.

Ich warf keinen Blick mehr zurück, bis ich im Schutz des gläsernen Stationshäuschens stand. Behäbig steuerte der Bus in meine Richtung. Es war nicht meiner. Vorsichtig drehte ich meinen

Kopf in die Richtung, wo ich mich von Tom verabschiedet hatte. Er stand noch immer dort. In seinen Armen hielt er die hübsche Marktverkäuferin. All die wirren Gedanken, die sich in den letzten Wochen in meinem Kopf gesammelt hatten, sackten in sich zusammen. Übrig blieb ein fieser, dicker Kloß, der durch meine Speiseröhre nach unten wanderte und im Magen stecken blieb. Das schnelle, leichte Herzrasen hatte aufgehört, dafür hämmerte es jetzt umso schwerer von innen gegen meine Brust.

Ich wartete nicht mehr auf den nächsten Bus, sondern lief einfach weiter, bis ich irgendwann die Rolltreppe abwärts im nächsten U-Bahnhof verschwand.

Kapitel 21

Zu keinem Augenblick in meinem Leben hatte ich aufgehört, an Romantik zu glauben. Ich glaubte daran, wie man an Wunder glaubt, auf diese unbedingte und unbedarfte Weise. Damit hatte ich es mir in den letzten Jahren allerdings recht bequem gemacht. Ich brauchte ja nur daran zu glauben und nicht unbedingt aktiv nach der Romantik zu suchen.

Die Sache mit Tom traf mich daher ziemlich unverhofft. Es war nicht nur so, dass seine Nähe meinen Geschmackssinn zurückbrachte, vielmehr benahm ich mich wie regelrecht schockverliebt. War das die wundersame große Liebe, nach der ich mich so gesehnt hatte? Ausgerechnet er? Richtig gut fühlte sich das jedenfalls nicht an, eher quälend, weil diese Liebe wohl nur einseitig war.

Vielleicht war es ja doch kein Wunder, sondern es waren einfach nur Biochemisch-neurologische-was-auch-immer-Prozesse, und es gab auch eine natürliche Erklärung dafür, dass mir gerade dieser Koch Geschmackssinn verlieh.

Was meine Geschmacksprobleme anging, hatte ich außer Tom immerhin noch einen Joker, einen äußerst qualifizierten Fremdschmecker: Max, den Praktikanten. Wenn es jemanden gab, der neben Sinn für Genuss und exzellenter Sachkenntnis auch Urteilsvermögen besaß, dann er. Weil wir keine Nummern ausgetauscht hatten, kontaktierte ich ihn via Facebook. Ob er Lust und Zeit für ein paar Überstunden hätte, um mich nach Redaktionsschluss zu begleiten? Die Antwort kam sofort: Aus dem Redaktionsplan wisse er, dass als Nächstes ein Test in Sachen veganer Küche anstehe. Er kümmere sich um den Tisch. Erleichtert schrieb ich: *Danke. Freu mich, dich wiederzusehen!,* und erntete dafür prompt einen errötenden Smiley. Ich schloss den Messenger auf meinem Smartphone und schüttelte verwundert den Kopf. Echt? Der junge NARZISS-Ästhet versendete Emojis … Dann erst fiel mir ein, dass Max meine Anfrage vielleicht auch falsch verstanden haben könnte. Ein Flirt mit ihm erschien mir heikel. Nicht nur deshalb, weil er locker zehn Jahre jünger war als ich. Er arbeitete für Tiffany Meyer, die ein unbefangenes Verhältnis zwischen ihm und mir ohne Vorbehalt als unprofessionell deklariert hätte. Abgesehen davon hatte ich die Gesellschaft eines vertrauenswürdigen Freunds momentan weiß Gott nötiger als die eines weiteren Verehrers. Doch trotz meiner Bedenken sagte ich Max nicht ab.

Zwei Tage vergingen, in denen ich alle Fenster der Villa von innen und außen putzte, was Tine unglücklicherweise als Provokation aufnahm. Woraufhin ich wiederum sagte, man könne es ihr ja mit gar nichts recht machen, und sie mich nur daran erinnerte, dass ich als Arbeitskraft in der Pension nicht versichert sei: Ein Sturz von der Leiter, und alles wäre aus. Das könnte sie jetzt nicht auch noch gebrauchen.

Ihre Kaltschnäuzigkeit traf mich. Die Folge: Ich zog mich ein paar Stunden mehr am Tag in mein Dachzimmer zurück. Und so empfand ich es wie eine Erlösung, als ich am Abend des zweiten Tages zu Max ins Taxi stieg.

»Oh, Gott«, stöhnte ich. »Endlich bin ich da raus.«

Max drückte neugierig den Kopf gegen das Wagenfenster, um die Villa aus dem Auto heraus besser begutachten zu können. »Ganz nett. Aber lass mich raten: Deine Wirtin ist leicht creepy?«

Er deutete zum Fenster neben der Haustür. Tine stand dort und sah nachdenklich zu uns herüber, bis ihr Kopf hinter dem Vorhang verschwand.

Ich rollte mit den Augen und gab ein vages »Mhm« von mir.

»Gut schaust du aus, Süße«, beurteilte Max mein Outfit für den Abend. »Fahren Sie uns zum Großneumarkt, Herr Taxifahrer«, rief er großspurig nach vorne. »Wirklich, Darling, dein Stil – j'adore! Ich nenne ihn ›Berlin-Mitte hat die Pubertät endlich hinter sich gebracht‹.«

Ich wippte fröhlich mit den Schultern und überprüfte, als hätte ich es eben nicht schon vor dem Spiegel ausreichend getan, meine ledernen Leggings und das weite, hellgraue Hemd, das ich trug. Es war aus purer Seide.

»Du aber auch«, gab ich zurück und zupfte frech an seinem Parka.

Max war zuvor offenbar beim Friseur gewesen. Sein Seitenscheitel war in die Kürze gestutzt. Er trug einen dunklen Anzug samt Krawatte und, obwohl es draußen längst dämmerte, eine schwarze Sonnenbrille.

»Oui, oui. Adrett und cool zugleich, ich weiß«, tönte er maximal affektiert, und ich erinnerte mich daran, dass Max derselbe Mensch war, der mich einst am Telefon so blöd behandelt hatte.

Aber dann kam mir ein Gedanke, der zumindest eine meiner Sorgen in Luft auflöste: Die großen Gesten, das affektierte Gehabe. Wie er immer beteuerte, trotz seines Handlangerjobs der glücklichste Mensch »on earth« zu sein – denn schließlich sei er mit der Anstellung beim NARZISS-Magazin seinem großen Traum, Chefredakteur zu werden, näher gekommen. Mode sei sein – »I swear to god« – Lebenselixier, und auch wenn Tiffany Meyer eine echte, er ließ den ersten Buchstaben stumm und flüsterte dann »...otze« sei, vergöttere er sie dennoch. Kein Zweifel also, der Fall schien mir sonnenklar: Max war schwul.

Aufgekratzt trommelte ich im Takt eines imaginären Liedes auf seinem Knie herum und beteuerte ebenfalls, dass ich den Willen, morgens aufzustehen, ausschließlich meiner eigenen Kolumne beim NARZISS-Magazin zu verdanken hätte.

»Nana, ich weiß genau, was du meinst – der ganze Rest erscheint manchmal so absolut mittelmäßig. Und wer steht schon auf Mittelmaß! Not us, meine Liebe. Not us.«

»So true, not us«, flötete ich und war mir dabei selbst peinlich.

Er lächelte knapp und nahm seine Sonnenbrille ab. »Und? Was halten wir von veganer Cuisine?«

»Ähm, ich …«

»Sei still … du kennst dich bestimmt auch damit bestens aus. Aber du bist hier nicht der einzige Geek in Sachen Kulinarik. Ich habe in L. A. gelebt, in Paris und ein paar Monate in New York. Ob veggie oder vegan, die sind uns da drüben Lichtjahre voraus, Sweetheart.«

»Du hast dort gelebt?«, fragte ich interessiert und löste durch meinen überraschten Unterton augenblicklich Misstrauen bei Max aus.

»Äääh … ja? Meinst du, nur weil ich Praktikant bin, kann ich kein Kosmopolit sein?«

»Nein, nein«, ich schüttelte irritiert den Kopf. »So meinte ich das doch gar nicht.«

»Soso … wo hat sich denn unser Global Player Nana Jacobi schon so alles Tolles herumgetrieben?«

»Ähm, ich, also …«

»Ja?« Er musterte mich von oben bis unten.

»Großneumarkt. Wir sind da«, murmelte der Fahrer vorne und hielt den Wagen an.

Bevor ich Geld aus meiner Tasche ziehen konnte, hatte Max schon einen Schein nach vorne gereicht und seine Tür geöffnet.

Blitzschnell war er an meine geeilt, um sie mir vornehm aufzuhalten.

»Da sind wir – the best vegan restaurant in town. Na ja, nicht schwer bei der Auswahl. Aber geben wir dem Gemüsestand eine faire Chance. Nana Jacobi – hart, aber fair, nicht wahr?« Er lachte einmal kurz und heftig. »Du böses Mädchen hast eine regelrechte Brandbombe ins Le Match geworfen. Davon haben die sich nie wieder erholt, der Laden läuft seither schlecht.«

»Meinst du das ernst?« Ich schaute Max erschrocken an.

»Gottchen. Empfindsam ist sie auch noch. Na, mach dir mal nicht ins seidene Hemdchen. Das Gastrokonzept vom Le Match war von Anfang an zu gewollt.« Er hielt mir die Tür des Restaurants auf. »Bonsoir – ein Tisch für zwei Personen, reserviert auf Anna Reihert.«

Der Oberkellner nahm mir die Jacke ab und suchte gleichzeitig in einem Heftchen nach der Reservierung. »Pardon, auf eine Anna Reihert ist leider nichts reserviert.«

»Nicht?«, stieß Max schrill aus und legte sich dann wie ertappt die Hand auf die Lippen. »Dann läuft es wohl über meinen Namen. Willy Kleiner.«

»Wie, wie bitte?« Der Oberkellner blickte uns überfordert an.

»Nachname: Kleiner, Vorname: Willy.«

Jetzt konnte ich es nicht mehr unterdrücken. Prustend vor Lachen folgte ich Max, der seinen Parka über den Arm des Kellners gehängt hatte, obwohl der noch immer mit der Namensreservierung Kleiner, Willy beschäftigt war. Max rückte mir bereits den Stuhl zurecht, als der Kellner rief: »Ah, jetzt habe ich Sie doch gefunden.«

»Ja, ja. Ist ja schon gut.« Max nahm meine Hand in seine, und ich erwiderte seine feine Streicheleinheit fröhlich. »Sorry, Darling, aber ich hätte ja schlecht Nana Jacobi sagen können, du bist mittlerweile bekannter in Hamburg als Domenica.«

»Domenica? Die Prostituierte?«

»Ex-Prostituierte, Nana. Ex. Und außerdem ist sie tot. Auf meinen Nachnamen reserviere ich nur ungern.«

»Warum? Bist du vorbestraft?«

»Ha!«, stieß Max laut aus und widmete sich dann ohne ein weiteres Wort der Speisekarte.

Das Restaurant war simpel eingerichtet, mit blanken Holztischen und angenagten Stühlen. Das Licht, umhüllt von merkwürdigen Lampenschirmen aus Rosenquarz, konnte sich ganz offensichtlich nicht zwischen schummerig und hell entscheiden. Das Restaurant war erst vor zwei Monaten hier eingezogen, scheinbar hatte die neue Leitung das gesamte Mobiliar des Vorbesitzers übernommen, samt der Farbe an den Wänden, die der Wischtechnik nach zu urteilen über zwanzig Jahre alt war. Der Raum verströmte das Flair einer studentischen Teestube.

Nach einer kleinen, schweigenden Weile bestellten wir, das heißt Max bestellte für uns, und ich verließ mich voll und ganz auf seine Empfehlung. Irgendwie schaffte er es durch seine exzentrische Tour, dass ich beinahe die Sache mit meinem fehlenden Geschmack vergaß. Den Rest erledigte der Wein für mich. Ich genoss den Abend und empfand Max' bissige Art als extrem kurzweilig. Seine Worte halfen mir dabei, meine eigenen Probleme beiseitezuschieben, und seine Beurteilung der Speisen war pointiert und klug.

»Also …«, sagte er, nachdem wir das Essen beendet hatten, »… ich gehöre ganz sicher nicht zu diesen Ernährungspsychotikern, die sich durch vermeintliche Heilsversprechen plötzlich selbst diffamieren müssen. Das sind die gleichen Besserbürger, die mehr Toleranz für diese Welt einfordern, aber beim Essen …«, er legte den Kopf schief, »… hört der Spaß dann plötzlich doch für sie auf. God, no. So etwas läuft bei mir nicht mal unter missionarisch. Die sind einfach nur spießig.«

Er legte seine Serviette an den Tellerrand. »Und wie hat es dir geschmeckt, Süße?«

»Ich, ähm …«, ich räusperte mich, »… bin mir nicht sicher.«

»Nicht wahr – mich hat es auch nicht gerade überzeugt. Der Teriyaki-Tofu mit Chicorée war nicht übel, obwohl ich schwören könnte, Hühnerfond herausgeschmeckt zu haben. Kann das sein, Nana? Das wäre doch ziemlich verrückt, nicht wahr?«

»Absolut, ja, das wäre es«, gab ich ihm recht. »Aber wenn du es so empfunden hast. Wieso kennst du dich eigentlich so gut mit Essen aus, Max? Ich meine, du bist noch ziemlich jung und …«

»Wir hatten einen Koch zu Hause.«

»Einen Koch!«, rief ich fassungslos.

»Ssscht, Nana. Jetzt krieg dich mal wieder ein. Dein Vater lässt es auch ziemlich krachen, wie man hört.«

»Woher weißt du, wer mein Vater ist?«

»Nana, bitte.« Max tat gelangweilt. »Nun, unser Koch damals, er war toll. Ich habe ihn geliebt.«

»Du meinst, richtig geliebt?«

»Ja, er war großartig.«

Ich musste an einen anderen Koch denken, der mein eigenes Herz höherschlagen ließ. In den letzten Tagen hatte ich alles getan, um meine starken Empfindungen für diesen Mann wieder loszuwerden. Erfolglos, wie ich mir nun eingestehen musste.

»… er hat mir viel beigebracht, unser Koch …« Max' Worte traten wieder in den Vordergrund. »Ein feiner Kerl.«

Ich stellte mein Weinglas ab und legte meine Hand offen in die Tischmitte. »Glaubst du an die große Liebe, Max?«, fragte ich ihn mit einem aufrichtigen Blick.

Er sah mich überrascht an. Seine Augen wanderten über mein Gesicht. Max suchte mit dem Zeigefinger meine Handinnenfläche ab und lächelte mir erst spitzbübisch und dann total sanft zu.

»Ja, ich glaube an die große Liebe, Nana. Weil …«

»Ja?«

Sein Lächeln wurde noch sanfter. »Na ja, es ist eben so. Bei all den Dating-Börsen und virtuellen Möglichkeiten, die uns heute so viel Liebe bescheren möchten, bleibe ich standhaft der alten Idee treu: Romantik. Ich bestehe nun mal darauf – ich bestehe auf Romantik, Nana Jacobi.«

Ich musste schlucken. Auch Max schluckte. Dann fächelte er sich mit der Hand Luft zu und sagte: »Ähm, wo war ich stehengeblieben? Ach ja, ein ganz feiner Kerl, unser Koch. Wir haben viel Zeit miteinander verbracht und viel zusammen gekocht, bis mein Vater uns rausgeworfen hat, meine Ma und mich. Er war auch nicht mein richtiger Vater, hat mich adoptiert, als ich vier wurde oder so. Meine Mutter hat er nie geheiratet. Deswegen, so absurd es klingt, trage ich jetzt seinen Nachnamen und nicht ihren.«

»Verstehe, und deswegen möchtest du nicht, dass …«

»Nana, bitte. Das liegt ja wohl auf der Hand.« Er verdrehte die Augen.

Ich nahm den letzten Schluck aus meinem dritten Glas Wein und umschloss dabei Max' Finger mit meiner Hand.

»Du imponierst mir«, sagte ich. »Ich bin mir ziemlich sicher, dass deine Zeit als Praktikant schneller vorüber sein wird, als du denkst.«

Und damit sollte ich recht behalten.

Kapitel 22

Ein paar Tage später saß ich mit Ohrstöpseln und meinen Lieblingsliedern auf voller Lautstärke am Tisch in der Mansarde. Der Ausblick auf die herrschaftlichen Villen gegenüber war mir egal. Ich blendete die Realität da draußen aus, die mir immer anstrengender erschien. Man spricht doch vom süßen Geschmack des Erfolgs, aber auch den konnte ich nicht mehr schmecken. Zum Glück hatte ich Max. Herr Kleiner, Willy, brachte ganz schön Farbe in mein trübes Leben. Auch wenn ich das nie für möglich gehalten hätte, spürte ich mehr und mehr eine tiefe Verbundenheit zu ihm. Wir lokalisierten die wundesten Stellen des jeweils anderen, ohne darüber groß Worte zu verlieren. Max und ich wussten, wie es sich anfühlte, ohne die Liebe vom Vater aufzuwachsen. Er hatte die Dämonen der Vergangenheit manchmal genauso wenig im Griff wie ich. Das empfand ich als tröstlich. Max ließ sich zwar nicht leicht aus der Fassung bringen und konnte einiges wegstecken, aber manchmal flatterten seine Augenlider beim Erzählen, und er sah durch mich hindurch, als wäre ich gar nicht da. Das waren die Momente, in denen er mir besonders nahe war, auch wenn er im nächsten Augenblick Kellner oder Taxifahrer mit einem ätzenden Spruch bedachte oder Verkäufer herumkommandierte und dann wieder zu dem kleinen, duckmäuserischen Arsch zusammenschrumpfte, den ich aus dem Redaktionsalltag kannte. Ich nahm ihm das nicht weiter übel. In seiner Gesellschaft wurde mir nie langweilig. Wir konnten stundenlang einfach nur dasitzen, die vorbeieilenden Passanten mit spitzer Zunge bei lebendigem Leib sezieren und uns über stilistische Fauxpas jedweder Couleur lustig machen – wenn es irgendwo im Kosmos Geschmackspäpste gab, dann waren wir das, wer sonst? So schaukelten Max und ich uns gegenseitig immer weiter hoch, und im selben rasanten Tempo, mit dem ich in seine Welt eintauchte, verlor meine alte Welt in der kleinen Pension in der Brahmsallee immer weiter an Bedeutung.

Nach meinem letzten Artikel über das vegane Restaurant hatte ich länger nichts von Tiffany Meyer gehört und fürchtete schon, er wäre nicht nur versehentlich im Spam gelandet, da blinkte endlich die Nummer der Redaktion auf meinem Handydisplay. Es war Max, der mit der exakten Sprachmelodie einer Tiffany Meyer meinen Artikel über das Hamburger Aushängeschild in Sachen vegane Restaurants kommentierte. Dann lachte er los.

»Darling, ich habe deinen Text leider noch nicht lesen dürfen, aber Baroness Meyer scheint dir deinen letzten Patzer vergeben zu haben. Beim Meeting berichtete sie vor versammelter Redaktion, dass ihr ›Liebchen‹ sich selbst übertroffen habe: Du hättest noch nie so gut geschrieben.« Ich hörte nervöses Trommeln auf der Glasplatte.

»Nun …« Ich räusperte mich, froh darüber, dass Max nicht sehen konnte, wie ich gerade dunkelrot anlief.

Ich hatte seine ebenso spitzen wie treffenden Kommentare nebst seiner ausgezeichneten Detailkenntnis veganer Lebensmittel mehr oder weniger nach der Methode Copy-and-paste von der Aufnahme-App meines Handys in den Beitrag geschoben. Der Zeitpunkt war gekommen, Max zu beichten, dass ich mich ohne vorherige Absprache seiner Worte bedient hatte. Aber ich tat es nicht. Im Hinterkopf spukte die Idee, dass ich Tiffany

Meyer davon überzeugen wollte, den Gourmet-Guide zusammen mit Max zu schreiben. Aber das zu erwähnen, wäre zu früh gewesen, der Guide befand sich gerade in der Schwebe.

Bevor ich mir darüber noch weitere Gedanken machen konnte, ging auf meinem Laptop eine Mail von Tiffany Meyer ein.

Nana, Sie testen diese Woche das Sterne-Restaurant Caspar Voght.

»Nein!«, entfuhr es mir im Affekt.

»Was?«, wollte Max wissen.

Ich starrte auf die Mail und schluckte. Ihr Wutausbruch neulich im Verlag war eine krasse Nummer gewesen, aber dieser Auftrag hier machte mir viel mehr Angst. Bei all meiner mehr oder weniger aufgesetzten neuen Coolness war ich mir völlig darüber im Klaren, dass das Gourmet-Restaurant Caspar Voght mindestens eine Nummer zu groß für mich war – sogar mit funktionierenden Geschmacksnerven. Keine Frage also, dass ich Max um seinen kulinarischen Beistand bitten würde – ohne ihn war ich verloren.

»Würdest du mich ins Caspar Voght begleiten? Ich soll das Restaurant testen.«

Es verging ein kleiner Augenblick, dann gurrte Max ganz im Meyer-Style: »Chérie, welche Eeeehre.« Er dämpfte seine Stimme. »Aber warum schickt die Alte dich dahin? Der Laden brummt seit ewigen Jahren wie verrückt. Kein Wechsel in der Küche, der Sommelier ist dort, seitdem er laufen kann und …«

»Keine Ahnung«, säuselte ich. »Ach, ähm, Max?«

»Ja?«

»Sie schreibt, ich soll dich anrufen, damit du dich um die Reservierung kümmerst.«

Wieder diese kleine Stille. »So? Schreibt sie das, Nana?«

Jetzt klang das Schweigen betreten, bis Max eilig nachsetzte: »Ihr Wunsch sei mir Befehl.« Damit legte er auf.

Ich las den letzten Satz aus Tiffany Meyers Mail. In meinem

Kopf hörte ich dabei ihre Stimme, nur diesmal klang sie merkwürdigerweise wie die von Godfather Corleone, als sie flüsterte: *Ich weiß, Sie enttäuschen mich nicht.*

***

»Wo bleibst du denn?«

Angespannt hielt ich Max die Wange hin. An jedem anderen Abend wäre ich sauer gewesen, wenn er einfach eine halbe Stunde zu spät aufgekreuzt wäre, aber heute lag die Sache anders: Ich hatte den Gang nach Canossa vor mir, was nicht weniger bedeutete, als dass ich Max die Wahrheit sagen würde über die Entstehung meiner Kritiken … und welche Rolle er dabei spielte. Beim Telefonieren hatte ich den richtigen Zeitpunkt verpasst, doch nun war ich fest entschlossen, ihm alles zu gestehen. Aber, und dieser Gedanke übertünchte meine aufsteigende Nervosität, gleichzeitig würde ich Max in meine Pläne einweihen, den Gastro-Guide als Team zu schreiben. Er würde die Chance für sich erkennen und mir meine kleine Plagiatsaffäre vergeben. Hoffte ich zumindest.

Max antwortete irgendetwas Einsilbiges und ignorierte das eingespielte Begrüßungsritual. Dann nahm er Platz und ließ sich vom Maître den Sessel zurechtrücken. Wie ein Dandy, als den er sich sonst gerne gab, sah er heute nicht aus. Eher wie ein Schüler der Mittelstufe mit königsblauem Hoodie, weiter Jeans und Air Max an den Füßen. Max wirkte nervös; immer wieder wischte er sich seine Haare aus der Stirn. Ganz ohne sein übliches Getue bedankte er sich höflich und schenkte dem Restaurantleiter sogar ein Lächeln, worauf dieser antwortete, es sei schön, ihn mal wieder zu Gast zu haben.

»Du bist öfter hier?«, platzte es aus mir heraus, kaum dass wir allein waren. So gut, wie ich gedacht hatte, kannte ich ihn wohl doch nicht.

»Gelegentlich«, kam die Antwort.

Routiniert nahm Max die Karte entgegen und vertiefte sich darin, ohne mir auch nur einen Blick zu schenken. Meine Schläfen begannen zu pochen, unruhig rutschte ich in meinem Sessel hin und her. Das hier lief gar nicht gut! Bemüht, einen Aufhänger zu finden, mit dem ich das Gespräch in Gang bringen konnte, ließ ich den Blick durch den Saal schweifen. Alle Tische unter den schweren Kristalllüstern waren besetzt. Der riesige Orientteppich dämpfte die Schritte der Kellner, die nicht weniger hanseatisch wirkten als ihre Gäste. Ich schaute durch die hohen Fenster in den Abend hinaus. Dahinter schoben sich Tanker träge die Elbe aufwärts, über ihnen glühte jenes Ufo-Licht, das ich damals auf der Köhlbrandbrücke gesehen hatte. Damals – wie lange war das her? *Ein ganzes Leben,* dachte ich bedrückt.

Ich wartete, bis Max – wie gewöhnlich – für uns beide bestellt hatte, dann versuchte ich erneut, seine Aufmerksamkeit zu gewinnen, und berührte kurz seine Hand. Er zog sie weg.

»Max«, sagte ich vorsichtig.

Er legte den Kopf etwas schief, eines seiner Augen zuckte wieder wie verrückt. Aber wenigstens erwiderte er meinen Blick.

»Es gibt da etwas, das du wissen musst, es ist sehr wichtig«, sagte ich mit einer Mischung aus Nervosität und Zuversicht. Mein Herz klopfte. »Eigentlich sind es sogar zwei Sachen«, beeilte ich mich hinzuzufügen und lächelte ihn an.

»Ach ja? Da bin ich aber gespannt.« Er nahm den Champagner, der gerade gebracht worden war, und trank ihn auf ex. »Und?«, fragte er lauernd.

Ich schaute ihn an, mehr verunsichert als irritiert. Es musste doch möglich sein, Zugang zu ihm zu bekommen. Ich startete einen neuen Anlauf. Vielleicht sollte ich erst mal mit der guten Nachricht beginnen, um ihn etwas milder zu stimmen?

»Max … wir kennen uns ja echt noch nicht lange …«

Ich stockte, denn sein Blick ließ mir das Blut in den Adern gefrieren.

»Was ich sagen will … ähm, du bist ja ziemlich extrovertiert und so … aber …«

Ich verfing mich in meinen Worten. Max' stechender Blick brachte mich völlig aus der Spur.

»Also, Max, ich finde dich richtig cool. Deinen Humor. Alles. Und wenn wir zusammen als Restaurantschreck auftreten …«, ich zwinkerte und wartete auf eine Reaktion, aber die kam nicht. Leise Verzweiflung machte sich in mir breit, aber ich gab nicht auf.

»Du … bist ein echter Connaisseur, einfach toll. Ist schon was dran, dass die schwulen Jungs einfach den besseren Style haben. Na, auf jeden Fall habe ich eine Idee, und ich wollte dich fragen …«

»Sei. Endlich. Still.« Max fixierte mich mit einer Unbarmherzigkeit, die ich bis dahin vielleicht annähernd aus den Auftritten von Tiffany Meyer kannte. Ich starrte ihn an, mein Kiefer klappte zu.

»Schwul. Aha.« Er griff nach dem Wasserglas, seine manikürte Hand zitterte. Mit einer Geste machte er den Kellner auf sich aufmerksam und bestellte ein weiteres Glas Schampus.

»Oh, ein Winzer-Champagner«, kommentierte ich völlig hirnlos, als der Kellner den Namen nannte, und spürte, wie ich hektische Flecken bekam. Max leerte das Glas erneut in einem Zug und winkte schon wieder nach der Bedienung.

»Kork.« Er sah den Kellner bescheiden an.

Der entschuldigte sich und kam zwei Minuten später mit einer Flasche Jahrgangs-Champagner zurück.

»Pardon, Herr Godef…«

»Schon gut«, unterbrach Max ihn.

Er schenkte Max ein und deponierte die Flasche in einem imposanten Edelstahlkübel, den er auf einem Beistelltischchen absetzte.

»Der hatte Kork?«, fragte ich wie ferngesteuert. In meinem Kopf ratterte es, aber ich konnte die Situation nicht greifen.

»Kann sein«, antwortete Max gedehnt und trank.

Der Kellner servierte den Gruß aus der Küche.

»Ich muss dir übrigens auch was sagen, Nana Jacobi.«

Max schaute forschend zu mir herüber, in seinem Blick lag blanke Verachtung.

»Ich habe eben die neue Ausgabe vom NARZISS gelesen. Super Heft, wenig Schrott drin dieses Mal. Bis auf einen Artikel. Der ist von dir.«

Wieder war sein Glas leer, und da der Kellner gerade an einem Tisch mit Geschäftsleuten eine Platte voller Seezungen filetierte, griff Max selbst nach der Flasche und füllte sich sein Glas randvoll. Ich spürte, wie die Gäste an den benachbarten Tischen zu uns herüberschielten. Max schob den Sessel zurück und rülpste leise hinter vorgehaltener Hand. Er holte tief Luft.

»Bitch«, zischelte er laut und lenkte so endgültig die volle Aufmerksamkeit der Gäste an den Nebentischen auf uns. Er trank wieder, schenkte nach, trank. Und lehnte sich vor. Seine Augen blitzten vor Wut und Enttäuschung, seine Stimme wuchs zum Orkan.

»Du klaust meine Kritiken, du schreibst, was ICH sage, Wort für Wort! Nana Jacobi, der neue Stern am Kritiker-Himmel?!? Dass ich nicht lache! Du lügst. Du betrügst. Du …«

»Mein Herr, bitte.« Der Maître war an den Tisch getreten und legte respektvoll die Hand auf Max' Schulter.

»Schon gut, schon gut. Ich bin hier eh fertig.« Max schüttelte die Hand ab und sprang auf, der Sessel fiel um. Die Gesprächsfetzen der anderen Gäste brachen ab. Mit schweren Schritten ging Max um den Tisch herum und beugte sich zu mir herab. Ich hielt seinem gekränkten Blick nicht lange stand und schloss einfach meine Augen, wünschte, die Szene, die er mir machte, würde einfach vorbei sein – oder wäre am besten nie passiert. Da glitt etwas Nasses, Fleischiges über meine Nase. Gleichzeitig wurde es um uns herum laut. Einige der Gäste echauffierten sich richtig. Schockiert öffnete ich die Augen. Max hatte mir einmal quer über das Gesicht geleckt. Jetzt machte er eine beschwichtigende Geste ins Publikum und fragte in sachlichem Ton:

»Wollen Sie wissen, wie eine Geschmackskritikerin schmeckt? Die Antwort lautet: echt bedauerlich!« Dann wandte er sich zur Tür. Im Hinausgehen drehte er sich noch einmal um und schrie in den Saal: »Ich. Bin. Nicht. Schwul!«

Das Klirren einer Gabel, die auf einen Teller fiel, klang durch den großen Saal. Ansonsten war es totenstill, bis Max' Stimme aus dem Foyer noch einmal bis in den Saal hinein zu hören war:

»Nur für das Protokoll«, tönte sie. »Maximilian Godeffroy ist nicht vom anderen Ufer! Ich bin nicht schwuuul!«

Nicht schwul. Alles geklaut. Godeffroy. Auch das noch. Max war so etwas wie ein hanseatischer Prinz. Den Godeffroys hatte mal halb Hamburg gehört.

Völlig fassungslos starrte ich auf das gestärkte weiße Tischtuch vor mir und rührte mich nicht. Mein Herz wummerte. Aus dem Foyer waren jetzt andere laute Stimmen zu hören, aber ich traute mich nicht, hochzuschauen. *Alles geklaut. Betrügerin.* Mit jeder neuen Sekunde wurde mir das Ausmaß dieses Super-GAUs mehr bewusst. Ich schwitzte und spürte noch immer Max' Spucke auf meinem Gesicht. Ein Zittern lief durch meinen Körper, Übelkeit stieg in mir hoch.

Nana Jacobi war aufgeflogen.

Kapitel 23

In der kleinen Pension war alles ruhig, anscheinend waren alle ausgegangen oder hatten sich auf ihre Zimmer zurückgezogen. Ich warf meine Schuhe in die Ecke und tapste, ohne Licht zu machen, in die Küche. Ratlos lehnte ich an der Wand und horchte auf das Brummen des Kühlschranks. Noch im Taxi hatte ich eine SMS von Tiffany Meyer bekommen, die mich per Kurztext in Großbuchstaben für den nächsten Morgen in die Redaktion bestellte. Ich öffnete den Kühlschrank und blickte in Tines sorgfältig ausgewählte Köstlichkeiten. Selbstmitleid, so heftig gedemütigt geworden zu sein, schnürte mir die Kehle zu, ich konnte kaum schlucken. Meine Augen glitten über all die feinen Lebensmittel, und eine endlose Traurigkeit überkam mich. Ich hatte alles verloren: meinen Geschmack, die Freundschaft zu Tine, das Vertrauen von Max, seinen Respekt, meine Selbstachtung … Morgen drohte mir schon das nächste Donnerwetter aus der Redaktion. Das war einfach zu viel.

Während ich mir die Tränen von den Wangen wischte, entdeckte ich im Kühlschrank eine angebrochene Flasche Averna. Heulend öffnete ich sie, nahm einen tiefen Schluck und ließ mich neben dem Kühlschrank zu Boden sinken. Vielleicht würde mir das klebrige Zeug einen Gefallen tun und mir einen Filmriss bescheren, der diesen Abend für immer aus meinem Kopf verbannte. Ich trank weiter, wartete – nichts. Abgesehen davon, dass meine Koordinationsfähigkeit litt, stellten sich keine weiteren Nebenwirkungen ein und eine Amnesie schon mal überhaupt nicht. Im Gegenteil: Die Szenen des Abends sausten im Schnelldurchlauf durch meinen Kopf und lösten eine weitere Heulattacke aus. Ich konnte doch nicht zulassen, dass mein Leben wie ein Kartenhaus zusammenbrach, es musste eine Lösung geben …

Wieder huschte eine Szene vor meinem inneren Auge vorbei; Tom mit der hübschen Frau am Hafen. Natürlich! Er war der Schlüssel zu allem. In seiner Gegenwart konnte ich schmecken. Ich trank bestimmt zehn geschmacklose Schlucke, ohne die Flasche einmal abzusetzen. Wenn er an meiner Seite war, konnte mir nichts geschehen … Mein Kopf wurde schwer und müde, aber ich war dennoch zur nächsten Tat bereit. Ich nickte mir selbst zu und versuchte es mit der Sinus-Methode: »Amüsieren Sie sich doch mal!« Beherzt nahm ich einen letzten, großen Schluck, dann war die Flasche leer.

Langsam zog ich mich am Arbeitstisch hoch und spürte, dass ich wankte. Egal. Der Koch war meine Rettung. Er würde das schon einsehen und Tiffany Meyer auch, und ich würde meinen Job behalten und … Ich griff zum Handy und wollte ein Taxi rufen, da fiel mir siedend heiß ein, dass ich nicht einmal genau wusste, wo er wohnte. Hatten wir nicht neulich darüber gesprochen? Ich dachte nach, es kostete Kraft. Mein Kopf steckte in einer Taucherglocke und verweigerte seinen Dienst. Der Blick auf die Uhr zeigte: Es war kurz nach zehn, mit etwas Glück war Kamils Imbiss noch geöffnet. Ohne in den Spiegel zu gucken, schnappte ich mir die Espandrilles, die im Hausflur lagen, und lief auf die Straße. Style war das Letzte, worauf es mir jetzt ankam.

»Kamiiiiiiil, huhu«, begrüßte ich ihn albern und lallte dabei ein bisschen.

»Jacko, hey.« Er klang dagegen ganz schön nüchtern.

Kamil war gerade dabei, die Edelstahlschüsseln zu polieren, und wies, nur kurz über meinen Auftritt irritiert, mit dem Kopf hinter sich. »Wenn du Chilis willst, bedien dich.« Er sah hoch und zwinkerte mir zu, aber das Lächeln wich sofort einem besorgten Gesichtsausdruck. Er warf das Handtuch auf den Tresen und stützte die Hände auf der Arbeitsfläche ab.

»Was ist los, Jacko? Du siehst nicht gut aus, weißt du.«

Mit vorsichtigen Schritten näherte ich mich dem Tresen und zuckte mit den Schultern.

»Nicht so wichtig. Komme gerade von einem Junggesellinnenabschied, mein Dad heiratet wieder … Sag mal, hast du die Adresse von Tom Boysen?« Ich versuchte, gerade zu stehen, aber es gelang mir nicht.

Kamil atmete hörbar aus. Er legte den Kopf schief und fragte: »Echt alles in Ordnung mit dir?«

»Sag ich doch! Hast du nun die Adresse von Tom oder nicht?!«

Kamil stutzte und wies mit dem Kopf auf einen kleinen Aufsteller mit Visitenkarten, der neben dem Serviettenstapel stand. Ohne mich weiter anzusehen, beschäftigte er sich wieder mit seinen Schüsseln.

Ich nahm schnell ein Kärtchen und marschierte schwankend aus dem Imbiss. Mit Mühe drehte ich mich noch einmal um, um Kamil durch das Schaufenster danke und tschüs zu sagen. Aber der schaltete in diesem Moment die Innenbeleuchtung aus, und ich blickte nur ins Dunkel.

Ich hielt mir die kleine Pappkarte vor die Augen, so nah es ging. *Catering-Service* entzifferte ich im schummrigen Licht der Straßenlampen, und eine Adresse, die gar nicht so weit von der Brahmsallee entfernt lag: Rutschbahn. Eine kleine Straße zwischen Grindelallee und Grindelhof. Okay, alles klar, aber wo musste ich noch mal lang? Mit halboffenen Augen versuchte ich mich zu orientieren und entschied mich dann fast willkürlich dazu, nach links zu gehen. Der Asphalt unter mir schaukelte, ich musste mich konzentrieren, halbwegs gerade zu gehen – Hauptsache, mir würde nicht schlecht. Wie viel war eigentlich noch in der Flasche gewesen, bevor ich sie leer getrunken hatte? Ich wusste es nicht mehr. Wie Wasser hatte der Alkohol geschmeckt, seine Wirkung hingegen war die von Hochprozentigem.

Ich erinnere mich nicht, wie lange ich durch die Straßen vom Grindelviertel irrte, jedenfalls stand ich plötzlich vor einer alten Mietskaserne mit breiter Toreinfahrt, wie man sie früher noch fürs Kutschwerk gebaut hatte. Das sollte der letzte klare Gedanke sein, den ich in dieser Nacht zustande brachte. Mein Gleichgewicht war völlig aus dem Takt geraten, mein Mut dagegen ins Unermessliche gewachsen. Ohne Scheu wollte ich Tom ganz lässig erklären, dass es so echt nicht weiterging mit meinem fehlenden Geschmack und was wir beide da nun zu tun gedachten … so in etwa der Plan.

Ich kniff die Augen zusammen. Vor der Mauer zum Nebenhaus stand ein weiteres Gebäude. Eine alte Remise. Ich steuerte im Slalomlauf darauf zu, versagte beim rechtzeitigen Abbremsen und krachte gegen die Tür. Es schepperte leise, dann kehrte die Nachtruhe zurück. Ich rieb mir die Augen und drückte die Stirn gegen ein Messingschild. Es verwies auf einen Catering-Service. Ich holte aus und zielte mit dem Zeigefinger auf den Klingelknopf. Hoppsala, daneben. Noch mal – verdammt! Jetzt aber: Aus dem dunklen Kellerfenster rechts neben mir hörte ich es summen. Ich klingelte erneut: *Suuuuuuum.* Nichts. *Sumsumsum.* Stille. *Suuuuuuuuuuuuuum.* Nicht mal das Licht ging an. *Sum, sum, suuuum.* Das Kurz-kurz-lang war kein Zufall. Ich sendete das internationale Notsignal, nur dummerweise hörte es niemand.

Es fing zu regnen an. Kein heftiger Schauer, mehr so ein nächtliches Vor-sich-hin-Plätschern. Typisches Hamburger Aprilwetter eben. Ich sah mich um, bis sich der Hinterhof zu drehen anfing. »Hui, Rutschbahn …«, lachte ich laut, torkelte zu den Mülltonnen, die als einzige unter einem Wellblechdach geschützt standen, und entschied mich dafür, zwischen Bio- und Altpapiertonne mein nächtliches Lager aufzuschlagen. Irgendwann würde der Koch schon kommen, und von hier aus hatte ich den Eingang der Remise bestens im Blick. Ich sank, immer noch guter Dinge, in den Schneidersitz. Zuerst war mir nicht mal kalt, aber irgendwann begann ich doch zu frösteln. Ich wurde müde, und schlecht war mir auch. Mein Kopf kippte schon zur Seite, da hörte ich Schritte. Ich versuchte, mich zu konzentrieren, als ich einen Schatten den Eingang der Remise ansteuern sah. Es klimperte, der Schatten holte einen Schlüssel hervor, gleich würde er im Haus verschwinden, wenn ich nicht …

Mit Mühe zog ich mich an der Mülltonne hoch, deren vier kleine Container-Rollen nicht verankert waren. Das Geräusch von krächzendem Metall auf Betonplatten krachte durch meinen Kopf. Der Schatten bewegte sich einen Meter vom Eingang der Remise weg, die Tonne rollte weiter. Hastig sprang ich nach vorne, um dieses Ungetüm aus Plastik und Metall wieder an seinen Platz zu befördern, verfehlte es aber um ein paar Zentimeter und knallte volle Kanne hin. Wie nach einer Zirkuseinlage war jetzt der einzige Spot in der Manege auf mich gerichtet. Der Schatten strahlte mich mit dem Licht seines Smartphones an. »Nana Jacobi?!?«

Mit einem Mal fühlte ich mich schrecklich elend. Doch bevor ich aufstehen und mich davonmachen konnte, beugte sich Tom schon über mich, stutzte und schüttelte ungläubig den Kopf.

»Hi«, brachte ich über die Lippen.

»Äh, hi«, sagte Tom.

Ich meinte, in seiner Miene Freude lesen zu können, aber im Grunde war ich viel zu betrunken, um das zu beurteilen.

»Ich, ähm, wollte zu dir, hab geklingelt, aber du bist nicht da gewesen.«

Er nickte nur.

»Da dachte ich, könnt ja auch auf dich warten, so ein bisschen.«

Verwundert schaute Tom zurück zu den Mülltonnen. »Na ja«, sagte er. »Jetzt bin ich ja da.«

»Gut, denn wir müssen reden«, bekam ich heraus, als wäre es völlig normal, Tom mitten in der Nacht aufzulauern, um ihn dann zu einem Gespräch zu kommandieren.

»Okay.« Er überlegte noch. Wahrscheinlich, ob er bei der Polizei anrufen sollte oder lieber gleich in der Geschlossenen. »Möchtest du's im Liegen tun?«

»Hä?«

Er hielt seine Handflächen gen Himmel gerichtet.

»Ich weiß nicht, ob es dir aufgefallen ist, Nana, aber es regnet ganz schön … Darf ich?« Er reichte mir seine Hand und zog mich hoch. Sein Arm ruhte dabei stützend auf meiner Schulter, um mir zu helfen, das Gleichgewicht zu halten. Tom führte mich zum Eingang der Remise. Bevor er den Schlüssel jedoch ins Schloss steckte, fixierte er meine Augen.

»Hand aufs Herz, Nana: Hast du nur so 'n kleinen Dachschaden, oder muss ich mir irgendwie ernsthaft Sorgen machen?«

Oh, Gott, war das peinlich. Seine Frage war völlig ernst gemeint.

»Dachschaden«, sagte ich schnell.

»Mhm. Weißt du, woran man Verrückte erkennt?«

Ich schüttelte den Kopf.

»Die wissen nicht, dass sie es sind. Also, wenn du die Aktion hier für irgendwie normal hältst …«

»Tue ich nicht.« Der Alkohol in mir verzog sich in die letzte Ecke – vor Scham. Kleinlaut wackelte ich mit dem Kopf. »Normal ist das ganz sicher nicht. Und ich habe so was noch nie zuvor in meinem Leben getan. Aber es ist mir bewusst.«

»Was ist dir bewusst?«

»Dass ... dass das für dich total strange kommen muss. Mir geht's nur nicht so gut, und ich glaub, ich muss dir erklären, warum.«

Tom drückte die Tür nach innen auf und schob mich ins Haus. Das Licht ging an, und ich kniff die Augen zu. War das grell! Wir standen in einem großen Raum. Eine Mischung aus Loft, Atelier und Küche. Etwas unaufgeräumt, aber irgendwie in seinen Farben und der Auswahl an Möbeln inspirierend und gemütlich. Auch wenn das Licht in dem Moment meinen Augen weh tat, mir schlecht war und sich der Raum drehte, strahlte er doch etwas Gutes auf mich aus. Tom plazierte mich wortlos in einem alten Ledersessel, indem er seine Hand sanft gegen mein Schlüsselbein drückte. Er fläzte sich auf die Couch neben mich und sagte wie selbstverständlich: »Was wolltest du mir denn sagen?«

Er gab sich wirklich Mühe, diesem Häufchen Elend, das ihn einfach so nächtlich heimgesucht hatte, zuzuhören, und ich merkte plötzlich, wie abstrus das war. Ich konnte ihn doch nicht einfach mit der ganzen Geschichte überfallen – angefangen mit Mamas Tod bis hin zu Max, der mir an diesem Abend in einem Restaurant über das Gesicht geleckt hatte.

»Es tut mir so leid«, brachte ich hervor. »Schrecklich leid tut es mir.«

»Was tut dir leid?«

»Die Sache mit dem Artikel über dich und das Le Match tut mir leid.«

»Na, wenn es deine Meinung war, dann war es richtig, dass du sie ...«

»Nein!« Ich griff nach Toms Hand. »War es nicht. Ich konnte das in diesem Moment ja gar nicht richtig beurteilen. Glaub mir, du willst die ganze Story gar nicht hören, aber ...«

»Kann sein.«

»Aber ich bin mir ziemlich sicher, dass du ein fantastischer Koch bist, und ich wünschte, ich bekäme noch eine Chance, damit alle meine Leser davon erfahren.«

Tom sah mich nachdenklich an. Noch immer hielt meine Hand seine fest. Ich spürte, wie er sie leicht drückte. »Du kannst nicht schmecken«, sagte er. »Ich weiß, Nana.« Mit dem Daumen streichelte er über meinen Handrücken.

Ich schluckte. »Es ist kompliziert, Tom.«

Mit einem Mal war ich total müde und rutschte immer tiefer in den Sessel. Ich raufte mir die Haare und wollte aufstehen, da drückte Tom mich wieder zurück. Ich fing an, irgendetwas zu brabbeln, aber es ergab selbst für meine Ohren keinen Sinn. Toms Blick wanderte durch seine offene Küche.

»Ich weiß, was helfen könnte«, tröstete er mich.

Er stand auf, ging an seine Pantry und mixte dort etwas zusammen. Kurz darauf kam er zurück und hielt ein Ei in die Luft.

»Schau mal«, sagte er, »diese perfekte Form.« Er nahm einen Löffel. »Aber sobald wir beginnen, kleine Risse in die Schale zu schlagen, knickt es irgendwann ein, ergeht jedem Ei so.«

Sein Lächeln war freundlich. »Hier.« Er reichte mir ein Glas mit rötlich-glibbrigem Inhalt. »Deine Medizin. Sau-scheußlich. Dein fehlender Geschmackssinn hat also durchaus Vorteile.«

Er nickte mir aufmunternd zu.

Ich starrte auf das Glas und kapierte, was das war: Prärieauster. Ein Ausnüchterungsmittel nach Hausfrauenart. Zusammengesetzt aus Olivenöl, Worcestersauce, Tomatenketchup, Zitronensaft, Tabasco und einem Eigelb. Ich nahm unter seinem eindringlichen Blick das Glas entgegen und trank. Jeder Schluck war ein Graus. Angeekelt schüttelte ich mich, nachdem ich das Glas brav geleert hatte, und sah Tom müde an.

»Das wolltest du mir sagen, oder?«, fragte er leise. »Dass du nichts schmecken kannst?«

»Doch, ich kann schmecken, Tom …« Meine Lider wurden mit einem Mal unendlich schwer, genauso wie meine Zunge. Mit letzter Kraft flüsterte ich es: »… aber nur, wenn du bei mir bist.«

Das Letzte, woran ich mich erinnern kann, sind Toms Lippen. Sie lächelten. Danach war alles dunkel.

Kapitel 24

Am nächsten Morgen erwachte ich auf einer patinierten Ledercouch, eingehüllt in eine Wolldecke. Irritiert sah ich mich um. Ich war augenscheinlich allein in der Remise. Die Tür zum Badezimmer stand halb offen. Ein paar Stufen führten nach oben zu einer Galerie. Auch dort war niemand zu sehen. Langsam stand ich auf, und erst jetzt spürte ich den dumpfen Schmerz in meinen Kopf. Mir fiel der Termin in der Redaktion ein. Ich schnellte hoch, lief unter Stöhnen zur Haustür und drehte mich ein letztes Mal um. Ich hatte Tom Boysen tatsächlich alles gestanden.

Das Schaukeln des Busses, der mich zum NARZISS-Verlagsgebäude brachte, war kaum zu ertragen. Mir war so übel, dass ich nicht klar denken konnte. Zum ersten Mal war ich froh, nichts schmecken zu können. Ich spürte die Blicke der anderen Fahrgäste an mir kleben, doch ich machte ein gleichgültiges Gesicht, so als sei ich blasses Etwas in völlig derangierter Kleidung das Normalste der Welt.

Als ich wenig später immer noch völlig fertig die Redaktion betrat, war Max nirgendwo zu sehen. Stattdessen entdeckte ich ein anderes bekanntes Gesicht.

»Konstantin?«

Er stand halb mit dem Rücken zu mir, sein Gesicht bis gerade eben der flotten Studentin am Empfangstresen zugewandt. Ebenso überrascht, mich zu sehen, rief er: »Na, sieh mal einer an! Nana Jacobi.«

Wie aufs Stichwort ging die Tür des Büros der Chefredaktion auf. Tiffany Meyer empfing mich mit einem erbarmungslos eisigen Lächeln im Türrahmen.

Konstantin und ich gingen zur gleichen Zeit los, stoppten nach dem zweiten Schritt und schauten erst uns und dann Tiffany Meyer irritiert an.

»Du hast auch eine Audienz bei ihr? Wen will sie von uns beiden zuerst sehen?«

»SIE steht nicht im Stall und frisst auch kein Heu, Konstantin. SIE ist deine Mutter!«

»Stiefmutter«, korrigierte er Tiffany Meyer phlegmatisch. »Soweit ich weiß, weilt die Leibliche gerade in Nizza.«

»Ich hasse es, wenn du in meiner Anwesenheit in der dritten Person von mir sprichst.«

»Mach ich bei der anderen doch auch«, verteidigte sich Konstantin und wandte sich dann wieder mir zu: »Da kann man nix machen, Nana.«

Tiffany Meyer stutzte. »Ihr beide kennt euch also.«

»Allerdings! Sie hat mir«, nun sprach Konstantin von mir in der dritten Person, »ein ultrageiles Silvester-Dinner im La Masseria zu verdanken.« Er sah mich kurz an und wandte sich dann wieder an seine Stiefmutter. »Gelöchert hat sie mich den ganzen Abend, wie dieses oder jenes schmeckt und ...«

»Warum sagst du das?«, unterbrach ich ihn konsterniert. Ich hatte wirklich schon genügend Probleme, und hinter der Tür der Chefredakteurin wartete bereits das nächste. Entweder war Konstantin völlig gedankenlos, oder – das konnte ich mir nicht wirklich vorstellen – er wollte mich vielleicht doch abstrafen?

»Stimmt doch, oder etwa nicht?« Konstantins Blick war unbeteiligt, fast leer, aber die leicht hochgezogene Augenbraue verlieh seinen Worten etwas Maliziöses. Im selben Moment bemerkte ich, dass mich Tiffany Meyer fixierte. Sie löste sich aus dem Türrahmen und seufzte laut. Es war fast mehr ein Schnauben, so verärgert klang sie. Und enttäuscht.

»Nana! Sie zuerst.«

Sie machte kurzen Prozess, obwohl sie die Kündigung nicht aussprach. Ein verlässlicher Kollege habe sie darüber informiert, dass meine Texte in Wirklichkeit allesamt geklaut seien. Sie fragte mich ganz direkt: »Haben Sie mir Inhalte geschickt, die nicht von Ihnen sind?«

Bevor ich »Ja, aber …« sagen konnte, ging sie schon zur nächsten Frage über. »Haben Sie mich auch in anderen Dingen belogen?«

Ich nickte und schaute für einen beklemmenden Augenblick auf die hässliche Auslegeware der Redaktion. Als ich meinen Kopf wieder hob, hatte mich Tiffany Meyer in ihrem Büro alleine stehen lassen. Ein blonder Pixieschnitt schob sich in den Türrahmen. Er gehörte zu einem jungen, auffällig geschminkten Mädchengesicht. Es erinnerte mich an das von Mia.

»Bist du Nana Jacobi?«, wollte das Gesicht wissen.

»Ja«, sagte ich und wünschte, das verneinen zu können.

»Ah, cool. Ich soll dir das hier geben.« Sie hob einen Plastikkorb in die Höhe, in dem Päckchen und Umschläge lagen.

»Und wer bist du?«

»Ich bin die Laura. Praktikantin und seit heute die persönliche Assistentin von Tiffany Meyer.«

»Und was ist mit Max?«

»Ist jetzt Juniorredakteur«, sagte sie fröhlich, während sie mir die Umschläge in die Hand drückte. »Na dann, machen Sie es gut.«

Weg war sie.

Perplex starrte ich auf die Umschläge. Jede Menge PR-Zeug. Seit Monaten schickten mir die Agenturen ihre Mitteilungen und Testprodukte zu: Einladungen zu Restauranteröffnungen und Food-Messen, Kochutensilien, Rezeptbücher … Hatte ich jemals Anspruch darauf gehabt – oder gehörte das am Ende doch nur Tiffany Meyer? Hatte ich selbst in den letzten Monaten Tiffany Meyer gehört?

Zwischen den Zusendungen entdeckte ich einen festen Umschlag, schwungvoll mit der Hand beschrieben. Der Absender: *Mia und Claas Schenzer.*

Zitternd stellte ich den vollen Korb auf Tiffany Meyers gläsernem Schreibtisch ab und lief mit Claas' Brief aus der Redaktion. Im Fahrstuhl überkam mich ein klaustrophobisches Gefühl. Noch im Foyer des Verlags riss ich den Umschlag auf. Darin befand sich eine Einladung zu einer Hochzeitsfeier in den Bergen. Südtirol! Der Ort, von dem ich dachte, er wäre exklusiv – nur für Mama und mich. Eilig überflog ich die gedruckten Zeilen – Hochzeit … Bozen … Mai … Mia … Ich wurde blass. In fliederfarbener Tinte hatte Claas dazugeschrieben: *Liebe Nana, ich hatte in den letzten Wochen kein Glück mehr, Dich zu erreichen. Deine neue Adresse konnte ich nicht ausfindig machen. Daher hoffe ich, dass Dich die Einladung über die Redaktion erreicht. Ich habe alle Deine Artikel gelesen und fand sie toll! Ich würde mich sehr freuen, wenn Du im Mai mit dabei bist. Alles Liebe, Dein Claas.*

In den Umschlag hatte er noch eine Fahrkarte für die Hin- und Rückfahrt gelegt. Erster Klasse. Ich schnappte nach Luft.

Im Moment war mein ganzes Leben dabei, mir zu entgleiten, aber eine Sache brannte noch in meinem Herzen – als ob es das Einzige auf der Welt wäre, wofür es sich noch zu leben lohnte. Ich machte mich völlig abhängig von diesem Gefühl. Das Gefühl hieß Tom.

Und er? Er musste mich doch für eine völlig neurotische Frau halten, schlimmer noch: für eine durchgeknallte Stalkerin. In Toms Ohren musste mein Geständnis gestern Nacht verdammt unheimlich geklungen haben.

Den Kopf voll mit Grübeleien, lief ich zum Café Leevke, setzte mich an einen Tisch in der hintersten Ecke und bestellte einen Kaffee, in der Hoffnung, meinen Kater loszuwerden. Kein Schaum, keine Milch, kein Zucker – wozu auch? Ich nahm einen großen Schluck. Bitter. Sofort sah ich mich erschrocken nach allen Seiten um. Tom! Da trat er auch schon hinter dem Tresen hervor, ohne mich zu bemerken. Hinter ihm entdeckte ich die junge, hübsche Frau vom Markt, die gerade ihre Schürze abnahm und ihn glücklich anlächelte. Und dann passierte es: Tom legte seine Hand auf ihren Bauch, sie kicherte entzückt, auch Tom lachte verblüfft und streichelte weiter vorsichtig darüber. Sechster Monat, schätzte ich und kramte nach Kleingeld. Ich warf die Münzen achtlos auf den Tisch und schleppte mich aus dem Café. Draußen rannte ich zu meinem Wagen und fuhr einfach los, ohne Ziel, ohne Plan und ohne einen Funken Zuversicht.

Der April verging wie im Flug – wie im Sinkflug kurz vor einer Bruchlandung. Es heißt, vor dem Aufprall fallen die Passagiere wegen des Druckabfalls in Ohnmacht. Und irgendwie tat ich das auch. Es war eine geistige Ohnmacht, die mich befiel, ich stand einfach nicht mehr auf. Jeden Tag betrieb ich eine Art Fluchtschlaf, so lange es nur ging. Alle im Haus machten sich große Sorgen. Selbst Kallacks bemühte sich um ein Lächeln. Aber ich lächelte nicht zurück.

Manchmal machte ich mir noch vor, Tiffany Meyer würde sich doch noch einmal melden und mir eine neue Chance geben. Nur, um im nächsten Moment noch mehr zu verzweifeln, weil ich mir eingestehen musste, dass ich wirklich alles in meinem Leben verspielt hatte. Ich gehörte nicht nach Hamburg, aber auch keinesfalls mehr nach Kirchenbrügge. Südtirol kam mir verseucht vor. Und doch träumte ich während meines Fluchtschlafs von der Pension Sole, wo ich immer mit Mama gewesen war. Wir waren beide so glücklich dort.

Doch die Realität traf mich am nächsten Morgen umso härter, wenn ich wieder aufwachte und mich ein Gefühl von endloser Leere überkam.

An einem sehr frühen Morgen Ende April räumte ich meine Sachen aus den Schränken der Mansarde und verstaute sie, während die anderen noch schliefen, draußen im Erdbeerkörbchen. Tine hinterließ ich mein letztes Geld und schrieb ihr einen Brief, in dem ich mich für alles bedankte und ihr mitteilte, dass, wie sie prophezeit habe, meine Reise nun weitergehe. Ich wollte ihr auf keinen Fall noch länger zur Last fallen. Dann fuhr ich zum Bahnhof, tauschte die Ersteklassetickets ein und bekam überraschend viel Geld zurück, das ich in Benzin investierte und in eine Reisekasse für den Aufenthalt in der Pension Sole. Der einzige Ort in meiner Welt, der mir noch wie ein geschützter Raum vorkam. Hier würde weder Mia noch mein Vater jemals einchecken.

Die lange Fahrt im Erdbeerkörbchen, einmal quer durch Deutschland, befreite meinen unglücklichen Geist ein wenig. Mit jedem Kilometer, der sich zwischen mich und Hamburg schob, fühlte ich mich ein kleines bisschen besser.

Doch als ich die Ostalpen erreichte, stieg die Angst vor dem, was ich beim Wiedersehen mit diesem glücklichen Ort meiner Kindheit fühlen würde, in mir auf. *Bitte nichts Deprimierendes oder Sentimentales.* Es sollte einfach ein bisschen so sein wie früher … Dabei wusste ich ja nur zu gut, dass sich die Vergangenheit nicht zurückholen lässt.

Kapitel 25

Seit vier Tagen bin ich jetzt in Tirol, und tatsächlich: Die Vergangenheit hat mich eingeholt – wenn auch ganz anders als erhofft. *Ich habe meinen Job verloren, mein Zuhause – ach ja, mein Handy bin ich auch noch los.*

Beim Rückweg ins Dorf lasse ich mir Zeit, es gibt keinen Grund zur Eile. Niemand wartet auf mich. Ich spüre, wie ich immer langsamer werde, um die Ankunft in der Pension so lange wie möglich hinauszuzögern. Schön, ich kann dort noch ein paar Tage wohnen – aber dann? Was dann? Gott! Jetzt heule ich doch. Bis eben konnte ich es mir gerade noch verkneifen, nun trübt der Tränenschleier den Blick auf die hübschen Holzhäuser mit ihren geranienbewucherten Balkonkästen.

Noch eine kleine Biegung, und ich sehe die Pension vor mir. Das Erdbeerkörbchen parkt artig unter einem riesigen Walnussbaum, im Biergarten neben dem Haus sind kleine, bunte Sonnenschirme aufgestellt. Für einen Augenblick denke ich an Mama, die hier so gerne gesessen hat, und wieder schießen mir Tränen in die Augen. Halbblind wende ich mich Richtung Gaststube.

»Nana?«

Ich schrecke hoch und sehe Claas vor der Tür stehen.

»Oh, hallo.« Ich friere in der Bewegung ein und warte ab. Hoffentlich sieht er nicht, dass ich geweint habe. Ich reiße mich zusammen und versuche ein Lächeln.

»Nana.«

Jetzt macht er einen Schritt auf mich zu, nimmt mich wie selbstverständlich in den Arm. Ich bin irritiert, das hat er sich bei all unseren letzten Treffen nicht getraut.

»Hast du ein bisschen Zeit? Ich möchte gerne mit dir reden.«

Ich will an ihm vorbei in die Gaststube gehen, aber er weist mit dem Kinn zum Biergarten.

»Komm, wir setzen uns in die Sonne, Nana.«

Während ich ihm zu einem der Tische folge, frage ich mich, was das Ganze soll. Warum kommt er hierher? Das ist unsere Pension, Mamas und meine. Claas hat hier rein gar nichts verloren. Es ist schon schlimm genug, dass er sich ausgerechnet diese Gegend für seine Hochzeit mit Mia ausgesucht hat. Trotzig setze ich mich neben ihn, so muss ich ihn nicht angucken. Gestern auf seiner Hochzeit habe ich mich zusammengenommen und meine Pflicht als brave Tochter erfüllt, er soll mich also endlich in Ruhe lassen.

»Wo ist Mia?«, frage ich müde, ohne ihn anzusehen.

»Bei ihrer Familie«, antwortet Claas. »Ich möchte etwas mit dir besprechen, Nana. Etwas, das nur uns beide angeht.«

Ich ziehe die Augenbrauen hoch und versuche, mich auf das Bergpanorama zu konzentrieren. Vielleicht sollte ich die Gipfel zählen?

»Nana, ich habe sicherlich Fehler gemacht, aber …«

Jetzt drehe ich mich ruckartig zur Seite und schaue ihm direkt in die Augen. »Dieselbe Schallplatte wie im Le Match?«

Der Blick, den Claas mir zuwirft, trifft mich unerwartet. Irgendetwas in seinen Augen lodert auf. Das ist keine Wut – das ist Schmerz.

Bevor einer von uns beiden noch etwas sagen kann, tritt der Wirt an unseren Tisch.

»Ah, servus, Nana. Buon giorno, Signore.«

Er schenkt mir einen aufmunternden Blick, als er seinen Schreibblock zückt. Dann wandern seine Augen zu Claas, der eilig die Karte studiert. Und zurück zu mir. Wahrscheinlich sehe ich genauso erschöpft aus, wie ich mich fühle. Während mein Vater die Bestellung aufgibt, schaue ich mich um. Außer einer Gruppe Radfahrer, die am selben Tag wie ich angereist ist, hat der schöne Biergarten der Pension keine Gäste. Mag daran liegen, dass noch keine Schulferien sind, aber wenn ich an den vollen Sessellift runter nach Cardano denke, kommt mir eher ein anderer Verdacht: Die Leute wollen WLAN und Wellness – auch mitten in den Dolomiten. Und genau das bietet die Pension Sole ihren Gästen nicht. Dafür aber herrlich gemütliche Betten mit selbstgenähter Leinenwäsche und Handtücher, deren Ränder mit Häkelspitze versehen sind. Ich habe das schon als Kind geliebt.

»Prego, Nana.«

Vorsichtig, als wollte er meine Gedanken nicht stören, stellt der Wirt einen Korb mit knusprigem Schüttelbrot vor mir ab, dazu verschiedene Wurst- und Schinkensorten und ein Schälchen mit Olivenpaste. Es ist mittlerweile Monate her, seit ich zum letzten Mal etwas Gutes geschmeckt habe – von den kurzen Momenten in Toms Nähe mal abgesehen.

»Vino?«

Eigentlich zu früh für mich, denke ich noch und will die Hand über das Glas legen, da hat er bereits unsere Gläser gefüllt. Der Veltliner darin leuchtet mit typisch grasgrüner Note.

»Bitte schön«, sagt der Wirt lächelnd und lässt uns allein.

Claas hält sein Glas in die Sonne, riecht, schmeckt. Ich kann sehen, wie die Aromen seine Geschmacksnerven in Freude versetzen. Jetzt nickt er mir zu.

»Dieser Veltliner ist wirklich gut. Ich glaube, ich nehme den Winzer bei mir auf.«

»Um das zu sagen, bist du hier?«

Meine Stimme zittert.

Claas stellt das Glas ab, ganz langsam.

»Nana.«

Meine Augenlider flattern. Abrupt schaut er in eine andere Richtung, dorthin, wo der große Walnussbaum seinen Schatten wirft. »Das ist ja der alte Golf!«, ruft er erstaunt aus, als er das Erdbeerkörbchen entdeckt. »Den gibt's noch?«

Warum überrascht ihn das so?

»Ja«, murmele ich, »das Einzige, was uns geblieben ist. Ich meine … mir.«

Nana.

Das ist Mama! So lange schon habe ich nichts mehr von ihr gehört. Ich halte inne und lausche. *Dein Vater kann die Vergangenheit doch auch nicht rückgängig machen, cara mia. Sei nicht so hart zu ihm – und sei nicht so hart zu dir. Überwinde deine alten Verletzungen.*

Als ob auch Claas Mama hören kann, sagt er: »Ist schon gut.«

Dann seufzt er einmal schwer und lächelt mir aufmunternd zu.

»Weißt du, was schön wäre?«, fragt er leise und klingt dabei irgendwie nachdenklich. »Wenn wir beide nach dem Lunch eine kleine Spritztour mit deinem Wagen unternehmen könnten.«

Mir liegt wieder ein blöder Spruch auf der Zunge. Der Drang, Claas auch diese Bitte abzuschlagen, wird stärker, aber dann höre ich erneut Mamas Stimme in mir.

»Ja«, gebe ich nach. »Okay.«

Als Claas und ich zum alten Walnussbaum gehen, pikt mein Vater mich in den Oberarm. Einfach so, ohne dies zu kommentieren. Ich weiß nicht genau, warum ausgerechnet diese Berührung es auslöst, aber statt auf empört zu machen, fange ich an, mich ein wenig zu entspannen. Mir huscht sogar ein kleines Grinsen über die Lippen, gefolgt von einem leisen »Hey!«. Es vergeht noch ein stiller Augenblick, in dem ich es auch versuche – ich versuche, eine Brücke zwischen ihm und mir zu schlagen.

»Willst du fahren?«, frage ich Claas.

Er setzt lächelnd seine Sonnenbrille auf. »Das würde ich ganz gern mal wieder – nach all den Jahren.«

»Hattest du früher auch so einen?«, will ich wissen.

Claas sieht mich verwundert an.

Ich nehme auf dem Beifahrersitz Platz, und mein Vater startet neben mir den Motor. Gleich darauf ertönen die ersten Takte des elenden Hamburg-Lieds. Claas fährt sichtlich zusammen.

»Ich kriege das Tape da nicht mehr raus«, rechtfertige ich eilig diesen musikalischen Unfall.

»Immer noch dieselbe Macke?«, fragt er nur. Dann nickt er mir aufgeklärt zu, und mit zwei, drei Griffen bekommt er die seit Monaten festgeklemmte Kassette tatsächlich aus dem Deck heraus.

»Für Dich«, liest er die Beschriftung laut vor. *»Hamburg '89* – ganz schönes Weilchen her, was?*«* Er blinzelt mir zu. »Immerhin hat deine Mutter sie nicht weggeschmissen.«

Ich sehe ihn mit zuckenden Brauen an. Claas guckt nach vorne, legt den ersten Gang ein und fährt los.

Fahrtwind kitzelt mein Gesicht. Ich schließe die Augen und ohne dass ich es sehen kann, greift Claas' warme Hand nach meiner und drückt sie einmal fest. Als ich die Augen öffne, liegen seine beiden Hände schon wieder am Steuer.

»Du hast ihr das Tape also aufgenommen?«

»Mhm«, er nickt. »Gehörte sozusagen zur Ausstattung vom Wagen.«

»Wie meinst du das?«

»Kannst du dich nicht mehr dran erinnern, Nana? Ich habe deiner Mutter den Wagen doch geschenkt.«

»Warum?«

»Warum nicht?«

»Nein, warum hast du ihr ein Auto geschenkt – ihr wart doch getrennt?«

Er lacht. »Deshalb ja. Ich habe viel gemacht, um deine Mutter zurückzugewinnen. Aber sie war unbeirrbar – oder total stur, wie man's nimmt. Na, sie wird ihre guten Gründe gehabt haben.«

»Du meinst …« In meinem Kopf gerät plötzlich alles durcheinander. »Du hast uns gar nicht verlassen?«

Ich spüre, wie der Wagen kurz abbremst. Schnell gibt mein Vater wieder Gas, als ob nichts gewesen wäre.

»Nein. Das habe ich nicht«, sagt er ernst. »Deine Mutter hat sich von mir getrennt, Nana.«

»Aber Mama …«

Erneut berührt Claas meine Hand. »Wie gesagt: Sie wird ihre Gründe gehabt haben.«

»Aber warum warst du … wieso bist du … ich meine …«

»Ja?« Nun sind es seine Augenbrauen, die zucken.

»… nie für mich da gewesen?«

»Weil deine Mutter das nicht wollte. Sie wollte keinen Vater für ihre Tochter. Keine Familie. Sie sagte, ich bringe da nur Unruhe rein. Und wahrscheinlich wäre das auch der Fall gewesen, so ganz gefunden hatte ich mich damals nämlich noch nicht …« Claas zieht die Schultern hoch. »Ich hatte oft das Gefühl, deine Mutter zu brauchen, nur hat es sich für mich nie so angefühlt, als ob sie mich wirklich brauchen würde.«

Seine Worte hallen in mir nach. Ich starre auf den Horizont vor uns und sehe durch ihn hindurch. In meinem Kopf fügen sich die Erinnerungen an die vergangenen Jahre wie Puzzleteile zu einem komplett neuen Bild zusammen. Mit brüchiger Stimme frage ich Claas: »Das heißt, du hast sie die ganze Zeit geliebt?«

Claas schluckt, bevor er mir antwortet: »Ja, das habe ich.«

»Und die ganzen anderen Frauen in deinem Leben?«

»… habe ich wohl nicht geliebt.« Sein Blick schweift nachdenklich zu den Bergen. »Bis auf Mia.«

»Aber wieso habe ich in all den Jahren dann immer gedacht, dass …«

Zum zweiten Mal an diesem Tag schießen mir die Tränen in die Augen. Ich möchte mich am liebsten verkriechen, da sehe ich, dass auch mein Vater weint. Ganz ruhig, ohne dass er sich dagegen wehrt. Dieses Mal bin ich es, die nach seiner Hand greift. Claas drückt einen Kuss darauf und beginnt zu erzählen, wie er all die Jahre erlebt hat, ohne Mama, ohne mich. Ich traue meinen Ohren kaum. Seine Stimme ist voller Wärme, er lacht und weint und hält immer wieder inne, um sich zu sammeln, und ich begreife, dass er die Wahrheit sagt.

Um uns herum wandelt sich die bergige Naturkulisse in eine städtische. Wir fahren durch eine hübsche Allee und halten vor einer großen Villa mit wunderschönem Garten, in dem Palmen und Zypressen rund um eine alte Orangerie in die Höhe wachsen.

»Wo sind wir?«, frage ich meinen Vater.

»Meran. Hier wohnt Mias Familie. Das heißt, ihre Großmutter.«

Ich schaue an der Jugendstilfassade eines alten Bürgerhauses hinauf.

»Deswegen habt ihr die Hochzeit in Südtirol gefeiert?«

Er nickt. »Das war der dringende Wunsch von Mias Oma. Das konnten wir der alten Dame nicht abschlagen, Nana.«

»Mia ist auch Südtirolerin?«

Claas nickt kaum merklich. »Zumindest zu einem Viertel.«

»Wohl kein Zufall«, sage ich und lächele.

Er lächelt zurück.

Mein Vater pikt mir wieder so schelmisch in den Oberarm. »Ich wollte noch etwas mit dir bereden, Nana.«

Verwundert sehe ich ihn an.

»Vor der Hochzeit hatte ich versucht, dich in der Redaktion zu erreichen. Sie sagten, du arbeitest nicht mehr für das Magazin?«

Er schenkt mir einen verständnisvollen Blick, ich senke traurig den Kopf und schüttle ihn etwas. Claas spricht nahtlos weiter: »Ich möchte, dass du etwas erfährst, Nana. Ich glaube, du wirst dich damit besser fühlen. Deine Mutter, wie du selbst am besten weißt, war eine sehr stolze Frau. In all den Jahren hat sie keinen Cent von mir angenommen. Sogar den Golf hat sie gegen meinen Willen in Raten abgezahlt – nicht mit Geld, sondern in Form eines ziemlich guten Olivenöls. Monat für Monat kam in meiner Weinhandlung ein großer Kanister an – Direktimport aus Italien mit Zwischenstopp in Kirchenbrügge. Zwei Jahrzehnte lang. Stell dir das mal vor, Nana! Ich wusste nicht, ob ich deswegen stinksauer oder dankbar sein sollte.«

Noch immer laufen mir die Tränen über das Gesicht, aber ich muss loslachen. Das war typisch Mama. Sie verpasste meinem Vater Olivenöl – ob er nun wollte oder nicht. Gebrauchen konnte das doch jedermann. So dachte sie wirklich.

Auch mein Vater lacht trocken. »Irgendwann fing ich damit an, Geld für dich anzulegen … ich wollte es dir zu deinem achtzehnten Geburtstag geben, aber du wolltest mich nicht sehen. Da habe ich einfach weitergemacht bis zu deinem einundzwanzigsten, auch da kam ich nicht zu dir durch. Jetzt sind noch einmal zehn Jahre vergangen, nun möchte ich es dir wirklich geben.«

Ich reibe mir die verweinten Augen. »Ich … ich weiß nicht, was ich sagen soll.« Ich weiß es wirklich nicht. Und da tue ich es einfach, vielleicht nur, um meine Sprachlosigkeit zu kompensieren, vielleicht aber auch, weil ich nicht anders kann – ich umarme meinen Vater, nach all den vielen Jahren, und er umarmt mich zurück. Mein Körper bebt heftig in seinen Armen, aber er hält mich fest, so lange, bis ich nicht mehr weinen kann. Erschöpft lasse ich meinen Kopf auf seine Schulter sinken.

»Ich habe echt Mist gebaut in Hamburg«, heule ich leise.

»Nicht so schlimm. Das hab ich auch schon oft«, tröstet er mich.

»Aber ich glaub, mein Mist ist irreparabel«, sage ich schniefend. »Kannst du dich noch an dieses komische Praliné im Le Match erinnern?«

»Allerdings!«

»Weißt du, als ich es gekostet habe, habe ich nur so getan als ob. Ich kann nämlich überhaupt nichts schmecken. Und damit meine ich: wirklich gar nichts. Seit Monaten geht das nun schon so, und ich weiß wirklich nicht, warum. Ich war beim Arzt, beim Psychologen … ich … mein Geschmack … ist einfach …verschwunden.«

Claas sieht mich einen langen Augenblick ernst an. Dann lächelt er und küsst mich auf die Stirn, ehe er sagt: »Dein Geschmack wird wiederkommen, Nana. Das verspreche ich dir. Er wird wiederkommen. Und dann wirst du wieder voll da sein. Ganz, ganz sicher.«

Mit festem Blick sieht Claas mich an. Aus dem Garten hören wir fröhliche Stimmen.

»Wollen wir uns nicht zu ihnen setzen?«, fordert Claas mich auf. »Mias Familie ist wirklich sehr … sie sind offenherzig und würden dich sehr gerne näher kennenlernen.«

»Ich weiß, Claas. Ich weiß. Geh du nur. Ich möchte es auch, aber nicht heute. Ein anderes Mal. Wirklich. Dann sehr gerne.« Mit einem schiefen Lächeln zeige ich entschuldigend auf meine verquollenen Augen.

Er nickt verständnisvoll.

Als ich losfahre, sehe ich Claas noch lange im Rückspiegel am Bürgersteig stehen. Lächelnd winkt er mir hinterher. Alle Barrieren zwischen uns, die ich über Jahre so eisern verteidigt habe, sind auf einmal eingerissen, und ich fühle mich so unendlich viel leichter. Claas ist schon außer Sichtweite, da entdecke ich auf meinem Beifahrersitz einen verschlossenen Umschlag. *Für Dich. Meran '16,* steht darauf.

***

Vor dem turmartigen Stadttor halte ich an. Hinter den dicken Mauern liegt das Zentrum von Meran. Mama nannte dieses feine Fleckchen Erde immer eine Bilderbuchstadt. Und das ist sie auch: Eingerahmt von der grünen, bergigen Kulisse, finden sich hier enge Gassen, umschlossen von spätmittelalterlichen Kirchen und prunkvollen Altbauten, liebevoll angelegten Parkoasen und einem Fluss, der so sauber ist, dass man sich dagegen selbst fast schmutzig vorkommt. Die adretteste Verknüpfung zwischen dem, was wir mit »deutsch« und »italienisch« verbinden? In Meran findet man die Antwort. Und zwar auf den Punkt.

Ich stelle den Wagen ab und gehe ein wenig durch die Altstadt spazieren. Das Gespräch mit meinem Vater wirkt auf heilsame Weise in mir nach. Mit jedem Schritt, den ich gehe, entspanne ich mich mehr, ernte hier und da ein Lächeln vorübergehender Passanten und antworte ihnen auf die gleiche Weise. Vor mir liegt die Laubengasse. Eine wundervoll wuselige Straße, unter deren Arkaden sich Boutiquen, Kaffeehäuser und Lebensmittelgeschäfte aneinanderreihen. Sie waren bis zu Mamas letzter Reise ihre Inspirationsquelle gewesen; es gab keinen Urlaub, in dem sie nicht auf das genaueste das Sortiment der örtlichen Delikatessenläden inspizierte.

Wie gerne würde ich mir ein paar dieser Leckereien auf der

Zunge zergehen lassen! Oder wenigstens in den Duft ihrer Aromen eintauchen. Ich schaue zu einer Gruppe junger Touristen neben mir. Mit dem Smartphone fotografieren sie sich gegenseitig vor den liebevoll arrangierten Schaufenstern. Auch ich verspüre die Lust, all das, was ich hier gerade sehe, festzuhalten. In Bildern – oder vielleicht auch in Worten? Vielleicht … Ja, ich möchte mit meinen Worten Bilder malen, die ich mit anderen teilen kann. Ich denke nicht an Worte, die einer Tiffany Meyer gefallen, sondern an geschriebene Bilder, mit denen ich die Magie und Schönheit von diesem Ort auf meine ganz eigene Art festhalten will.

Im Sessellift war ich trotz meiner Vogelperspektive nicht in der Lage, mein Leben von oben zu betrachten. Jetzt bin ich es auf einmal, beziehungsweise fühle ich, dass ich es sein könnte. Wenn ich endlich damit aufhöre, mehr zu wollen, und stattdessen anfange, mehr zu *sein*.

Kapitel 26

Am nächsten Morgen schlage ich die Augen auf und freue mich zum ersten Mal seit langer Zeit auf den bevorstehenden Tag. Mit klopfendem Herzen schiebe ich mich in den dicken Federkissen hoch und setze mich auf. Mein Blick fällt auf Claas' Umschlag auf dem Nachttischchen, der an einer Seite aufgerissen ist, und ich muss beim Gedanken an seinen Inhalt lächeln. Ich beuge mich über die Bettkante und greife nach dem Zettel, der dort liegt. Durch die Bewegung spüre ich irgendetwas Hartes an der Hüfte und ziehe im nächsten Moment die neue Kreditkarte unter meinem Po hervor. Anscheinend habe ich die ganze Nacht darauf gelegen. Dankbar lese ich Claas' Zeilen noch einmal: … *eine Kreditkarte fürs Erste. Die PIN-Nummer ist der Geburtstag Deiner Mutter. Alles Weitere kannst Du mit Deinem Banker besprechen, er weiß, dass Du anrufst. Seine Nummer lautet …*

In meinem ganzen Körper kribbelt es vor gespannter Aufregung. Ich halte hier in meinen Händen ein Ticket in die Welt. Endlich habe ich die Gelegenheit, meine so lange verschobene Reise anzutreten, die hier, genau hier, damals losgehen sollte! Die Route sollte mich halb durch Italien und dann weiter mit dem Flieger nach Istanbul führen. Ich wollte in kleinen Pensionen, auf Weingütern, in Ölmühlen und auf Bauernhöfen übernachten. Ursprünglich sollte das Ganze natürlich eine Reise für alle Sinne werden; damals konnte ich schließlich noch riechen und schmecken. Doch auch jetzt habe ich das Gefühl, dass ich diese

Reise brauche, dass sie es sein könnte, die mich wieder auf Spur bringt.

Der kleine Wecker auf meinem Nachttisch zeigt auf kurz nach halb zehn – ich muss fast zwölf Stunden geschlafen haben. Entschlossen stehe ich auf und stakse ins Bad. Beim Zähneputzen grinse ich mir kurz zu, aber mein Kopf ist leer. Besser gesagt auf angenehme Weise aus- und aufgeräumt, so als hätte jemand meine Festplatte von Spam und veralteter Software befreit.

Geduscht und geföhnt schlüpfe ich nur wenig später in Shorts und T-Shirt, werfe meine Habseligkeiten in den Koffer und stecke den Umschlag von Claas in die Hosentasche. Mit einem letzten Blick sage ich dem kleinen Südtiroler Gästezimmer Lebewohl, dann ziehe ich leise die Tür hinter mir ins Schloss.

Im Frühstücksraum sitzt eine Familie mit vier Kindern, wir nicken uns freundlich zu. Der Wirt eilt mit Kännchen dampfender Milch zu ihrem Tisch, und sein Gesicht strahlt mit der Sonne draußen um die Wette.

Ich schiebe mich sachte auf meinen Lieblingsplatz, die Bank hinter dem schweren Ecktisch.

»Prego, Signorina Nana.«

Mit Sorgfalt baut der Wirt das kleine Frühstücksensemble vor mir auf, rückt alles so lange hin und her, bis es für ihn perfekt ist.

»Buon appetito.«

Mit einem leichten Nicken zieht er sich zurück, wieder lächelt er mich an. Aber nicht einfach nur so, vielmehr scheinen seine Augen zu sagen: *Wie schön, dass es Ihnen besser geht, Signorina.*

Ja, stimme ich in Gedanken zu, *mir geht es besser.* Zum ersten Mal seit langer Zeit esse ich ohne Widerwillen. Ich schmecke nichts, aber wenigstens ist das Gefühl nicht mehr da, einen Fremdkörper im Mund zu zerkauen. Eigentlich will ich mir Zeit lassen und dieses neue Gefühl genießen, aber irgendetwas in mir treibt mich an, versetzt mich endgültig in Aufbruchsstimmung. Nach dem zweiten Cappuccino nehme ich meinen Koffer und marschiere zum Tresen, wo der Wirt bereits mit Aufräumen beschäftigt ist.

»Sie sehen aus, als wollten Sie abreisen, Nana.« In seiner Stimme liegt echtes Bedauern.

»Ich muss weiter«, sage ich bestimmt und habe dabei trotzdem einen Kloß im Hals. »La fattura, per favore.«

Der Wirt schaut mich an, mit diesem typischen Blick, wie ihn nur Väter draufhaben. Er schüttelt den Kopf.

»Alles in Ordnung, Signorina. Rechnung erledigt der Herr Papa.«

Ich sehe ihn erstaunt an … und begreife. Wahrscheinlich grinse ich gerade wie ein glückliches Pony, denn der Wirt grinst auch und streckt mir seine Hand über die Theke entgegen.

»Gute Reise, Nana. Und kommen Sie wieder!«

»Oh … danke, das werde ich. Ganz bestimmt!«, sage ich feierlich und meine es auch so.

Als ich vor die Tür der Pension trete, atme ich tief durch. Jetzt ist es also so weit. Ich blinzle in die Sonne, die gerade über die Zacken der Berggipfel balanciert. Mein Blick streift das Erdbeerkörbchen. Die Sonne drängt mich dazu, mit offenem Verdeck zu fahren. Widerworte sind unnütz. Ich schließe gerade die Tür des Cabrios auf, da höre ich hinter mir schnelle Schritte im Kies.

»Signorina! Signorina Nana!«

Der Wirt hält eine Schachtel vor sich an den Leib gedrückt und steht nun etwas atemlos vor mir.

»War noch im Kühlschrank«, sagt er auf seine zurückhaltende Art und übergibt mir das kleine Paket so vorsichtig, als wäre es ein kostbarer Schatz. Die Hochzeitstorte! Ich hätte sie wirklich vergessen. Lächelnd nehme ich ihm die puderfarbene Verpackung ab und stelle sie ganz vorsichtig auf den Beifahrersitz. Dann klappe ich das Verdeck zurück, verstaue meinen Koffer und steige ein. Der Motor startet sofort ohne jedes Ruckeln, so als wollte er für die avisierte Tour absolute Zuverlässigkeit signalisieren. Ich wende und gebe Gas. Im Seitenspiegel sehe ich die Pension Sole kleiner werden, bis sie hinter der ersten Biegung ganz verschwindet.

In Bozen besorge ich mir erst einmal ein neues Mobiltelefon.

»Funktioniert einwandfrei. Viel Spaß damit«, sagt der junge Typ im Laden und lächelt. Ich lächele zurück, stecke das Prepaid-Handy in die Hosentasche und zahle zum ersten Mal mit Claas' Kreditkarte. Beschwingt verlasse ich den Shop und trete aus den Arkaden hinaus in die Sonne.

Das Herz von Bozen ist ein bunter Mix aus Alt und Neu – dezent beschattet von den Lauben, wie sie hier sagen. Die Arkadenbögen ziehen sich vor den hell getünchten Gebäuden der Altstadt entlang und offenbaren erst beim genauen Hingucken, ob es sich bei dem einige Meter zurückgesetzten Geschäft um einen alteingesessenen Weinhändler oder die Filiale einer neuzeitlichen Schuhkette handelt. Ich sehe mich suchend nach einem sonnigen Plätzchen um, aber das schöne Wetter hat viele Touristen in die Stadt geschwemmt, die Cafés sind voll.

Schließlich entdecke ich eine leere Bank am Rande eines Parks und steuere direkt darauf zu: geschafft – zumindest bis hierher.

Meine Hand zittert ein wenig, als ich die Nummer des Bankberaters eintippe. Der erste Versuch schlägt fehl, ich habe die deutsche Vorwahl vergessen. Beim zweiten Mal dauert es keine fünf Sekunden, und ein Mann meldet sich. Ich spüre, wie nervös ich bin, aber ich versuche, gelassen zu wirken.

»Was kann ich denn für Sie tun, Frau Jacobi?«, fragt der Banker mit sonorer Stimme, nachdem ich mich vorgestellt habe.

»Claas … mein Vater … Claas Schenzer hat mir mitgeteilt, dass ich ein Guthaben auf diesem Konto habe.«

»Das ist korrekt, Frau Jacobi.« Er hüstelt leicht. Klingt das gerade etwas affektiert, oder muss ich einfach immer in alles und jedes etwas hineininterpretieren? Auf jeden Fall macht sich gerade Misstrauen in mir breit.

»Nun, wie kann ich Ihnen weiterhelfen? Wie ich sehe, rufen Sie aus Italien an.«

Das ist mein Stichwort.

»Ja. Das stimmt. Ich mache eine Reise – eine längere Reise –, und ich möchte gerne wissen, ob ich genug Geld auf dem Konto habe, so für drei, vier Wochen.« Ich spüre, wie meine Wangen zu glühen beginnen.

»Drei, vier Wochen«, wiederholt er ganz sachlich und macht eine Pause.

»Tut mir leid, ich darf Ihnen telefonisch keine Auskunft über den Kontostand geben. Datenschutz, Sie verstehen. Aber …«

»Aber was?«, hake ich sofort nach.

»Ich darf Ihnen keine Summe nennen, Frau Jacobi, aber ich kann den Betrag in Verhältnis zu etwas anderem setzen … wenn Sie mich danach fragen.«

Einen Moment bin ich verwirrt, dann begreife ich, dass er mir gerade eine Brücke baut. Mein Herz klopft, und da ist wieder dieses unruhige Kribbeln. Nachdem ich damals die Reise abbrechen musste, habe ich nie wieder mit jemandem darüber gesprochen, aber die Route befindet sich nach wie vor in meinem Kopf, wie in Stein gemeißelt. Ich hole tief Luft.

»Ich will mit dem Auto nach Rom, von da aus mit dem Flugzeug weiter nach Istanbul«, purzeln die Worte so schnell aus mir heraus, dass ich mich fast verhasple. »Der Golf muss nach Hamburg zurück, und ich hätte gerne jede Nacht ein Dach über dem Kopf. Pension oder Hotel ist mir egal. Und wie lange ich in

Istanbul bleibe, weiß ich noch nicht. Vielleicht ein paar Tage. Oder länger.«

Am anderen Ende höre ich leises Brummen.

»Gibt mein Konto das her?«, frage ich schnell und horche gespannt.

»Frau Jacobi«, jetzt ist dem Banker anzumerken, dass er die Antwort genießt, »Sie können erster Klasse nach Istanbul fliegen und dort sechs Monate im Grandhotel logieren, wenn Ihnen danach ist.«

»Das ist krass«, platzt es aus mir heraus.

»Kann man so sagen«, pariert er umgehend. Es klingt leicht amüsiert.

Der Bankberater fragt noch, an wen er Unterlagen und Kontoauszüge schicken soll, und wie im Reflex rutscht mir Tines Adresse über die Lippen. Dann verabschieden wir uns ganz förmlich, aber ich werde das Gefühl nicht los, dass der Banker in seinem dicken Ledersessel auf und ab wippt und dabei vor sich hin grinst.

Von Bozen nach Trient sind es fünfzig Kilometer, dann noch mal hundert bis Verona. Die Shakespeare-Stadt ist das erste Ziel meiner Reise, und so wie es aussieht, werde ich wohl am späten Nachmittag dort ankommen. Eine gute Stunde bin ich nun unterwegs und versuche, mal an nichts zu denken und einfach nur die Fahrt in Mamas Cabrio zu genießen. Und es funktioniert. Der dunkelblaue Golf tuckert im Windschatten eines riesigen Milch-Tankwagens vor sich hin, und sobald sich doch irgendein Gedanke in meine Hirnwindungen schleicht, löst er sich auf wie die Schäfchenwolken hoch über mir am Himmel. Ich genieße einfach das, was eine Reise für mich ausmacht: wenn »weit weg« zu »ganz nah« wird und hinter jeder Kurve etwas wartet, das dem Leben eine neue Richtung geben könnte.

Ich strecke den Arm aus und spüre den warmen Luftzug auf der Haut. Überhaupt, diese Luft! Auch wenn ich hier auf einer Landstraße unterwegs bin, dieser Duft von sonnenverwöhnter Erde und wilden Kräutern ist überall … Stopp. Mein Fuß geht vom Gaspedal. Was sage ich da gerade? Ich … ich rieche! Mit einem einzigen Atemzug ziehe ich so viel Luft ein, wie es nur geht, und lasse sie genüsslich wieder entweichen. Im Rückspiegel taucht ein Lastwagenfahrer auf und drückt auf die Lichthupe. Ich gebe sachte Gas, halte mich am rechten Straßenrand und lasse ihn vorbeiziehen. Schnuppernd wie ein Kaninchen recke ich die Nase in die Luft. Ja, ich kann eindeutig riechen. Zwar wie durch einen Filter, aber wenn ich mich konzentriere, meine ich, den Geruch frisch gemähter Wiesen, von Pinien und Zitronen wahrnehmen zu können. Ich ziehe die Nase kraus, atme in Stößen ein und aus. Kein Zweifel. Mein Geruchssinn – er funktioniert wieder. Glücklich sehe ich mich um. Wenn meine Fähigkeit zu riechen wieder da ist, könnte das bedeuten, dass auch mein Geschmack zurückkehrt. Waren da nicht noch ein paar Pfefferminzbonbons im Handschuhfach? Claas hatte welche bei unserem Ausflug dort deponiert. Ob ich …? Weiter schnüffelnd, klappe ich die Blende hinunter und angele nach der Papiertüte. Zuversichtlich lege ich eine der kleinen Pastillen auf die Zunge. Und … Nichts. Nein, ich schmecke nach wie vor nichts, kann das Pfefferminz nur riechen. Irritiert lasse ich das kleine Bonbon über meine Zunge rollen.

Plötzlich fehlt mir Tom. *So sehr.*

Kapitel 27

Und Liebe wagt, was Liebe irgend kann …

Völlig aufgelöst stehe ich unter Julias Balkon. Auch wenn es nur ein fiktiver Ort ist – egal. Wie oft haben Mama und ich uns die Verfilmung mit Leonardo DiCaprio angesehen … Ich muss schlucken. Sehnsucht, die das Herz zerreißt, Bedingungslosigkeit bis in den Untergang, alles füreinander sein, alles haben – oder nichts: DAS ist Romantik. Against all odds … ach, Tom!

»Hallihallo, Palim-Palim!« Jemand zupft mich fordernd am Ärmel. Ich schaue genervt zur Seite. Welcher Idiot … da tippt sich der Mann an den Tirolerhut.

»Nana! Schon vergessen? Ich bin's, der Holger!«

Stimmt. Das ist der Zauselbart mit dem magazinumwickelten Diätapfel, mein humorfreier Nachbar aus der Gondel. Palim-Palim? Irgendwie peinlich berührt, wische ich mir die Tränen von der Wange.

»Und?«, fragt er forsch und reckt mir sein bärtiges Kinn entgegen. »Alles schick?«

Für diese Bemerkung möchte ich ihn am liebsten auf der Stelle vierteilen, stattdessen putze ich mir geräuschvoll die Nase, nehme Haltung an und gehe zur Gegenfrage über: »Danke. Und selbst so?«

Seine Antwort ist so etwas Ähnliches wie ein Lächeln. Man könnte auch sagen, er guckt wie ein sattes, zufriedenes Meerschweinchen in Outdoor-Vollmontur. Irgendwie finde ich ihn fast drollig, wie er so dasteht und mich aus seinen eng zusammenstehenden Mäuseaugen anschaut. Er scheint das zu spüren, denn er macht keine Anstalten, sich zu bewegen, er guckt einfach nur. Das wird mir nun doch zu viel. Nicht nur, dass er mir einen Augenblick voll romantischer Gefühle verdorben hat, die Tatsache, dass ausgerechnet er es ist, mit dem ich hier unter Julias Balkon stehe, ist schon absurd. Meine Miene wird strenger, aber das scheint ihn nicht zu beeindrucken.

»Schon lange hier in Verona?«, frage ich schließlich, um die Verabschiedung einzuläuten. Holger schüttelt den Kopf.

»Nur ein kurzer Stopp. War zwei Tage am Gardasee. Gleich geht es weiter.« Er schaut demonstrativ auf seine Uhr. Als ich nicht nachfrage, legt er die Hände zur Merkel-Raute zusammen und sagt fast feierlich: »Rom.«

»Oh, toll«, sage ich wenig beeindruckt und stupse ihn dafür kameradschaftlich an. Für ein Studienratsexemplar wie ihn – und ich halte ihn immer noch für einen Vertreter der pädagogischen Zunft – muss die Ewige Stadt natürlich der ganz große Knaller sein. Allein der Circus Maximus … morituri te salutant und so weiter … Seine armen Lateinschüler können sich nach den Ferien auf was gefasst machen.

»Und du?«, will er wissen und guckt ganz zutraulich.

Ich zucke mit den Schultern. »Einfach ein bisschen abhängen, gut essen und so.«

Holger klopft sich auf sein Bäuchlein und lächelt verschmitzt. »Der Spargel hier ist ein Gedicht, Nana, ich habe gerade ordentlich zugeschlagen.«

Ich nicke und denke: *Genau deshalb hatte ich diese Route ausgesucht.* Wegen Spargel und Erdbeeren, Radicchio Rosso und Pfirsichen – und natürlich wegen Vialone-Nano-Reis. Ohne ihn geht in der Risotto-Küche gar nichts, und meine Mutter änderte lieber den Speiseplan, als sich mit einem Surrogat zu begnügen.

»Na dann«, Holger tippt sich wieder an seinen Folklorehut, »eine gute Reise, Nana. Man sieht sich.«

Wohl kaum, denke ich und schaue noch einmal zum Balkon empor. Aber die romantische Stimmung will sich nicht wieder einstellen, darum beschließe ich, einen kleinen Bummel durch die Altstadt zu machen, bevor ich mir einen Schlafplatz suche. Ich habe nämlich nicht vor, in der Stadt zu übernachten, sondern etwas außerhalb, auf einem Bauernhof. Der Agriturismo hat in Italien eine lange Tradition. Es heißt, man lernt auf keine andere Weise Land und Leute besser kennen als bei dieser südeuropäischen Variante von Bed & Breakfast.

In einem kleinen Straßencafé, in dem ich eine Pause einlege, mache ich mich an die Recherche. Ich muss nicht lange googeln, dann habe ich eine Käserei ausfindig gemacht, die Gäste aufnimmt. Trotz meines Kinder-Italienisch klappt es mit der Reservierung.

Als ich mich wieder ins Erdbeerkörbchen setze und die Fahrtroute zu meinem Nachtquartier ins Handy eintippe, ist es schon fast dunkel, die Sterne ziehen langsam auf. Irgendwie ist mir nach Musik. Ich taste im Handschuhfach herum, aber da ist nur diese eine Kassette von Claas. Und wenn sie nun wieder stecken bleibt? Aber das tut sie nicht! Es gelingt mir sogar, die Hamburg-Hymne und ein paar echte »Kracher« aus den 80ern zu überspringen, bis ich bei einem bestimmten Lied hängenbleibe. Es ist ein Stück, das Mama liebte, und ich beginne zu ahnen, warum. Es vereint einfach alles in sich, was ihr wichtig war: Selbstbestimmtheit, Stolz, Lebenslust – dieses Lied war ihre Hymne. Mir läuft ein Schauer über den Rücken. Diese Streicher … die ersten Takte von Luciano Pavarottis »Caruso« – so großartig.

»Mama«, sage ich ganz leise. »Mama, kannst du mich sehen? Es geht mir gut!« Ich verlangsame das Tempo, horche in mich hinein, aber es bleibt still. »Mama?« Einem inneren Impuls folgend, setze ich den Blinker und fahre rechts ran. Die Kassette ist zu Ende, es ist ganz still. Aber es ist keine beängstigende, unangenehme Stille, sondern eine friedliche. Da verstehe ich es: Es ist Zeit, sich zu verabschieden. Ich bin so weit, ich kann Mama gehen lassen. Eine Träne kullert mir über die Wange, der Schleier vor den Augen lässt mich blinzeln. Ein Lächeln legt sich auf meinen Mund, ich spüre, wie es mir die Mundwinkel nach oben zieht, und ich blicke erleichtert in den nachtblauen Himmel. Ein großer, leuchtender Stern blinzelt zurück.

Kapitel 28

Nach dem kurzen Zwischenstopp in Verona ziehe ich weiter. Es geht nach Parma. Etwa eine Stunde vor der Ankunft an meinem Zielort überkommt mich der Hunger. Nachdenklich schiele ich zu der Kuchenkartonage neben mir, die auch die letzte Nacht in einem fremden Kühlschrank verbracht hat. Im Takt des Cabrios vibriert sie ganz leicht auf dem Sitz, so als wollte sie ihrem Inhalt keine übermäßigen Erschütterungen zumuten. Ob das feine Stück überhaupt noch genießbar ist? Ich muss ein bisschen über mich lachen, als ich mich daran erinnere, dass ich die Hochzeitstorte vor ein paar Tagen am liebsten den Kühen unterhalb der Seilbahnstation zum Fraß vorgeworfen hätte, und klappe zur schnellen Überprüfung die Schachtel auf. Etwas Sahne hat sich gelöst und klebt jetzt am Deckel. Ansonsten sieht das Törtchen noch recht delikat aus. Ich seufze schwer. Es scheint endlos lange her zu sein, dass ich den Geschmack eines appetitlichen Sahneküchleins im Café Leevke auf der Zunge hatte. Völlig in Gedanken, merke ich gar nicht, wie mein Finger die losgelöste Sahne von der Pappe abstreift und von dort aus direkt in den Mund befördert. Moment. Ich drücke meine Zunge gegen den Gaumen. Ist da etwas – etwas wie Geschmack? Ich bin mir nicht sicher und versuche, mich zu konzentrieren. Ein Schild am Fahrbahnrand kündigt in fünfhundert Metern einen Rastplatz an. Ich setze den Blinker und fahre rechts ran. Noch immer bin ich mir unsicher, ob meine Zunge so etwas wie den Geschmack von Sahne vernimmt.

Mein Herz schlägt wie wild. Ohne Tom an meiner Seite ist das doch vollkommen unmöglich? Kurz überlege ich, ob es geschmackliche Halluzinationen gibt. Andererseits, nachdem sich mein Geruchssinn schon zurückgemeldet hat, ist es doch eigentlich nur die logische Konsequenz. Ungeduldig kurve ich auf den Parkplatz und stelle den Motor ab. Noch einmal streiche ich sanft mit dem Finger die Torte entlang, dippe ihn etwas tiefer hinein und lutsche ihn sorgfältig ab. Es vergehen ein paar Sekunden, ich halte inne und … doch! Tatsächlich!

Ich schmecke … ich schmecke!

Zwar fühlt es sich so an, als seien die Aromen in Watte gepackt, doch ist da eindeutig der Geschmack von Biskuitteig und Buttercreme. Ich schlucke hastig und krächze: »Tom?«

Hektisch schaue ich mich nach allen Seiten um, aber da ist niemand. Weder auf dem Rastplatz noch sonst irgendwo. Kein Auto, kein Mensch, kein Tom. Nur ich mit einem irren Beben auf der Zunge.

Auf den letzten Metern nach Parma findet eine regelrechte Slideshow an Naschereien in meinem Kopf statt. Tartufi, Baci, Amaretti … Ich muss unbedingt eine dieser Süßigkeiten auf der Zunge spüren, ihren Geschmack erleben – und zwar sofort! Angekommen in Parma, parke ich vor der nächstbesten Tabaccheria, fahre mit den Fingern kammartig durch meine windzerzausten Haare und betrete voll Ungeduld den kleinen Laden, der im Schatten der Präfektur dieser Stadt liegt. Auf dem Tresen vor dem Zeitschriftenregal steht ein Glasballon, bis zum Rand gefüllt mit bunt verpackten Amaretti, die aussehen wie riesige Knallbonbons. Mit schlafwandlerischer Sicherheit gehe ich darauf zu – um nach den ersten Schritten abrupt stehen zu bleiben.

Mein Herz klopft. In mir meldet sich die Angst, dass ich gleich vielleicht doch wieder nichts mehr schmecke. Das würde ich nicht überstehen. Ich setze mich langsam wieder in Bewegung und lasse das Glas mit den Mandelkeksen links liegen. Auch die anderen Süßigkeiten ignoriere ich bewusst und schaue mich ein wenig um. Mein Blick fällt auf einen recht altersschwachen, krummen Ständer mit Postkarten. *Saluti da Parma* – Grüße aus der Stadt der Schinken. Froh über die Ablenkung, drehe ich das Karussell. Die Motive sind so was von retro, dass sie schon wieder cool sind.

Wie wäre es, Tine eine Postkarte zu schreiben? Mein schlechtes Gewissen meldet sich, und zwar nicht erst in dieser Sekunde. Es tut mir wahnsinnig leid, dass ich einfach abgehauen bin, und das muss ich ihr unbedingt sagen. Sie ist wirklich die allerletzte Person, die ich verletzen will – aber wird sie überhaupt noch etwas mit mir zu tun haben wollen? Schließlich bin ich nach ihrem Ex-Mann die nächste große Enttäuschung … Eine ›I AM SORRY‹-Karte wäre zu plump. Dennoch soll Tine wissen, dass es mir besser geht, dass das Weglaufen zu etwas Gutem geführt hat und ich wieder auf der Spur bin. Ich zögere und schiele wieder zu dem Amaretti-Glas hinüber.

Hinter mir räumt die schon etwas betagte Kioskbesitzerin lautstark in ihren Regalen herum. Neben einem schäbigen Bürostuhl an der Kasse liegt ein schwarzer Spitz und beäugt mich mit mindestens ebenso viel Skepsis wie das Frauchen. Ich schnuppere und fühle, wie das Vertrauen in meine Sinneswahrnehmung zurückkehrt: Kein Zweifel, das Aroma feiner Salami wabert durch den kleinen Laden, ein paar Scheiben der köstlichen Wurst liegen hübsch angerichtet auf einem Tellerchen neben der Kasse. Ich möchte wetten, das ist Salame Felino, und beim Gedanken an die milde Süße dieser Spezialität läuft mir das Wasser im Mund zusammen. Ich schaue mich weiter im Laden um und fühle mich auf einmal wie ein Kind im Spielzeugparadies: Von überall gucken mich kleine und große Köstlichkeiten an, so als wollten sie im nächsten Moment auf meinen Arm springen. Ich kann mich nicht so recht zu etwas entschließen. Die Signora macht ein paar resolute Schritte zum Eingang. Ihre in die Schranken gewiesene Oberweite in einem schlichten schwarzen Kleid ist ebenso bemerkenswert wie der kunstvoll gesteckte graue Haarknoten. Sie dreht das Schild mit den Öffnungszeiten um: Mittagspause.

Ich ziehe eilig ein paar Karten aus dem Karussell – alles wilde Montagen aus Schinken und Würsten, großen roten Herzen und Landschaft – und gehe zur Kasse. Der Spitz knurrt leise hinter mir her, während mich die Besitzerin so würdevoll reserviert zur Tür bringt, als käme ich gerade von einer Audienz beim Papst. Ich werfe einen Blick zurück durch das Schaufenster und sehe, wie der Hund mit einem Stück Salami auf der Nase Männchen macht. Schnell hole ich mein Handy raus, um das Kunststück zu fotografieren. Da habe ich plötzlich eine Idee.

Kapitel 29

Willkommen auf meinem Blog!

Willkommen auf chiliundhonig.de! Ich heiße Nana und liebe Delikatessen. Das mag daran liegen, dass ich in einem Feinkostladen aufgewachsen bin. In den letzten Monaten ging es in meinem Leben ziemlich turbulent zu. Und genau das hat mich dazu gebracht, auf die »Pause-Taste« zu drücken und mir einen alten Traum zu erfüllen: Schon lange wollte ich eine Reise machen, die mich zu all den Köstlichkeiten führt, die mir am Herzen liegen.

Und so habe ich mich auf den Weg gemacht. Begleitet mich dabei – durch Italien! Eure Nana

Die Reise beginnt in Parma

Die Emilia Romagna zählt seit jeher zu den reichsten Regionen des Landes, und das macht sich auch in der Küche bemerkbar: Hier ist alles etwas üppiger und gehaltvoller. Die Hauptstadt Bologna ist für ihren Aceto Balsamico Tradizionale berühmt, in Parma sind es Parmigiano Reggiano und Parmaschinken, Salame Felino und Mortadella. Auch der Culatello stammt von hier – dieser Schinken gilt in Italien als Wurstware, weil er nicht am Knochen gereift ist. Meine Mutter hat darüber immer einen klei-

nen Vortrag gehalten, wenn sie uns eine Platte mit Antipasti gezaubert hat. Natürlich durfte auch Salame Felino dabei nicht fehlen – sie wird übrigens überall im Lande kopiert, aber nur die aus Parma und Umgebung ist echt. Ihr besonderes Aroma verdankt sie der Zugabe von Weißwein, in dem Pfeffer und Knoblauch gelöst sind. Die optimale Dicke einer Scheibe entspricht der eines Pfefferkorns, dann ist die Haptik perfekt. Ob das Hündchen in der Tabaccheria das wohl auch zu schätzen weiß und deswegen so schön Männchen macht?

Das Dreigestirn aus strenger Signora, ihrem salamibegeisterten Hund und der Wurst, die als Kostprobe für die Kunden auf einem Teller liebevoll angerichtet war, hat mich jedenfalls dazu bewogen, mir ein ruhiges Plätzchen für ein kleines Mittagessen zu suchen. Ich lasse meinen Wagen vor dem Laden stehen und spaziere einfach ein Stück die Straße entlang. Gut, die Strada della Repubblica ist nicht gerade das, was man unter Postkartenromantik versteht, sondern mehr eine Hauptverkehrsader in der Industriestadt Parma, aber Lebensmittelgeschäfte mit regionalen Spezialitäten – bei uns würde man sie mit diesem Sortiment als Delikatessenläden bezeichnen – gibt es hier an jeder Ecke. Und so dauert es keine fünf Minuten, und ich sitze am Tresen einer altehrwürdigen, leicht verstaubten Salumeria. Die Regale sind vollgestopft bis in den letzten Winkel, über mir baumeln dicke Parmaschinken von der Decke, es duftet nach Parmesan und Kräutern. Ein wenig Tageslicht fällt durch die kunstvoll dekorierten Schaufenster in das Geschäft und sorgt dafür, dass man nicht ganz im Dunkeln sitzt. Während sich meine Augen langsam an das schwache Licht gewöhnen, öffnet sich der Perlenvorhang zum Hinterzimmer, und ein junger Mann schlendert zur Theke. Er wirft mir einen strahlenden Blick zu.

… ein junger Mann also, aha. Nachdenklich klappe ich meinen Laptop zu und schiebe ihn auf dem Küchentisch möglichst weit von mir weg. Wenigstens weiß ich jetzt, dass Nana in Parma ist.

Seit der Nacht, als sie betrunken vor meiner Tür stand und schließlich auf meiner Couch eingeschlafen ist, habe ich sie nicht mehr gesehen. Ich erinnere mich noch genau an den Morgen danach.

Es hatte endlich aufgehört zu regnen. Die Sonne kam hervor, draußen roch es zum ersten Mal in diesem Jahr nach Frühling. Ich hatte gleich früh am Morgen eine Runde um den Block gedreht, um ein wenig an der frischen Luft über die vergangene Nacht nachzudenken.

Als ich zurückkam, war Nana einfach und ohne eine Notiz oder ihre Nummer zu hinterlassen verschwunden. Ich war total enttäuscht.

Während ich noch regungslos auf der Couch saß, wo Nana gelegen hatte, klopfte von draußen jemand an meine Fensterscheibe. Es war Kamil, der mit Julia wie fast jeden Morgen für unser kleines Ritual vorbeikam. Bevor Julia und ich uns nämlich in der Catering-Küche unten im Kellergeschoss der Remise wieder an die Arbeit machen, frühstücken wir jedes Mal zu dritt.

Ich öffnete ihnen die Tür. Kamil lockerte seinen Schal und klopfte mir auf den Rücken.

»Na? Frauenbesuch gehabt heut Nacht?«, fragte er grinsend.

»Woher weißt du das?«

»Sie war davor bei mir und hat sich nach dir erkundigt.«

»Und du hast ihr meine Adresse gegeben?«

»Natürlich nicht, aber sie hat deine Visitenkarten entdeckt, du hast sie ja selbst superpräsent bei mir aufgestellt. Lief es denn okay? Sie war ein bisschen, na ja, beschwipst.«

»Bisschen sehr beschwipst, Kamil.«

»Um wen geht's?«

»Um Nana Jacobi«, klärte Kamil Julia auf.

»Ach, hat Tom es jetzt auch mal gecheckt?« Sie lachte.

»Was habe ich gecheckt?«, blaffte ich Julia an.

»Dass du auf sie stehst!«

»Ach, Quatsch … Also, ich mein, ja, sie hat was … ist ziemlich hübsch … aber sie scheint etwas neben der Spur zu sein. Gestern hat sie etwas echt Merkwürdiges gesagt …«

Julia ließ sich in meinen Sessel fallen, sie schien müder als sonst zu sein. »Was, Tom?«

»Dass sie nur schmecken kann, wenn ich bei ihr bin.«

Julia zog mit einem nachdenklichen Blick ihre Jacke aus. »Ja, das klingt schon leicht merkwürdig.«

»Ich find's romantisch«, rief Kamil von meiner Küchenzeile zu uns herüber. Er machte bereits Kaffee für uns drei. »Wisst ihr, das kann's schon geben, die Sache mit dem verlorenen Geschmackssinn. Ist so was Seelisches, tritt bei Trauer oder so auf. Käme schon hin, sie hat schließlich ihre Mutter verloren und schien deswegen ganz schön mitgenommen.«

»Hat sie das?« Ich sah Kamil überrascht an. »Woher weißt du das denn alles?«

»Meine Kunden vertrauen mir halt.« Er grinste vielsagend. »Mal im Ernst, Tom, die Kritik über dich war scheiße, aber wer weiß, was da in Wirklichkeit los war, wenn sie gar nicht schmecken konnte.«

Ich ließ mich aufs Sofa fallen, starrte einen Moment lang fragend an die Decke und sagte dann: »Ich muss echt mit ihr sprechen.«

»Sehr gut! Wir übrigens auch mit dir«, meinte Julia mit einem Lächeln, das ihre Müdigkeit überstrahlte.

»Ich frag sie einfach«, überging ich Julia, »ob sie mal nüchtern mit mir den Abend verbringen möchte. Ach, fuck, ich hab ja ihre Nummer gar nicht …«

»Kamil und ich müssen dir was erzählen«, setzte Julia von neuem an. Diesmal ließ sie mir keine Zeit, sie zu unterbrechen: »Wir werden Eltern, Tom!«

Ich sah meine beiden Freunde baff an. Julia streichelte sich über den Bauch.

»Im nächsten Monat werde ich meine Schichten im Leevke etwas runterfahren, aber was unser Unternehmen angeht, Tom, bin ich weiterhin voll einsatzbereit.«

»Daran denke ich gerade gar nicht, Julia. Ich freue mich echt für euch beide. Wow, das ist schon cool«, sagte ich gerührt.

Kamil kam zu uns. »Rutsch mal rüber«, sagte er und deckte uns drei mit der Wolldecke zu. Er hatte feuchte Augen.

»Spür mal, Tom.« Julia legte meine Hand auf ihren Bauch.

Sechster Monat, wie hatte ich diese kleine, süße Kugel unter Julias Schürze die ganze Zeit übersehen können.

»Es ist toll, wenn sich zwei Menschen finden, so wie du und Kamil«, sagte ich.

Julia legte den Arm um mich. »Vielleicht hast du sie auch schon gefunden, Tom.«

»Jetzt übertreib mal nicht«, grummelte ich nur.

»Tom?«

Julia kann nichts dafür, aber wenn sie versucht, streng zu gucken, schaut das echt niedlich aus. Das ist nicht ganz ungefährlich. Denn Julias hübsches Gesicht verführt dazu, sich nicht richtig zu wappnen für das, was dann kommt.

»Oft stehen uns doch die eigenen Ängste im Weg«, sagte sie jetzt. »So wie die meisten Männer fürchten, an eine komplizierte Frau zu geraten, wollen Frauen nicht, dass ihr Mann ein Versager ist. Ich möchte mir keine Welt vorstellen, in der beide Seiten keine Risiken mehr eingehen.«

Das war typisch Julia. Erbarmungslos und aufrüttelnd. Sie lag damit nur selten daneben.

Aber selbst wenn ich wirklich gern mit Nana geredet hätte – sie war wie vom Erdboden verschwunden.

Noch am selben Vormittag fuhr ich Julia ins Café Leevke und verbrachte dort noch ein Stündchen, in der Hoffnung, Nana könnte dort vielleicht auftauchen. Doch nichts passierte – außer, dass ich Julia immer wieder begeistert über ihren leicht gewölbten Bauch streicheln musste.

Auch in den nächsten Tagen hing ich mehr als sonst im Café Leevke ab, doch Nana Jacobi kam nicht mehr, egal zu welcher Uhrzeit ich mich dort herumtrieb. Über die Redaktion von NARZISS besorgte ich mir schließlich ihre Nummer, aber seit sie mich beim ersten Versuch weggedrückt hat, ist ihr Handy ständig aus.

Julia riet mir, es einfach auf Facebook zu versuchen. Das war zwar nie so mein Ding gewesen, aber weil mich der Gedanke, Nana sprechen zu müssen, nicht losließ, suchte ich über Julias Account nach ihr. Ich fand eine Nana Jacobi, die in Dänemark wohnte, eine andere aus Connecticut, und als drittes fand ich meine … also die Hamburger Nana Jacobi. Auf ihrem Profil war zwar schon länger nichts mehr gepostet worden, aber ich checkte ihre Seite von da ab fast täglich. Und tatsächlich: Heute gab es einen neuen Post, einen Link zu einem Blog – ihrem Blog! Neugierig klickte ich darauf und landete auf ihrem ersten Eintrag. Da war ein Bild von einem kleinen Hund, der auf zwei Beinen tanzt. Auf seiner Nase liegt ein Stückchen Salami.

Kapitel 30

Genüsslich schlürfe ich meinen Cappuccino und lese noch einmal den Text, den ich gerade etwas umständlich aus Mangel an einem Notebook auf meinem Smartphone getippt habe. Aber ich habe viel zu viel Vergnügen an der Sache, um mich von solchen Widrigkeiten aufhalten zu lassen. Es ist der Beginn einer neuen Ära: chiliundhonig.de ist wieder online!

Glücklich lege ich mein Handy zur Seite und schaue hoch. Der Wirt erinnert mich mit seinem offenen Karohemd über dem T-Shirt und dem leicht frechen Grinsen irgendwie an Kamil – für eine Millisekunde spüre ich einen Stich in der Herzgegend. Ob Tom wohl an mich denkt?

»Allora.« Er stützt seine gebräunten Unterarme auf der polierten Travertinplatte des Tresens ab und schaut mich fragend an.

»Mangiare?« Demonstrativ weist er auf die Schinken an der Decke, anscheinend hat er sofort den Touri in mir erkannt. Ich spiele das Spielchen mit und nicke. Dann ordere ich ebenfalls per Fingerzeig Culatello und Oliven. Es macht Spaß, ihm dabei zuzusehen, wie er die Scheiben hauchdünn vom Schinken schneidet und anrichtet. Unruhig rutsche ich auf meinem Hocker herum und schnuppere. Diese Aromen … wie sehr wünsche ich mir, dass sich das Wunder vom Rastplatz wiederholt – dass ich schmecken kann!

»Buon appetito.« Der italienische Kamil stellt den Teller vorsichtig vor mir ab. Er lächelt mir zu.

»Signorina …?« Jetzt holt er eine Flasche Weißwein aus dem Kühlschrank und hält sie baumelnd in die Höhe. Als ich nicht ablehne, füllt er kurzerhand ein Glas damit, ein weiteres mit Wasser und stellt beide ganz akkurat neben den Vorspeisenteller.

»Mille grazie.« Ich greife nach dem Wasser und merke im selben Moment, dass er stutzt. *Mein Italienisch klingt wohl ganz authentisch,* denke ich und muss ein bisschen grinsen. Dann schenke ich meine ganze Aufmerksamkeit dem Culatello. Vorsichtig nehme ich die Scheibe hoch und führe sie zum Mund. Nervös drücke ich die Zunge gegen den Gaumen: Kein Zweifel, ich schmecke wieder, wenn es sich auch immer noch wie nach einer Betäubungsspritze beim Zahnarzt anfühlt. Mein Herz klopft. Die nächste Scheibe, diesmal Parmaschinken, wandert in meinen Mund. Fast übermütig nehme ich einen tiefen Schluck von dem gut gekühlten Weißwein – und halte inne, weil ich es kaum glauben kann. Ich schmecke nicht nur Schinken und Wein, ich spüre auch, was sie zusammen auf meiner Zunge in Gang setzen: Meine Geschmacksnerven tanzen miteinander!

Ich mache mich beim Thekenmann bemerkbar und deute auf mein Glas.

»Noch eins, bitte.«

»Con piacere, Signorina.«

Im nächsten Moment ist er mit einem gefüllten Glas zurück und schiebt mir dazu noch einen Korb mit Brot rüber. Ich krame derweil kräftig kauend die Karten aus der Tasche und überlege, welche ich nun an Tine schicken soll. Meine Wahl fällt auf ein Motiv mit viel Landschaft und wenig Wurst. Ich schreibe, dass ich sie anrufen werde, schon bald. *Es gibt so viel zu erzählen, Tine!* Leider habe ich nicht an Briefmarken gedacht, und der smarte Tresenmann hat auch keine zur Hand, wie er mir mit einer pantomimischen Einlage zu erklären versucht. Ich schaue auf die

Uhr: Bis die Läden wieder aufmachen, bin ich längst in Pisa. Ich werde die Karte ganz einfach dort einwerfen.

Drei Stunden später stehe ich auf der Piazza dei Miracoli und betrachte die Postkarten in meiner Hand. Die erste habe ich gerade eben auf den Weg gebracht, die anderen drei sind zumindest schon mal mit Briefmarken versehen. Aber wem soll ich eine Karte schicken? Claas ist in den Flitterwochen. Kamil? Würde sich wahrscheinlich freuen, die Aktion könnte aber auch als Anmache verstanden werden – was mir völlig fernliegt –, und neue Verwicklungen kann ich nicht gebrauchen. Und Tom? Ja, ihm würde ich gerne schreiben, und wie gerne! Ich möchte ihm davon erzählen, dass ich wieder schmecken kann und dass ich ihn vermisse … aber das geht nicht. Ich muss akzeptieren, dass er vergeben ist. Außerdem wird er Vater, und das besiegelt das fette NEIN in meinem Kopf.

Langsam lasse ich die Hand mit den schrill-bunten Motiven der Wurst- und Schinkenherrlichkeit Parmas sinken. So ein Mist. Nach dem Mittagessen in der Salumeria fühlte ich mich wie auf Wolken schwebend – nun hat mich die Erde wieder, und wie. Ich seufze tief und wende mich Richtung Turm. Er ist wirklich unglaublich schief. Kaum zu glauben, dass er immer noch nicht zusammengekracht ist. Wahrscheinlich weiß er, dass Pisa zum Großteil seinetwegen besucht wird. Gut, ich gehöre auch zu seinen Fans, darum wollte ich ihn mal unbedingt aus der Nähe sehen. Ich spaziere auf die Horden von Touristen zu, die sich mit dem Turm fotografieren lassen. Die meisten von ihnen verharren dabei in der Pose, als wollten sie ihn stützen, und ich muss an einen Flash Mob denken, so sinnfrei sieht das aus – da schnappe ich ein paar Satzfetzen auf.

»Can you help me please, Sir, please?«

Die Stimme kenne ich doch. Wie im Reflex drehe ich den

Kopf und bleibe so abrupt stehen, dass mir glatt der nächste Touri in die Hacken läuft. Ich springe zur Seite und muss schallend lachen. Da steht Holger, und zwar auf einem Bein. Das andere hat er im rechten Winkel nach hinten weggestreckt. Mit der einen Hand drückt er gegen den Turm – haha –, mit der anderen lupft er keck seinen Tirolerhut und strahlt in die Linse. Der arme Chinese, der den Moment für die Ewigkeit festhalten soll, kommt allerdings nicht so recht klar: Er drückt ein paar Mal auf den Auslöser, dann gibt er die Kamera mit Verbeugung zurück an Holger. Der guckt jetzt so traurig, dass ich erst recht lachen muss. Bevor er das allerdings mitbekommt, schalte ich auf ernst und nähere mich vorsichtig. Ich weiß ja, wie schreckhaft er ist.

»Holger! Was machst du denn hier?«, will ich wissen. Er schaut mich an, die Enttäuschung über die vermasselte Aufnahme steht ihm ins Gesicht geschrieben. Ich zeige auf die Kamera.

»Soll ich ein Foto von dir machen?«

Er lächelt kurz, dann wird er rot. Und guckt weg.

»Holger?« Ich lege den Kopf schief und lächele ihn amüsiert an.

»Danke, aber du machst dich dann nur über mich lustig«, antwortet er schroff und hängt sich die Kamera wieder um.

»Bestimmt nicht«, versichere ich, »echt nicht. Gib schon her.«

Jetzt guckt er wieder wie ein zutrauliches Meerschweinchen.

Nach der kleinen Foto-Session lädt Holger mich zu einem Getränk ein. Zu meinem eigenen Erstaunen unterhalten wir uns prächtig und genießen gemeinsam die milde, spätnachmittägliche Sonne in einem der unzähligen Straßencafés der Altstadt.

Wie sich herausstellt, ist mein spießiger Gondelkamerad kein Studienrat, sondern Professor für Architektur der Renaissance in Heidelberg, und er denkt sich immer wieder etwas Neues aus, um seine Schäfchen ins Seminar und in den Hörsaal zu locken.

»Und die kommen dann, weil du deine Vorträge mit schrägen Fotos illustrierst?«, frage ich ihn etwas ungläubig.

Holger grinst, aber eher dezent. Dann nickt er.

»Ich gelte bei uns als der bunte Hund unter den Profs«, gesteht er nicht ganz ohne Stolz und saugt geräuschvoll sein Frappé.

Okay, einen Tausendsassa habe ich mir bislang immer anders vorgestellt, aber …

»Was studierst du denn eigentlich?«, fragt er mich und blinzelt gegen die tiefstehende Sonne. Jetzt bin ich es, die wegguckt.

»Nichts«, sage ich leichthin und bemühe mich, so zu klingen, als wäre es mir wirklich völlig gleichgültig. Und das ist im Grunde auch so, aber genau das verstehen die meisten Leute nicht, und ich habe immer das Gefühl, ich muss mich für meine Entscheidung rechtfertigen. Holger fixiert mich, und ich hoffe, dass er im Gegenlicht nicht allzu viel aus meiner Miene lesen kann. Wieder saugt er geräuschvoll, dann stellt er das leere Glas beiseite und streicht sich über den Schnurrbart.

»Vergiss es, es war nur so ein Gefühl«, sagt er freundlich und winkt den Kellner heran.

»Warum?«, frage ich und stelle nun auch mein Glas zur Seite.

Holger schaut mich nachdenklich an und sagt: »Es ist die Art, wie du die Dinge angehst. So als wäre die Welt eine einzige praktische Versuchsanordnung.«

»Muss man dafür studieren?«, pariere ich. Holger steht auf.

»Nein, aber die meisten meiner Studenten verhalten sich genauso wie du: Trial and Error, wie ein Hamster im Rad.«

Verdattert schaue ich ihn an, doch da wühlt er schon die Taschen seiner Camouflage-Funktionsweste durch und befördert schließlich eine verdrückte Visitenkarte ans Tageslicht.

»Hier, Nana, falls sich unsere Reiserouten nicht noch einmal kreuzen. Und wenn du mal nach Heidelberg kommst – ich freue mich immer über inspirierende Gesellschaft.«

So wie er das sagt, sieht er gar nicht mehr aus wie ein Nagetier, da liegt was ganz anderes in seinem Blick. Doch bevor ich dieses Etwas richtig greifen kann, tippt er sich an den Hut, vollführt eine Drehung um hundertachtzig Grad und ist nach wenigen Metern in einer riesigen Touristentraube verschwunden.

Als ich begreife, dass er wirklich fort ist, fühle ich mich etwas allein und doch irgendwie erleichtert. Ich bummle ein wenig durch die engen Gassen; richtig aufnahmebereit für die Schönheit rings um mich herum bin ich allerdings nicht, denn der Schluss unserer Unterhaltung nagt immer noch an mir. Ich ärgere mich über meine Unsicherheit, die jedes Mal beim Thema Studieren hochkommt. Natürlich hätte ich studieren können, ich habe ein gutes Abi hingelegt – aber ich dachte, mit achtzehn hat man noch so viel Zeit. Also machte ich in Mamas Laden eine Ausbildung, wenn auch keine mit offiziellem Abschluss. Aber ich lernte alles über Delikatessen, und jeden Morgen, wenn das Glöckchen an der Eingangstür mit dem ersten Kunden den Tag einläutete, dann meinte ich, dass alles so war, wie ich es haben wollte. Ich glaube, ich war damals wirklich glücklich, weil es Mama und mir scheinbar an nichts fehlte. Und heute? Habe ich da nicht auch allen Grund, glücklich zu sein? Schließlich habe ich eine große Chance bekommen, um noch einmal ganz von vorne anzufangen. Okay, es ist in weniger als sechs Monaten schon der zweite Neustart, aber na ja, so ist das eben. Wie sagte Holger? Trial and Error.

Während sich die letzten trüben Gedanken in Luft auflösen, lasse ich mich von der Masse vorwärtsschieben, vorbei an schicken kleinen Geschäften und herausgeputzten Restaurants. Es ist später Nachmittag, und langsam muss ich mir Gedanken über eine Unterkunft machen. Auch heute habe ich keine rechte Lust auf ein konventionelles Hotel, aber ich weiß, dass rund um Pisa einige Ölmühlen Unterkunft anbieten, Essen mit der Familie am großen Küchentisch inklusive. Ich ziehe mein Smartphone aus der Tasche und will das Internet um Auskunft bemühen, da segelt Holgers Kärtchen in sanften Schwüngen vor mir auf den Boden. Für einen Moment überlege ich, es liegen zu lassen, dann stecke ich es doch wieder ein und entdecke dabei die Visitenkarte von Tom in meinem Portemonnaie. Nachdenklich betrachte ich seine Handynummer und schiebe das Kärtchen zurück in die Brieftasche. Ich blicke hoch: Um mich herum beginnt der abendliche Trubel. Genug für heute.

Wenige Stunden später sitze ich mit den Besitzern einer wunderschönen alten Ölmühle beim Abendessen. Es gibt Kichererbsensuppe mit Sciocco-Brot, dazu ein Glas Rotwein – einfach köstlich. Noch am Morgen hätte ich nicht zu träumen gewagt, dass meine Geschmacksnerven wirklich ihren Streik beenden würden. Bei hundert Prozent steht ihre Leistungskurve zwar noch nicht, aber es tut so gut, wieder dieses Zusammenspiel aus Riechen, Schmecken und Konsistenz zu erleben. Ich nehme mir noch ein Stück von dem duftenden, ungesalzenen Brot und tunke die Scheibe tief in die Suppe. Die drei Kinder, die wie die Orgelpfeifen aufgereiht neben mir am Tisch sitzen, beobachten jede meiner Bewegungen mit großen Augen. *Allzu viele Gäste scheinen sich wohl nicht hierhin zu verirren,* denke ich und zwinkere dem Jüngsten zu. Er lächelt scheu zurück und schmiegt sich an seinen Vater, einen hochgewachsenen, stillen Mann. Auch seine Frau, neben der ich sitzen darf, spricht während des Essens kaum. Es ist nicht üblich – der Respekt vor dem, was verzehrt wird, steht im Vordergrund. In diesem Teil der Toskana spielen Tradition und Werte eine große Rolle. Viele Kinder meines Alters siezen ihre Eltern noch, und wie traditionsbewusst meine Gastgeber sind, erlebe ich gerade live mit: Der Großvater und Altbauer muss seine Suppe alleine essen, er hat an der Tafel nichts zu suchen. Ich rede mir zwar ein, dass es nur meinetwegen ist und eine Ausnahme, aber im Grunde weiß ich, dass das nicht stimmt. Morgen werde ich mit seiner Tochter eine kleine Ölverkostung machen und die Mühle besichtigen.

Ich bin auf gesunde Weise müde. Genau wie der Jüngste der Brüderschar kann ich mittlerweile kaum noch die Augen offen halten und gehe zu Bett. Ich nehme mir vor, so lange wach zu bleiben wie möglich, um das Aroma der Kichererbsen weiter am Gaumen zu spüren, aber kaum liege ich unter meiner Wolldecke, fallen meine Augen ganz zu.

Am darauffolgenden Nachmittag mache ich es mir draußen an einem alten Holztisch mit ein paar Kissen im Rücken und Blick auf die Olivenhaine bequem. Mein neues Büro auf Zeit, denke ich und muss lächeln. Der Computer unter meinen Fingern surrt genauso laut wie der von Kallacks. Vorhin habe ich spontan die älteste Orgelpfeife gefragt, ob ich seinen Laptop benutzen dürfte. Zum Glück darf ich. Die Tasten des Computers klackern wie von selbst unter meinen Fingern, als ich meinen nächsten Blogbeitrag verfasse.

... die Farbe hingegen ist kein Indikator für Qualität, sondern schlichtweg von der jeweiligen Olivensorte abhängig. Wer sich sicher sein möchte, dass er erstklassiges Öl kauft, sollte also diesen kleinen Geschmackstest machen.

Hm. Klingt alles ein wenig nüchtern. Kann ich damit wirklich Leser begeistern? Ich überfliege den Text ein weiteres Mal. Vielleicht braucht es einfach Zeit: Genau wie sich meine Geschmacksempfindungen von Tag zu Tag steigern, werde ich schönere, buntere Worte finden. Ohne dass ich danach gefragt hätte, stellt meine Gastgeberin einen Cappuccino vor mir ab und ist im nächsten Moment schon wieder im Haus verschwunden. Ich scrolle den Artikel durch, ändere hier und da noch ein paar Wörter. Der cremige Milchschaum kitzelt an meiner Oberlippe, der Kaffee darunter ist stark und aromatisch. Mit dem Gefühl größter Zufriedenheit schaue ich mich um. Den Vormittag habe ich damit verbracht, mich mit der Olivenölherstellung zu beschäftigen. Die junge Bäuerin führte mich durch ihre Haine, auch wenn zu dieser späten Frühlingszeit von den Früchten noch nicht viel zu sehen war. Dann zeigte sie mir die Presse, die schon seit Generationen in Betrieb ist. Bei der darauffolgenden Ölverkostung wurde mein wiedererweckter Geschmackssinn auf die Probe gestellt. War ich bislang noch unsicher, ob ich ihm wirklich trauen kann, so weiß ich jetzt, dass ich wieder feinste Nuancen schmecken und beurteilen kann.

Die Tasten des Computers klackern weiter. Am Ende lade ich noch ein paar Handyfotos hoch, die ich während der Verkostung gemacht habe, verlinke auf die Ölmühle und stelle den Beitrag online.

Das erste Mal seit langer Zeit habe ich wieder das Gefühl, bei mir zu sein – ganz bei mir.

Kapitel 31

Olivenöl verkosten wie ein Profi

Was ich in einer alten Ölmühle in der Toskana erlebt habe

Der schmale Küstenstreifen in der südlichen Toskana beginnt auf der Höhe von Pisa und zieht sich über Livorno und Grosseto bis ins angrenzende Latium. Es ist ein wilder, ursprünglicher Teil Italiens mit tiefen Wäldern und Steilschluchten, langen Sandstränden und der »Macchia«, einer schlecht zugänglichen Landschaft mit steppenartiger Verkarstung und dichtem, schier undurchdringbarem Unterholz. Ein riesiges Kanalsystem hat das ehemalige Sumpfgebiet in den letzten Jahrhunderten entwässert. Die reizvolle Anmut der übrigen Toskana sucht man dort vergebens, doch die Landschaft hat ihre ganz eigene Schönheit.

In dieser vom Massentourismus weitgehend verschont gebliebenen Gegend bin ich auf eine alte Ölmühle gestoßen, wo ich die vergangene Nacht verbracht habe. Das aus grob behauenen Steinen gebaute Haus hat einen großen Garten, von dem aus man direkt auf die Olivenhaine schauen kann. Hier sitze ich nun und lasse den Tag an mir vorbeiziehen. Die Besitzer waren so freundlich, mich zu einem Rundgang und einer Verkostung einzuladen. Dabei habe ich gelernt, wie man die Qualität von Olivenöl ganz leicht erkennen kann. Kurz gesagt: Je mehr Antioxi-

dantien ein Öl hat, desto wertvoller ist es für die Ernährung. Die Stoffe hinterlassen einen pfefferigen Geschmack im Rachen, deshalb gilt die Grundregel: Je mehr »Pfeffer« im Abgang, desto besser ist das Öl. Mit ein wenig ungesalzenem Sciocco und Wasser zum Neutralisieren haben wir verschiedene Öle probiert, oder besser gesagt: mit viel Luft geschlürft, gekaut und geschluckt. Es ist unglaublich, was da im Rachen passiert …

»Toskana! Alles klar, sie ist in der Toskana!«

Julia lacht belustigt auf. »Es ist grün, Tom.«

Sie sitzt neben mir im Lader und beobachtet amüsiert, wie ich mich hektisch durch Nanas neuesten Blogeintrag scrolle.

»Äh, ja, grün.« Ich lächele Julia knapp zu und gebe mit dem Smartphone in der Hand Vollgas. In rund fünfhundert Metern Entfernung erspähe ich die nächste rote Ampel, doch noch bevor ich abbremsen kann, schaltet sie auf Grün, so dass ich weiter freie Fahrt habe.

»Mach das doch gleich in Ruhe, Tom«, rät Julia mir.

»Hast recht.« Ich lasse mein Handy in den Becherhalter rutschen und schaue nach vorne auf den Straßenverkehr, aber meine Gedanken sind in der Toskana.

»Und was macht sie da?«, fragt Julia.

»Sie schreibt, dass sie Olivenöl verkostet. Das heißt, sie kann wieder schmecken …« Nachdenklich sehe ich aus dem Autofenster.

»Und bleibt sie da länger?«, will Julia wissen.

»Wenn ich das nur wüsste!«

Julia schaut mich direkt an. »Tom! Du bist ja richtig verknallt!«

Ich gebe ihr mit einer energischen Geste zu verstehen, dass ich finde, dass sie maßlos übertreibt, widerspreche ihr aber nicht.

»Ich würde eben ganz gerne mal mit ihr sprechen. Nach unserer letzten Begegnung blieben da einfach ein paar zu viele Fragen offen. Und danach hat sie Hamburg einfach verlassen und ihr Handy ausgemacht.«

»Immer noch nicht bei Facebook, Tom? Da verhält sich ja meine Urgroßmutter aufgeschlossener als du.«

»Eine Nachricht von einem kümmerlichen Account mit einer Handvoll Freunde kommt bestimmt super bei ihr an. Außerdem würde sie sehen, dass ich mich neu registriert habe. Das kommt stalkermäßig.«

»Und deshalb stalkst du sie heimlich über ihren Blog?«

»Hey! Ich stalke sie nicht. Wer kam denn bitte mitten in der Nacht an meine Haustür getorkelt?«

»Wenigstens ist sie das Risiko eingegangen. Schreib ihr doch einfach eine Nachricht, Tom. Ich glaube nicht, dass sie das merkwürdig findet.«

»Nein, das kommt blöd!«, beharre ich.

»Dann schreib halt einen Kommentar unter ihren Blog.«

»Auf gar keinen Fall, Julia! Das zwischen ihr und mir ist privat, nichts, was man öffentlich anspricht … nein. Ich muss mit ihr direkt reden.«

»Na, dann viel Spaß in der Toskana, Tom.«

»Ha!«, stoße ich aus. »So einfach ist das nicht. Sie reist scheinbar durch Italien und hält sich nie besonders lange an einem Ort auf. Der Eintrag ist älter als vierundzwanzig Stunden, wahrscheinlich ist Nana schon in Rom oder sonst wo.«

Julia sieht mich mit großen Augen an. »Ernsthaft, Tom? Das heißt, du würdest wirklich nach Italien reisen, wenn du dir sicher sein könntest, wo Nana sich genau aufhält?«

Jetzt werden meine Augen groß. »Ähm.« Ich räuspere mich. »Ich denke, also, wahrscheinlich … eher nicht, weiß nicht. Egal, ist mir zu theoretisch. Fakt ist: Sie entfernt sich mit jedem Tag mehr.« Die nächste Ampel ist rot. Ich schaue zu meinem Handy im Becherhalter. »Vielleicht soll's auch einfach nicht sein, Julia.«

»Warum ist es dir dann so unheimlich wichtig, mit ihr zu sprechen?«

Ich runzele die Stirn und weiß erst einmal nicht, was ich darauf sagen soll. »Es ist dieses Gefühl, das ich hatte, als sie bei mir war«, antworte ich schließlich. »Noch nie zuvor hat es sich mit einer Frau so angefühlt.«

»Wie angefühlt?«

»Richtig. Es fühlte sich einfach richtig an.«

Kapitel 32

Angekommen am Meer

Hatte ich gesagt, die Maremma läge touristisch gesehen noch im Dornröschenschlaf? Da muss ich mich wohl korrigieren, zumindest wenn es um diesen Ort geht: Porto Santo Stefano. Er liegt an der Nordspitze der Halbinsel Monte Argentario im äußersten Süden der Toskana, direkt an der Grenze zum Latium. Das mondäne Fleckchen hat Portofino weiter nördlich schon vor Jahren den Rang abgelaufen. Hier tummeln sich die Schönen und die Reichen und die, die sich dafür halten – oder zumindest ein bisschen dabei sein möchten. In gewisser Weise angezettelt hat das wohl der Clan rund um Fiat-Patriarch Agnelli, der Porto Santo Stefano zu seiner Sommerresidenz machte und dem verträumten Städtchen damit den Ritterschlag des Jetsets erteilte. Gut situierte Römer verbringen hier ihre freie Zeit mit derselben Selbstverständlichkeit, wie wohlhabende Hamburger in ihr Haus auf Sylt fahren. Dass der kleine Ort in der Oberliga der Promi-Orte mitspielt, macht sich natürlich auch bei den Preisen bemerkbar – für den Betrag, den ich gerade für meinen Espresso Doppio bezahlt habe, hätte ich in Pisa zwei bekommen. Mindestens.

Fast gewöhne ich mich schon daran, auf meinem Smartphone zu bloggen. Aber so richtig optimal ist es nicht. Ich lasse das Handy in meine Tasche gleiten und gleichzeitig den Zucker in die kleine Steinguttasse rieseln. Neugierig schaue ich mich um. Dank der neuen Sonnenbrille wird auch niemand meine Blicke bemerken. Das Vintage-Modell mit dem breiten, schwarzen Rahmen verleiht mir durchaus einen gewissen Dolce-vita-Appeal, wie ich finde. Eigentlich war es ein Notkauf, weil bei meiner alten Brille andauernd das linke Glas herausfiel. Nun sitze ich hier direkt an der Hafenpromenade, genieße die laue Luft des frühen Abends und versuche, an nichts zu denken. Doch das klappt nicht, mir schwirrt zu viel im Kopf herum. Immer wieder ist da der Impuls, Tine anzurufen, aber dann sage ich mir, dass die Karte ja noch gar nicht da sein kann. Sie ist kaum zwei Tage unterwegs, per Luftpost zwar, aber ich möchte auf Nummer sicher gehen und Tine zunächst schriftlich auf mich einstimmen. Eine Schinken-Postkarte als Vorhut sozusagen. Bei der Erinnerung an das Motiv schleicht sich ein Grinsen auf mein Gesicht – und friert im selben Moment ein, als sich ein junges Pärchen an den Nebentisch setzt. Die zwei sind dermaßen verliebt und so süß dabei, das ist kaum zu ertragen.

Ich bestelle mir einen Campari Orange und frage den Kellner, ob er eine Hotelempfehlung hat. Mit breitem Lächeln zeigt er mit dem Daumen hinter sich. Ist mir eben gar nicht aufgefallen, dass das Café zu einem Hotel gehört. Ich sage ihm, dass ich sofort zurück bin, und stiefele los. Neben der Drehtür verraten fünf Sterne, dass es sich um ein sehr exklusives Haus handelt. Noch nie in meinem Leben habe ich in einem so mondänen Hotel übernachtet. Ich überlege – die Absolution von Claas' Banker habe ich ja bereits …

Mit dem schweren Zimmerschlüssel in der Hand spaziere ich zurück zu meinem Tisch. Der Kellner bringt mir meinen Campari Orange auf Eis, und ich genieße ihn in homöopathisch kleinen Schlückchen. Das Pärchen vom Nebentisch hat sich verzogen, ich habe meinen Logenplatz wieder für mich allein. Ich lasse die Eiswürfel im Glas klackern und muss seufzen: Die Sonne geht gerade unter, das sieht wunderschön aus. – Warum habe ich Tom nicht früher kennengelernt, bevor er … Mein Gott, was er gedacht haben muss, als er mich total betrunken auf dem Boden liegend in seiner Einfahrt entdeckte? Kein Wunder, dass er sich gleich am Morgen verzogen hatte. Mir wird leicht schwindelig, als ich mir vorstelle, wie Tom am Mittag seiner schwangeren Freundin davon erzählt, wie mitten in der Nacht die seltsame Gastrokritikerin bei ihm aufgekreuzt ist, um mit ihm über ihr Geschmacksproblem zu reden. Bestürzt kämme ich mir mit beiden Händen durch die Haare. Ich trinke den Rest des Camparis auf ex, lege dem Kellner zum fälligen Betrag ein großzügiges Trinkgeld unter das Glas und beschließe, zur Ablenkung mein Zimmer zu inspizieren.

Das Marmorbad ist so riesig, dass locker meine Mansarde in der Brahmsallee darin Platz hätte. Die Armaturen sind herrlich altmodisch, keine Mischbatterie, sondern ein Regler mit »F« wie freddo und einer mit »C« für caldo.

Inzwischen ist die Wanne voll, und ich liege unter einer Decke aus duftenden Schaumbläschen und trinke Spumante aus der Franciacorta. Ich genieße die Dekadenz des Augenblicks und tauche unter, zähle bis zehn und komme wieder hoch. Es klopft an der Tür, der Zimmerkellner ist da. Ich rufe ihm aus dem Bad zu, dass er bitte reinkommen soll, mille grazie, das Trinkgeld liegt auf der Konsole.

Wenige Minuten später sitze ich auf einem imposanten Boxspring-Kingsize-Bett, eingepackt in den dicksten, größten und kuscheligsten Bademantel meines Lebens. Den Tisch mit meinem Abendessen habe ich so weit zu mir herangezogen wie möglich. Ich zappe mich durch die TV-Programme, bleibe bei einer dieser unentrinnbaren Talentshows hängen und lasse mir dabei unverdrossen Antipasti und ein exzellentes Vitello tonnato schmecken. Auch der Primitivo aus der Nähe von Grosseto ist perfekt für meinen Gaumen.

Nach dem Essen schlendere ich mit dem Glas in der Hand zum Balkon und lasse mich in einen der gut gepolsterten Lounge Chairs fallen. Inzwischen ist es völlig dunkel; das Licht des Mondes bricht sich in den sanften Wellen des Meeres. Ich muss schlucken. Das sind Momente, die man zu zweit genießen sollte … Ein leichter Wind kommt auf und lässt mich frösteln. Schnell stehe ich auf, schließe die hohen Fensterflügel hinter mir und schlüpfe unter die weiche, von gestärkten Laken umwickelte Wolldecke.

Im Fernsehen geht der Talentwettbewerb in die entscheidende Runde. Ich stopfe mir ein paar Kissen in den Rücken und versuche dem Brimborium auf der Mattscheibe zu folgen, allerdings ohne Erfolg. Ich bin zu unkonzentriert, und mein Blick wandert ständig umher. Wirklich ein tolles Zimmer, wie man sich ein Grandhotel eben so vorstellt: kostbare Tapeten und schwere Vorhänge, ein paar Antiquitäten und neueste Technik. Es ist schon verrückt, wie sich mit einem Mal alles ändern kann. Vor etwa einem Jahr steuerte ich direkt auf meinen Konkurs zu. Ein halbes Jahr später war ich in Hamburg Starkolumnistin, wenn auch nur für kurze Zeit, und jetzt – ja, was besitze ich jetzt eigentlich? Die Möglichkeit, in einem Luxushotel zu nächtigen, oder doch weitaus mehr? Und wenn es weitaus mehr ist – würde mich so ein typisches Wohlstandsleben überhaupt glücklicher machen?

Mein Mansardenzimmer – das hat mich glücklich gemacht. Der kleine Raum in Tines Pension hat vom ersten Augenblick so etwas Heilsames auf mich ausgestrahlt – als ob er mich mit einer herzlichen Umarmung willkommen hieße. Diese feine Suite reicht mir dagegen nur sehr förmlich die Hand, als wollte sie sagen: ›Gratuliere. Sie haben ausnahmsweise die Gelegenheit, sich bei mir umzuschauen.‹

Ich lösche seufzend das Licht, schalte den Fernseher aus und blicke müde in den schwarzen Nachthimmel. Werde ich je wieder ein Zuhause finden? Und wenn ja, für welche Nana wird es dann geschaffen sein? Für die Nana, die ihre mickrigen Einnahmen zusammenzählt und damit gerade so überleben kann? Für die überhebliche Nana, die sogar tricksen und betrügen würde, um sich ihr Kuchenstück vom Erfolg zurückzuholen – oder für die Nana, die einfach das geschenkte Geld von ihrem Vater auf den Kopf haut, für vierhundertfünfzig Euro die Nacht.

Wo bin ich zu Hause?

Mama sagte mal, Zuhause ist dort, wo man eine Bereitschaft entwickelt, die Liebe für etwas anderes über sein eigenes Ego zu stellen. Mama liebte den Laden, und sie liebte mich – mehr als alles andere in der Welt. Und was liebe ich?

Kapitel 33

Die Cucina Povera des Latium – so einfach, aber sooo gut!

Cucina Povera wird ja gerne mit »Armeleuteküche« übersetzt, aber das stimmt so nicht. Es geht vielmehr darum, dass es sich zumeist um einfache Zutaten wie Gemüse, Getreide und Hülsenfrüchte handelt, die vornehmlich Verwendung finden. Wer in und um Rom einen Vorspeisenteller bestellt, wird mit ziemlicher Sicherheit Crostini con Alici, geröstete Weißbrotscheiben mit Butter und Sardellen, und Panzerotti alla Romana finden, das sind köstliche gebackene Klößchen aus Eiern und Mehl. Zu den beliebtesten Pastagerichten der Region Latium zählen Spaghetti Carbonara und Pasta e Ceci. Letzteres ist ein Nudelgericht mit Kichererbsen und Rosmarin. Ich hatte das große Vergnügen, diese intensiv duftende Pastaspezialität auf einem Landgut bei Rom kennenzulernen, wo ich heute Abend nach Stunden im Stau gestrandet bin. Von wegen, alle Wege führen nach Rom – das muss vor der Erfindung des Autos gewesen sein!

Ich bin auf jeden Fall froh, dass ich Porto Santo Stefano hinter mir gelassen habe. Heute Morgen habe ich noch der Bucht von Pozzarello einen kurzen Besuch abgestattet. Ein herrlich gepflegter Strand, türkisblaues Wasser – eine Postkartenidylle. Doch mir war das alles zu gekünstelt: die akkurat aufgereihten Sonnenschirme ebenso wie die äußerst modebewusst gekleide-

ten Strandgäste. All das machte auf mich den Eindruck, als ob dort das Aussehen der Menschen und Dinge viel wichtiger als ihr Wesen, ihr Kern wäre.

Da ist mir dieses in die Jahre gekommene Landgut vor den Toren der Ewigen Stadt sehr viel lieber. Hier sind meine Gastgeber weniger schick gekleidet als die Menschen in Porto Santo Stefano, dafür authentisch und unglaublich hilfsbereit. Der Koch war sogar so liebenswürdig, eine Extraschicht für mich einzulegen. Dabei hat er einiges über die Cucina Povera des Latium erzählt. Zusammenfassen lässt es sich im Wesentlichen so: Die Zutaten sind zwar simpler Natur, doch der kreative Umgang mit Kräutern und Gewürzen bringt Gerichte mit völlig eigenem Charakter hervor.

Apropos Gewürze, das ist mein Stichwort: Nach einem kurzen Stopp in Rom – gesetzt den Fall, ich entgehe dem allgegenwärtigen Verkehrschaos und komme hoffentlich morgen dort an – geht es weiter nach Istanbul. Ich kann es kaum noch erwarten, endlich durch die Basare zu streifen und mich auf dem größten Gewürzmarkt am Bosporus von Stand zu Stand treiben zu lassen. Und das Schönste daran: Es gibt keinen Zeitdruck! Ich werde dort einfach ein Weilchen bleiben und euch natürlich weiterhin von meinen kulinarischen Neuentdeckungen erzählen.

»Ah, heute fährt sie also weiter nach Rom.«

»Tom!«, schreit Kamil mich an.

»Scheiße!« Ich drehe mich um, die Milch ist bereits übergekocht und auf die Herdplatte geschwappt. Im Raum verbreitet sich der Geruch von Verbranntem.

»Wo bist du mit deinen Gedanken, Mann?«

»Bei Nana Jacobi«, ruft Julia müde zu uns herüber. »Ich glaube, Tom, ich falle heute auf dem Markt aus.«

Eben sind die beiden für unser Frühstück bei mir angekommen, aber statt in die Küche ist Julia schnurstracks zu meinem Sofa gelaufen. Dort liegt sie auch jetzt noch und stöhnt leise vor sich hin.

»Ich kann Tom ja ein bisschen helfen, Liebling.«

»Quatsch«, sage ich. »Du hast genug in deinem eigenen Laden zu tun. Ich kriege das schon hin.« Mit einem Becher Kaffee ohne Milch widme ich mich wieder Nanas Blog. »Das hier klingt echt viel natürlicher als das, was sie in ihrer Kolumne geschrieben hat. Hier steht außerdem, dass sie von Rom weiter nach Istanbul fliegen will.«

»Das passt doch wie Arsch auf Eimer«, sagt Kamil.

»Was meinst du damit?«

»Ich möchte Julia noch vor unserer Hochzeit meiner Familie dort vorstellen. Und da dachten wir beide, warum wir nicht im kleinen Kreis einfach dort heiraten.«

»Klingt auf jeden Fall nach einem Plan«, sage ich und schaue zu Julia. »Und was sagt deine Familie dazu?«

»Der kann ich's eh nicht recht machen. So oder so. Sag mal, und deine Nana da, hat sie vor, etwas länger in Istanbul zu bleiben?«

»Ja, sie meinte, dass sie ein Weilchen bleiben will.«

»Dann lauf ihr doch einfach in Istanbul über den Weg, mein Lieber«, schlägt Kamil vor.

»Wie soll das gehen?«

»Weil du unser Trauzeuge bist.«

Kapitel 34

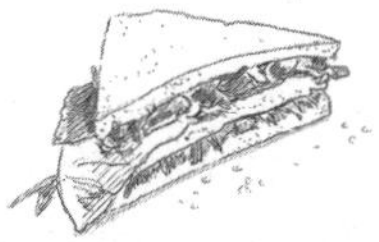

Als wäre der Ewigen Stadt die Sache mit dem Stau vom Vortag peinlich, zeigt sie sich heute von ihrer liebenswürdigsten Seite. Es ist warm, aber nicht zu heiß, die Straßen sind angenehm leer – wobei das natürlich relativ ist –, und was mich am meisten freut: Der Golf steht sicher in einem der vielen kleinen privat geführten Parkhäuser. Das Ticket war mit fünfunddreißig Euro für einen Tag zwar kein Schnäppchen, dafür konnte ich den Parkplatz online buchen und hatte null Stress. Unternehmungslustig stehe ich vor der Spanischen Treppe und drehe mich wieder und wieder um die eigene Achse. Das Künstlerhotel, in dem ich wohnen möchte, muss hier ganz in der Nähe sein – aber ich kann es nirgendwo entdecken. Ich überprüfe noch einmal die Adresse und marschiere auf die angezeigte Straße zu. MILLE FIORI steht auf einem recht neuen Schild, und eine ältere Dame rückt gerade die Straßenbestuhlung zurecht. Als ich sie nach dem Hotel frage, schenkt sie mir ein mütterliches Lächeln.

»Nein, Signorina, das Hotel gibt es nicht mehr.« Sie bedeutet mit einer Geste, dass ich mich setzen soll. »Ich habe ein Café daraus gemacht.«

Hm, na dann. Ich zucke mit den Schultern, nehme im Schatten der blauen Markise Platz und bestelle erst einmal einen Cappuccino. Von hier aus habe ich einen wunderbaren Blick auf die Trinità dei Monti, die sich stolz über der Spanischen Treppe erhebt. Von der Kirche aus ist es ein kurzer Fußmarsch durch den

Stadtpark zur Galleria Borghese mit ihren Kunstschätzen, denen ich heute noch einen Besuch abstatten will.

»Prego, Signorina.«

Die Dame aus dem Café stellt ein blank poliertes Tablett vor mir ab; neben der Tasse liegt ein Kärtchen. Sie tippt darauf und sagt ebenso freundlich wie energisch: »Gutes Hotel, Signorina. Kann ich nur empfehlen.«

Ich bedanke mich bei ihr. An Hotels herrscht in Rom zwar kein Mangel, aber ich bin für jeden Insider-Tipp dankbar. Doch bevor ich mich auf den Weg zum Hotel mache, habe ich etwas zu erledigen, etwas, das ich nicht länger aufschieben kann: Ich muss endlich mit Tine sprechen! Ich darf mich nicht länger drücken. Angespannt wähle ich die Nummer der Pension – hoffentlich geht sie ran. Meine neue Nummer kennt sie ja nicht.

»Ja bitte?«, meldet sie sich.

»Hallo, Tine, ich bin's, Nana«, sage ich so ruhig wie möglich, aber meine Stimme vibriert leicht.

»Oh …«, Tine klingt erstaunt, mehr nicht. Pause. »Geht es dir gut?«

»Ja«, sage ich und muss schlucken, »aber wie geht es dir?«

»Auch gut, danke.« Jetzt kann ich das Zittern hinter ihren Worten hören.

»Nana …«

»Ja?«, frage ich aufgeregt, meine Hände sind ganz feucht.

»Das war unfair, einfach abzuhauen, weißt du.« Die Anstrengung, das möglichst gelassen zu sagen, ist ihr anzumerken.

»Ja«, gebe ich ihr recht. »Das war ziemlich bescheuert. Aber ich war so was von durch, und als ich dann dasaß ohne Job … Ich hätte mir die schöne Mansarde auch einfach nicht mehr leisten können.«

»Nana.« Tine holt tief Luft. »Da hätten wir doch eine Lösung gefunden. Oder?«

»Wenn du einen neuen Deal meinst«, sage ich vorsichtig, »nein, Tine. Du hast mir mit dem Job sehr geholfen, als ich nach Hamburg kam, aber ich möchte es diesmal alleine schaffen.«

Nun ist es meine Stimme, die fast bricht.

Tine pustet die Luft aus, ich weiß genau, wie sie jetzt aussieht.

»Ich hab's nur gut gemeint, Nana.«

»Das glaub ich dir, aber vielleicht war es einfach zu viel ... na ja ... des Guten. Tatsache ist, ich habe unseren Deal nicht eingehalten. Es tut mir echt leid, Tine«, erwidere ich betroffen und horche, aber sie sagt nichts mehr. Schließlich höre ich einen leisen Seufzer.

»Du hast Post bekommen.«

»Von wem?«, frage ich überrascht.

»Kein Absender.«

Ich überlege. Außer Mobilfunkanbieter und Versicherungsbüros kennt niemand meine Anschrift in der Pension. Niemand, fällt mir im Schreck ein, außer natürlich Konstantin, Max und Sinus!

»Kannst du sie für mich öffnen?«, bitte ich Tine.

Es raschelt am anderen Ende der Leitung, Tine räuspert sich. Dann ist es erneut still, so still, dass ich denke, die Verbindung zwischen uns ist abgebrochen.

»Hallo?«

»Ja, Nana, ich bin noch dran. Also ... du ... du scheinst ziemlich viel Geld auf deinem Konto zu haben«, sagt Tine. Sie klingt unangenehm berührt. Den offenen Einblick in meine finanzielle Lage hätte sie wohl lieber vermieden. Und mir fällt es wieder ein: Natürlich! Ich hatte Claas' Banker die Adresse gegeben. Wie konnte ich das nur vergessen? Mehr als taktlos, Tine direkt mit der Nase auf meine Kontoauszüge zu stoßen. Und das auch noch am Telefon. Ich versuche, mich zu erklären.

»Mein Vater hat seit meiner Geburt für mich Geld angelegt

und jetzt sozusagen sämtliche Unterhaltszahlungen auf einmal an mich ausgezahlt. Bis vor ein paar Tagen wusste ich davon nichts.«

»Wow … ja, ähm, wie praktisch«, sagt Tine so leise, dass sich ihre Worte dabei fast auflösen.

»Wie viel ist es denn, Tine?«, frage ich vorsichtig. »Ich hoffe, ich komme noch die nächsten Wochen damit aus. Momentan kaufe ich sozusagen blind mit der Kreditkarte ein …«

»Nana!«, unterbricht sie mich. »Du willst wissen, wie viel?«

»Ja«, antworte ich noch vorsichtiger, um nicht Gefahr zu laufen, diesen Dialog endgültig zu versauen.

»So eine Summe sage ich ungern am Telefon, aber …« Tine überlegt. »Hast du die Telefonnummer der Pension im Kopf?«

»Ja, ich habe sie gerade gewählt.«

»Der Betrag auf deinem Konto kommt der Nummer ziemlich nah.«

»Ich … äh … was?« Zahlen drehen sich in meinem Kopf: 48 … »Hei… heißt das etwa, mein Kontostand ist im sechsstelligen Bereich?«

»Ja, das heißt es, Nana«, bestätigt Tine.

Ich gerate ins Kippeln, falle fast vom Stuhl. Die Besitzerin des Cafés schaut besorgt zu mir herüber.

»Tine! Oh, Mann, Tine! Es gibt so viel, was ich dir erzählen muss. Es ist so viel passiert, und …«, fallen mir die Worte aus dem Mund.

»Nana«, höre ich Tine sagen. Sie betont es nicht vorwurfsvoll, aber ich spüre, da ist eine Grenze.

Ich umklammere das Handy ganz fest, weil ich Tine irgendwie nicht loslassen möchte. »Ich rufe dich bald wieder an, okay?«

»Ja. Bis bald. Tschüs.«

Bevor ich etwas erwidern kann, hat Tine aufgelegt.

Oh, Mann, habe ich jetzt alles nur noch schlimmer gemacht? Ich muss mir wirklich etwas einfallen lassen, um diese Freundschaft zu retten.

Ich lege Geld für den Cappuccino auf den Teller und breche auf, den Kopf voll mit Zahlen. Die Summe, die mir Tine angedeutet hat, klingt so unwirklich, so gar nicht greifbar.

Wie angetrunken schlendere ich auf die Spanische Treppe zu, die inzwischen von vielen Schulklassen und Reisegruppen bevölkert wird, und erklimme die ersten Stufen. Da fällt mein Blick auf ein junges Mädchen, dessen Finger sich blitzschnell auf der Tastatur eines Tablets hin und her bewegen. Ich bleibe stehen und denke nach. Vielleicht sollte ich ja zuallererst in meinen Blog investieren. Im nächsten Augenblick mache ich kehrt und gebe »Laptop« in die Suchmaske meines Handys ein.

... die Nachmittagssonne wird allmählich milder, die Schatten länger. Eine leichte Brise weht über die kunstvoll bepflanzte Fläche und trägt die Kühle der Wasserfontäne zu mir herüber, die direkt vor meinen Augen in rhythmischen Intervallen in die Höhe sprudelt. Ich lehne mich auf der unbequemen, aber wunderschönen eisernen Gartenbank zurück und atme tief ein. Der Springbrunnen bildet den Mittelpunkt einer Komposition aus symmetrisch angelegten Beeten und Hecken – ein Barockgarten, wie er prächtiger nicht sein könnte. Ich befinde mich im kleineren Teil des Parks, der noch innerhalb der Stadtmauern liegt. Hier, direkt oberhalb der Piazza del Popolo ist die Gartenanlage in ihrer ursprünglichen Form erhalten. Der andere, weitaus größere Teil wurde Ende des 18. Jahrhunderts nach dem Vorbild englischer Gärten umgestaltet und ist das, was der Central Park für Manhattan ist: die grüne Lunge der Stadt. Die Villa Borghese mit ihren unglaublichen Kunstschätzen liegt am nordöstlichen Rand der Anlage und empfängt ihre Besucher mit einer majestätischen Treppe, über die man in die Ausstellung gelangt. Sie beherbergt

Werke der größten italienischen Künstler, darunter Raffael, Botticelli und Caravaggio, aber sie ist weit mehr als ein Museum: Die Skulpturen und Gemälde verschmelzen mit den reich verzierten Räumen zu einer Einheit, zu einem Gesamtkunstwerk. Mich hat diese alles überstrahlende Schönheit schier umgehauen, darum sitze ich jetzt hier und blogge darüber, um das Gesehene zu verarbeiten. Es heißt immer, Reichtum könne nicht glücklich machen. Doch das kann er, zumindest mich. In all dieser Pracht fühle ich mich echt high.

Meine Hände streichen vorsichtig über den neuen Laptop auf meinen Knien. Ich drücke auf ENTER, dann entlasse ich den Artikel in die Weiten des Internets. Anschließend verstaue ich mein neues Arbeitsgerät in der ledernen Hülle, die ich mir ebenfalls gegönnt habe, und strecke mich. Die Luft wird kühler. Ich sollte mich langsam nach einer Bleibe umschauen … Mir fällt die Empfehlung der Cafébesitzerin ein. Ich zücke mein Handy und gebe den Namen des Hotels ein. Nach wenigen Sekunden werde ich fündig: Die Villa Vincenzo liegt ganz in der Nähe des Forum Romanum. Zu Fuß sind es gut zwei Kilometer. Ich stecke die Laptophülle in meine Tasche, dann marschiere ich los.

Rom erwacht gerade aus seiner Nachmittagsruhe; die Straßen füllen sich mit Menschen. Es ist laut, das aufbrausende Knattern der Vespas dröhnt in den engen Gassen, und der Geruch von warmem Teer und frisch gemahlenen Kaffeebohnen liegt in der Luft. Kaffeeduft ist etwas ganz Besonderes: Sein Aroma setzt sich aus rund achthundert verschiedenen Stoffen zusammen, er ist so flüchtig, dass es bislang noch nicht gelungen ist, ihn einzufangen und zu konservieren. Das Aroma künstlich »nachzubauen«, ist so schwierig, dass die Geruchskopie umgehend als solche entlarvt würde. Im Grunde müsste es noch mehr solcher »Rebellen« geben, dann sähe unsere Lebensmittelindustrie anders aus …

Ich schaue mich um. Die Touristen auf den schmalen Gehsteigen werden nun weniger, elegante Römer bevölkern die Straße. Jetzt öffnet sich die Gasse, und ich bin auf der Via del Corso, einer der angesagten Shoppingmeilen der Stadt. Langsam schlendere ich an den Auslagen der Luxusboutiquen vorbei, versuche das Flair der Endlosmarkisen über deckenhohen Fenstern mit ihren extravaganten Dekorationen zu genießen. Seit dem Telefonat mit Tine habe ich meinen Kontostand ständig im Hinterkopf, aber ich kann die Bedeutung der Zahlen immer noch nicht richtig fassen. Ich bleibe stehen und betrachte nachdenklich ein Kleid, das etwa so viel kostet wie die Jahresmiete für unseren Delikatessenladen. Vor wenigen Monaten musste ich noch mein Mansardenzimmer als Aushilfe in der Pension finanzieren – und jetzt könnte ich dieses Kleid kaufen, ohne mit der Wimper zu zucken. *Das ist mir im Moment alles zu abstrakt,* stelle ich fest und gehe langsam weiter.

An der Piazza Venezia lege ich noch einmal eine kleine Pause ein und bestelle mir in einem Espresso-Shop eine Lemonsoda und ein Tramezzino mit Pastrami und Mayonnaise. Das Brot ist locker und saftig. Ich seufze leise; es tut so gut, das alles wieder zu spüren.

Als ich wenig später bei dem Hotel ankomme, gibt es zum Glück noch freie Zimmer.

»Signorina – wenn Sie mir folgen wollen«, sagt der Portier, nimmt einen Schlüssel vom Haken und steigt mit erstaunlich jugendlichem Schritt die Terrazzotreppen vor mir hinauf. Im dritten Stockwerk bleibt er vor einer Tür stehen und schließt umständlich auf. Ich folge ihm auf dem kühlen Boden und blicke mich fasziniert um. Anscheinend ist mir meine Begeisterung anzusehen, denn der Portier schmunzelt, als er den Schlüssel auf das Tischchen neben dem Bett legt und mir noch einmal zunickt. Im nächsten Moment bin ich allein.

Ich lasse mich auf das Bett fallen und schaue an die Decke. Ein großer, schwarzer Lüster aus Muranoglas prangt in der Mitte des Zimmers; Reste von Stuck sind freigelegt, aber im Fragment belassen. Genauso verhält es sich mit den Wänden. Hier und da sind alte Fresken zu sehen, rundherum ist alles modern mit grauem Beton verputzt. Vor dem Fenster, das auf einen kleinen Balkon hinausführt, steht ein filigraner Eames Chair auf Kufen, daneben ein grob behauener Holzklotz, der als Beistelltischchen dient. Mann, ist das schick! Ich springe auf die Beine und betrete den Balkon. Er zeigt nicht zur Straßenseite, sondern zu einem großen Innenhof, in dem ich die Bestuhlung eines Restaurants entdecke. Ich beschließe, dort zu Abend zu essen, aber davor möchte ich noch einen kleinen Spaziergang zum Forum Romanum machen.

Kurz darauf gebe ich meinen Schlüssel unten am Empfang ab. Der Portier zieht eine Augenbraue hoch.

»Bene, Signorina?«

Ich nicke heftig. »Oh ja, molto bene, vielen Dank«, dann bin ich auch schon draußen im abendlichen Trubel.

Allerdings ist es mit dem Forum Romanum nicht so einfach, wie ich mir das gedacht habe: Die Anlage ist nämlich schon geschlossen, wie ich feststellen muss, als ich davor angekommen bin. Ein bisschen frustriert drehe ich mich um, da erregt etwas meine Aufmerksamkeit, und ich traue meinen Augen kaum. Tirolerhut, Überlebensmontur und Rucksack – das ist Holger! Gibt's doch nicht! Sein Schritt ist allerdings recht zackig, darum muss ich einen Zahn zulegen, um ihn einzuholen. Ich tippe ihm auf die Schulter.

»Huhu, Holger! Das ist ja eine Überr…«

Mir bleibt das Wort im Mund stecken, denn zwei Augen fixieren mich auf unangenehme Weise. Zu meinem Reisegefährten aus der Gondel gehören sie nicht.

»'tschuldigung, scusi ...«, sage ich schnell und gehe weiter. Also so was! Hat der zauselbärtige Professor doch wirklich einen Doppelgänger – zumindest von hinten. Aber die kleine Verwechslung bringt mich auf eine Idee. Ich fummele seine Visitenkarte aus dem Portemonnaie heraus und tippe die Nummer ein.

»Holger? Hier ist Nana. Stell dir vor, was ich gerade erlebt habe ...«

Am späten Abend sitze ich tatsächlich an einem der Tische, die ich von meinem Balkon aus gesehen habe.

»Auf Rom«, proste ich Holger zu und nehme einen tiefen Schluck Weißwein. Der Professor schaut mich mit seinem zufriedenen Meerschweinchenblick an und betupft sich die Mundwinkel sorgfältig mit der Serviette. Dann hebt er ebenfalls sein Glas, lächelt mir zu und trinkt.

»Was machst du eigentlich in Rom?«, frage ich ihn ganz direkt.

Holger druckst ein wenig herum. Er scheint zu überlegen, was er erzählen kann und was nicht.

»Ich habe hier für einen befreundeten Kollegen – äh, für eine Kollegin, meine ich – also, ich habe ihr einen Gefallen getan und etwas besorgt.«

»Etwas besorgt?«, wiederhole ich und habe keine Ahnung, was er meint.

Holger schaut mit Elendsmiene in den Himmel, dann trinkt er den guten Tropfen auf ex. Er rutscht unruhig auf seinem Stuhl hin und her und kneift ganz fest die Augen zusammen. Ich warte und ordere in der Zeit noch einen halben Liter.

»Du darfst nichts verraten, sonst bin ich dran«, sagt er schließlich kryptisch und schiebt energisch das Kinn vor. Aber seine Augenlider flattern, er ist total nervös.

»Mann, Holger, was ist denn los? Hast du eine Statue von Bellini mitgehen lassen, oder was?«

Der Professor schnellt in seinem Sitz hoch. Seine Nase zittert. Irgendwie sieht das süß aus … meine Neugierde ist geweckt.

»Naaaa?«, frage ich provokativ. »Was ist es, pack schon aus.«

Holger greift unter den Tisch und fördert seinen Rucksack zutage. Vorsichtig öffnet er die Schnallen und hält das Ding so, dass ich hineingucken kann. Ich beuge mich vor, greife nach dem undefinierbaren Inhalt.

»Das ist ein dicker Stein«, stelle ich irgendwie konsterniert fest.

»Psssstttt!« Der Professor lässt den Rucksack wieder unter dem Tisch verschwinden und beugt sich zu mir.

»Das ist kein Stein. Das ist ein Stück vom Portal des Hauses von Livius Gaius dem Älteren!«

»Livius Gaius«, wiederhole ich, »dem Älteren. Aha.«

Holger ringt mit den Händen und schaut mich vorwurfsvoll an.

»Nana. Ich habe diesen – äh – diesen Stein …«

»Ich denke, das ist kein Stein«, unterbreche ich ihn.

Holger windet sich wie ein Aal. »Ja, nein, also … es ist halb legal.« Er schluckt und zieht mit dem Fingernagel Linien in die weiße Tischdecke.

»Du meinst geklaut«, sage ich und sehe trotz der Dunkelheit, dass er rot anläuft. Er nickt.

»War nicht geplant, mehr eine … Gelegenheit.« Jetzt grinst er spitzbübisch, bevor seine Mimik wieder in den Meerschweinchenmodus fällt. Ich schaue ihn fragend an. Und erfahre, dass er sich für die Heimreise einen Mietwagen nehmen will.

»… ins Flugzeug mit einem Zweikilobrocken? Aussichtslos. Das wird teuer, und darüber hinaus sehr riskant«, sagt Holger gefasst, »aber man muss Opfer bringen für die Wissenschaft.«

Wohl eher für eine gewisse Kollegin, denke ich und zupfe mir noch ein Stück Brot ab. Da habe ich eine Idee. Wie ein Blitz saust sie durch meinen Kopf. Und auf einmal ist alles ganz einfach.

»Du kannst meinen Golf haben, wenn du willst. Ich will weiter nach Istanbul und müsste mir jetzt sowieso Gedanken machen, wohin mit dem Cabrio.«

Holger runzelt die Stirn. »Ich lebe in Heidelberg«, sagt er vorsichtig.

Ich nicke. »Klar, weiß ich doch. Ich hole den Golf ab, wenn ich wieder in Deutschland bin.« Ich strahle ihn an, zugegeben etwas übertrieben, aber ich will ihn halt überzeugen. Der Professor schaut durch mich hindurch, er wägt ab, das ist ihm anzusehen. Schließlich nickt er kaum merklich und blickt mich an. Er guckt so feierlich, als wollte er mir die Blutsbruderschaft vorschlagen, aber so weit kommt es dann doch nicht.

»Das ist sehr freundlich, Nana. Danke.« Seine Stimme zittert etwas, er scheint nette Gesten nicht unbedingt gewöhnt zu sein. Ich greife nach der Speisekarte und winke dem Kellner.

»Los, Holger, lass uns ein wenig feiern. Wir haben allen Grund dazu.«

Als wir uns am nächsten Morgen im Parkhaus treffen, bin ich noch ordentlich verkatert. Im Gegensatz zu Holger, der irgendwann auf Wasser umgestiegen ist, bin ich dem süffigen Weißwein treu geblieben – und das letzte Glas war wohl eines zu viel. Feierlich überreiche ich ihm Mamas Autoschlüssel.

»Bring das Erdbeerkörbchen bitte gut nach Hause«, sage ich.

Mit einer ungeschickten Geste drückt mich Holger an sich. Dabei klopft er mir auf den Rücken, als wäre ich ein braver Hund.

»Mach ich, Nana, mach ich. Versprochen.«

Ich beobachte, wie er einsteigt, sich Sitz und Spiegel einstellt, den Gurt anlegt und den Motor startet. Er schenkt mir einen letzten Blick, dann gibt er Gas und fährt auf die Ausfahrt zu. Die Schranke öffnet sich, er biegt nach links ab. Ich starre auf die helle Öffnung, durch die Licht in das Dunkel der Garage fällt, und bleibe wie angewurzelt stehen. Langsam realisiere ich, was ich da gemacht habe – und dass ich nun frei bin, wirklich frei! Erst als ich das Hupen eines anderen Wagens hinter mir höre, springe ich zur Seite. Die Schrecksekunde lässt mich straucheln, fast falle ich hin, doch ich kann mich im letzten Moment fangen. Da sehe ich etwas am Boden in der Sonne glitzern. Dort, wo eben noch der Golf stand, liegt etwas. Ein Geldstück? Neugierig beuge ich mich hinunter – und kann es kaum glauben: Es ist Mamas Kette.

Kapitel 35

»Scuse me? Ich möchte ja nicht stören, aber ich brauche meinen Rucksack.«

Ich öffne die Augen und sehe in ein Gesicht zum Verlieben. Vertraut lächelt mich dieses schöne Gesicht an, als wären wir auch die letzten Nächte nebeneinander aufgewacht. Sind wir aber nicht, wir sehen uns gerade zum ersten Mal … Ich schnelle nach vorn und sehe mich hektisch nach allen Seiten um. Flughafen, registriere ich, ja, genau, Flughafen Rom-Fiumicino mit seinem ultrahässlichen Terminal, der frei von Sitzgelegenheiten ist – abgesehen von denen auf dem Boden. Das Platznehmen auf Fußhöhe scheint hier übrigens ganz normal zu sein. Um mich herum sitzen ganze Familien, Paare, sogar Geschäftsleute in Anzug und mit Aktentasche auf dem stumpfen Linoleum und warten darauf, dass ihr Check-in-Schalter endlich öffnet.

Ich reibe mir über das Gesicht, um die letzten Spuren von Schlaf wegzuwischen, und schaue wieder den süßen Typen an, der mir weiterhin sein zutrauliches Lächeln schenkt. Seine Haut ist sanft gebräunt, die blonden Haare von Sonne und Salzwasser ausgeblichen, genauso wie sein türkisfarbenes T-Shirt.

»Darf ich?« Sein Englisch ist weder britisch noch amerikanisch.

Er ruckelt sanft an seinem Rucksack. Gedankenverloren schaue ich ihn an, bis er mich irritiert angrinst.

»Oh, oh ja, Entschuldigung, na-natürlich.« Ich lehne mich vor und gebe endlich seinen Rucksack frei. Er streckt seinen Arm hinter mich, und mein Blick fällt dabei auf eine Taucheruhr an seinem kräftigen Handgelenk.

»Oh, Gott, so spät schon!«, stelle ich erschrocken fest. »Wie lange habe ich denn geschlafen, hier, auf dem Boden?«

»Halbe Stunde bestimmt«, sagt er, während er sich seinen Backpacker-Rucksack umschnallt und entschuldigend seine Schultern anhebt. »Supersüß war das.«

Und du bist superhot, denke ich.

»Musst du auch zu dem Schalter?«, fragt er.

Ich drehe mich um und lese BILBAO an der Tafel, auf die sein Finger zeigt.

»Nein, ähm, Istanbul. Ich reise nach Istanbul.«

»Schade.« Seinem Gesichtsausdruck nach scheint er das wirklich zu bedauern.

»Ja«, sage ich, »und danke fürs Anlehnen – an deinen Rucksack. Wahrscheinlich die komfortabelste Sitzgelegenheit hier.« Ich werfe ihm ein letztes schüchternes Lächeln zu, greife nach meinem Koffer und gehe zielstrebig in eine andere Richtung.

Am Ende des Terminals entdecke ich die Schalter der türkischen Airline. Die Schlange davor ist lang. In einem Zeitungskiosk kaufe ich mir einen Schokoriegel und durchstöbere das Zeitungs- und Buchregal, um mir ein wenig die Zeit zu vertreiben. Ich entdecke einen Istanbul-Reiseführer, auf Italienisch allerdings. Egal, wird gekauft.

Mit dem Guide in der Hand lasse ich mich eine Weile später vom Check-in zum Gate treiben und versuche, ein paar Seiten dabei zu lesen. So richtig bei der Sache bin ich nicht: Der Typ von eben will mir irgendwie nicht aus dem Kopf. Er war echt süß.

Neben mir im Flugzeug sitzt eine ältere Dame. Ihr scheint das Fliegen Angst zu machen. Ich meine, sie beim Start eben leise wimmern gehört zu haben. Als die Anschnallzeichen erloschen sind, reißt sich die Frau den Riemen vom Bauch, steht auf und wankt in Richtung Cockpit.

Ich hole mein Smartphone aus der Tasche und sehe mir in aller Ruhe die Bilder der letzten Tage an. Es sind tolle Aufnahmen, wie ich finde, die Farben satt und warm. Eine ganze Woche habe ich mich in Rom aufgehalten, gegessen und gegessen und genossen und gegessen. Klingt nach einem kulinarischen Rausch? Ja, wahrscheinlich. Aber wie hätte ich all dem fantastischen Essen widerstehen können – schließlich war ich in Rom.

»Aah, Roma!« Der Platz neben mir ist wieder besetzt. Nur spricht keine Frauenstimme zu mir. Ich schaue hoch. Da sitzt doch tatsächlich der umwerfende Typ neben mir, an dessen Rucksack ich mich vorhin gekuschelt habe.

»Hi«, hauche ich fassungslos.

»Hey«, sagt er und strahlt mich an. Mein überraschtes Gesicht macht ihm sichtlich Spaß.

»Ich dachte, du wolltest nach Bilbao?«

Er streckt die Arme aus, verschränkt die Hände hinter dem Kopf und meint: »Hab's mir anders überlegt.«

»Ah«, fällt mir erst nur ein. »Und warum Istanbul?«, frage ich dann.

»Warum nicht?«, fragt er zurück. »Ich bin übrigens Noah.«

»Nana.«

»Nana und Noah«, fasst er zusammen und lächelt wieder so süß, dass ich kurz nicht weiß, wo ich hinschauen soll.

»Wo sitzt du?«, frage ich, um diesem einnehmenden Lächeln irgendwie zu entkommen.

»Na, neben dir«, antwortet er amüsiert.

»Nein, ich meine … Meine Sitznachbarin müsste gleich zurück sein. Sie verträgt das Fliegen nicht, glaube ich.«

»Der geht's gut«, sagt Noah. »Wir haben Plätze getauscht. Sie schien happy deswegen. Ist weiter vorne, weißt du.«

»Oh.«

Ganz schön forsch, dieser Noah. Er ist sich seiner Wirkung auf Frauen scheinbar ziemlich bewusst. Was seine Wirkung auf mich angeht, stelle ich keine Ausnahme dar. Allein sein Blick löst etwas angenehm Flatteriges in meinem Bauch aus.

»Und was machst du so?«, will Noah von mir wissen.

Eine ganz normale Frage, aber die Antwort ist mir unangenehm. »Arbeitslose Journalistin« klingt nicht gerade beeindruckend. Ich druckse so ein wenig herum und quäle dann ein »Hab 'nen Blog« hervor.

Noah löst die Hände hinter seinem Kopf, um die Arme dann vor seiner Brust zu verschränken. »Einen Blog?«, wiederholt er.

»Es geht um Lebensmittel ...«, füge ich hinzu.

»Einen Food-Blog also?«

Die gibt's wie Sand am Meer, denkt er bestimmt.

»Ja, und ums Reisen!« *Wow, Nana. Das wird ihn bestimmt noch mehr umhauen.* »Und du?«, frage ich eilig, bevor ich noch öder rüberkomme.

»Ich bin Surfer.«

»Surfer?«, wiederhole ich. »Profisportler also?«

»Nein, nicht wirklich. Just for fun.«

Da muss ich plötzlich lachen, weil irgendwie klar ist, dass sich in den meisten Fällen weder mit Bloggen noch mit Surfen Geld verdienen lässt.

Noah zieht sein Smartphone aus der Jeans und zeigt mir ein paar Bilder, die er auf seiner bisherigen Route aufgenommen hat. Von Südafrika ist er mit Zwischenstopp in Lagos nach Sizilien geflogen, hat sich dort ein Auto gemietet und ist damit bis nach Rom gefahren. Eigentlich wollte er weiter nach Bilbao, Lissabon und zum Schluss einige Tage in Barcelona verbringen, stattdessen hat er diese drei Städte vor rund vierzig Minuten gegen Istanbul eingetauscht. Er steckt das Smartphone wieder ein.

»Und worüber schreibst du als Nächstes auf deinem Blog?«

»Scharfe Dinge.«

Er grinst. »Erzähl weiter …«

»Nein, ich meine wirklich über scharfe Dinge, Gewürze und so etwas. Ich habe vor, die Märkte in Istanbul zu testen.«

Sein Lächeln gerät kurz ins Stocken. »Du scheinst das ja echt sehr ernst zu nehmen mit deinem Blog.«

»Ja, schon. Schließlich will ich nicht nur ein paar Selfies posten.«

Ungeniert greift er nach meinem Handy. »Ein Selfie sollten wir beide aber schon machen, falls wir uns in Istanbul verlieren … Smile, Nana!« Ich spüre seine Wange an meiner, und Noah drückt ab.

Die Hälfte der Passagiere ist schon draußen, als auch wir endlich hinter den Reisenden der billigeren Sitze die Gangway erreichen. Uns kommt die ältere Dame entgegen, die kurzzeitig neben mir gesessen hat. Sie wirft Noah ein verliebtes Lächeln zu und redet dann aufgeregt auf eine Flugbegleiterin ein: Sie habe ihr Nackenkissen in der Maschine vergessen und müsse noch einmal zu ihrem Platz zurück. Die Stewardess lässt sie durch, und ich sehe, wie die Frau in die Business Class geht. Noah bemerkt, wie ich die Stirn runzele, aber bevor ich etwas sagen kann, kommt er mir zuvor: »Upgrade. Wenn man so wie ich ab und an den gesamten afrikanischen Kontinent überfliegt, kommen da schon ein paar Meilen zusammen.«

Ich nicke nur und denke dabei, dass selbst das Reisen auf Backpacker-Niveau ziemlich kostspielig sein kann. Vom Surfen allein wird jedenfalls niemand satt. Vielleicht modelt er? Deswegen auch das Rumreisen? Vom Aussehen her käme das schon hin. Noah spürt, wie meine Blicke seinen Körper abscannen. Plötzlich legt er seinen Arm um mich.

»Na-na-na«, singt er gut gelaunt. »Ich glaube, du und ich, wir werden eine ziemlich gute Zeit in Istanbul haben.«

Manche Typen haben es echt drauf. Bei einem anderen Mann würde das wahrscheinlich viel zu selbstsicher und total vermessen rüberkommen. Aber Noahs Anmache wirkt gleichzeitig so kumpelhaft und verspielt, als ob es keinerlei Hintergedanken gäbe, sondern nur die unverstellte Sympathie füreinander.

Bei der Einreisekontrolle gelingt mir ein unauffälliger Blick auf seinen Pass. *Kapstadt* entziffere ich und *1. Februar 1994.* Es dauert etwas, da begreife ich erst, dass damit nicht das Ausstellungsdatum, sondern der Tag seiner Geburt gemeint ist. Jesus, der Typ ist jünger als Mia! Als er mich ansieht, schaue ich schnell weg, nur um meine Augen vorsichtig zurück zu seinem jungen Gesicht schweifen zu lassen. Und da blitzen sie doch in seinem Blick auf. Ja. Ganz eindeutig: Hintergedanken. Das Komische dabei ist nur, ich habe dieselben.

Kapitel 36

Noah lehnt am Türrahmen, der Duft seines Duschgels wabert zu mir herüber. »Hey«, sagt er lächelnd.

»Hey.« Ich lächele zurück.

Schon nimmt er Anlauf und landet mit Schwung neben mir auf der Matratze. Fest zieht er mich an sich heran und drückt mir einen Kuss auf die Stirn – nicht den Mund. Für eine Millisekunde bin ich enttäuscht, oder doch erleichtert? Ich schmiege mich in seine Arme, um nicht weiter darüber nachzudenken.

Wir liegen in einem schneeweißen, durchgestylten Zimmer mit französischem Balkon und schauen über die Dächer der Stadt hinaus. Das Zimmer ist Teil eines Penthouse mit Doorman und Videoüberwachung am Eingang. Wir beide haben bis jetzt keine genaue Ahnung, wem diese schicke Wohnung eigentlich gehört.

Wir sind gestern spät am Abend angekommen. Das Taxi fuhr bis zum imposanten Eingang eines großen, strahlend weißen Apartmenthouse der Belle Époque vor. Der Doorman öffnete uns die Wagentür und brachte unser Gepäck bis zum Fahrstuhl im marmornen Treppenhaus. Wir fuhren nach ganz oben, die Fahrstuhltüren öffneten sich, und schon waren wir Gäste einer ausgelassenen Party.

Noah prostete mir zu. »Nimm dir auch was zu trinken, Nana.«

»Ich kenne hier doch niemanden.« Unsicher sah ich mich in der Menge um und fühlte mich von attraktiven Statisten umgeben, die sich bemüht vergnügt zwischen Dachterrasse und den Lounge-Möbeln im offenen Wohnzimmer hin- und herbewegten.

»Und? Ich auch nicht.«

Ich sah ihn verwundert an. Gerade eben war Noah durch die Reihen gewandert, hatte sich an der Küchenbar bedient und mit den Leuten gesprochen, als ob sie alte Freunde von ihm wären. Und sie hatten auf ihn reagiert, als würden sie sich freuen, ihren alten Freund Noah endlich wieder in die Arme schließen zu können.

»Wir können hier pennen. Haben sogar unser eigenes Zimmer«, sagte Noah, als er von seiner Runde zurückkam.

Ich sah ihn weiter fragend an. »Und wer ist der Gastgeber?«

»Bruder von einem guten Freund von 'ner Freundin«, antwortete Noah. Er ließ dabei offen, ob der Bruder hier wohnte oder die Freundin. »Komm, ich zeig's dir.« Noah nahm mich an der Hand und ging mit mir durch einen hellen Korridor. Er öffnete jede Tür und schloss sie wieder, bis wir zu dem weißen Zimmer am Ende des Flurs kamen. »Das ist es!«, sagte er zufrieden.

»Woher weißt du das?«

»Na, weil das Bett frisch bezogen ist.«

Ich sah ihn unentschlossen an.

»Pass auf, du machst es dir ganz gemütlich und chillst 'n bisschen, und wenn du Bock hast, kommst du nach vorne auf die Party, und wenn nicht, genießt du diesen fantastischen Ausblick auf die Stadt.« Er öffnete zwei verzierte Balkontüren. Der Blick aus dem Fenster war wirklich atemberaubend. Ich sah zu den beleuchteten Häusern im Abenddunst, die sich im Auf und Ab der Gassen an die Hügel schmiegten, und roch das Salz in der Luft. Möwen kreischten über uns, und unter dem Balkon brummte der nächtliche Verkehr.

Ich gab nach. Noah zu widerstehen war schier unmöglich, und

die Vorstellung, mich jetzt alleine in Istanbuls nächtlichen Straßen auf die Suche nach einem Hotel zu begeben, war nicht gerade verlockend. Weil ich mich also nicht widersetzte, lehnte Noah lächelnd die Zimmertür an und ließ mich allein. Nach etwa zehn Minuten kam er mit Drinks zurück, und als die leer waren, sorgte er unverzüglich für Nachschub.

»Komm mal her, Nana«, sagte er, als er die dritte Runde Cocktails auf dem Nachttisch abgestellt hatte.

Mit einer behutsamen Geste zog er mich in die Kissen. Durch die weit geöffneten Balkontüren wehte warme Abendluft zu uns herein. Noah bedeckte mein Haar und mein Gesicht mit vielen kleinen Küssen. Ich erwiderte seine Berührungen mit wachsendem Verlangen. Langsam, etwas albern und manchmal laut lachend tasteten wir uns aneinander heran, kugelten übermütig auf dem Bett herum und genossen die Leichtigkeit, die über alldem lag. In diesem Moment fühlte ich mich so losgelöst wie schon lange nicht mehr.

Doch nach einer Weile wurden unsere Küsse wilder, gierig.

»Hoppla!« Noah grinste mich an. Im Eifer des Gefechts war der Inhalt seines Glases auf meinem Tanktop gelandet. Er betrachtete den Fleck und machte dazu einen süßen Schmollmund, dann sah er mir in die Augen. Sein Blick wurde tief.

»Das kannst du so nicht anlassen, das musst du unbedingt ausziehen«, flüsterte er und strich mir zärtlich eine Haarsträhne hinter das Ohr. Vorsichtig schob er die Hände unter das Top, tastete sich an den Seiten hoch und fuhr mit den Fingerkuppen über meine Haut. Ich erschauerte. Noah registrierte das mit einem Lächeln und gab mir einen zarten Kuss. Ich schloss für einen Moment die Augen. Wollte ich das alles? Ja, ich wollte es, und zwar genau so … Ich öffnete die Augen erneut und sah Noahs Gesicht ganz nah vor mir. Seine schönen Augen glänzten vor Erwartung und Lust. Ich lächelte und gab ihm einen langen Kuss.

Dann streckte ich die Arme hoch – und es war mehr als das Signal, mir das Oberteil auszuziehen: Ich ergab mich ganz einfach diesem Hunger, den Noah in mir geweckt hatte. Im nächsten Moment landete mein Top bereits zusammengeknüllt neben dem Bett.

Noah schob lasziv sein türkisfarbenes T-Shirt hoch. Was ich sah, gefiel mir. Ich berührte sanft die sonnengebräunte Haut um seinen Nabel, was er als Aufforderung begriff, weiterzumachen. Unterbrochen von Küssen und kleinen, verspielten Rangeleien zog er sich weiter aus, bis sämtliche Sachen rund ums Bett verstreut lagen. Noah griff nach dem Glas neben dem Bett.

»Nana«, sagte er schelmisch und schwenkte es hin und her, »Achtung!«

Da war der Rest des Drinks bereits auf meiner Jeans gelandet.

»Musst du unbedingt ausziehen«, murmelte er an meinem Ohr und nahm mich in die Arme.

»Lass uns was unternehmen«, schlägt Noah vor und legt die Hand auf meinen Bauch. Er streicht mit seinen Fingerkuppen sanft über meine Haut und fragt leise: »Du wolltest doch zu einem dieser Märkte?«

Im Liegen schiebt er sein Handtuch weg, das bis eben um seine Hüfte geschlungen war, zieht stattdessen Boxershorts an und erstarrt plötzlich. Unruhig wandert Noahs Kopf von links nach rechts und wieder nach links. Er springt vom Bett auf, läuft im Slalom zwischen unseren Klamotten herum, die überall im Zimmer verteilt liegen, greift hektisch nach seiner Jeans und durchwühlt ihre Taschen. Dann wirft er die Hose zurück in die Ecke, dreht sich einmal um sich selbst, klopft auf das Leinenpolster des Sessels, öffnet in der nächsten Bewegung seinen großen Rucksack und kippt alles hektisch aus.

»Was ist denn los, Noah?«

Beunruhigt setze ich mich im Bett auf und ziehe die Decke bis zum Hals.

Noah sieht panisch zu mir herüber, bis sich seine Gesichtszüge wieder entspannen und sein zuckersüßes Lächeln zurückkehrt. Sachte steht er vom Boden auf, schlendert zum Bett zurück und schmeißt sich mit Karacho auf die Matratze.

»Alles oo-k-ay?«, erkundige ich mich erneut.

»Ha!«, ruft Noah. Er greift in den Kissenbezug und zieht eine schwarze Kreditkarte hervor. »Hatte vergessen, wo ich die gestern versteckt hatte. Wenn die wegkommt, wär das megakacke, dann komm ich nicht mehr weit ... Mein Alter kann echt ungemütlich werden, weißt du. Die Karte läuft über seine Konten.« Er pustet erleichtert Luft aus. »Aber alles wieder cool! Können los.«

Den kleinen Panikmoment von eben scheinbar vollständig überwunden, zieht sich Noah seine Jeans und ein T-Shirt an und steckt zum Schluss die Karte in seine Hosentasche.

»Willst du dich nicht fertig machen?«, fragt er erstaunt.

»Ähm, ja, ...« Ich will etwas sagen und verkneife es mir doch.

Das Geheimnis ist also gelüftet. Noah reist auf Daddys Kosten. Genau wie ich. »Gut«, sage ich, »dann auf zum Basar.« Ich werfe Noah einen entschlossenen Blick zu, um zu kaschieren, was ich wirklich fühle. So richtig beschreiben kann ich es nicht, doch da ist auf einmal ein Störfaktor.

Ich stolpere vom Bett zur Zimmertür und spähe vorsichtig in den Flur. Freie Bahn zum Bad, die anderen schlafen noch. Unserer Tür gegenüber hängt ein großer Spiegel. Ich werfe meinem Abbild einen schnellen Blick zu. Die Bettdecke habe ich mir wie eine riesige Kapuze übergeworfen. Von Kopf bis Fuß darin eingehüllt, sehe ich aus wie eine Nonne in weißer Kutte.

»Ich hab dich doch schon nackt gesehen, Nana«, erinnert mich Noah.

Mir fällt keine bessere Reaktion darauf ein, als blöd zu lachen und die Tür unseres Zimmers hinter mir zu schließen.

Kaum sind wir draußen auf der Straße, hat sich der Störfaktor verflüchtigt. Die Luft ist heiß und stickig, die Gerüche der lauten Stadt wirken fremd und aufregend auf mich. Ich bin froh, Noah an meiner Seite zu haben. Auch wenn wir heute Nacht miteinander geschlafen haben, scheinen wir beide soeben gleichzeitig in den Ohne-Hintergedanken-Modus zurückgeschaltet zu haben. Wir inspizieren die abschüssigen Straßen der großen, hitzigen Stadt wie zwei Kinder, die bei einem Ausflug ihre Aufpasser abgehängt haben. Wir laufen nicht lange, da liegt die große Galata-Brücke direkt vor uns und mit ihr das Goldene Horn von Istanbul. Angler stehen auf der Brücke, einer neben dem anderen, ihren Fang in Gurkengläsern und anderen Bottichen den Spaziergängern präsentierend. Das Wasser unter uns ist klar und glitzert in der Sonne. Ich ziehe Noah, der gerade laut darüber nachdenkt, vielleicht lieber die Straßenbahn in die Altstadt zu nehmen, an der Hand.

»Auf keinen Fall«, quieke ich gut gelaunt und zeige auf die Silhouetten der Paläste und Moscheen, die am Ende der Brücke auf den schönsten Stadtteil verweisen: Fatih. Dort finde ich sie, all die schönen Basare, von denen ich so lange geträumt habe.

Noah scheint überzeugt. Begeistert ruft er: »Das sieht ja echt mega aus!« Wir galoppieren den schmalen Fußweg vorbei an Eisenbahnschienen und sechs Autospuren, bis wir nach einem halben Kilometer die breite Brücke überquert haben. Ein Tunnelsystem voll mit Ständen und fliegenden Händlern verschluckt uns, um uns direkt am Eingang zum Gewürzmarkt wieder auszuspucken.

Jetzt sind wir Teil des bunten Treibens auf den Basaren von Istanbul, die keinen Anfang und kein Ende zu nehmen scheinen. Wir schieben uns durch die Menschenmenge hindurch, vorbei an einer Vielfalt, die uns immer wieder stehen bleiben und staunen lässt. Eigentlich gibt es hier nichts, was es nicht gibt. Ich liebe diese Farben, die Würze, die in der Luft liegt, den Singsang der Händler. Wir machen Fotos und verlaufen uns im Labyrinth der Markthallen, bis wir irgendwann hinauskatapultiert werden, um uns draußen erneut in den engen Gassen zu verlieren. Wir probieren hier und da, kaufen ein paar Kleinigkeiten und essen unser spätes Frühstück im Gehen.

Langsam schlendern wir weiter durch das Viertel mit türkischen Teehäusern und kleinen Restaurants, bis wir plötzlich vor der mächtigen Hagia Sophia stehen – mit ein paar tausend anderen Touristen. Noah zeigt weiter die Straße hinunter, an deren Ende ein hohes, breites Tor zu einem großen Park führt. Wir lassen die breite Masse hinter uns und erreichen nach wenigen Minuten eine grüne Oase, mitten in der Stadt. Der Gülhane-Park war früher einmal der private Garten der Sultane des Osmanischen Reiches. Die Wohnhäuser, die Topkapi-Höfe, stehen noch. Die Mittagssonne knallt auf Istanbuls Häuserlandschaften. Noah und ich laufen im Schatten hoher Bäume entlang der alten Palastwege, bis wir zu einem Hügel kommen und uns trotz der Hitze dazu entscheiden, ihn zu erklimmen.

Oben angekommen, werden wir mit einer einmaligen Aussicht belohnt. Vor uns öffnet sich der Bosporus, und wir schauen über die alte Stadtmauer hinweg auf das Marmarameer und die riesige Stadt. Genau hier treffen die zwei Kontinente aufeinander.

Eigentlich wäre das der richtige Moment, um sich noch einmal zu küssen, denke ich. Aber ich bin mir nicht sicher, was das mit uns ist. Nur ein kleiner Urlaubsflirt, oder vielleicht doch der Beginn von etwas mehr? Ich schaue verstohlen zu Noah, dessen Blick in der Anmut Istanbuls versunken scheint. Dann wendet er sich mir zu und lächelt.

»Ist irgendetwas?«, frage ich.

Er holt leise Luft und deutet auf ein kleines Lokal, das nichts weiter als Apfeltee und diesen Wahnsinnsausblick im Angebot hat.

»Ich muss dir was sagen«, murmelt Noah, »aber lass uns dazu kurz hinsetzen.«

Ich spüre, wie meine Stimmung kippt, nicke aber nur. Also setzen wir uns an einen der niedrigen Tische auf noch niedrigere Hocker und bestellen Apfeltee.

»Was ist denn?«, frage ich und ärgere mich selbst über die Ungeduld in meiner Stimme.

»Ich hab eine Freundin in Kapstadt«, sagt Noah unverblümt und zieht die Schultern hoch. »Sorry«, legt er halbherzig nach.

»Sorry?! Sag mal, Noah, was hast du dir dabei gedacht?«

»Jetzt beruhig dich mal«, sagt er daraufhin tatsächlich zu mir, »du scheinst ja auch nicht ganz frei zu sein …«

»Wie bitte?«

Noah greift nach meiner Hand, die ich ihm sofort entziehe. Er seufzt. »Ich dachte, wir sind uns einig.«

»Worin?«, will ich wissen.

»Na ja, dass wir Reisegefährten auf Zeit sind, so wie's der Zufall wollte.«

»Verstehe, und deshalb bist du jetzt hier und nicht in Bilbao? Rein zufällig. Rein zufällig haben wir letzte Nacht miteinander geschlafen, obwohl du rein zufällig eine Freundin hast!«

Noahs Lächeln versackt. Sein Gesicht zeigt eine Ernsthaftigkeit, die ich ihm nicht zugetraut habe.

»Jetzt hör mal auf, dich so über mich zu stellen, Nana. Ganz ehrlich bist du ja wohl bei der Sache auch nicht!«

Jetzt reicht es aber. »Ich habe heute Nacht niemanden betrogen!«

»Ach ja? Und wer ist dann bitte schön Tom?«

Erschrocken sehe ich Noah an.

»Nana?«, höre ich seine Stimme, aber ich kann mich gerade nicht zurückmelden. Es ist nicht die Tatsache, dass Noah aus irgendeinem Grund von Tom weiß, die mich so trifft. Vielmehr ist es die Erkenntnis, dass ich meine Gefühle für Tom in den letzten Stunden tatsächlich komplett ausgeblendet habe. War es diese verführerische Leichtigkeit, die über der Begegnung mit Noah lag? War es die unverhoffte Zärtlichkeit, die mich hat schwachwerden lassen? Wie auch immer – eines ist klar: Meine Gefühle für Tom melden sich nun umso stärker zurück. Noah hat recht. Das war Betrug. Heute Nacht habe ich mich selbst betrogen.

»Woher weißt du das?«, frage ich mit angeschlagener Stimme.

»Du hast im Schlaf gezittert, da habe ich dich zugedeckt, und du hast diesen Namen gesagt … mehrmals.«

Ich sehe Noah verletzt an und schüttele den Kopf, weil ich auf keinen Fall losweinen will. Bevor die erste Träne losrollen kann, nimmt mich Noah brüderlich in seine Arme. Der Apfeltee wird eingedeckt, und ich reiße mich zusammen. Auch wenn Noah es nicht so mit der Treue hat, ohne Mitgefühl ist er nicht.

»Wieso fühle ich mich jetzt schuldig?«, frage ich leise.

»Das verstehe ich auch nicht«, meint Noah, »es ist doch eigentlich gar nichts passiert.« Sein Mund geht wie gewohnt in einem charmanten Lächeln auf, wenn auch diesmal mit leichter Schieflage. »Im Ernst, Nana. Bereu das mal nicht mit uns beiden. Ich bin halt ein Teil deiner Reise, und dieser Tom ist vielleicht mehr dein Zuhause oder so?«

Ich schaue traurig zu den großen Schiffen auf der berühmten Meerenge. »Nein, leider nicht.«

»Du bist nicht abgehauen?«

»Nein … ich meine, doch … egal, es ist nicht so einfach, Noah.«

»Das ist oftmals das Problem. Es wird alles viel zu kompliziert gemacht. Ich mache es mir immer so easy wie möglich.«

»Na, das glaub ich dir aufs Wort!«, sage ich empört und muss dann plötzlich loslachen. Jahrgang 1994! Was erwarte ich eigentlich? Ich schenke ihm einen versöhnlichen Blick, und Noah antwortet darauf: »Ich bin echt froh, dass wir uns getroffen haben, Nana! Und weißt du, was wir jetzt machen?« Er zückt die Kreditkarte und verkündet: »Wir hauen Daddys Geld auf den Kopf!«

Da weiß ich plötzlich, was mich heute Morgen gestört hat. Noah ist zehn Jahre jünger als ich, er soll reisen, wild in der Gegend rumflirten und das Geld seiner Eltern zum Fenster rauswerfen. Ich selbst aber fühle mich dafür plötzlich zu alt. Ich will nicht noch eine Nacht in einer fremden Wohnung aufwachen, neben einem Mann, der eine Freundin zu Hause hat. Ich muss mir Gedanken machen, wo ich *wirklich* hinwill. Istanbul habe ich erreicht. Das war der Plan. *Und jetzt?*

Zumindest weiß ich, was der nächste Schritt sein muss.

»Ich bin auch froh, dass sich unsere Wege gekreuzt haben, Noah«, sage ich und lächele ihn an.

»Siehst du.«

»Ja, nur – ich muss jetzt weiter.« Ich stehe auf, gebe ihm nicht die Chance, mir zu widersprechen.

»Ernsthaft?«, fragt er verdutzt.

»Ja. Gute Weiterreise, take care.«

Ich drücke ihn kurz und verlasse eilig das Lokal, bevor mich Noahs Enttäuschung, dass ich seine Nachmittagspläne durchkreuzt habe, einholen kann.

»Mach's gut, Noah«, flüstere ich und gehe über einen gepflasterten Weg den Hügel hinab. Es ist nicht der Weg, den wir gekommen sind.

Kapitel 37

Am nächsten Morgen gilt mein erster Gedanke chiliundhonig.de. Der neue Laptop aus Rom ist jetzt mein Reisegefährte, er liegt neben mir auf dem Bett und wartet auf mich. Direkt unter meinem Fenster fährt jemand summend die Markise aus, Tische und Stühle für das Frühstück werden nah am Bürgersteig aufgestellt. Es duftet nach Mokka.

Ich habe das Park Palace Hotel gestern nach meinem Abgang aus dem Aussichtslokal entdeckt. Der feudale Name bezieht sich nicht auf den Standard dieses Hauses, sondern einzig auf die nahe Lage zum alten Palast im Gülhane-Park. Das ganze Hotel ist ziemlich angeschrammelt, aber das macht mir nichts aus. Ich bin genau da, wo ich sein möchte: im Herzen von Istanbul.

Als ich gestern noch mein Gepäck aus dem Penthouse holte, traf ich niemanden außer einer vor sich hin schimpfenden Putzfrau und den Doorman an. Ich überlegte, Noah eine Nachricht zu hinterlassen, entschied mich dann aber doch dagegen. Wahrscheinlich hatte er schon seine nächste Reisebegleiterin aufgegabelt – und wenn nicht, dann sicher bald.

Im Anschluss kaufte ich mir ein Ticket für die Metro und kam auch unter Tage in der Stadt gut zurecht. Als ich Fatih zur blauen Stunde wieder erreichte, erregte etwas Wunderschönes meine Aufmerksamkeit: die beeindruckende Licht-Show zwischen der Blauen Moschee und der Hagia Sophia. Die Lautsprecher der Minarette verbreiteten das Abendgebet, die Stimme des Imams tanzte als Echo zwischen den Gotteshäusern hin und her. Der Geruch von verbranntem Mais lag in der Luft; zwischen den kleinen Wägelchen der Händler streunten Hunde. Ich kaufte mir einen der angekokelten Kolben, der leider genauso merkwürdig schmeckte, wie er aussah. Trotzdem – ich genoss das, legte mich zwischen den Menschen ins Gras und ließ die vielen Geschehnisse meiner Reise Revue passieren. Bevor ich den Tag verabschiedete, dachte ich über meinen nächsten Blogeintrag nach, aber ich war zu müde und gleichzeitig zu ergriffen von all dem Neuen hier, um noch klare Gedanken zu fassen. Dafür, das nahm ich mir ganz fest vor, sollte der nächste Tag stehen.

Ich starte meinen Laptop und checke als Erstes Facebook. Noah hat mir eine Freundschaftsanfrage gesendet, und ich freue mich ein bisschen darüber. Vergessen werde ich ihn jedenfalls nicht. Aber noch etwas ist in meinem Account passiert. Mia hat einen Post von mir geteilt, der zu meinem Blog führt, und das wurde auf Mias Seite wiederum von jemandem geteilt, den man getrost als deutschen A-Promi bezeichnen kann, mit mehr als 900.000 Facebook-Fans. Und dieser Post wiederum wurde bisher, wie ich gerade ungläubig feststelle, mehr als 3000-mal geliked. Wow! Fieberhaft öffne ich ein neues Fenster und gebe die URL meines Blogs ein. Ich finde eine Masse von Kommentaren, die ich freischalten soll, vor. Ich überfliege die Texte und veröffentliche sie eilig. Mein Gott, ich habe Leser, viele, viele Leser, und ihren Kommentaren nach sind sie wirklich interessiert an dem, was ich schreibe. Sie stellen Fragen und ergänzen meine Informationen zu den Orten, an denen ich war, und den Delikatessen, die ich probiert habe, mit ihren eigenen Erfahrungen. Zum Teil gibt es auch Kritik oder Anregungen. Einige schreiben sogar, dass sie meine Kolumne im NARZISS gern gelesen haben, und fragen mich, warum ich nicht mehr für das Heft schreibe. Ich bin völlig baff von so viel Resonanz. Und all das habe ich Mia zu verdanken! Ich muss ihr schreiben, aber nur kurz, viel lieber möchte ich mit ihr sprechen.

Mia, tippe ich in den Messenger, *wie kann ich dich erreichen?*

Es dauert nicht lange, da schreibt sie zurück.

Ich hoffe, du bist nicht sauer?

Sauer? Ich bin dir total dankbar!

Dafür kriege ich einen lachenden Smiley und einen Handykontakt. Sofort wähle ich die Nummer und höre ein überraschtes »Hallo?«

»Ja, hallo, Mia, ich bin's, Nana. Mannomann, wie ist dir das denn gelungen? Ich meine, woher kennst du sie – sie ist ja mittlerweile ein echter Star …«

Mia kichert. »Auch Superstars schulden einem 'n Gefallen. Ist eine alte Freundin von mir, und die doofe Nuss hat's nicht zu meiner Hochzeit geschafft, obwohl wir uns das als Dreizehnjährige geschworen haben.«

Mir tut es plötzlich leid, wie frostig ich mich Mia gegenüber auf ihrer Hochzeit verhalten habe. »Jetzt bin ich dir aber was schuldig, wirklich! Ich bin total … glücklich. Danke. Und Mia – entschuldige bitte, dass ich bei unseren letzten Begegnungen so … na ja … so ein bisschen schwierig war.«

»Alles okay. Und schön, dass es dir gutgeht, Nana. Claas hat sich ein wenig Sorgen gemacht, weil er gar nichts mehr von dir gehört hat.«

»Das … das stimmt«, wird auch mir gerade bewusst. »Geht es euch gut?«

»Ja, uns geht es prima. Die Flitterwochen haben wir ganz klassisch ein paar Nächte in Venedig verbracht, war ja nicht weit weg von Bozen. Außerdem haben wir doch gerade die Südsee hinter uns. Wir sind zurück in Hamburg und richten uns so ein bisschen ein. Wir freuen uns wirklich sehr, wenn du mal bei uns vorbeikommst.«

»Auf jeden Fall, das werde ich. Ist … ist Claas denn gerade in der Nähe?«

»Ja. Ja!« Mia scheint es zu freuen, dass ich frage. »Claas? Nana ist am Telefon.«

»Ach, wie gut!«, höre ich meinen Vater.

Ein Lächeln breitet sich auf meinem Gesicht aus. »Hallo, Claas!«, begrüße ich ihn voller Gefühl in der Stimme.

»Nana! Wie geht es dir?«

»Gut. Mir geht es gut, sehr gut sogar!« Ich hole Luft. »Oh, Claas, das ist so viel Geld. So. Viel. Geld! Ich kann das immer noch kaum glauben.«

»Hat dich also alles erreicht? Das ist gut.«

»Ja, zu gut! Ich meine, ich denke, also gestern kam mir der Gedanke, da habe ich mich gefragt, ob ich überhaupt irgendein Recht auf das ganze Geld von dir habe? Schließlich habe ich in den letzten Monaten nicht gerade einen guten Job gemacht und …«

»Du hast viel mehr überstanden, als du denkst. Und was das Recht angeht, von dem du da sprichst: Das Geld ist rechtmäßig deins, Nana. Du bist meine Tochter. Es ist mein Herzenswunsch, dass es dir gutgeht. Mal abgesehen davon, bin ich dazu verpflichtet, sogar vor dem Gesetz.« Er lacht. »Also, setze dich wegen dieser Summe nicht unter Druck, sondern finde in Ruhe heraus, was du mit deinem Geld anfangen möchtest. Vielleicht ist da etwas, wovon du nachhaltig profitieren kannst. Ein Traum, der sich so verwirklichen lässt. Nimm dir Zeit, das für dich herauszufinden.«

»Danke. Danke für alles. Das werde ich tun, Claas. Oh, und mein Geschmack ist übrigens zurück!«

»Ach, Liebes, ich wusste es. Ich wusste, du schaffst das. Ich habe deinen Blog gelesen, du kannst wirklich wunderbar schreiben, Nana. Du findest deinen Weg. Da bin ich mir sicher.«

Ich atme aus. »Einen schönen Tag euch beiden. Ich freue mich echt auf unser Wiedersehen.«

»Wir uns auch, Nana. Komm gut heim.«

Eine halbe Stunde später sitze ich genau ein Stockwerk tiefer unter der Markise und frage mich, was ich mit meinem Leben anfangen will. Eine große Frage ist das. Vielleicht sollte ich damit anfangen, herauszufinden, wo ich zu Hause sein will. Es gibt zwei Orte, die dafür in Frage kommen. Der eine Ort ist hier, auf Reisen, hier, wo ich schreiben kann, wo ich schreiben muss, weil ich nur hier die Inspiration dazu habe. Wenn ich das tue, bin ich ganz bei mir. Zu Hause. Und dann gibt es noch dieses andere Zuhause. Das ist dort, wo die Menschen sind, denen ich am Herzen liege. Mein Vater, zum Beispiel, und offenbar auch Mia. Und was ist mit Tine, ihren Ex-Schwiegereltern, Herrn Kallacks? Mir sind diese Menschen wichtig, aber vermissen sie mich auch?

Ich trinke meinen Mokka aus und überlege, ob diese türkisch-arabische Variante eines Kaffees einen Blogbeitrag wert ist, da fällt mir noch etwas ein, das mir in den letzten Monaten ein warmes Zuhause gewesen ist. Das Mansardenzimmer in der Brahmsallee.

Der Ober legt mir die Rechnung auf den Tisch, ohne dass ich danach gefragt hätte, dabei bin ich Hotelgast und habe das Frühstück gleich mitgebucht. Überhaupt ist der echt unhöflich. Nicht so grummelig wie Kallacks, sondern abweisend und dauerhaft genervt von seinen Gästen. Wie Tine das nur schafft, immer so freundlich, liebevoll, akkurat, ja, mit dem Herzen voll dabei zu sein? Sie ist die geborene Gastronomin. Es ist ein Jammer, dass die Sache mit dem Café nicht sein sollte … BOING! Eine imaginäre Holzlatte knallt gegen meine Stirn. Ich schüttele den Kopf, um wieder klar denken zu können, öffne mein Mail-Programm und tippe, ohne lange nachzudenken: *Liebe Tine …*

Kapitel 38

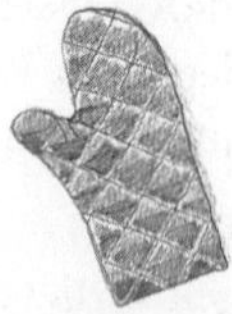

Alles gut?«, frage ich Julia über den Mittelsitz hinweg. Zwischen uns sitzt ein Mann, dessen Bauch dicker ist als ihrer. Die Maschine nach Istanbul ist voll, und ich bin total nervös. Fliegen war noch nie so meins, ich habe keine Flugangst oder so, aber wer die Reise in der Economy Class angenehm findet, der mag es wahrscheinlich auch, im Kofferraum eines alten Fiat Panda befördert zu werden. Und doch liegt es nicht an der Enge hier drinnen, dass ich nervös bin. Seit wir in der Luft sind, frage ich mich, ob das alles hier nicht die totale Irrsinnsaktion ist.

Eine Reihe vor uns schiebt Kamil seine Hand nach hinten zwischen die Sitze. Julia greift danach und streichelt sie kurz. »Jungs, mir geht es wirklich gut. Macht euch keinen Kopf.« Sie lächelt mich über den menschlichen Klotz zwischen uns an, der sich allein schon dadurch gestört fühlt. Genauso wie von Kamils Frage vorhin, ob man vielleicht Plätze tauschen könne. Statt einer Antwort bekamen wir sein Schnaufen zu hören. Angestrengt schob er seinen fetten Hintern zwischen die Armlehnen und sah uns böse an, als ob wir ihm seinen Thron streitig machen wollten. Dabei hätte der Idiot bei der Tauschaktion nichts verloren. Schließlich sitzt er auf dem mittleren Platz, dem Kack-Platz schlechthin. Das Einzige, was man auf dem Mittelsitz gewinnt, ist das Gefühl, gleich zwei Leute zu stören, wenn man sich selbst so richtig schön breitmacht. Und Breitmachen scheint voll sein Ding zu sein.

Okay, ganz ruhig, Tom … lass deine Wut nicht an diesem schnaubenden Fettwanst aus. Eigentlich hat mir ja jemand ganz anderer die Laune verdorben. Nicht mal fett sah der aus, leider!

Julia zwinkert mir zu. Ich lege den Kopf schief, ziehe die Augenbrauen hoch und frage sie über den telepathischen Kanal: *War die Reise wirklich eine gute Idee?*

Schon der Start heute Morgen verlief alles andere als glücklich. Kamil konnte seinen Pass nicht finden und schickte uns mit dem Taxi und seinem Gepäck quasi als Vorhut zum Flughafen. Julia hat sich noch im Taxi mit ihrer Mutter wegen des Istanbul-Plans so heftig am Telefon in die Haare bekommen, dass ich ihre Mutter hysterisch schreien und heulen hören konnte. Mich, glaubte ich zumindest zu spüren, plagten die ersten Anzeichen einer Grippe. In den letzten Monaten habe ich so viel gearbeitet, dass mein Körper den bevorstehenden Kurzurlaub als sofortige Chance wahrnahm, nicht mehr all seine Kräfte gleichzeitig mobilisieren zu müssen. Langsamer als sonst schleppte ich Gepäck und irgendwie auch mich selbst zum Flugschalter, Julia schrie hinter mir ihre Mutter an, und Kamil informierte mich per SMS, dass der Pass im Imbiss liege.

Wir erreichten den Check-in auf den letzten Drücker, bekamen als letzte der Fluggäste unsere Sitzplätze. Deshalb, und weil der Typ neben mir es sich zur Aufgabe gemacht hat, in dieser Welt möglichst viel Platz einzunehmen, sitzt weder Julia neben Kamil, Kamil neben mir noch ich neben Julia.

Kurz vor dem Start checkte ich noch einmal den Blog von Nana. Und da war plötzlich dieses Bild! Offensichtlich aufgenommen in einem Flugzeug. Nana Wange an Wange mit irgend so einem Surfer! Darunter stand *Reisebegleiter,* aber das Bild sah nach viel mehr aus. Ich bekam Lust, meinen Gurt zu lösen und aus der Maschine zu laufen, aber das hätte ich Julia und Kamil nicht antun können.

Was mache ich hier eigentlich?, flackert es in meinem Kopf.

Julia liest scheinbar immer noch in meinen Gedanken. Sie beugt sich noch weiter über den Gigabauch unseres Nachbarn zu mir herüber und flüstert: »Ich find's toll, dass du mitgekommen bist, Tom.«

Ich versuche, mich zu entspannen, und werde nur noch verkrampfter. Unruhig drücke ich meinen Oberkörper in den engen Sitz und fummele umständlich die billigen Flugzeug-Kopfhörer aus der Verpackung. *Weshalb bin ich hier?*

Als Antwort fallen mir nur Julias Pragmatismus und Kamils fester Glaube an die Romantik ein. Schließlich haben die beiden mich dazu überredet, mit ihnen bereits eine Woche vor dem großen Tag zu Kamils Familie nach Istanbul zu fliegen. Warum? Um Nana zu finden! In einer der größten Metropolen der Welt!

»Diese ganze Sache ist völlig absurd, Julia, absurd«, sage ich nun lauter als gewollt.

Kamil kniet sich vor uns auf den Sitz und lugt über die Lehne wie ein unartiges Kind, das nicht stillsitzen kann. »Nein, ist sie nicht, Tom. Vertrau uns.«

Und weil ich den beiden tatsächlich manchmal insgeheim mehr vertraue als mir selbst, lasse ich Kamil das letzte Wort. Ohne allerdings aufzuhören, mich zu fragen, ob das die beste Aktion oder der größte Reinfall meines Lebens sein wird.

Kapitel 39

Es ist viele Jahre her, da fragte ich meine Mutter, wie es sich anfühlte, als sie sich in meinen Vater verliebt hat. Damals fand ich ihre Antwort merkwürdig, denn sie sagte: »Plötzlich sah jeder Mann wie dein Vater aus. Überall, an jeder Ecke. Ich bekam ihn einfach nicht mehr aus dem Kopf.«

Ich weiß nicht, ob so etwas erblich ist, aber vor ein paar Tagen fing es an. Ich lief morgens die Treppe vom Park Palace Hotel mit einem Simit, diesem typischen Sesamkringel, hinab und meinte, draußen vor dem Eingang Tom zu sehen. Mein Herz begann schneller zu schlagen, und ich lief zu ihm. Aber als ich direkt vor ihm stand, konnte ich es nicht glauben. Der Mann hatte einen Schnäuzer. Da war wirklich überhaupt keine Ähnlichkeit. Er sah mich verwundert an, und ich tat so, als ob mein Verhalten ganz normal wäre, und drehte mich einfach wieder um.

Dann passierte es wieder. An der Rezeption stand ein Mann, der aussah wie Tom, sich beim Näherkommen jedoch als Frau mit kurzen Wuschelhaaren entpuppte, und so ging es weiter. Wie Mama einst Claas an jeder Ecke zu sehen geglaubt hatte, begegnete ich Tom überall in Istanbul, zumindest für ein paar Sekunden. So oft, bis ich nachgab und mich meinen Gefühlen ihm gegenüber stellen musste. Und genau da bin ich jetzt. Ich spaziere in Richtung Kapali Çarsi, dem großen Basar von Istanbul und denke nach. Obwohl ich Tom meine Nummer nicht hinterlassen habe, hat er sie irgendwie herausbekommen und mich in Tirol auf dem Handy angerufen. Was wollte er? Fragen, ob's mir wieder gutgeht? Vielleicht interessiert ihn das ja wirklich. Könnte es vielleicht sogar sein, dass die schwangere Frau, die er so gerne mag, am Ende nur seine Schwester ist? Und was ist eigentlich mit mir? Bin ich die ganze Zeit nur feige gewesen? Oder hat mich die Angst vor dem Verletztwerden blind gemacht für das Offensichtliche?

Dass ich in Toms Gegenwart wieder schmecken konnte, hatte etwas Heilendes, hat mir die Hoffnung gegeben, dass mein Geschmack vielleicht doch wieder dauerhaft zurückkommt. Und ganz gleich, wie die wissenschaftliche Erklärung dafür lautet: Für mich ist es ein Wunder. Bedeutet es vielleicht, dass Tom trotz aller Irrwege und Missverständnisse »der Richtige« für mich ist?

Mein Handy klingelt. Eine Hamburger Nummer.

»Tine!«, jubele ich ins Telefon.

»Du willst wirklich mit mir zusammen ein Literaturcafé eröffnen?«, überspringt sie glatt die Begrüßung.

»Ja, ich bin dazu fest entschlossen«, antworte ich.

»Obwohl das voll gegen den Zeitgeist geht?«

»Wir beide sind Klassiker, Tine, daran wird auch der Zeitgeist nichts ändern.«

»Ach, Nana«, höre ich. »Das ist wirklich ein so großes Angebot …«

»Dann denk in Ruhe darüber nach, Tine.«

»Das habe ich schon.«

»Und?«

»Ich bin mir sicher, dass wir beide ein gutes Konzept auf die Beine stellen.«

»Ja. Ich auch«, sage ich. »Sag mal, hast du eigentlich noch ein Zimmer frei?«

Sie lacht nur. »Güle güle, Nana.«

»Ich dachte, in Hamburg sagt man tschüs.«

»Komm bald zurück, meine Liebe. Wir warten auf dich.«

Kapitel 40

... mein Herz hüpft, ich fühle mich unsagbar lebendig. Ich eile die schmale Gasse hoch, die zum großen Basar führt, und trete durch das mächtige, steinerne Tor. In meinem Kopf wirbeln die Gedanken durcheinander, immer weiter tragen mich die Füße vorwärts. Im Sauseschritt geht es die abgetretenen Stufen entlang, vorbei an gestikulierenden Händlern und bunt zusammengewürfelten Touristengrüppchen. Nichts bleibt haften; ich wische die Bilder weg, wie man Fotos auf dem iPad wegwischt. Das richtige war einfach noch nicht dabei. Von allen Seiten ist es laut, ich höre Stimmen und Musik, jetzt bleibe ich doch kurz stehen und atme tief durch. Das Leben um mich herum pulsiert, und ich spüre, dass ich ein Teil davon bin. Mein Herz schlägt in diesem neuen Takt, ich schaue mich um, laufe weiter ...

»Sie ist hier irgendwo.«

Julia sieht hoch. »Woher weißt du das, Tom?«

»Er hat recht«, sagt Kamil. »Sie bewegt sich im Radius der Altstadt.«

Anstatt Istanbul zu erkunden, sitzen meine zwei besten Freunde und ich wie angewachsen vor Gläsern mit Apfeltee, starren auf die Displays unserer Handys und folgen Nana bei ihren Streifzügen über die Märkte. Wir gehen dabei schon beinahe detektivisch vor – doch Nana in diesem Gewimmel zu finden, ist so gut wie unmöglich. Vielleicht standen wir bereits nur fünfzig Meter voneinander entfernt, vielleicht waren es sogar zwanzig? Vielleicht ist sie in einen Laden reingegangen, kurz nachdem ich rausgegangen bin.

Was mir bleibt, ist ihr Blog. Seit Tagen führt sie ihre Leser kulinarisch von einem Basar zum nächsten. Zum Glück spielt der Surfer keine Rolle mehr. Nana konzentriert sich wieder ganz aufs Schmecken – denn sie kann es wieder, und wie sie es kann!

... Aromen und Düfte regnen auf mich nieder. Es ist wie ein Rausch, von dessen Wellen ich mich immer weiter tragen lasse in die engsten Gassen des Labyrinths hinein ... auf der Suche nach der perfekten Himbeere.

Ich starre noch auf die Zeilen, ohne weiterzulesen. Soll das etwa bedeuten ...?

»Merkwürdig, dass sie ausgerechnet auf der Suche nach der perfekten Himbeere ist«, sage ich halblaut in die Runde.

»Allerdings, als ob man die wie Safran hier an jeder Ecke bekommt«, sagt Kamil und zieht Julia auf seinen Schoß. »Auf dem Grand Basar bekommst du so ziemlich alles, aber keine Himbeeren! Nech?«

Kamil will mir offensichtlich noch mehr damit sagen, aber ich checke nicht, was.

»Was ... was meinst du?«

Er beugt sich vor und spricht ganz langsam wie zu einem kranken Pferd: »Kommentarfunktion. Ist doch nur ein sachlicher Hinweis, das mit der Himbeere. Brichst dir damit keinen Zacken aus der Krone, Boysen!«

Ich bin immer noch schwer von Begriff.

»Tom!« Julia rüttelt an meinem Ärmel. »Nimm deine private Mail-Adresse, dann sieht sie nur, dass die Nachricht von einem Tom ist.«

Kamil klopft auf unseren Tisch. »Genau so machst du es. Schreib ihr, dass es zwar keine frischen Himbeeren, aber exzellenten Früchtetee mit den Dingern gibt. Hier, in diesem Teehaus.«

Kamil hat eine Adresse gegoogelt und zoomt sie groß.

»Nu mal los, Tom«, mischt sich Julia wieder ein und schaut mich mit ihrem strengsten Ich-dulde-keinen-Widerspruch-Blick an.

Ich nicke den beiden entschlossen zu und tippe Kamils Info als Kommentar unter den Post. Dann drücke ich auf Senden.

»Und nun gib Gas!«, feuern mich die beiden an.

Ja! Denn wenn Nana mich wirklich gerade finden will, so wie ich sie finden will, dann wird sie in dieses Teehaus gehen, da bin ich mir plötzlich ganz sicher. Jetzt oder nie. Ich will schon loslaufen, da hält mich Kamil fest.

»Du musst einmal quer durch den Grand Basar. Und noch was, mein Freund – grüß Jacko von mir!«

***

Heute habe ich einen Wunsch in die Welt hinausgeschickt – und vielleicht, ganz vielleicht, wird Tom davon erfahren, vielleicht wird er verstehen, und wir werden uns irgendwann wiedersehen und dieses eine Mal … Gott, ich wünsche es mir so sehr. Die bunten Farben um mich herum wirken magisch, gerade will ich ein Foto davon machen, da vibriert das Smartphone in meiner Hand. Eine Mail informiert mich, dass ich einen neuen Kommentar auf dem Blog habe. Vor ein paar Tagen habe ich die Kommentarfunktion freigegeben, damit ich nicht mehr jeden Beitrag einzeln freischalten muss, dafür bekomme ich immer sofort eine Nachricht. Automatisch verlangsame ich meinen Schritt, um zu lesen, was da steht:

Auf dem Grand Basar gibt es keine frischen Himbeeren. Dafür aber getrocknete, die man trinken kann. Im Teeshop, Yaćlikçilar Street 81.

Mein Herz rast. Der Absender nennt sich Tom! Was, wenn dahinter wirklich Tom Boysen steht? Dann wäre das mehr als nur ein Kommentar, dann will er, dass wir uns sehen – dass wir uns treffen in diesem Teehaus, ganz in der Nähe von hier! Dann würde das bedeuten, dass er hier in Istanbul ist! Oder ist das alles nur meine Wunschvorstellung – Fantasien, die gerade mit mir durchgehen? Total egal. In diesem Moment erscheint es mir fast verrückter, nicht daran zu glauben.

Aufgeregt frage ich den nächsten Händler nach der Yaćlikçilar Street. »Andere Seite, andere Seite«, zeigt er mir an und weist mit seiner Hand in die Straße der Juweliere Richtung Çarsi Kapi Gate. Ich laufe los, renne, an mir fliegen Farben, Gerüche und laute Rufe vorbei. Ich rufe zurück, frage immer wieder, ob es hier Richtung Yaćlikçilar Street geht. Ja, ich sei richtig, immer geradeaus und zum Schluss einmal rechts.

Endlich biege ich ab, Yaćlikçilar Street, so heißt die Straße, stelle ich glücklich fest. Ich renne weiter, zum Örücüler Gate, direkt am gleichnamigen Türkischen Bad. Hier muss es sein, hier muss das Teehaus Nummer 81 sein, ja, da steht die Zahl … aber … aber das ist kein Teehaus. Ich blicke in die Auslagen eines Textilhändlers: Hammamtücher, so weit das Auge reicht. Völlig außer Atem lehne ich mich ans Mauerwerk. Das war es dann wohl. Oder habe ich mich etwa verlesen? Mein Herz schlägt bis zum Hals. Ich hole mein Handy raus.

***

Ich laufe durch die Halicilar Street mit ihren unzähligen Teppichhändlern, meine Augen scannen die Umgebung. Bin ich überhaupt noch richtig? Auch die Kartenführung auf meinem Smartphone ist mit diesen winzigen Gassen total überfordert. Immer wieder schickt mich das Handy falsch, berechnet den Weg neu oder gibt zwischendrin ganz auf. Ich dagegen erlaube mir keine einzige Sekunde Pause. Ich darf Nana nicht verpassen. Auch wenn es mehr als ungewiss ist, ob sie überhaupt kommt – nur eine verspätete Minute, und sie könnte schon wieder weg sein. Die Karte auf meinem Smartphone verschwindet, stattdessen blinkt Kamil auf meinem Display.

»Aaaah, Kamil«, schreie ich. »Doch nicht jetzt!«

»Du Idiot hast einen Zahlendreher eingebaut. 18, nicht 81!«

»Was?«

»Yaćlikçilar Street 18, Tom! Sie läuft zum falschen Haus!«

***

Was?! Ich bin völlig außer Atem, lese: *Sorry, Zahlendreher.* Was soll das werden, Schnitzeljagd? Irritiert drücke ich mich von der Wand ab und gehe denselben Weg zurück, diesmal aber langsam. Meine Knie sind weich, mir ist ganz flau im Magen. Da stehe ich plötzlich vor dem Teehaus, mein Gesicht spiegelt sich in der angestrahlten Fensterscheibe. Und tatsächlich: Zwischen den vielen Glasschütten mit Teemischungen befindet sich wirklich eine mit Himbeeren. Aber Tom? Nein, Tom ist nicht hier. Enttäuscht schaue ich zu Boden. Wie konnte ich mir nur einbilden, dass der Tom-Kommentar auf meinem Blog von Tom Boysen stammt … und er hier auf mich warten würde?

Kopfschüttelnd werfe ich meinem Spiegelbild einen Blick zu. Da sehe ich hinter mir in der Scheibe einen Mann, der aussieht wie Tom. Diesmal lasse ich es nicht zu, dass mir meine Fantasie einen Streich spielt. Ganz langsam schließe ich die Augen, versuche, ruhig und gleichmäßig zu atmen, um runterzukommen. Ich spüre eine Hand auf meiner Schulter, öffne die Lider und erblicke in der Scheibe ein strahlendes Lächeln inklusive schiefem Zahn.

Ich schlucke und drehe mich langsam um.

»Tom, du … Was machst du hier?«, flüstere ich. Ich kann kaum sprechen, bin viel zu überwältigt.

Tom sieht mich an, seine Augen leuchten. »Ich wusste, dass du hier sein wirst. Du schreibst davon jeden Tag, jeden Tag schreibst du, dass du auf den Märkten bist und …«

»Deshalb bist du in Istanbul?« Meine Stimme wird noch dünner.

Toms Hand ruht auf meiner Schulter und wandert tiefer. Sanft umgreift er meine Arme, als müsste er sich davon überzeugen, dass ich wirklich echt bin. »Meine besten Freunde heiraten hier. Kamil kennst du ja. Julia ist hochschwanger und …«

Mein Herz setzt einen Schlag aus. »Ist das dieselbe schwangere Freundin, die auch im Café Leevke arbeitet?«

»Ja. Woher …?« Tom sieht mich nachdenklich an. Sein Blick geht tief. »Ach so«, flüstert er. »Du hast dir deswegen Sorgen gemacht, ja?«

»Ein wenig«, gebe ich zu. »Ich war verwirrt …«

Tom streichelt über meine Wange. »Verwirrt hast du mich auch ein bisschen, Nana.« Er lächelt. »Aber seit ich hier bin, will ich nur noch eins …«

Ich schmiege mein Gesicht in seine Hand und höre, wie er sagt: »… dich finden.«

Rezept für die Liebe

Ich schmecke, also bin ich. Wenn ich schmecke, dann fühle ich, dann bejahe ich und kann mir selbst verzeihen, dass ich Fehler mache und immer Fehler machen werde. Ich vergebe mir, so wie ich meinem Vater vergeben habe – oder meiner Mutter. Ich spüre, wie sehr sie mich lieben und geliebt haben, und sehe ohne Furcht meiner Zukunft entgegen. Wenn man dieses Ja im Herzen fühlt, dann kann sich mit einem Mal alles ändern. Wirklich alles.

Bis heute ahnte ich nichts davon, wie sich ein von Liebe erfülltes Herz anfühlen kann. Es fühlt sich mächtig an, so als wäre es stärker als der eigene Körper. Ich denke an alte Romanzen, in denen die Frauen vor Liebestaumel in Ohnmacht fielen und die Männer vor lauter großen Gefühlen wahnsinnig wurden. Auch ich weiß gerade nicht, ob ich träume oder wach bin, ich kann nicht mehr auseinanderhalten, ob ich falle, schwebe oder festgehalten werde. Aber ich weiß jetzt, dass so einmal alles angefangen haben muss. Wohl deshalb leben wir.

Liebe Leserin, lieber Leser,

ich hoffe, ihr hattet ein paar schöne Lesestunden mit diesem Buch. Habt ihr Lust, noch mehr über meine Reise von Südtirol bis Istanbul zu erfahren? Wollt ihr mich bei meinen Besuchen von Weingütern und Olivenmühlen begleiten, gemeinsam mit mir Köstlichkeiten genießen und Reisetipps sammeln? Dann schaut doch mal auf meinem Blog vorbei! Denn den gibt's wirklich!

Auf chiliundhonig.de erfahrt ihr Dinge, die sonst in keinem Reiseführer stehen – und ihr könnt die Liebesgeschichte von Nana und Tom noch einmal aus einer ganz neuen Perspektive erleben.

Ich freue mich darauf, euch auf chiliundhonig.de zu treffen!

Bis bald, Eure Nana

Danke

Wenn zwei Autorinnen gemeinsam einen Roman schreiben, ist das ein großes Abenteuer. Wir beide – Antonia Schulemann und Anke Bracht – haben unser ganzes Herzblut für diesen Stoff gegeben und wünschen uns, dass Nana die Leserinnen und Leser genauso bezaubert, wie sie uns bezaubert hat. Wir lassen Nana nun los, und damit ist auch der Moment gekommen, um danke zu sagen. Und das ist in dieser Konstellation nicht so einfach, denn schließlich hat jede von uns ihre Liebsten, denen sie danken möchte. Doch gerade deswegen, weil so viele aus Freundes- und Familienkreis jede von uns so wunderbar begleitet haben, sich für das Buch interessiert haben, unseren Frust und unsere Freude mitgetragen haben – gerade deshalb ist es so schwer, einzelne Namen zu nennen. Es wäre schlimm, einen zu vergessen. Wir umarmen euch alle und lassen unser Pseudonym Helena Steegmann sprechen:

»Dieses Buch wäre nicht das, was es ist, wenn sich meine Wege nicht mit denen von Menschen gekreuzt hätten, die mich unterstützt und inspiriert haben. Alles nahm seinen Anfang im Mai 2014 im Sternerestaurant Küchenwerkstatt in Hamburg-Winterhude. Beim Probeessen für eine Gourmetkritik entstand die Grundidee zu diesem Buch, wofür ich Angela Gnade und Gerald Zogbaum sehr dankbar bin. Inzwischen haben sich die beiden zu neuen Ufern aufgemacht, und ich wünsche ihnen viel Glück! Einem anderen Gastronom, Nicola Rossi vom Ristorante Gusto Fino, verdanke ich Rezeptideen und -fotos für Nanas Blog. Ebenfalls wunderbar unterstützt hat mich mein Freund Hakan, ein Händler im Gewürzmarkt von Istanbul. Er gewährte mir Einblicke in die Welt hinter den Ladentüren, und es war eine Freude, ihm durch das Labyrinth des Basars zu folgen, immer auf der Suche nach neuen Entdeckungen. Friederike ›Frieda‹ Hintze von Louise & Hélène möchte ich auch ein lautes ›Danke‹ zurufen: Sie hat in Rom tolle Fotos für den Blog gemacht. Ebenfalls sehr geholfen hat mir Alex Bernet von Vischer & Bernet. Er hat es mit digitalen Tricks möglich gemacht, dass ich den wichtigen Beitrag mit dem Spitz und der Salamischeibe genauso posten konnte, wie ich es im Buch beschrieben habe. Für das schöne Autorenfoto schließlich hat Fotograf Ulrich Lindenthal auf den Auflöser gedrückt.

Ganz besonderer Dank gilt dem Team von Droemer Knaur: Eliane Wurzer von ›feelings‹ hat immer an das Projekt geglaubt und war stets für mich da, wenn ich Rat brauchte. Sabine Ley war mehr als eine Lektorin, nämlich eine tolle Sparringspartnerin, und Julia Schaer ist es zu verdanken, dass der Blog chiliundhonig.de so gut aussieht. Danke euch allen!«

ANNA BELL

Eigentlich bist du gar nicht mein Typ

ROMAN

Abi (31) weiß genau, dass Joseph ihr Traummann ist. Daher ist sie am Boden zerstört, als er sie plötzlich verlässt. Wenige Tage später fällt ihr eine Liste mit Dingen in die Hände, die Joseph bis zu seinem 40. Lebensjahr getan haben möchte. Abi ist sich sicher: Wenn ich alle Punkte für ihn abarbeite, wird er erkennen, dass ich perfekt für ihn bin.
Abi weiß nicht, dass sie sich beim Abhaken der Liste immer weiter von Joseph entfernen und über sich hinauswachsen wird. Sie lernt eine Fremdsprache, umrundet mit dem Fahrrad eine Insel und stellt sich ihrer größten Angst – der Höhe. Als Abi schließlich springt, versteht sie, dass man mutig sein muss, wenn man fliegen will. Und je näher sie dem Boden kommt, desto deutlicher sieht sie, dass dort ein ganz besonderer Mensch auf sie wartet. Einer, mit dem sie ihre eigene Lebenswunschliste schreiben wird. Einer, von dem sie dachte, er sei gar nicht ihr Typ.

KNAUR

MHARI MCFARLANE

Es muss wohl an dir liegen

ROMAN

Wie viele Schmetterlinge passen in einen Bauch?

Mit ihren tizianroten Haaren und ihren Kurven ist Delia vielleicht nicht ganz der Model-Typ, aber dass Paul sie nach zehn Jahren gemeinsamen Glücks mit einer Studentin betrügt, trifft sie ziemlich unvorbereitet. Am Anfang glaubt sie, alles sei ihre Schuld. Doch dann erkennt Delia, dass die zerplatzten Seifenblasen von gestern die Chance auf das Glück von morgen bedeuten: Denn nun kann sie selbst entscheiden, wie sie die bunten Puzzleteile ihres Lebens neu zusammensetzt. Kurzerhand zieht sie zu ihrer besten Freundin Emma nach London und sucht sich einen neuen Job. Alles könnte gut werden. Wäre da nicht Adam, ein Skandalreporter und der härteste Konkurrent ihres neuen Arbeitgebers – denn er bringt die Schmetterlinge in Delias Bauch plötzlich kräftig in Wallung. Und zu allem Übel setzt Paul wieder alle Hebel in Bewegung, um Delia zurückzugewinnen.

KNAUR